D1659449

La grande chimère

M. KARAGATSIS

La grande chimère

Traduit du grec par
René Bouchet

AIORA

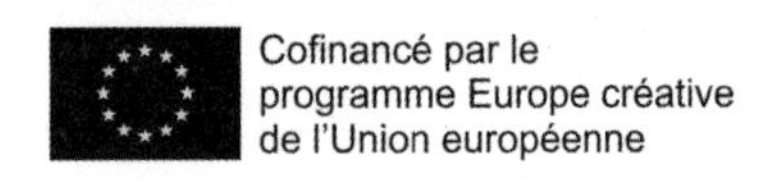

Ancien membre moderniste de l'École française d'Athènes, professeur honoraire de grec moderne à l'université de Nice, René Bouchet a consacré sa thèse de doctorat à Alexandre Papadiamantis. Il a déjà traduit plusieurs recueils de nouvelles de cet auteur ainsi que des œuvres d'auteurs classiques, comme Théotokis, Kazantzakis, Karagatsis, Terzakis, ou contemporains, comme Vassilis Vassilikos, Yannis Kiourtsakis, Rhéa Galanaki.

Titre original : *'Η Μεγάλη Χίμαιρα*

ISBN : 978-618-5369-01-9

ÉDITIONS AIORA
Mavromichali 11
Athènes 10679 - Grèce
tél : +30 210 3839000

www.aioralivres.com

ELLE VOYAGEA UN JOUR entier dans un rêve de lumière et de couleurs. Quand, à l'aube, elle sortit sur le pont, la mer s'éveillait à peine, encore assombrie par le mystère de la nuit. Le levant, à l'horizon, s'embrasait doucement. L'Aurore caressait de ses doigts de rose l'immensité du ciel limpide qui frissonnait de plaisir dans l'attente de la lumière.

Sur sa gauche, un promontoire élevait fièrement sa masse pelée. Une chapelle solitaire avait poussé sur ses flancs stériles. La petite cloche sonnait les matines, et son frais tintement, au lever du jour, chassait les derniers démons de la nuit.

La vue de ce monde la remplit d'une joie inouïe. Elle gravit promptement l'escalier de la timonerie et serra dans ses bras le capitaine du bateau, son mari :

— Où sommes-nous ? lui demanda-t-elle.

— Dans ma patrie. En Grèce.

Il la prit par la main et l'amena dans la cabine voisine. Ils se penchèrent sur la carte et il lui montra la position du navire. Le promontoire avec sa chapelle solitaire et sa cloche au son argentin était le cap Malée, le point le plus méridional de la Laconie. Sur la droite, plus au sud, Cythère sortait à peine des brumes. Ils entraient à présent dans la mer Egée et mettaient le cap sur les Cyclades. Milos n'allait pas tarder à apparaître.

Tous ces noms chantaient à ses oreilles comme les sons d'une harpe éolienne : Laconie, Cyclades, Cythère, Milos… Tout un monde qui avait peuplé son adolescence de visions d'une civilisation sereine et sensuelle. Au lycée, lorsque le professeur fredonnait les vers de l'Odyssée en prononciation érasmienne, son imagination s'envolait vers de lointaines mers inconnues, tantôt irisées par les rayons de Phébus, tantôt agitées par le trident de Poséidon. Puis, le regard perdu, elle voyait le brouillard se traîner sur le cours nonchalant de la Seine, et se demandait ce que devait être la lumière au-dessus de l'Ilissos…

Et voilà que le rêve était devenu réalité. Une réalité qui ne se distinguait pas du monde flou des songes. Elle appuya sa tête blonde sur l'épaule de son mari et ferma les yeux, épuisée par tant de bonheur, effrayée par l'attente de ce jour lumineux, méditerranéen, qu'elle sentait venir brillant et tout-puissant, drapé dans la gloire d'un grand dieu : Phébus, le dieu souverain de la Grèce.

Accoudée au bastingage de la timonerie, elle regarde la mer Egée qui l'accueille dans la lumière azurée de son ciel, dans la lumière bleue de ses flots, dans la lumière ocre de ses îles, dans la lumière d'or de son soleil. Elle regarde, regarde, sans être rassasiée. Et elle pense et se souvient.

De la petite maison de Rouen, près de la place où fut brûlée la Pucelle d'Orléans. Une vieille bâtisse médiévale, qui gardait dans ses pores cinq siècles de moisissure. Le ciel nuageux obscurcit la fenêtre de sa chambre. Toujours aussi gris, toujours fondu dans une bruine interminable, insupportable. « Pourquoi la pluie s'arrêterait-elle ? Pourquoi ? »

La fenêtre de sa chambre. Elle y passait des heures entières à regarder la flèche de la cathédrale qui s'élevait avec superbe de la terre vers le ciel, non comme une louange, mais comme un défi de l'homme au Très-Haut. Et elle pensait, pensait encore…

Son père. Il ne venait qu'une fois par an et ne restait qu'une vingtaine de jours. Il était officier et servait en Afrique. Il arrivait toujours sans prévenir. Il posait sur son épouse le regard froid de ses yeux gris, embrassait sa fille. Il restait assis dans un coin à contempler l'infini, en caressant sa longue moustache blonde. Son visage tourmenté, brûlé par le soleil, se figeait en une glaciale indifférence.

Elle le regardait pendant des heures, et admirait son uniforme bleu et pourpre, sa belle tête à la peau tannée et aux traits pleins de rudesse. « Pourquoi ce père n'est-il pas comme les autres ? Pourquoi ne me prend-il pas dans ses bras pour me caresser, m'embrasser, me parler tendrement ? Pourquoi, quand je m'approche de lui, assoiffée de tendresse, me répond-il par un sourire contraint et tourne-t-il les yeux ailleurs ? »

La dernière fois où son père était revenu d'Afrique, il avait été plus lointain, plus indifférent que jamais. Elle se rappelle cette nuit où les conversations de la chambre voisine l'avaient réveillée. Son père et sa mère discutaient. Que disaient-ils ? Elle ne pouvait distinguer leurs propos. Sa mère parlait, parlait sans cesse. Le débit précipité de sa voix exprimait de la colère. Son père lui répondait avec parcimonie, en deux ou trois mots qui disaient l'ennui et l'indifférence. Soudain, la voix de sa mère s'éleva et devint distincte :

— Très bien. Moi, j'en ai assez de tes soupçons insensés. Tu peux croire ce que tu veux sur mon compte. Mais ta fille ? Qu'est-ce qu'elle t'a fait pour que tu la traites de cette manière ?

— Comment ça, ma fille ? Ça alors, c'est la meilleure ! Tu es impayable !

Son père rit d'un rire rauque, bizarre. Sa mère pleure. Elle pleure et dit :

— Tu as tort, Bertrand. Je te jure sur la tête de notre enfant…

Silence. Son père fait les cent pas dans la pièce, ouvre la porte, s'en va. Sa mère pleure, pleure. Puis elle se calme.

Elle resta les yeux ouverts dans le noir. « Il faut que je n'aime que ma mère. Elle, elle m'aime. Mon père ne m'aime pas, je ne dois pas l'aimer. » Elle finit par s'endormir.

Le lendemain matin, elle se dit : « Je ne m'approcherai pas de mon père, je ne lui parlerai pas. » Elle entra dans le salon avec cette résolution en tête. Son père était assis près de la fenêtre, comme toujours. Il regardait au loin, de ses yeux tristes. C'est alors que quelque chose d'étrange se produisit en elle :

— Papa ! Papa !

Elle se précipita vers lui, l'embrassa, enfouit son visage entre son cou et son épaule, éclata en sanglots. Il lui prit le menton et la regarda droit dans les yeux. Elle lut dans son regard une déchirure qui lui toucha le cœur :

— Papa ! Je t'aime.

Il la serra dans ses bras. « Quelle tempête dans sa poitrine ! Comme son cœur battait ! Comme les lèvres qui l'embrassaient tremblaient ! Comme les larmes qui coulaient le long de ses joues brûlaient ! »

Le lendemain, son père est debout au milieu du salon. Il porte son képi rouge et bleu à galons dorés, sa vareuse blanche à doublure de couleur pourpre. À ses pieds, une valise.

— Je m'en vais, Marina. Quand je reviendrai l'an prochain, je t'emmènerai avec moi en Afrique. D'accord ?

— Oui. D'accord !

— Ça ne te fait rien de laisser ta mère ?

— Je veux aller avec toi en Afrique.

Une lueur radieuse éclaira le visage de son père. Il l'étreignit, la souleva et l'embrassa. Puis il partit pour l'Afrique.

Du temps passa. Un soir, en rentrant du lycée, elle trouva sa mère vêtue de noir.

— Pourquoi es-tu en noir ?

— Ton père a été tué. Demain, tu t'habilleras en noir toi aussi.

Sa mère parlait sur un ton brusque, tranchant, en insistant avec aigreur et animosité sur les mots « ton père ». Elle ne pleurait pas, et ne paraissait même pas triste. Elle avait l'air de quelqu'un qui a eu une contrariété. Pas plus…

Yannis, son mari, vient s'appuyer sur le bastingage à côté d'elle.

— À quoi penses-tu ?

— Je pense. Laisse-moi penser à tout ça, une dernière fois. Pour le rejeter dans cette mer radieuse qui t'a donné la vie. Pour n'avoir ensuite plus d'autre pensée que pour notre amour…

Il tourne la tête, pose un baiser sur ses cheveux d'or, et va rejoindre le timonier.

Elle ne pleura pas son père. Elle l'avait déjà oublié. Mais leur existence changea. Elles congédièrent la bonne et ne mangèrent plus de viande que trois fois par semaine.

Plus tard, elles reprirent la bonne. C'était l'époque où des messieurs venaient tous les soirs se divertir dans le salon. Ils mangeaient, buvaient, jouaient du piano, chantaient, dansaient avec sa mère et ses amies. Ils repartaient tard dans la nuit, si enjoués qu'il leur arrivait quelquefois de faire du tapage dans la rue. Les voisins ouvraient leurs fenêtres et protestaient.

— Silence ! Qu'est-ce que c'est que ce raffut ? On va appeler la police !

Alors, les messieurs se tenaient tranquilles. Les volets se refermaient. Mais le lendemain matin, sa mère paraissait très troublée.

Un après-midi, elle rentra plus tôt à la maison. En la voyant, la bonne fut surprise, déconcertée.

— Pourquoi es-tu rentrée si tôt ?

— Notre professeur était malade. Où est maman ?

— Elle n'est pas là. Elle est sortie. Elle m'a dit qu'elle allait au cinéma…

Soudain, derrière la porte fermée de la chambre, elle entendit une voix d'homme, puis le rire de sa mère.

Elle avait alors douze ans. Elle comprit.

— Allons vite au cinéma, dit-elle à la bonne.

Un jour, son professeur lui dit avec un sourire mauvais :

— Ta mère est très belle, Marina.

Elle ne répondit pas, mais elle rougit, fut prise de vertige, et se mit à détester sa mère. « Oui, ma mère était belle. Elle riait toujours d'un rire joyeux, communicatif. Il n'y avait dans son esprit frivole que quatre ou cinq idées, mais des idées fixes, insistantes, profondément enracinées. Je n'ai jamais pu m'entendre avec elle. Nous étions fondamentalement différentes. C'était un esprit pratique, exempt de préjugés et de barrières morales. Moi, j'avais quelque chose du monde secret de mon père, de son silence. » Il lui arrivait de regarder la photo de son père qui trônait dans son bureau. Ses longues moustaches cachaient un sourire amer, ses yeux regardaient au loin, contemplaient peut-être une chimère insaisissable. Elle sentait qu'elle lui ressemblait, qu'elle était un produit de sa chair, une ramification de son âme. « Pourtant, ça crevait les yeux ! Comment a-t-il pu être aveuglé à ce point ? »

Yannis lui sourit depuis la timonerie.

— Tu ne t'es pas encore débarrassée de tout ce fatras d'idées noires ?

— Non, c'est une affaire qui demande du temps. Beaucoup de temps…

Yannis lui sourit à nouveau, et rentre dans la start room.

« Mon corps, je l'ai hérité de ma mère. Je suis belle, comme elle. Je voudrais être spontanée, comme elle aussi. Mais je n'ai jamais pu, jamais… Quelque chose m'en empêchait au dernier moment : le sang amer de mon père. »

Les jours, les années s'écoulaient. Elle étudiait, enfermée dans sa chambre. Elle étudiait désespérément, en se bouchant les oreilles, en étouffant sa lucidité. Elle ne voulait pas entendre, ni comprendre, ce qui se passait derrière la cloison. Quand, le matin, au moment de partir en cours, sa mère lui donnait un baiser sur le front, elle faisait tous ses efforts pour ne pas tourner la tête.

Elle se souvient de la nuit – elle avait alors quinze ans – où le robinet de la puberté avait soudain coulé en abondance. Elle ne s'était pas inquiétée : elle avait lu à ce sujet dans les encyclopédies et les livres de biologie. Mais elle ne savait pas quoi faire. Dans le salon, sa mère dansait le fox-trot avec ses amis, hommes et femmes. Mais le sang lui souillait les cuisses, salissait les draps, les couvertures, la mettait dans un extrême embarras. Elle appuya sur la sonnette. La bonne se présenta.

— Je veux parler à ma mère…

La mère entra dans sa chambre, l'air inquiet.

— Qu'est-ce qu'il se passe ?

Elle ne répondit pas. Elle se découvrit et lui montra les draps ensanglantés.

— Mais ce n'est rien ! C'est une chose qui arrive à toutes les femmes ! Je t'expliquerai... Justement, je commençais à m'inquiéter que ça ne te soit pas encore arrivé. Je songeais à interroger le médecin...

— Moi aussi, je m'inquiétais. Effectivement, ça a mis du temps à venir.

Sa mère tombe des nues.

— Tu savais que...

— J'ai lu ça dans le dictionnaire. Je n'ai pas besoin d'explications. Dis-moi seulement ce que je dois faire...

Sa mère lui montra d'un air gauche ce qu'elle avait à faire. Puis elle s'assit à côté d'elle, sur le lit.

— Marinette, il y a des choses que tu dois savoir – tu es une femme à présent. Tu dois savoir ce que ça veut dire. Ce que c'est précisément que l'amour. Comment on fait les enfants...

Elle sursauta et se redressa dans son lit, le visage décomposé et les yeux noirs de colère.

— Pourquoi es-tu si pressée de me mettre au courant ? Tu crois que je vais suivre ton exemple et gagner ma vie en faisant ton honorable métier ?

« Pauvre maman ! Elle ne s'attendait pas à ça ! Elle est devenue jaune comme un citron. C'est seulement à ce moment-là qu'elle a compris que dans mes veines coulait le sang de mon père, de l'homme qu'elle détestait plus que tout au monde. »

Elles n'avaient jamais été amies, mais maintenant elles étaient devenues ennemies. Elle s'enferma dans sa chambre, dans ses rêves, dans ses inquiétudes. De l'autre côté de la cloison, c'était un déferlement de vie dans la mousse du champagne et le grincement des divans.

« Quelle fameuse école, ma maison ! Pas besoin de voir ! L'intuition et l'imagination complétaient l'éducation par l'ouïe. Et je me suis mise à prendre en grippe ce qui blessait mon orgueil, ma dignité. Ce qui empoisonnait mon instinct amoureux. »

Elle ne pouvait plus supporter cette situation. L'idée fixe de fuguer s'empara d'elle. « Partir, mais pour aller où ? Comment vivre ? En devenant ouvrière ? Bonne ? Il ne m'était pas difficile de comprendre où la lutte pour la vie peut conduire une fille de seize ans. Si c'était pour devenir prostituée, mieux valait le devenir chez moi. Je voulais quitter cette maison, parce que je ne pouvais supporter de la voir devenue une maison de passe. » À force d'y réfléchir, elle trouva la solution. Elle prendrait son mal en patience jusqu'à la fin de ses études. Une jeune fille qui a décroché son baccalauréat impose le respect et peut sans difficulté gagner honorablement sa vie.

Elle se plongea dans la lecture à corps perdu. Pour achever ses études au plus vite, pour être libre. « Ma mère ne m'opposait plus aucune objection. Depuis ce jour-là, elle avait peur de moi. Chaque fois qu'elle me voyait, elle ressentait le même malaise que devant mon père. Que de fois elle a essayé, la malheureuse, de se rapprocher de moi, de m'ouvrir son cœur, de susciter ma pitié ! Mais j'étais inflexible, impitoyable. Elle a perdu espoir. Une douleur secrète la rongeait, la faisait dépérir. Elle n'avait plus le même entrain qu'autrefois. Elle s'est mise à vieillir avant l'heure. La plupart de ses anciens amis l'ont abandonnée. Elle a compris le danger, a veillé à renouveler ses visiteuses. Elle est devenue maquerelle. L'évolution fatale de la prostituée vieillissante… »

La solitude… Elle n'avait pas de famille, personne à qui se confier. Sa maison n'était pas un foyer, mais un toit et une cantine. « Sans père ni mère, sans parents, sans amis. Voilà tout. » En classe, elle restait à l'écart de ses condisciples. Elle savait qu'elles étaient au courant. Qu'elles méprisaient la fille de « la femme de mauvaise vie », qu'elles cherchaient le moindre prétexte pour la blesser. « J'aurais préféré mourir plutôt que de leur donner ce prétexte. Mais je parvenais à ne leur laisser aucune prise. Elles me détestaient, me méprisaient. Pourtant, d'un autre côté, elles avaient du respect pour la fierté avec laquelle j'affrontais ma déchéance sociale. Il y avait là quelque chose de plus. »

Un jour, à la récréation, Aimée de Saint-Clair l'aborda hardiment :

— Marina, je sais…

Elle eut un sursaut d'orgueil.

— Qu'est-ce que tu sais ?

— Je sais que tu souffres. Je vois avec quelle dignité tu fais face au malheur. Tu es une fille honnête. Donne-moi la main !

— Tu te trompes. Je ne comprends pas ce que tu veux dire.

Et elle lui tourna le dos. La jeune aristocrate en fut choquée. Elle courut raconter sa déconvenue aux autres élèves.

— Elle est ignoble et vulgaire. Elle m'a offensée, moi, une Saint-Clair ! Et qui ça, je vous le demande ? La fille d'une prostituée !

— Que se passe-t-il ? demanda monsieur Dupuy, le professeur de lettres, qui passait par là.

On lui expliqua l'affaire.

— Enfin, Aimée, comment as-tu pu te tromper à ce point ? Si elle ne t'avait pas répondu comme elle l'a fait, cela revenait à reconnaître la déchéance de sa mère. Tu comprends ?

Elle comprit. Sans dire un mot, elle s'approcha de Marina, qui se tenait à l'écart, crispée, le regard noir.

— Je te demande pardon, Marina. Ton amitié sera pour moi un grand honneur ! Je peux te serrer la main ?

De ce jour, elle eut une amie.

Yannis sort la tête du hublot de la start-room.

— Tu vois cette île ?

— Oui, je la vois.

— C'est Milos. C'est là qu'on a trouvé la Vénus.

Il la regarde de ses yeux mi-clos, à la fois brillants et ternes.

— À mon sens, Vénus n'est pas plus belle que toi…

— Ne dis pas de bêtises !

« À dix-sept ans, j'étais belle, très belle. Je m'en apercevais de moi-même, en me voyant dans le miroir. Je le sentais en passant mes mains sur mon corps. Je le lisais dans le regard des hommes. » Oui, elle était belle. Son corps de taille moyenne, aux élégantes proportions, offrait le plaisir esthétique d'une parfaite symétrie. Son visage, outre l'harmonie impeccable de ses lignes, avait une expression mystérieuse qui, en rayonnant autour d'elle, aiguillonnait le désir de domination des hommes plutôt que l'ardeur de leurs sens. Mais c'était le charme de ses yeux qui était inestimable. De beaux yeux d'un bleu froid, pleins d'assurance et de défi. Pareils à ceux de son père.

Félix Maréchal avait alors vingt ans, et elle seize. « Où et comment nous sommes-nous connus ? Je ne m'en souviens même pas. C'était un beau garçon, sérieux, étudiant en lettres. J'ai eu plaisir à le fréquenter, j'étais peut-être un peu émue par lui. Est-ce qu'il m'aimait ? Oui, sans doute… Comme on aime quand on a vingt ans et qu'on est un intellectuel timide qui s'efforce de conquérir le cœur d'une femme… L'idiot ! Il hésitait, il n'osait pas. Et pourtant, s'il avait osé… »

— Je descends dans la cabine jeter un coup d'œil à des factures.

C'est Yannis qui lui parle depuis l'escalier.

— Bon, je te verrai plus tard…

Yannis descend, et Marina replonge dans ses pensées.

« S'il avait osé, je me serais donnée à lui, je me serais décidée de manière réfléchie, de sang-froid. Ce n'était pas que j'éprouvais le désir d'une liaison, mais je croyais qu'elle susciterait en moi le désir. » Les jours, les mois s'écoulaient. Ils allaient en promenade, en excursion. Ils ne parlaient que de sujets sérieux, sur un ton toujours amical. Pas de sous-entendu amoureux, pas de mots tendres, pas d'œillade éloquente. C'étaient des camarades, et rien de plus.

En juillet, l'université ferma ses portes. Félix devait rentrer à Arles, chez ses parents. Elle l'accompagna à la gare. Ils faisaient les cent pas sur le quai en attendant le départ du train. Ils avaient un air réservé, indifférent, parlaient de choses anodines. Toutes les deux minutes, la conversation retombait. Ils s'efforçaient avec angoisse de trouver un autre sujet, effrayés par ce silence.

— Mesdames, messieurs ! En voiture !

Il lui prit la main.

— Il se peut que je ne revienne pas avant longtemps…

Elle voulut lui répondre qu'elle penserait à lui, qu'elle l'attendrait, mais elle ne le put pas. Il bondit sur le marchepied du wagon et la salua en agitant sa main, jusqu'au moment où le train disparut dans la brume dorée de l'après-midi. « Alors, je me suis sentie seule, terriblement seule. Je suis restée immobile, comme anesthésiée, à regarder le train s'en aller. Je ne sais combien de temps je serais resté là, si quelqu'un ne m'avait pas, par mégarde, donné un coup de coude. Je me suis réveillée… »

Elle sortit de la gare et s'engagea dans la rue qui conduisait au port. Elle erra sur les quais déserts. La nuit tombait en silence sur les eaux du fleuve. Elle marcha au milieu des piles de sacs et de caisses. Sur sa gauche, les usines remplissaient le ciel nocturne de leurs lumières, de leur vacarme et de leurs fumées sales que l'absence de vent laissait stagner, paresseuses et nonchalantes. À droite, les vaguelettes du fleuve clapotaient contre les flancs des bateaux immobiles, qui faisaient penser à d'étranges forteresses d'un autre monde.

Elle se souvient très clairement de tout cela, jusque dans les moindres détails, comme si c'était hier. Elle se rappelle qu'elle avançait sans savoir où elle allait, sans savoir pourquoi elle marchait. La nuit tomba. Il faisait noir maintenant. Et elle continuait à marcher, à marcher. Elle ne songeait pas qu'il lui faudrait à un moment s'arrêter, revenir sur ses pas. Elle ne pensait à rien. En elle tout était mort, avait cessé d'exister.

Soudain, elle sentit que quelqu'un la suivait, s'approchait d'elle. Elle ne fut pas surprise, ni inquiète. Elle continua à marcher. À présent, les pas résonnent tout près d'elle. L'individu qui la suivait marche à son côté et lui parle d'une voix rauque, pâteuse, d'homme qui a bu.

— Je te paierai bien. J'ai de l'argent. Regarde !

Elle se retourna et vit la main tendue – une grosse main noueuse aux ongles sales qui tenait un ou deux billets de banque. Elle ne lui répondit pas et, sans hâter le pas, fit comme si elle ne le voyait pas, ne l'entendait pas. Alors, l'homme avança son bras et l'enlaça. De ses ongles durs, il lui pétrit la poitrine.

— Viens, on y va…

Sa bouche empestait le vin. Sous le coup de la douleur, elle essaya de lui échapper. Mais l'homme la serra plus fort.

— Viens ! Laisse-toi faire ! Je te paierai, je te dis…

Elle le suivit. Ils prirent à droite, arrivèrent sur la jetée et sautèrent dans un chaland à moitié rempli de sacs de blé.

— Ici, ça va. Personne ne nous verra. Viens, allonge-toi…

Le poids de cet homme sur son corps. La puanteur de son haleine dans ses narines. Le malaise provoqué par sa vaine résistance. Elle l'entendait grommeler des insultes incompréhensibles. Elle se mordait les lèvres pour ne pas crier sous l'effet d'une douleur insoutenable. Soudain, l'homme se retira. Il la regarda d'un air soupçonneux.

— Non, mais tu es…

— Ne dis pas de bêtises, lui répondit-elle d'une voix glaçante.

Il éclata de rire :

— Tu as raison. Je ne sais pas comment cette idée a pu me passer par la tête ! C'est marrant, non ?

Elle rentra par le même chemin par où elle était venue. Elle avançait du même pas silencieux et insouciant, comme s'il ne lui était rien arrivé de particulier. Elle avait maintenant les bateaux sur sa gauche, les usines sur sa droite. Elle tenait dans sa main le billet de vingt francs que l'ivrogne lui avait donné. Elle songea un moment à le jeter. Puis, elle se ravisa. Elle le garda dans son sac, sans le mélanger avec le reste de son argent.

Elle arriva tard chez elle. Sa mère l'attendait dans l'inquiétude :

— Pourquoi rentres-tu si tard ?

— J'étais avec mon amant.

« Je n'oublierai jamais son visage. Elle a d'abord pâli, puis le sang lui est monté à la tête. Elle a levé la main pour me frapper, mais elle s'est retenue. »

— J'attendais de toi des plaisanteries plus intelligentes…

— Je ne plaisante pas. Regarde…

Elle sortit le billet de vingt francs et le lui montra d'un air de défi.

— Qu'est-ce que c'est que ça ?

— Un homme me l'a donné. J'aurais été bien bête de ne pas gagner honorablement mon argent de poche, non ?

Sa mère blêmit à nouveau, accusa le coup. Mais elle comprit le risque d'une telle conversation. Elle feignit un sourire ironique, et dit :

— Puisque tu t'obstines à parler de ce sujet, je t'informe que tu vaux bien plus de vingt francs.

« J'étais furieuse, parce qu'elle avait réussi à avoir le dernier mot. Je me suis juré de le lui faire payer. Et j'y suis parvenue. »

Deux années passèrent. Le souvenir de cette histoire lui sortit de l'esprit. Elle n'eut pas d'autre aventure avec un autre homme. « Je ne sais pas moi-même pourquoi je me suis donnée à cet inconnu. Je me suis donnée sans désir ni plaisir. Et je n'ai plus eu de désir pendant deux années entières. Je ne m'en suis pas inquiétée. Je trouvais mon bonheur dans la tranquillité de l'âme et de la chair. Heureuse et sûre que l'âme et la chair attendaient leur heure. »

Et cette heure vint. Elle était étudiante en lettres, en deuxième année, quand elle connut André Ducros. « Jeune, charmant, intelligent, riche et paresseux. Il m'a plu, il m'a séduite. Mais je me refusais à lui. Pourquoi ? Peut-être parce que mon désir pour lui ne prenait pas une forme précise. Il fallait que je devine ce qu'il m'arrivait exactement. Mais je ne l'ai pas deviné, et je me suis donnée. »

Elle se souvenait de ce mois – un mois seulement – où elle avait été la maîtresse d'André Ducros. « Mon Dieu, quel martyre ! Cette invasion arbitraire et brutale de la chair de l'homme dans ma chair qui ne m'inspirait que de la répugnance... Je l'ai détesté, je l'ai haï pour le plaisir qu'il me volait, sans me payer de retour. J'ai rejeté la faute sur lui, parce que je ne pouvais pas comprendre, parce que je n'osais pas comprendre. Je l'ai chassé, et je me suis sentie libérée. »

Libérée ? C'est seulement lorsqu'elle se retrouva seule qu'elle se mit à se douter de ce qu'il lui arrivait. « Pourquoi n'avais-je pas de plaisir avec lui ? Puisqu'il me plaisait, m'attirait... Je connaissais la physiologie féminine, j'en avais parlé avec d'autres filles de mon âge. Elles n'avaient pas tant de difficultés à éprouver du plaisir et à le satisfaire. J'ai compris que toutes celles qui étaient monogames l'étaient en raison d'une censure morale. Inconsciemment, elles désiraient tous les hommes, elles pourraient éprouver du plaisir avec tous les hommes. Alors, pourquoi moi... ?

Elle ne trouvait pas d'explication. Elle consulta des livres, assista à des conférences de spécialistes. Tout cela ne fit que la précipiter dans un abîme pire encore. « C'est cette horreur qui a eu lieu chez moi, à côté de ma chambre de jeune fille. Que j'ai entendue à travers la cloison, que je me suis représentée par l'intuition et l'imagination. Ma mère et un homme. Ma mère et un autre homme. Ma mère et un troisième homme. Ma mère qui fait l'amour avec une multitude d'hommes. Cet acte de chair si dégradant pour une femme quand il ne se rapporte pas à un seul homme, à un seul amour. C'est ça, oui. »

Il fallait trouver une issue à cette impasse. Et elle la trouva dans l'étude. Depuis qu'elle était au lycée, la littérature grecque avait suscité son intérêt. Elle était la meilleure de la classe en grec ancien. Quand elle entra à l'université, elle concentra tous ses efforts sur cette discipline. Elle devint bientôt une excellente helléniste. Son professeur l'admirait : il éprouvait un plaisir singulier à s'entretenir avec cette belle femme à coups de références antiques.

— Je suis aussi charmé que Périclès lorsqu'il conversait avec Aspasie.

Elle riait et lui répondait :

— Ô vénérable sage, convient-il à un homme comme toi de fréquenter des courtisanes de Milet ?

Elle hausse alors les épaules et esquisse un sourire sarcastique en pensant à Freud, à Adler, à Havelock Ellis. « Ont-ils ajouté un iota à ce qu'avaient pressenti Platon et Aristote ? Ont-ils égalé le génie d'Eschyle, de Sophocle et d'Euripide dans la peinture de l'amour ? »

Médée. Il n'existe pas d'analyse plus pénétrante et plus définitive de la passion amoureuse chez la femme. Euripide a dit le dernier mot. Elle avait appris toute la tragédie par cœur, du premier au dernier vers. Quand l'heure de cours touchait à sa fin, le professeur fermait ses livres et disait :

— Et maintenant mademoiselle Baret va nous réciter Médée.

Elle se levait et récitait les dialogues et les chœurs d'une voix pleine de passion.

Le professeur opinait du chef avec admiration :

— Si vous n'aviez pas suivi l'enseignement de Calliope, vous auriez été faite pour servir Melpomène.

— Vous vous trompez, très cher, c'est Thalie et Terpsichore que je devrais servir ; et, en dansant le kordax[1] sous les portiques des Muses, exciter les hommes et me livrer à la prostitution.

Le professeur l'écoutait en silence et fixait sur elle son regard malicieux. Mais ses condisciples riaient, car elles connaissaient sa farouche vertu – il n'y avait jamais eu sur elle le moindre ragot.

« Médée était devenue pour moi une véritable passion. La femme qui tue ses enfants par jalousie est-elle une psychopathe ? Voilà la question qui me turlupinait... Non, ce n'était pas une psychopathe. Si elle l'avait été, elle n'aurait pas inspiré le génie d'Euripide, qui ne recherchait pas le sujet de ses tragédies dans la sphère du morbide. Médée était un être normal, dont la passion amoureuse avait obscurci la raison, comme cela peut arriver à tout individu. On pouvait même conclure, à l'inverse, que l'individu qui ne peut ressentir une telle passion n'est pas un être normal. »

Après tout ce qui s'est passé, à présent, cette conception exaltée, cérébrale, la met en colère contre elle-même. Elle avait d'ailleurs choqué les professeurs de la Faculté des Lettres, quand elle avait développé cette théorie insensée dans un travail universitaire. Ils avaient regimbé, protesté. Mais ils n'avaient pu lui refuser le titre de docteur.

— Et maintenant, que vas-tu faire ? lui avait demandé

---

[1] Danse bouffonne et indécente de l'Antiquité grecque (Toutes les notes sont du traducteur).

son vieux professeur, après la soutenance de son doctorat.

« J'étais belle, ce jour-là. Avec cette toque noire sur mes cheveux blonds, cette ample toge qui cachait malicieusement les savantes proportions de mon corps. J'étais belle et je le savais. Et je lui ai répondu en français, et non en grec. »

— Ce que je compte faire ? Oublier toutes les choses inutiles que j'ai apprises, et me prostituer.

Dans les yeux du vieux savant brilla un regard polisson.

— Il n'y a pas de sot métier, dit-il d'une voix tranchante. Et il changea de sujet de conversation.

« Pourquoi étais-je poursuivie par l'obsession de la prostitution ? Peut-être par réaction à ma crainte d'être frigide. Non, je ne me suis pas prostituée, et je ne le ferai jamais. À présent, je peux l'affirmer de manière formelle. Je suis la femme d'un seul homme. Ce n'est pas une morale objective qui me réduit à la monogamie, mais mon tempérament. Je serais monogame même si la polygamie était officiellement instituée. Alors, pourquoi ? Quel complexe me tourmentait ? Mon inconscient ? »

Elle haussa les épaules. S'il y avait eu un complexe, il n'y en avait plus à présent. Elle ne s'était jamais sentie aussi parfaitement équilibrée dans tout son être. Mais alors, l'amertume, la rancœur la martyrisaient. Elle se souvient de la fin de la journée où elle avait été proclamée docteur. Elle était rentrée chez elle en brandissant son diplôme de manière provocante. Sa mère l'avait pris d'une main tremblante.

— Il faudra l'encadrer et le suspendre dans le salon.

— Oui, ça impressionnera beaucoup tes amis. Les actions de ton entreprise vont s'envoler.

Sa mère fut médusée, foudroyée par cette répartie. Elle posa sur elle un regard d'animal effaré.

— Je comprends, murmura-t-elle. Tu préfères le suspendre dans ta chambre.

— Non, on le mettra au salon. Dans ma chambre, je suspendrai ce billet de vingt francs, le seul que, jusqu'à ce jour, j'ai gagné honorablement, pour prix de ma peine.

Elle sortit du salon d'un air hautain, méprisant. Sa mère s'effondra sur une chaise, la main gauche sur le cœur. Elle était blême, avait le souffle coupé.

— Elle finira par avoir ma peau, dit-elle entre ses dents.

Quelques jours plus tard, on trouva sa mère morte dans son lit. Elle avait à peine quarante-deux ans.

— Une syncope, dit le médecin.

Elle ne versa pas une larme sur sa mère. Elle s'acquitta des obsèques avec respect, mais de manière conventionnelle, distante, détestable. Des obsèques on ne peut plus dignes, mais où personne ne vint. Elle ne fit pas paraître d'avis de décès dans les journaux, n'envoya pas de faire-part. Elle suivit seule le cercueil jusqu'à l'église et au cimetière. En rentrant chez elle, elle congédia la bonne.

— Ici, ce n'est plus un bordel !

Elle resta seule. Elle traîna dans les pièces, contemplant les meubles, examinant les lits avec une curiosité morbide. « C'est là qu'elle jouissait de ce dont moi, je ne pouvais profiter. C'est alors seulement que j'ai compris pourquoi je la détestais. »

Elle s'affala dans un fauteuil et se perdit dans ses pensées : « Il faut que je travaille, que je gagne ma vie. Ma mère n'est plus là, pour m'entretenir avec l'argent de la prostitution. Oui, je suis plus dégoûtante que la pire des putains. »

On sonna à la porte. C'était un vieil « ami » de sa mère, le notaire Dupérier. Elle le reçut sur le seuil.

— C'est moi qui vous ouvre, parce que je n'ai plus de bonne. Désolée, mais je ne reçois pas les visites de condoléances.

— Je ne viens pas pour des condoléances, mais pour affaires.

Ils passèrent dans le salon. Dupérier sortit un papier de sa poche.

— C'est le testament de feue votre mèrc. Jc dois vous le lire.

Elle l'écouta sans bien comprendre. Elle n'en croyait pas ses oreilles. Environ deux millions de francs, dans des placements sûrs, qui étaient maintenant à elle.

— Comment ça ? bredouilla-t-elle. Ma mère avait une pareille fortune ?

— Absolument. Vos revenus dépassent les cent mille francs par an. Vous êtes riche.

Son visage se figea.

— Je ne sais si j'ai le droit d'accepter tout cet argent.

Maître Dupérier eut un sourire en coin.

— Si vous permettez, je vais lire le testament jusqu'à la fin :

« Je demande pardon à ma fille pour le dommage moral que je lui ai infligé. Si je suis devenue ce que je suis devenue, ce n'est pas par légèreté ou par cupidité. J'ai voulu assurer, à ma mort, l'aisance matérielle de cette malheureuse enfant qui, livrée à elle-même, serait tombée dans la misère. Mon sacrifice n'a pas été compris. Ne pouvant crier la vérité sur les toits, j'ai bu jusqu'à la lie l'amer calice du mépris et de la haine. »

Maître Dupérier se leva et dit d'une voix sèche :

— Vous n'avez pas le droit de refuser cet argent, mon enfant…

La chambre de sa mère. Les fenêtres fermées nuit et jour par des rideaux noirs. Les murs couverts de crêpe mauve. Et sur le chiffonnier, entre deux cierges allumés, la photo de la morte.

Elle y passait des heures, bourrelée de remords. Elle pleurait, demandait pardon à la défunte. Elle attendait la nuit tombée pour sortir et marcher un peu, toujours seule. « Je me souviens de ce soir où j'ai entendu le son de l'orgue en passant devant la cathédrale. Je suis entrée, seulement pour profiter de la musique de Bach. Je ne croyais pas en Dieu, pas plus qu'aujourd'hui. Je me suis assise dans un coin et j'ai fermé les yeux. Enveloppé dans cette harmonie, le visage de ma mère est venu m'adresser un sourire amer. Quand j'ai rouvert les yeux, les derniers rayons du soleil donnaient vie, dans leur polychromie diaphane, aux saints des vitraux. Les rosaces resplendissaient, astres d'un univers façonné par la beauté humaine. Les piliers de granit gris-vert s'élançaient vers les ténèbres de la voûte, où flottait le souffle de l'esprit. Je n'avais jamais ressenti une aussi douce insouciance, une aussi grande liberté. »

Tous les soirs, à présent, elle passe des heures entières

dans une des vieilles églises gothiques de Rouen. Est-ce qu'elle croit en Dieu ? C'est une question qu'elle évite de se poser. Elle ne va à l'église que pour éprouver cette douce insouciance, qui lui est peut-être apportée par Dieu, ou peut-être pas. Le temps le montrera…

Le temps montra qu'il n'y avait pas de Dieu pour elle. Un soir, alors qu'elle sortait de la cathédrale après les vêpres, elle sentit une main sur son épaule.

— Bonsoir, Marina.

C'était Aimée de Saint-Clair, son ancienne condisciple.

— Tu t'es mal comportée à mon égard en m'abandonnant pendant tant d'années. Tu ne sais peut-être pas que je me suis mariée ; que je suis la comtesse de Roslain.

— Excuse-moi, Aimée ? Tu comprends sûrement ce qui nous sépare…

— Rien, absolument rien ne nous sépare. Je ne t'ai jamais caché combien je t'aime. Moi, j'ai suivi ta vie. Je sais que tu as fait de brillantes études. Je sais que tu es désormais seule au monde. Sans un parent, sans un ami.

— C'est mon destin qui l'a voulu…

— Non, c'est toi qui l'as voulu. Mais il n'est pas permis que cette situation s'éternise. Viens avec moi.

Elles entrèrent dans une grosse voiture noire conduite par un chauffeur en livrée et se rendirent à l'hôtel de Roslain, célèbre par son élégance. Elles s'assirent dans un vaste salon, décoré de meubles Henri II. Puis elles parlèrent en buvant du porto et en mangeant des petits fours. « Il a suffi d'une demi-heure pour me convaincre que ma solitude n'était pas normale, qu'elle était morbide, et que je devais revenir dans la vie des hommes. De ce jour, je n'ai plus mis les pieds dans une église. Dieu m'a quittée. Mais il y a eu quelque chose d'autre... »

Pendant qu'elles discutaient, deux hommes entrèrent dans le salon.

— Il faut que je te présente mon mari et mon cousin, le baron Guy de Roslain. Mademoiselle Marina Baret, dont je t'ai parlé tant de fois...

Le comte de Roslain l'accueillit chaleureusement.

— Maintenant que mon épouse vous a retrouvée, il n'est plus question de vous lâcher. Nous voulons que vous considériez notre maison comme la vôtre.

Guy de Roslain ne disait rien. Il la regardait avec des yeux pleins d'admiration – et peut-être d'un autre sentiment. Dans sa robe de deuil, elle était d'une beauté dépouillée.

« Est-ce que Guy m'a aimée ? Oui, il m'a aimée. Peut-être n'aurait-il pas voulu m'épouser si je n'avais pas été riche. Mais, d'un autre côté, toute riche que j'étais, il n'aurait jamais pensé au mariage s'il ne m'avait pas aimée. Quant à moi, oui, il me plaisait. Il était beau, intelligent. Il portait sur lui la légendaire noblesse des Roslain. Baronne de Roslain ! Il faut avoir vécu, comme moi, dans la province française pour comprendre ce que cela signifie... L'autre question – ce désagréable soupçon –, je l'envisageais avec optimisme. Non, ce n'était pas possible. Une fois dans les bras de ce bel homme, je deviendrais de toute façon une femme. »

Il lui donna sa parole : il l'épouserait. Ils attendirent

pourtant la fin de la période de deuil pour officialiser leurs fiançailles. Elle était heureuse.

Vint le mois de mai. Le vent qui soufflait depuis la plaine de Normandie remplit la cité du parfum des pommiers en fleur. « Cet après-midi-là, je suis sortie de chez moi pleine d'entrain. Je voulais marcher, profiter du soleil de mai, voir les gens flâner joyeusement dans les rues ensoleillées. Je devais rencontrer Guy plus tard, puisqu'il était occupé. J'étais heureuse. Et lorsqu'inopinément, sur le pont Corneille, sa petite voiture s'est arrêtée, j'ai été aux anges. »

— Bonsoir, Marinette. Où vas-tu ?

— Bonsoir, Guy. Nulle part. Je marche sans but, pour profiter de ce bel après-midi.

— Alors, si tu permets, je serai heureux d'en profiter avec toi.

— Comment ? Tu n'as pas de travail ? Tu m'as dit que tu ne serais libre qu'à huit heures.

— Je suis libre depuis six heures. Allez, viens !

Elle s'assit à côté de lui. La voiture parcourut la ville à vive allure. Elle roulait à présent au milieu des prés fleuris de la campagne normande où flottait une brume légère et basse, éclairée par la lumière dorée d'une fin d'après-midi. « Guy ne disait rien. Il n'arrêtait pas de tourner la tête pour me regarder. Ses yeux brûlaient de désir. Je devais être belle en ce soir de mai. J'étais sûre d'être très belle. »

Le soleil se coucha, le ciel prit les tons vert et rouge du crépuscule. Puis la lumière crépusculaire s'effilocha, fit place à la nuit. La voiture filait le long des routes, avançait sans but, sans réelle destination. Guy ne parlait pas, ne la regardait même plus. Une pensée le tourmentait, un combat se livrait en lui. Ils traversèrent les villages à moitié endormis de la plaine, longèrent les fermes aux fenêtres éclairées. Le vent était saturé du parfum des pommiers en fleur et de l'humidité de la végétation printanière. Les astres étaient comme figés dans le ciel. « J'avais levé la tête et regardais les étoiles. J'ai compris pour la première fois qu'elles veillaient sur ma vie. Que me disaient, ce soir-là, les mondes lointains de l'univers infini ? »

Les phares de la voiture éclairent un écriteau, sur le bord de la route : « Auberge de la Bonne Destinée ». Guy freine, s'arrête.

— J'ai une faim de loup. Je mangerais volontiers une omelette aux lardons.

— Moi aussi, j'ai faim.

Le patron s'avance vers eux, prévenant, tout sourire.

— Messieurs dames, bonsoir. Où souhaitez-vous dîner ? Dans la grande salle ou dans un salon privé ?

Guy la regarda droit dans les yeux. Elle lève la tête et interroge les astres : « Est-ce la bonne heure ? » Les astres ne répondent pas ; ils restent immobiles et pâles, instants rares d'une vie sans début et sans fin.

— Qu'est-ce que tu préfères, Marinette ?

— Je te laisse l'initiative…

Les yeux de Guy brillèrent un moment, puis se voilèrent.

Il dormait profondément, quand elle se leva du divan. Elle avait le visage marqué par l'effroi et l'amertume, le regard voilé, révulsé. Par la fenêtre ouverte, elle voyait, au levant, le ciel se teinter d'une vapeur rose.

Elle s'habilla rapidement, sans faire de bruit. Puis elle ouvrit la porte, descendit l'escalier extérieur et s'avança sur la route. Autour d'elle, la plaine s'éveillait au chant de l'alouette. Elle marcha, marcha, comme un animal traqué. Jusqu'à l'épuisement. Elle s'assit sur un mur de clôture, se prit sa tête entre les mains et pleura…

Dès qu'elle fut rentrée chez elle, elle écrivit à Guy une courte lettre : « Ne cherche pas à comprendre, ni à me faire changer d'avis. D'ailleurs, quand tu recevras cette lettre, je serai déjà loin. Notre destin n'était pas de vivre ensemble. »

Elle lui mentit en lui annonçant son départ, parce qu'elle ne voulait pas le rencontrer. « Que pourrais-je lui dire ? Comment lui expliquer ? Tout à son bonheur, il n'a pas su comprendre. » Elle s'enferma chez elle. Elle passait son temps à lire ses chers tragiques grecs. Mais par moment, avec un goût d'amertume dans la bouche, elle pensait à son immuable destinée : « Je suis frigide, il faut que je m'y résigne. Que je me fasse une raison. »

Juin fut chaud et lourd, étouffant. Dans sa maison mal aérée, elle suffoquait. « Il faut que je sorte, que je prenne l'air ! Que je voie le soleil, le fleuve, le ciel et les étoiles ! » Elle enfila ses vêtements à la va-vite, et sortit dans la rue. « Les mêmes maisons, les mêmes rues, les mêmes gens, les mêmes images. Depuis vingt-deux ans. Vingt-deux ans. » Elle marche lentement, le front assombri, les yeux mi-clos. Elle se dit : « Il faut que je parte d'ici. Qu'est-ce que je fiche dans cette ville ? Qu'est-ce qui m'y retient, à part des souvenirs déplaisants et une tombe ? Je suis riche, je peux voyager aussi longtemps que je veux, toute ma vie s'il le faut. Puisque je ne peux pas aimer les hommes, j'aimerai les ciels, les mers, les plaines, les montagnes et les villes du monde entier. Je deviendrai une particule mouvante d'une humanité croupissante. Je perdrai ma personnalité, mon assise. Je ne serai plus que ce qui sera écrit sur mon passeport. Je n'aurai plus de nom, mais seulement un numéro de cabine de bateau, de siège de wagon, de chambre d'hôtel. C'est pour moi la seule solution, la seule. » Puis elle songea qu'il y avait un autre tombeau, au fin fond du Sahara, sur lequel elle ne s'était jamais recueillie. « J'irai une fois par an sur la tombe de mon père ; et une autre fois sur la tombe de ma mère. Voilà. »

Elle prit sa décision, et se rasséréna. Elle leva la tête, regarda autour d'elle et vit que, sans s'en apercevoir, elle était arrivée au port, au bord du fleuve. Elle marcha le long du quai, en contemplant les bateaux au repos, après le travail de la journée. Le soleil s'était couché au loin, derrière le fleuve, sur les eaux de l'océan. L'horizon, à l'ouest, s'était empourpré et le ciel, au-dessus, avait pris une couleur verdâtre. Elle s'arrêta un moment pour humer la fraîcheur du soir qui venait du côté de la mer. Elle vit un bateau qui remontait le cours du fleuve. Un grand bateau noir, lourdement chargé, qui émergeait à peine de l'eau. Il avançait vers son mouillage avec une dignité silencieuse, comme fatigué par son long combat avec la mer.

Elle resta là, à le regarder. Dans le halètement de l'hélice et le grincement des amarres, le navire accosta lentement le long de la jetée. Il avait une cheminée jaune, ornée en son milieu d'une étoile bleue. Il ne portait pas de pavillon.

Ses yeux se posèrent sur la poupe, où était écrit le nom du bateau: XIMAIPA. «Drôle de nom. Ximaipa, Ximaipa! À quelle langue barbare ce mot désagréable à l'oreille peut-il appartenir?»

Elle se lassa de rester sur place à regarder: «Il est temps que je m'en aille, que je rentre chez moi. Je dois voir demain maître Dupérier pour régler mes affaires. Et, après-demain, je pars à Paris. Après ça, à Dieu vat!» Elle marcha sur la jetée, le long du bateau, et parvint à la proue. Elle leva les yeux, vit le nom du navire écrit en caractères latins: CHIMAIRA. Elle sursauta, stupéfaite: «Honte à moi! l'helléniste émérite que je suis n'a pas été capable de comprendre que les lettres de la poupe étaient du grec: Khimaïra, Khimaïra… Autrement dit, Chimère…»

Pendant la nuit, elle fit un rêve. C'était apparemment un griffon, tels que les anciens Grecs le représentaient sur les vases et les monnaies, avec un corps de lion, une tête et des ailes d'aigle. Dans l'incohérence symbolique de son rêve, elle était pourtant persuadée que le griffon était une chimère. La chimère à l'apparence de griffon, assise sur les barreaux de son lit, tel un présage silencieux, la regardait de ses yeux bleus, lumineux. Elle tendit la main pour saisir l'oiseau mythique. Mais elle n'en eut pas le temps: par la fenêtre ouverte la chimère s'envola en direction du port, du fleuve, de la mer. On n'attrape pas une chimère…

Tel fut son rêve. Le matin, elle se réveilla en forme. «Je vais téléphoner à maître Dupérier pour fixer un rendez-vous. Il faut que je quitte cette ville, et le plus tôt sera le mieux.» Elle téléphona à l'étude du notaire, mais personne ne répondait. Elle se souvint alors que c'était dimanche. Elle en fut contrariée. « Un jour de perdu, un jour d'ennui. » Elle resta dans ses pensées. « Comment vais-je occuper cette journée ? J'irai au cimetière, rendre visite à ma mère. » Elle commença à s'habiller. Elle aurait dû normalement mettre une robe noire. Mais, sans savoir pourquoi, elle préféra quelque chose de plus gai. Elle sortit dans la rue et se dirigea vers l'avenue voisine pour trouver un taxi. Mais il n'y avait pas de taxi. « Je n'ai qu'à marcher un peu, ça me fera du bien. »

Tout en marchant, elle songeait à ce qu'elle allait faire. « Je ne resterai pas longtemps à Paris. C'est une ville que je connais très peu. Je l'admire, mais je ne l'aime pas. Elle n'est pas faite pour moi. Elle s'efforce vainement de continuer la tradition insurpassable de la Grèce, sans même arriver à la copier. Je m'en irai vite. J'irai d'abord au Sahara, me recueillir sur la tombe de mon père. Ensuite… Mais oui ! Ensuite j'irai en Grèce. En Grèce ! »

Elle se rappela soudain le bateau grec qu'elle avait vu la veille. « Mais comment une chose pareille a-t-elle pu m'arriver ? Prendre des lettres grecques pour des lettres latines ! Lire ximaipa au lieu de khimaïra ! Incroyable ! »

Elle sourit de son erreur. « Comment ai-je pu, moi l'admiratrice passionnée de tout ce qui est grec, ne pas reconnaître des Grecs d'aujourd'hui ? » Elle sourit à nouveau. « Mais oui, pourquoi ? Il faut que j'aille faire leur connaissance. Je suis curieuse de voir quelle impression je vais leur faire. »

Elle s'arrêta sur cette décision.

— Taxi ! Au port, s'il vous plaît...

Le port, ce jour-là, était rempli de bateaux, mais déserté par les hommes. Dimanche... « Je ne le crois pas déjà parti. C'est impossible. Il est arrivé hier, avec une pleine cargaison. Aujourd'hui, il ne peut pas la décharger. Il doit être encore là. »

— À quel endroit du port allons-nous, mademoiselle ?

— Avancez le long de la jetée. Je vous dirai où vous arrêter.

Le taxi roule lentement parmi les piles de marchandises et les bateaux. Il en dépasse cinq, dix, douze. Aucun d'eux n'est le bateau grec. Il serait fâcheux qu'il ait levé l'ancre, qu'elle ne le retrouve pas. « Fâcheux ? Pourquoi ? Encore quelques jours de patience et, en Grèce, je connaîtrai tous les Grecs que je voudrai, non ? » Cette pensée la rassura. Elle était sur le point de demander au chauffeur de la ramener en arrière, quand, au milieu d'une forêt de mâts et de cheminées, elle vit l'étoile bleue sur fond jaune. Le bateau n'était pas parti, il était bien là.

— S'il vous plaît, arrêtez-vous devant le bateau qui a une étoile bleue sur sa cheminée...

— Lequel ? Celui qui a, écrit sur sa proue, Xi... Ximaipa ? Quel nom affreux !

— Vous faites erreur. C'est un nom grec. Il se prononce khimaïra, ça signifie chimère. Vous savez sans doute ce que ça veut dire...

— Bien sûr. Quelque chose d'insaisissable, d'inaccessible.

Le taxi repartit, la laissant seule sur le quai, face à la « Chimère ». À présent, dans la lumière de cette matinée baignée de soleil, le bateau parait différent, plus vrai. Elle l'examine de la poupe à la proue, du haut des mâts à la ligne de flottaison. « Un beau bateau, bien entretenu… » Mais ce n'est pas le bateau qui l'intéresse, c'est son équipage, les Grecs. Les voilà qui traînent désoeuvrés sur le pont, qui fument, qui discutent. Ils ont le teint hâlé, les cheveux frisés, des yeux bruns, un regard intelligent. L'un d'eux l'a aperçue en train d'observer le bateau, debout sur la jetée. Il la montre aux autres. Ils se parlent entre eux et éclatent de rire. Celui qui l'a vue le premier, lui adresse la parole.

— Viens, chérie. Matelots grecs ! Amour, amour !*[2]

Ils se remirent à rire. Mais quand ils la virent monter l'escalier, ils furent interloqués, ébahis, et se précipitèrent pour l'accueillir.

— Viens, chérie. Viens, poupoule ! Amour, amour !*

Ils se bousculaient en haut de l'escalier, l'invitaient par des signes à monter. « Mon Dieu ! Ils m'ont prise pour une femme publique, une fille du port. Comment leur expliquer… » Elle n'eut pas besoin d'explications. Un officier vint parler aux marins, qui l'écoutèrent attentivement, hochant la tête en signe d'approbation, comme s'ils acceptaient ce qu'il leur disait. Ils se retirèrent en silence.

Elle gravit l'escalier, arriva sur le pont. L'officier la salua avec une grande courtoisie.

— Que désirez-vous, mademoiselle ?

---

[2] Les passages en français dans le texte original sont notés par un astérisque.

— Je désire voir le capitaine.

— C'est moi. À votre service…

Elle le regarde. Il est jeune – très jeune pour un capitaine – une trentaine d'années. Un bel homme, avec un corps harmonieux et un visage aux traits fermes, mais doux, où brillent deux yeux vifs et rieurs. « Un Grec. C'est ainsi que j'ai toujours imaginé les Grecs. Il faut que je lui parle grec. »

— Naukléré kalé kagathé, khaïré !

Le capitaine reste confondu.

— Pardon, mademoiselle, je ne comprends pas ce que vous dites. Je parle français, anglais, italien…

— Comment ça ! Vous ne savez pas le grec ?

— Je suis Grec.

— La phrase que je vous ai dite est en grec. En grec ancien.

— Peut-être bien, mais…

— Que voulez-vous dire ? Je vous assure que je connais très bien la langue de vos ancêtres.

— Je vous avoue que je ne suis pas très fort dans la langue de mes ancêtres. Auriez-vous l'amabilité de répéter cette phrase ?

— Volontiers. Naukléré kalé kagathé, khaïré !

Le capitaine soupire, bien embarrassé. Il tire de sa poche un crayon et un carnet.

— Pourriez-vous l'écrire ? Si je la vois écrite, il se peut que je la comprenne…

Elle écrit la phrase d'une main nerveuse. Le capitaine la lit, et éclate d'un rire homérique.

— Mais elle ne se prononce pas comme vous l'avez dite.

— Je parle avec la prononciation érasmienne. La vôtre, à ce que je vois, est complètement différente.

— C'est pourtant la bonne. Mon frère, un jeune homme très cultivé, me l'a expliqué. Il me dit que c'est attesté par la métrique, la prosodie…

Ils restèrent un moment silencieux. Ils se regardaient en souriant. Marina finit par rompre le silence :

— Je suis désolée de vous importuner, mais je n'ai jamais eu l'occasion de connaître des Grecs. Et donc, quand j'ai vu votre bateau, « Khimaïra »…

— Comment avez-vous dit ? Khimaïra ?

— Tout à fait. Ce n'est pas comme ça que s'appelle votre bateau ?

— Non, mademoiselle. Il s'appelle Himaira. Himaira.

— Elle répéta le mot, tel que le capitaine l'avait prononcé : « Himaira, Himaira ». Elle le trouva très musical.

— Je préfère votre prononciation à la prononciation érasmienne.

— Je suis d'accord avec vous. Auriez-vous l'obligeance de passer dans le salon ?

Dans le petit salon, quatre officiers, assis autour de la table, buvaient du café. Ils se levèrent dès qu'ils virent le capitaine entrer avec une dame inconnue.

— Je vous présente mes collaborateurs. Le second, le troisième capitaine, le premier mécanicien, le radio. Malheureusement, ils ne connaissent pas le français. Prenez place…

Ils s'assirent. Les cinq hommes posèrent sur elle un regard vif, bienveillant.

— Et voilà les Grecs, lui dit le capitaine. Maintenant,

vous nous connaissez, vous nous voyez de près. Comment nous trouvez-vous ?

— Vous m'avez tous l'air fort sympathique. C'est toujours ainsi que j'ai imaginé les Grecs. Quant à vous, monsieur le capitaine, vous me faites l'effet d'un homme intelligent et obligeant.

— Seulement l'effet ? Vous ne vous avancez pas beaucoup !

Ils éclatèrent de rire. Le garçon de cabine entra, apportant le café et de la confiture d'orange amère.

— Goûtez donc à notre café et à notre confiture. Comment les trouvez-vous ?

Elle les trouva sublimes. Elle trouvait tout sublime ce jour-là : le soleil, le bateau, le petit salon, cet aimable capitaine aux yeux intelligents et lumineux, ces marins silencieux au visage souriant. Oui, il faut que je voyage. Que je voie de nouveaux pays, d'autres gens. C'est la seule solution, la seule. »

— Venez sur le pont. Il y fait plus frais.

Depuis le pont, on voyait le port et la ville. La ville grise, à laquelle un pâle soleil donnait ce jour-là un air riant.

— C'est ici que je passe de longues heures sur l'océan. Je ne suis pas seulement le capitaine, mais aussi le propriétaire du bateau. Mon nom est Yannis Reïzis.

— Et moi Marina Baret.

Le capitaine reprit, après un moment de silence :

— Je suis né à Kassos, une île du Dodécanèse. Mais j'en suis parti tout jeune, avec mes parents. Nous sommes allés nous établir à Syros. Mon père est mort. Je n'ai plus que ma mère et mon frère cadet.

— Moi, je n'ai personne. Je suis seule au monde.

— D'ici une semaine, j'en aurai fini avec le déchargement. Je partirai à vide à Syros, pour voir ma famille. Puis j'irai à Odessa charger du blé pour Vladivostok.

— Je vous envie de voyager…

— Hum… Ce n'est pas ce que vous croyez. Il vient un moment où l'on désire un foyer sur le continent, une femme, un enfant…

— Je comprends. Mais vous, vous avez assouvi votre envie de voyages, tandis que moi…

— Vous désirez voyager ?

— Oui.

— Vous le pouvez ? Ou bien quelque chose vous en empêche ?

— Absolument rien. Je suis seule au monde, majeure, et j'ai mon indépendance financière.

— Alors, venez avec nous. Vous verrez la Grèce. Je vous donnerai ma cabine, qui est la plus vaste. Je coucherai ailleurs.

« Je n'ai pas répondu, même si j'ai tout de suite jugé que c'était impossible. Je n'ai pas répondu, parce que je voulais que cet impossible se réalise. Et quand le capitaine m'a proposé de visiter sa cabine, de voir si elle m'allait, je l'ai suivi. »

Une pièce assez grande, avec deux hublots, dans un coin du navire. Un lit large et confortable. Un bureau couvert de papiers. Deux fauteuils. Sur les murs, des photos de femmes accrochées par des punaises. Un démon la poussa à le taquiner :

— Vous avez aimé toutes ces femmes ?

Il ne répondit pas, se contenta de sourire. Ses dents blanches brillèrent comme des dents de loup. Il se glissa à côté d'elle, l'enlaça, promena ses lèvres sur son cou, sur la racine de ses oreilles, sur sa poitrine. Elle fut surprise. Elle ne s'attendait pas à ça.

— Non, non. Laissez-moi…

« Non. Je ne voulais pas céder, une nouvelle fois, à ce martyre du corps et de l'âme. J'aurais pu, d'un seul mot, d'un seul, le remettre à sa place – il était trop poli pour insister. Mais je ne l'ai pas fait. Quelque chose a paralysé ma volonté. Non, je n'avais pas la force de résister. Une seule pensée s'est imposée à mon esprit : en finir au plus vite avec ce martyre. »

Yannis regagne le pont. Il vient se placer à coté d'elle :

— Marina, à quoi penses-tu depuis tout ce temps ? Je commence à m'inquiéter.

Elle secoue sa belle tête que le soleil de Grèce couronne de paillettes d'or.

— Je pense au jour où je t'ai rencontré.

— Tu le regrettes.

— Non. Que Dieu fasse que je n'aie jamais à le regretter… Je me souviens que tu t'es soudain transformé en une divinité adorablement polissonne. Un Satyre, un Silène, un Priape…

— Ce sont des dieux du continent. Moi, je suis un marin.

— Soit. Tu étais un Triton aiguillonné par un désir tyrannique. Ta peau sentait le sel du coquillage, l'iode de l'algue. Ton corps était ferme et doré, comme les rochers des îles de ta patrie. Tu avais emmagasiné tout ce chaud soleil dans tes entrailles. Et tu le déversais dans les miennes, tu leur redonnais vie…

— Tu le regrettes ?

— Non. Je n'étais plus vierge…

— Ta vie d'avant ne m'appartient pas…

— Ma vie d'avant n'existe pas. Je n'étais plus vierge, et c'est pourtant toi qui as pris ma virginité, la première fois où tu m'as serrée dans tes bras.

— Je ne comprends pas.

— Ne cherche pas à comprendre. Je te remercie pour la vie que tu m'as offerte. Il faut que tu saches qu'avant de coucher avec toi dans ta cabine, j'étais plus morte que vive. Je te remercie. J'implore seulement tes dieux – les dieux grecs qui peuvent comprendre ce qu'aucun autre dieu ne peut comprendre – de diriger ton ardeur vers ma chair. Ne ménage jamais ma chair. Maintiens-la en vie en la mettant à rude épreuve, toi qui l'as ressuscitée…

Le regard de Yannis se voila.

— Allons-nous en, dit-il d'une voix rauque.

Elle le suivit, les jambes tremblantes. « Merci, mon Dieu, de m'avoir permis de vivre ce jour. »

Un essaim de mauvais génies, que le vent avait apportés et enchevêtrés dans les gréements de la « Chimère », entendirent cette curieuse action de grâces.

— Quel Dieu remercie-t-elle ? Quel Dieu ?

Ils se regardèrent du coin de l'œil et éclatèrent de rire, un rire enfantin qui s'en alla au grand galop sur les souffles du vent. Au sommet de l'Olympe, Zeus souriait.

* * *

Ils fendirent tout le matin les flots bleus de la mer qui folâtrait sous la caresse de la brise. À gauche comme à droite défilait tout un cortège d'îles et de récifs, dans une gamme de couleurs discrètes qui allait du bleu pâle au vert cru et qui rehaussait d'une beauté parfaite le bleu profond des flots. Le ciel cristallin, immatériel, insaisissable, semblait d'une fluidité éthérée. Et le soleil – ce grand dieu de la Grèce – illuminait toute la création, la régénérait en lui donnant un aspect qui lui était propre, totalement étranger à la réalité.

Peu avant midi, l'île de Syros apparut. Elle dessinait à l'horizon sa silhouette aride aux couleurs chaudes, réverbérant autour d'elle l'ardeur du soleil qu'aucune végétation n'absorbait. Plus le bateau approchait, plus les flancs de la côte rocheuse, baignés par une lumière écrasante, montraient leur formidable nudité.

Yannis vient se placer à côté d'elle, et lui dit :

— Voilà ta nouvelle patrie. Qui sait combien de temps tu vas passer ici ? Ta vie entière, peut-être. L'île est petite, la ville est petite, les gens que nous fréquenterons sont peu nombreux. Peu nombreux et simples, des marins de Kassos. Je voudrais te dire… Il faut que tu saches…

— Qu'est-ce que tu veux me dire ?

— Nous nous sommes aimés dans la lumière de l'éclair qu'a provoqué l'union de nos corps. Et notre plaisir a été si violent, si primitif, que nous n'avons pas eu le temps de parler, au-delà du chant muet et exalté de l'amour. Qu'est-ce que tu connais de moi ?

— Je connais ton corps, qui est maître du mien. Je connais ton âme, qui brille dans le diamant de tes yeux bruns.

— C'est à la fois tout et rien. Tu es l'inconnue que j'ai enlevée sur le rivage de ta lointaine patrie et dont j'ai fait mon esclave. Tu n'as aucun compte à me rendre. Ta vie d'avant n'existe plus. Ta vie, désormais, c'est la mienne, et tu ne sais rien d'elle. Écoute.

— J'écoute.

— Mon père était un marin pauvre et illettré qui travaillait sur les bateaux des autres. Il a travaillé dur, a fait son chemin, a eu son propre bateau, a mis un peu d'argent de côté. Mais la mer a fini par l'aigrir, l'assombrir. Il ne voulait pas que ses deux fils deviennent marins. Il nous a donc payé des études, pour faire de nous des hommes cultivés, des hommes du continent – des diplômés, des commerçants, quelque chose comme ça. J'ai fait mes classes de lycée, puis l'École polytechnique d'Athènes, pour devenir ingénieur. J'étais bon en maths, mes professeurs avaient de l'estime pour moi. Mais moi, je ne voulais pas devenir ingénieur. J'avais au fond du cœur la passion de la mer. Tu me comprends ?

— Tu es grec. Je te comprends.

— J'étais en deuxième année à l'École polytechnique quand mon père est mort. J'ai aussitôt abandonné mes études. Avec ma part d'héritage, j'ai acheté vingt-cinq pour cent d'un bateau de mon ami Kastrinos et je me suis embarqué pour apprendre le métier de marin. Je l'ai appris sans difficulté. Au bout de cinq ans, j'ai décroché le diplôme de premier capitaine et, avec ce que j'avais gagné, j'ai pu acheter tout le bateau. Je l'ai baptisé « Anna Reïzis », du nom de ma mère, et j'ai navigué trois ans en Méditerranée. Grâce à de bons frets, j'ai gagné pas mal d'argent. Alors, j'ai décidé de tenter le tout pour le tout. Tu me comprends ?

— Tu es grec. Je te comprends.

— Mon frère cadet, Minas, n'a pas voulu être marin. Il étudie le droit à l'université d'Athènes. Un jour, je le prends à part et je lui dis : « Ta part d'héritage, tu l'as placée. Qu'est-ce qu'elle te rapporte ? Trois soixante d'intérêt ! Associons-nous et achetons un gros navire. Ou bien nous deviendrons riches tous les deux, ou bien nous coulerons ensemble. » Il me répond : « Tu as raison », et me donne son argent. Alors, je vends l' « Anna Reïzis » cinq mille livres. Avec les trois mille que j'avais gagnées, ça en faisait huit. Avec les deux mille de la part de Minas, on arrivait à dix. J'emprunte encore dix mille livres à Kastrinos et j'achète ce bateau, la « Chimère ».

— Pourquoi lui as-tu donné ce nom ?

— C'était une idée de Minas. D'après lui, tout dans ce monde n'est que chimère.

— Il n'a peut-être pas tort…

— Il a peut-être tort. Moi, je suis un esprit pratique. Un bateau comme la « Chimère » n'est pas une chimère. C'est une réalité tangible, qui m'apporte la joie de travailler et le bonheur de m'enrichir. Si je l'ai appelé « Chimère », c'est parce que le nom m'a plu. Ce qui me plaît, c'est de partir à la chasse aux chimères, si jamais je chasse un jour. Je suis un esprit pratique.

— Tu es grec.

— Voilà deux ans que je voyage sur la « Chimère ». J'ai bien travaillé, gagné de l'argent, remboursé la plus grande partie de ma dette. Si Dieu le veut, dans un an j'aurai fini de payer le navire.

— Tu auras fini de payer dans une semaine. Ma fortune dépasse les trente mille livres. Si tu m'acceptes comme associée, je n'y vois aucune d'objection…

Après un moment de silence, Yannis reprit :

— Je ne t'imaginais pas aussi riche. Tu as assez d'argent pour finir de rembourser la « Chimère » et même pour acheter un second bateau, plus grand encore.

— Tu l'appelleras comment, celui-là ?

— « Marina ».

— Tu devrais plutôt honorer ta mère…

— Ma mère, je l'ai déjà honorée, et je ne cesserai pas de l'honorer. Mais le nouveau navire, qui sera acheté avec ton argent, portera ton nom. Chez les marins grecs, c'est une loi non écrite. Mais ce n'est pas la seule raison. Il y en a une autre…

Il la regarda dans les yeux.

— Il y a ce que tu représentes pour moi. Qu'est-ce que je savais de l'amour avant de te connaître ? J'avais vingt ans quand je me suis embarqué comme marin. J'étais un gamin ignorant des choses de l'amour. Après ça, dix ans sur les bateaux. Tu sais ce que ça signifie ? Vingt-cinq jours par mois en mer et cinq dans un des innombrables ports de la terre. Et pendant ces cinq jours, je devais assouvir mon désir de femme avec des déchets de l'humanité – en cinq jours, il n'y a rien d'autre de possible. J'ai couché avec des putains de tout acabit, que je payais au prix fort pour qu'elles me vendent une douceur mensongère et un amour factice. Et j'étais assez sot pour croire que j'avais appris à connaître les femmes ! Tu ne peux pas comprendre ça…

— Je suis française. Je comprends…

— Et puis tu es venue. Tu es venue me trouver sur mon bateau, qui est un fragment de ma patrie, une pièce de ma maison, et j'ai compris ce que veut dire une femme, ce que veut dire l'amour…

— Évidemment, si tu me compares aux femmes publiques des ports…

— Tu sais bien qu'il n'en est rien. Tu sais très bien ce que tu es. Tu sais que n'importe quel homme serait heureux d'être aimé de toi. Même dans mes rêves les plus fous, je n'ai jamais poursuivi la chimère d'être aimé par une femme comme toi. Je sais que je ne te mérite pas…

— Tu dis des bêtises. Je t'aime. J'étais morte et tu es le dieu qui m'a ressuscitée. Je vis parce que tu le veux. Je ne vivrai qu'aussi longtemps que tu le voudras.

— Tu ne me verras pas toujours comme ça. Un jour tu me verras tel que je suis réellement : un homme très terre-à-terre, sans aucu génie…

— Tâche de te défaire de ces divagations…

— Je ne divague pas. Je soupèse bien la réalité, je remets les choses à leur place. Et je m'attribue la place qui me convient. Je te fais une promesse : quoi qu'il arrive, tu n'auras jamais à te plaindre de moi. Tu n'auras qu'à t'en prendre à toi.

Il prit sa main et la baisa avec adoration et respect. Puis il alla dans la timonerie, vérifier que le navire suivait la bonne route.

Après le repas, elle monta sur le pont, et resta immobile, médusée par cette vision blanche qui blessait son âme plus encore que ses yeux. Sous un soleil de plomb, la cité blanche aux maisons chaulées escaladait le rocher verdoyant en formant trois cônes symétriques. Son regard ébloui cherchait en vain une autre couleur qui l'aurait apaisé, reposé de cette aveuglante luminosité, mais ne trouvait ni le feuillage vert d'un arbre, ni les tuiles rouges d'un toit incliné, ni la couleur blafarde d'une maison baignée par les brumes et les pluies. Seules des lignes verticales et horizontales dessinaient sur le triple cône d'innombrables cubes, créant des ombres brutales, tranchantes, sans aucun jeu de nuances, sans aucune gradation dans la lumière. Ce n'était pas une ville, c'était quelque chose comme l'irréfutable démonstration d'un théorème de géométrie, comme la réalisation dogmatique d'une pensée métaphysique, appliquée à un rocher aride qui tirait sa grâce et sa beauté du mirage d'une lumière magique. La lumière ! Elle rayonnait tout autour, revenait vers le soleil qui l'émettait, flottait sur les terrasses des maisons, sur le flanc des rochers, sur l'écume de la mer balayée par le vent. Et elle se perdait vers le large, vers le bateau qui avançait lentement, vers ces hommes qui, penchés sur les gambes de revers, contemplaient leur patrie.

Pour la seconde fois de la journée, elle ferma les yeux. Une pareille lumière était au-dessus de ses forces. Son cœur palpita : « Quel destin m'attend sous cette lumière ? Quelles flèches Phébus me réserve-t-il dans son carquois ? »

Yannis tend le bras vers la gauche :

— Tu vois cette île complètement nue ? C'est Délos.

Une nouvelle lumière implacable lui blesse les yeux. Ce n'est pas une île. C'est le soleil même, à moitié enfoncé dans les flots. C'est sur cette matière solaire qu'une mortelle a enfanté le dieu du Soleil, que la semence rayonnante de Zeus l'Étincelant avait confié à ses flancs. Son cœur palpita à nouveau. « Apollon ! Phébus ! Montre-toi favorable ! » Elle demeura immobile, à attendre la réponse du dieu. Elle entendit le cordage des mâts vibrer sous le vent, comme si d'énormes doigts surnaturels frappaient les cordes d'une lyre ionienne. Elle inclina la tête : « D'autres dieux dirigent à présent ma destinée. Les dieux qui ont durement éprouvé Médée, Clytemnestre, Jocaste, Phèdre. Les dieux qui pourraient détourner avec mépris leur sublime regard de la condition si banale, si triviale d'une Emma Bovary. Il faut que je m'endurcisse, que j'élève mon âme et mes passions. Que je me tienne prête, jusqu'à la dernière cellule de mon corps. J'ai à me mesurer à des dieux de toute beauté, d'une grande intelligence, sublimes et terribles. Aux dieux de la Grèce. »

Sur le quai, une foule bigarrée attendait, immobile, que le bateau jette l'ancre. Ces gens affrontaient avec placidité la fournaise de la mi-journée. Il y avait des marins aux vêtements pauvres, mais soignés ; des femmes à la toilette dépourvue de toute couleur vive ; des enfants silencieux qui suivaient la manœuvre du navire d'un regard pensif. Et lorsque les amarres furent attachées sur la jetée, tout ce monde monta sur le pont. Chaque marin reçut les siens dans son coin, les embrassa tendrement, reçut leurs baisers et engagea à voix basse une longue conversation avec eux. Il fallait dire tout ce qu'il s'était passé pendant plus de deux ans de séparation, tout ce que la plume n'avait pu confier au papier. Les lèvres délivraient des paroles étudiées à l'avance, qui défilaient sur un rythme nerveux, mécanique. Une conversation sèche et formelle entre des gens dont le lien était plus cérébral que spontané, dont l'amour procédait plus de la conscience morale que du cœur. Un homme qui ne retrouvait la couche de son épouse qu'une semaine sur deux ou trois ans, qui avait tout juste le temps d'embrasser ses enfants tous les vingt-quatre mois. Des enfants qu'il avait conçus dans l'étourdissement d'un bref séjour, qui étaient nés alors qu'il se trouvait à l'autre bout du monde, et qu'il avait vus si rarement qu'ils étaient chaque fois différents, méconnaissables, étrangers…

Une ombre noire apparaît dans l'escalier du pont. Une femme d'une cinquantaine d'années, maigre, sèche, le corps enveloppé dans une large robe noire, qui lui tombe aux chevilles. Une fichu noir lui couvre la tête, ne laissant libre que le contour du visage ; un visage de vieil ivoire jauni, aux grands yeux sombres qui rayonnent d'une vie puissante et secrète. Elle s'avance vers Yannis qui, penché sur le bastingage, donne des instructions au maître d'équipage, en bas sur le pont. Elle lui touche brusquement l'épaule. Un éclat de joie se répand sur le visage du capitaine. Il saisit la femme en noir, l'étreint avec passion. Elle l'embrasse elle aussi et, de ses lèvres tremblantes, dépose deux baisers sur ses joues. Puis elle tourne son regard sombre et inquiet vers Marina, qui se tient à l'écart.

— Marina. Ma mère, dit Yannis.

Marina s'approche de la femme, s'incline, lui baise

la main, tandis que les lèvres sèches de la mère se posent sur ses cheveux blonds. Puis, comme elles ne peuvent se parler, elles se regardent, se jaugent. La plus jeune avec son corps plein de fraîcheur, son visage rose, ses grands yeux bleus dont l'expression est pensive et confiante. La plus âgée ridée, fanée, dont le regard de feu sonde les âmes avec inquiétude. Un regard dans lequel se reflète la peur de la destinée, cette peur fermement enracinée dans le cœur de la fille, de l'épouse, de la mère du marin.

Leur mariage eut lieu une semaine plus tard, dans l'église Saint-Nicolas le Riche.

Toute la bonne société de Syros avait été invitée. Elle était venue admirer ce jeune et beau couple avec curiosité et sympathie. Yannis rayonnait de bonheur et souriait de ses dents blanches... Marina, les yeux fixés sur le lointain, était songeuse.

« Quel étrange destin que le mien... Moi qui étais vouée à m'agenouiller sous les voûtes brisées d'une sombre église gothique, au côté d'un homme qui aurait eu de l'or dans les cheveux et des yeux gris comme le fer. Comme ils auraient brillé, ce jour-là, dans leurs étroits vitraux, ces saints diaphanes et colorés ! Comme elles auraient répandu leur symbole secret sur le mystère de ma vie, les trois rosaces de la cathédrale ! Le grand orgue aurait diffusé, en longs gémissements, l'exaltation métaphysique de Bach. Une foule vêtue de sombre, la tête baissée sur le livre de prières, aurait participé au mystère dans un silence envoûtant. Et lorsque, au bras de mon époux, je serais sortie par le porche encadré de saints de granit au visage tourmenté, une petite pluie fine aurait rafraîchi la morne place aux maisons grises. Voilà ce qui aurait dû être. »

À présent, elle ne réfléchit plus. Son imagination divague, se perd dans des visions. Elle voit un beau visage rayonnant, comme un morceau de soleil. C'est un esprit, un dieu lumineux, né d'une nymphe éthérée parmi les branches d'un laurier-rose sur l'Hélicon, un fils de Zeus ou d'Apollon, qui a dans le regard la singulière beauté et sur les lèvres le sourire des immortels. Comme il s'était endormi, insouciant, sous un platane dans la vallée de Tempé, les Brises espiègles et le folâtre Zéphyr l'ont soulevé en silence, sans qu'il s'aperçoive de rien, et l'ont transporté dans les contrées du Nord. Les Brises malicieuses et le Zéphyr câlin voulaient le taquiner. Ils voulaient s'amuser de sa surprise, lorsqu'il se réveillerait sous un pommier aux fleurs trempées par la pluie incessante qu'apportent les nuages de l'Atlantique. Et, de fait, quand il se réveilla, le dieu fit semblant de s'emporter contre cette plaisanterie bon enfant. Il tira l'oreille de Zéphyr et menaça les Brises de les livrer aux caresses des satyres aux pieds de bouc, au nez camus et aux yeux jaunes. Mais, cachées parmi les fleurs du pommier, elles le raillaient d'un rire narquois, émoustillées à l'idée de cette terrible menace licencieuse.

Soudain, dans l'herbe épaisse de la prairie, le dieu aperçut une femme. Une blonde au corps juvénile et aux yeux bleus qui contemplait les nuages bas alanguis dans le ciel. Elle était d'une beauté si insolite que le dieu grec décida de l'emmener avec lui dans sa lumineuse patrie.

— Viens avec moi, ma toute belle, lui dit-il. Viens en Grèce…

La jeune fille lui décocha un regard malicieux et sourit. Elle voulait partir avec lui. Mais au moment où le dieu s'approcha d'elle, prêt à la soulever dans ses bras puissants, des entrailles de la terre surgirent les Trolls. Les Walkyries en armes, montées sur leurs énormes coursiers, s'élancèrent depuis les nuages en hurlant, en brandissant leurs lances acérées. Les nains disgracieux et les vierges belliqueuses encerclèrent la fille aux yeux bleus, prêts à la défendre contre la menace étrangère.

— Non, hurlèrent-ils. Nous ne te laisserons pas l'enlever !

Mais le dieu sourit. Sous ses sourcils jaillirent des éclairs. D'un geste gracieux et négligé il décrocha son arc de son épaule et l'arma d'une flèche pointue. C'était un dieu grec, fils de Zeus l'Étincelant, le dieu des dieux du peuple des peuples. Sans dire un mot, il visa les Trolls et les Walkyries. Devant sa menace impassible et sa force supérieure, les vierges farouches baissèrent les yeux, et les nains affreux allèrent se cacher sous terre comme des taupes, incapables de supporter cette beauté née du soleil. Alors le dieu prit la jeune fille blonde dans ses bras, et Zéphyr et les Brises l'emportèrent sur leurs ailes. Ils franchirent des montagnes et des plaines, des fleuves et des mers. Ils arrivèrent dans un ciel bleu resplendissant de lumière. Là, ils descendirent dans une île dorée qui se dressait au milieu de la mer. Le dieu, qui tenait toujours la jeune fille dans ses bras, entra dans un temple de marbre blanc. Au milieu du temple se tenait un jeune homme au visage couleur de blé et aux yeux lumineux.

— Voilà ! dit le dieu. Je t'ai apporté des contrées du nord une belle femme…

Et il déposa doucement la jeune fille blonde à côté de l'homme au visage couleur de blé…

La vision s'achève. Mais s'achève-t-elle vraiment ? Marina regarde autour d'elle. L'église blanche nage dans le soleil qui entre sans encombre par les grandes fenêtres. Elle ruisselle de la lumière et des couleurs de ce jour de fête. La tête du vieux prêtre à la longue barbe et aux cheveux défaits a quelque chose de l'éclatante sérénité d'un initié aux mystères orphiques. La mélodie primitive des psaumes jaillit de cœurs de cristal. Sur les visages intelligents, inquiets et tourmentés de l'assistance se dessine un sourire où se mêlent une joie contenue et une vague ironie.

À présent, Antonis Papadakis – le témoin de mariage – échange les couronnes. Puis le prêtre prend les mariés par la main et les guide dans la danse mystique d'Isaïe, pendant que les gens, souriants, se pressent autour d'eux en leur adressant des voeux de bonheur et en leur jetant du riz et des dragées. Il se produit alors une pagaille, une bousculade que n'importe quel étranger jugerait contraires au caractère sacré de l'endroit. Mais Marina, nourrie de sa vision de l'Antiquité, constate que la Grèce qu'elle a appris à connaître continue à vivre sans changement, pareille à elle-même, fascinante et enjouée.

La cérémonie est terminée. Marina sort de l'église au bras de son époux. Les dalles du parvis se couvrent d'une lumière jaune d'or qui fait un merveilleux contraste avec l'azur de la voûte céleste. Le souffle d'une douce brise apporte des effluves d'air marin et agite mollement les branches des palmiers. À droite, la ville baignée par le soleil s'élève en amphithéâtre, mêlant la blancheur de la chaux à la poussière d'azur du ciel. La vie lui sourit, lui ouvre tendrement les bras pour l'accueillir, pour l'immerger dans ses joies. Dans un dernier débordement de bonheur, elle ferme les yeux devant cette merveilleuse image, cette vision enivrante. Avec un doux sourire, elle se tourne vers son mari et lui livre son destin.

— Alors, tu es contente de notre maison ? lui demanda Yannis.

Au lieu de lui répondre, Marina appuya son corps contre le sien et laissa son regard errer autour d'elle, se perdre dans l'horizon. Elle contempla ce lac marin, ce collier symétrique que forment les îles d'Andros, de Yaros, de Tinos, de Mykonos et de Délos, avec Syros en son centre.

— Je t'ai prévenue, reprit Yannis, ici, à Piskopio, pendant l'hiver, c'est un vrai désert…

— Les gens ne m'intéressent pas. Je t'aime. Je veux jouir de ton amour dans cette solitude.

Yannis sourit.

— Il y a des moments où la femme adulte et sensée que tu es a des réactions d'une fille de dix-huit ans…

— Je suis amoureuse, ça explique tout…

— Moi aussi, je suis amoureux. Mais ça ne m'empêche pas d'avoir la tête sur les épaules.

— Tu es grec.

— Toi aussi, tu vas devenir grecque, et tu approuveras mes considérations pratiques.

— Je peux les connaître ?

— J'ai écrit à Minas, à Athènes, de nous acheter une voiture, une Citroën. Nous pourrons ainsi nous rendre plus facilement à Syra.[3] Je quitterai la maison le matin pour me rendre à mon bureau. À midi, je mangerai en bas, parce que le travail n'arrête pas, jusqu'à cinq heures. Un travail de bureau. Je n'aurai pas besoin de la voiture, je te l'enverrai à Piskopio, pour que tu puisses en disposer toute la journée.

— Nous prendrons un chauffeur ?

— Bien sûr. Nous en avons les moyens. Justement, je voulais te parler de nos finances. Allons dans mon bureau, si tu veux bien, j'y ai tous les papiers.

La mère Reïzis apparut dans l'encadrement de la porte, portant un plateau.

— Je vous apporte du café et de la confiture…

Yannis sourit.

— Il ne fallait pas te donner cette peine, maman. Pourquoi n'as-tu pas demandé à Tassia ?

— Elle a du travail. Et puis, c'est un plaisir pour moi de m'occuper de vous…

— Tu es une mère en or…

---

[3] La ville-port de l'île de Syros, nommée officiellement Ermoupoli, un nom d'inspiration antique qui fait référence au dieu du commerce Hermès, était aussi désignée (et sera désignée dans le roman) par le nom de Syra. Piskopio, où habite le couple, se trouve à quelques kilomètres de là, sur les hauteurs qui dominent le port.

Yannis lui prit le plateau des mains.

— Nous allons boire le café dans mon bureau. Nous avons à parler de sujets sérieux. Je te dirais bien de venir, mais tu ne comprends pas le français.

Le bureau donnait sur la montagne. Ils s'assirent dans des fauteuils confortables, burent une gorgée de café, allumèrent une cigarette.

— Minas et moi, dit Yannis, nous avons fondé une société en nom collectif. Bien que notre père nous ait laissé des parts d'héritage équivalentes, j'ai 75% des actions et Minas seulement 25%.

— Pourquoi ?

— Parce que c'est moi qui ai créé tout seul cette affaire, avec mon propre capital. Minas est entré plus tard dans mon entreprise, quand mes fonds dépassaient les huit mille livres. Normalement, je n'aurais dû lui donner que 20%. Mais c'est mon petit frère. Je l'aime… Ce sont des chiffres purement conventionnels, ils sont fonction de la réalité de l'affection que nous avons l'un pour l'autre. Si besoin est, je suis prêt à faire les sacrifices économiques nécessaires à son bonheur.

Il se tut, ferma les yeux. Le fait de penser à son cadet fit se dessiner sur ses lèvres un sourire affectueux.

— Tu ne connais pas bien Minas…

— Comment veux-tu que je le connaisse ? Il est venu seulement passer trois jours pour notre mariage. Et puis il est reparti…

— Quelle impression t'a-t-il faite ?

Avant de répondre, elle se remémora l'image de son beau-frère : un jeune homme de vingt ans, mince et élancé, avec un beau visage expressif. Il émanait de toute sa personne une émotivité féminine mal dissimulée, une sensibilité délicate, fluide et insaisissable. « Une femme manquée », avait-elle pensé sur le coup.

— Une très bonne impression, répondit-elle. Du reste, tu m'as tant de fois parlé de lui…

— Je crains de ne pas me lasser de te parler de lui. Minas est un juriste hors-pair. Ses professeurs, Polygénis et Papoulias, me l'ont dit clairement. J'ai donc le devoir de faire tous les sacrifices nécessaires non seulement pour lui permettre de poursuivre ses études, mais aussi pour lui assurer une carrière qui le mette à l'abri de tout souci matériel. Tant que je serai riche, Minas n'aura pas besoin de gagner sa vie. Tu es d'accord ?

— Bien entendu. Mais j'espère que tu n'en viendras jamais à cette éventualité. Aussi longtemps que nos affaires seront prospères, les bénéfices liés à sa part seront largement suffisants pour qu'il vive dans l'aisance.

— Hum… fit Yannis en toussotant. Je vois qu'en dépit de tes chimères amoureuses tu ne négliges pas complètement la réalité…

— Je suis une Normande…

— Et moi un Grec. Nous pourrons peut-être nous entendre. J'évalue l'actif de la société « Reïzis frères » à environ 30.000 livres. En étudiant ta propre richesse, je suis arrivé à la conclusion qu'elle doit peser aussi autour de 30.000 livres… Je dois reconnaître que le gestionnaire de ta fortune, le notaire de Rouen, l'a placée de manière très sûre. Mais elle ne te rapporte que 7%. Est-ce que tu accepterais de la risquer dans mon entreprise ? Je te rappelle qu'il y a six ans j'ai commencé avec seulement 2.000 livres, et qu'aujourd'hui j'en ai 30.000. Mais la mer est dangereuse. Elle donne de l'argent à la pelle, et elle peut aussi le reprendre d'un coup...

— Je le sais, mais j'ai confiance dans tes capacités. Et puis je juge opportun d'investir toutes les ressources financières de la famille dans ton entreprise d'armateur.

— Je me réjouis que tu l'aies compris. Il faudra cependant qu'on trouve un moyen de garantir ta fortune en la séparant de nos propres capitaux.

— C'est tout simple. Nous créerons une société anonyme. Mon apport sera équivalent au vôtre. Minas et toi, vous aurez 51% des actions, et moi 49%.

— Pourquoi ? Le plus juste est de nous les partager moitié-moitié.

Marina eut un sourire embarrassé.

— Il faut prévoir les éventualités les plus désagréables. Même si le capital « Baret » équivaut au capital « Reïzis », l'entreprise est « Reïzis ». C'est toi qui l'as créée par ton labeur, physique et intellectuel. C'est toi qui vas la diriger. C'est grâce à toi que mon capital va rapporter et s'accroître. C'est un détail qui justifie que je t'accorde ce 1% qui t'assure la majorité absolue des actions. Imagine que nous divorcions et que je vende mes parts à n'importe qui. Si je dispose de 50%, je coule une entreprise que tu as d'abord montée grâce à tes capacités, puis par l'argent que tu as apporté. Tandis que si j'ai seulement 49%, je ne peux pas te créer de difficultés.

Yannis la regarda avec admiration.

— Il ne se passe pas un jour, lui dit-il, sans que tu me révèles une nouvelle facette de ta beauté. Tu le fais exprès pour que je t'aime encore plus ?

— Je n'ai pas l'esprit à des pensées aussi tordues. Je

t'aime de tout mon cœur. Et je suis heureuse de savoir que toi aussi, tu m'aimes. Et pour mettre un point final à cette ennuyeuse discussion, je te saurais gré de garder mes actions dans ton coffre…

— Ta confiance me touche. Tu peux être sûre que…

— Il ne s'agit pas de confiance. Je n'ai personne d'autre que toi au monde. Pourquoi ferais-je un testament ? Pourquoi serais-tu obligé de payer des droits de succession ?

Il la prit dans ses bras, la regarda dans les yeux. Et dit d'une voix grave et tendre :

— Espérons que bientôt tu auras quelqu'un d'autre que moi au monde…

— Je l'espère, moi aussi. Mais cet autre ne sera pas qu'à moi. Il sera aussi à toi…

Après un moment de silence, Yannis ajouta :

— Il faut que nous nous occupions de la liquidation de ta fortune.

— Je ferai de toi mon fondé de pouvoir, pour que tu gères seul cette question.

— Il sera peut-être nécessaire que nous allions à Rouen…

Un nuage noir assombrit le regard de Marina.

— Je ne crois pas que ce soit nécessaire. Maître Dupérier règlera ça très bien. Je lui fais absolument confiance.

— Il se peut qu'il le faille tout de même…

— Si c'est le cas, lui répondit-elle en lui coupant sèchement la parole, tu iras tout seul.

Yannis posa sur elle un regard pénétrant ;

— Pourquoi ? lui dit-il brusquement.

— Je sais que depuis un bon moment tu te poses des questions sur ma vie passée. J'étais décidée à ne jamais t'en parler, parce que je n'avais rien d'intéressant à te dire. Mais je vois qu'il faut que je t'en parle…

— Je te remercie…

— Je vais te dire la vérité. Ne me demande pas de détails. Contente-toi du fait que je te dise la vérité.

— Merci encore.

— J'ai connu trois hommes avant toi. Je me suis donnée à eux sans trop réfléchir, peut-être à cause d'un désir physique dont je n'avais pas conscience. Je ne les ai pas aimés. Toi, je t'aime. Voilà la vérité.

— Je le sais.

— Et maintenant ne parlons plus de cette question, je t'en prie.

— Tu as ma parole.

Ils se turent. Yannis se concentra sur ses premières réflexions, alluma une cigarette, et lui dit :

— Avec ton argent, nous achèterons un second bateau – un bateau neuf, solide, économique, qui nous rapportera gros. Il portera ton nom, « Marina ». Nous aurons donc deux navires : la « Chimère » qui m'a donné le bonheur de t'avoir dans ma vie, et le « Marina », qui nous vaudra la joie d'une grande richesse…

Il parlait avec une émotion sincère, sans mélange. Marina sentit un doux sentiment se répandre dans sa poitrine. Elle sourit. Yannis poursuivit :

— Il n'y a aucune raison que je m'embarque comme capitaine sur nos bateaux. Nous sommes assez riches désormais. Mais ça ne me ressemble pas de rester les bras croisés à ne rien faire.

— La direction des deux bateaux ne suffira pas à t'occuper ?

— Très peu. Si peu que ce sera comme si je ne faisais rien. Aussi, j'ai pensé à quelque chose d'autre. Et j'ai réglé mon affaire.

— De quoi s'agit-il ?

— Je t'ai déjà dit que je suis en étroite collaboration avec la compagnie « Papadakis-Kastrinos ». Ils ont les reins solides, ces deux-là. Vingt navires à eux deux, une participation dans vingt-cinq autres, la gestion de treize autres. Autrement dit, ils se trouvent aujourd'hui à la tête de cinquante-huit bateaux. La « Chimère », c'est eux qui la gèrent. Le siège de leur compagnie est à Londres, mais ils ont une agence au Pirée et une autre ici, à Syros. Je me suis arrangé avec eux pour qu'ils me nomment directeur de leur agence de Syros, avec un très bon salaire, qui nous permette de vivre confortablement. Comme ça, nous pourrons capitaliser tous les bénéfices des deux bateaux. Et si Dieu le veut, nous en achèterons bientôt un troisième…

Il vint s'asseoir à côté du fauteuil de Marina. Il se pencha vers elle et passa sa main sur ses épaules.

— Je pense que nous avons épuisé pour aujourd'hui la question des affaires. Je voudrais te confier d'autres pensées. Mais j'hésite…

— Ne sois pas idiot !

— Tu vas désormais passer ta vie en Grèce, entourée de Grecs. Bien sûr, les gens de notre cercle connaissent le français, l'anglais… Mais il ne serait pas inutile que tu apprennes le grec.

— Mais je sais le grec ! Et comment !

Yannis éclata de rire.

— Tu sais le grec ancien. Tu vas pouvoir constater, je l'espère, que la langue moderne est sensiblement différente... J'ai donc parlé avec Stavros Anthémiou.

— Qui est-ce ?

— Un professeur de lettres qui enseigne au lycée. Un homme très cultivé, très intelligent. Il a étudié à Paris. Il viendra te donner des cours trois fois par semaine. Tu y vois une objection ?

Elle frotta sa tête contre son épaule, en un geste félin, et lui dit en grec ancien, dans la prononciation érasmienne :

— Eromaï sou...

— Qu'est-ce que tu me racontes encore ? demanda Yannis, surpris. Écris-moi ça, je comprendrai peut-être...

Il lui donna du papier et un crayon. Marina écrivit en caractères grecs : « Eromaï sou ». Yannis rit tendrement.

— En grec moderne, ça se dit « S'agapo »...

Marina le regarda dans les yeux et dit à voix basse :

— S'agapo...

L'automne s'achemine lentement, paresseusement vers l'hiver. Il s'attarde autant qu'il le peut sur ces mers, sur ces îles, avant d'entamer son voyage vers les contrées du Sud. Il n'a pas le courage de partir. Il répand tous les jours sa douce chaleur sur les roches nues, sur les maisons blanches, sur les vagues bleues. Le matin, il s'enveloppe dans les brumes dormantes, laiteuses et éthérées, qui donnent aux îles des environs l'apparence improbable d'un rêve virginal. À midi, il se laisse emporter sur les ailes d'une brise délicate, joue avec le soleil, envoûte ses rayons et les colore d'un or foncé si pénétrant qu'il réchauffe l'âme plus que le corps. Le soir, il passe des heures interminables à rêver, les yeux fixés sur les teintes dorées, pourpres, mauves du couchant. La nuit, il ordonne aux vents de replier leurs ailes, pour qu'une parfaite sérénité s'impose partout, pour que le cœur des hommes et le cœur des ténèbres battent à l'unisson. Et quand, la dure, l'implacable, la malveillante et malfaisante étoile du matin apparaît au-dessus du Tsiknias,[4] alors l'automne se lamente amèrement, car il sait qu'il va devoir partir vers le Sud, se battre avec l'été et s'avouer bientôt vaincu.

Cet après-midi-là Yannis rentra plus tôt.

— Où est madame ? demanda-t-il à Tassia.

— Dans le bureau. Elle a son cours avec monsieur Anthémiou. Dois-je lui dire que vous êtes là ?

— Non, ne la dérange pas. Ma mère est à la maison ?

— Elle est allée à l'église, pour les vêpres.

— Bon. Fais-moi un café.

Il s'installa dans un fauteuil du salon, tira de son cartable la photo d'un bateau et la regarda longuement. C'était son nouveau bateau, acheté avec l'argent de sa femme, le « Marina ». Un bâtiment d'à peine cinq ans, d'une charge utile de huit mille tonnes, équipé de moteurs diesel, et d'une vitesse de croisière de quatorze

---

[4] Le Tsiknias est le sommet qui domine l'île de Tinos, en face de Syros.

milles. Mitsos Kastrinos, qui l'avait acquis pour le compte de la nouvelle société Kasnor S.A. (acronyme formé à partir des premières lettres des mots Kassos et Normandie), écrivait à Yannis : « Tu peux admirer la photo de ton Marina. On m'a dit que ta femme est belle. Si elle est aussi belle que ce nouveau bateau, c'est une pure merveille ! Quand on m'a annoncé que la Weigal Steamship Company le mettait en vente, j'ai été si ému que j'en ai eu des palpitations. Il ne fallait pas que je laisse filer une pareille aubaine ! Je ne te cache pas que ma première pensée a été de l'acquérir pour mon propre compte. Mais je me suis dit que je devais te faire un cadeau digne de toi et je l'ai acheté pour toi. Trente mille livres un bateau pareil, c'est donné !

— Mitsos est un ami merveilleux, pensa Yannis avec émotion.

Soudain, pris d'inquiétude, il lève la tête. Dans le bureau où a lieu le cours de grec retentissent des voix exaltées.

— Bon Dieu, mais qu'est-ce qu'il se passe ?

Il entrouvre la porte, jette un coup d'œil inquisiteur et aperçoit Marina debout qui regarde le plafond, comme perdue dans un songe :

« Voyez-moi, citoyens de ma patrie,
« m'en aller mon dernier chemin,
« jeter un dernier regard
« vers l'éclat du soleil,
« et jamais plus !
« L'endormeur Hadès me mène vivante
« au bord de l'Achéron

« sans que j'aie eu de noces,
« sans que personne ait chanté pour moi
« le chant de l'épousée,
« et je n'épouserai que l'Achéron. »

Monsieur Anthémios, qui arpente la pièce d'une démarche solennelle, avec un air tragique et inspiré dans le regard, enchaîne :

« Tu t'en vas donc illustre
« avec éloge vers la crypte des morts... »[5]

— Qu'est-ce qu'il se passe ? demande Yannis, étonné.
— Comment ça ? répond Marina. Tu ne connais pas l'*Antigone* de Sophocle ?

Non, il ne connaissait pas l'*Antigone* de Sophocle... Il eut un sourire embarrassé :

— Quand vous en serez au répertoire moderne, appelez-moi pour que je prenne part à la représentation. Je suis très bon dans le rôle de l'Anatolite de la *Babylonie*...[6]

Il retourna au salon et y resta debout, pensif, contemplant par la fenêtre la montagne que dorait le soleil couchant. Il comprenait que son manque de culture le

---

[5] Sophocle, *Antigone*, vers 806-818 (traduction de Jean Grosjean, Bibliothèque de la Pléiade).

[6] *La Babylonie* est une pièce célèbre en Grèce du dramaturge D. Vyzandios (1790-1853), écrite en 1836, qui met en scène une dispute entre des Grecs parlant des dialectes différents. Parmi eux figure un Grec d'Asie mineure, l'« Anatolite » en question.

rabaissait aux yeux de Marina. « Je dois me cultiver. Il le faut » se dit-il. Mais, contrarié, il haussa aussitôt les épaules. Il savait que cela était impossible. Il entreprit de lire de la littérature, de la philosophie. Il se força. En vain. Tout cela ne l'intéressait pas, ne faisait que l'ennuyer. Il se fit une raison. « Elle m'aime comme je suis. Si je lis quelques livres en diagonale sans les assimiler, je risque de me ridiculiser à ses yeux. » Cette pensée le soulagea. Et le cours saugrenu qu'avaient pris les leçons de monsieur Anthémiou lui arracha un sourire. « Ils sont passionnés l'un comme l'autre par les Grecs de l'Antiquité. Les deux font la paire. Mais ce n'est pas comme ça qu'elle apprendra le grec moderne ! »

Une haleine tiède lui caressa la nuque. C'était Marina qui s'était approchée sans un bruit.

— Le professeur est parti ?* lui demanda-t-il.

— Pourquoi ne me parles-tu pas en grec ?

— Je me demande si tu fais vraiment des progrès. Vous n'arrêtez pas de parler en grec ancien.

Il lui passa la main dans les cheveux :

— Mais non, je ne m'inquiète pas, lui dit-il pour la taquiner. Tu vas devenir une flèche en grec !

Elle s'emporta. Elle lui décocha un regard empreint d'un obscur mystère. D'un geste prompt, elle approcha sa bouche de son cou et le mordit.

— Tu es un monstre ! grogna Yannis.

Il l'empoigna brusquement, la serra dans ses bras, et lui mordit à son tour les lèvres avec rage. La porte s'ouvrit sur une silhouette sombre. C'était la mère Reïzis, qui revenait des vêpres, vêtue de noir de la tête aux pieds. En les voyant, elle fut scandalisée. « De mon temps, les couples… », se dit-elle sans aller au bout de sa pensée. Elle sourit, puis soupira. « C'est peut-être mieux comme ça », murmura-t-elle. Et elle repartit comme elle était venue, sans un bruit.

Au bout de trois mois de cours avec monsieur Anthémiou, Marina parlait le grec moderne avec une certaine aisance, sans faire de fautes criantes et dans un style assez soigné dû à sa connaissance de la langue ancienne. Bien sûr, son accent laissait à désirer, en si peu de temps il ne pouvait en être autrement. Il avait une intonation nasale et hésitante qui donnait à sa prononciation une musicalité peu commune.

L'hiver la cantonna un peu plus dans la maison de Piskopio. C'était une demeure agréable et confortable, entourée d'un jardin où poussaient des fleurs hivernales. Il y avait au rez-de-chaussée un vaste living-room, un petit salon, le bureau de Yannis (que seule Marina utilisait) et la cuisine. Les chambres étaient à l'étage : à l'est la plus grande, celle de Yannis et de Marina ; au midi celle de la mère Reïzis ; mais il y en avait aussi une au nord, où couchait Minas lorsqu'il venait à Syros, et une autre à l'ouest à côté de la salle de bain, qui servait de débarras. « C'est du provisoire, avait dit Yannis. J'espère que très vite nous y logerons un petit visiteur. » Marina sourit tendrement. « Un petit enfant ? Je le voudrais tant, moi aussi. »

Elle passait le plus clair de son temps à lire. Elle lisait tout ce qui lui tombait sous la main, tant elle était désireuse d'être au courant de la production littéraire contemporaine. Mais son amour pour les Grecs anciens – conséquence naturelle de son acclimatation au pays qui était sa terre promise – fut revivifié. Sous les rayons de Phébus, les vers d'Homère, épurés du flottement des brumes septentrionales, retrouvaient leur forme authentique. En voyant la mer Egée palpiter entre les linéaments incertains des Cyclades, elle comprit la course errante et l'âme inconstante d'Ulysse. Allongée sur le balcon, entourée de la mer Egée et baignée par le tiède soleil aux couleurs chaudes de l'hiver méditerranéen, elle lisait pendant des heures entières ce que l'esprit grec avait produit de meilleur : depuis le génie primitif d'Homère et le talent d'architecte d'Eschyle jusqu'au lyrisme sensuel de Théocrite et à la grâce négligée de Longus. Même Aristophane, dont la satire égrillarde et scatologique l'avait tant choquée autrefois, trouvait maintenant grâce à ses yeux, des yeux captivés par une lumière neuve et de nouvelles couleurs. Son nouvel état d'esprit, dû à la connaissance du bonheur physique, lui faisait accepter bien des choses qui ne lui inspiraient jadis que de la colère et du dégoût.

Quand ses progrès en grec moderne furent tangibles, elle commença à lire la littérature contemporaine. Au début, la confusion linguistique[7] la gêna

---

[7] Au moment de son indépendance, au début du XIXème siècle, la Grèce adopta comme langue officielle une langue puriste (la *katharévousa*), sensiblement différente de la langue parlée et plus proche du grec classique, qui ne fut abolie qu'en 1976. La littérature, à de rares exceptions près, s'écrivit d'abord dans

quelque peu. Grâce à sa solide connaissance du grec ancien, elle put comprendre sans difficulté les écrivains qui pratiquaient la langue puriste – Vassiliadis, Paparrigopoulos, Roïdis – qui, fatalement, la déçurent, parce qu'elle les comparait aux Grecs de l'Antiquité et aux romantiques occidentaux du XIXècle. Kalvos lui fit néanmoins une forte impression, bien qu'elle ne pût définir quelle était sa place dans la littérature mondiale, classiques et romantiques confondus. Mais avec le purisme particulier de Papadiamantis, elle commença à se douter qu'émergeait au sein de l'hellénisme contemporain une littérature authentique et originale. Elle fut sincèrement sensible au charme du poète des humbles. Puis vint la pléiade des adeptes de la langue démotique : Palamas, Kavafis, Sikélianos au premier chef. Les appréciant avec une stricte objectivité, elle admit que tous trois n'étaient pas seulement des poètes d'une grande valeur, mais que leur œuvre renvoyait à une spiritualité grecque plus générale, exprimait la Grèce d'aujourd'hui dans son lien étroit avec celle d'hier et d'avant-hier.

— Ce que ces trois-là m'ont appris, dit-elle un jour à monsieur Anthémiou, c'est quelque chose dont les

---

cette langue savante au moins jusqu'au début du XXème siècle, avant d'adopter la langue dite « démotique ». Pendant plusieurs décennies il y eut une période de vif débat entre les tenants des deux formes de langue et de « confusion » puisque non seulement la langue parlée, mais aussi l'usage littéraire différaient de la langue officielle toujours en usage. À cela s'ajoutait que chaque écrivain adoptait une écriture qui se rapprochait plus ou moins de l'un des deux états de la langue.

occidentaux ne soupçonnent pas l'existence, c'est que la Grèce ne s'est pas éteinte dans les ténèbres du Moyen Âge, qu'elle a survécu, qu'elle a continué. Et qu'elle existe toujours, en conservant son indépendance spirituelle.

Yannis se réjouissait de la fièvre intellectuelle de son épouse, qui avait un retentissement direct dans la vie de ses sens. Leur amour souverain remplissait leurs jours de plaisir et de tendresse. Ils se trouvaient encore dans la période de la solitude à deux, offerts l'un à l'autre et attendant tout d'eux-mêmes. Yannis partait tôt le matin pour son bureau à Syra. Il ne rentrait jamais déjeuner. Vers quatre heures, Marina descendait à son tour en ville, passait prendre son mari au bureau. Ils allaient alors se promener, à pied, en voiture ou en barque. Mais quand il faisait mauvais temps, Yannis montait à Piskopio et s'asseyait, en compagnie de sa femme, devant un feu de cheminée, parlant de mille et une choses, futiles et plaisantes.

La vieille Reïzis ne se mêlait guère de la vie du couple. Tranquille et taciturne, marchant à pas de loup, elle s'occupait essentiellement de l'entretien de la maison avec une efficacité et une discrétion qui lui valaient la reconnaissance de Marina. Sa mentalité, forgée dans la tradition gréco-latine, lui imposait de capituler devant l'épouse du chef de famille – de son fils aîné. Telle était depuis toujours la loi non écrite. Du reste, cette étrangère, cette belle « dame » savante, qui avait fait à son fils l'honneur de devenir son épouse, occupait aux yeux de la vieille femme de Kassos une position supérieure, digne de respect. Mais ce qui l'emplissait d'une déférence craintive, c'était l'argent qui était entré dans la famille avec sa belle-fille : les 30.000 livres du second bateau, qui avaient fait passer son fils du rang de petit à celui de grand armateur.

Souvent, les matins où Yannis s'était absenté à Syra, la belle-mère et la belle-fille discutaient, poussées par un besoin de contact plus approfondi. Marina ne disait pas grand-chose de sa vie passée. Elle avait décidé de ne jamais s'ouvrir à personne de ce qui avait fait son malheur et sa honte pendant sa première jeunesse. Elle avait laissé entendre que sa fortune provenait de l'héritage d'un oncle, un frère de son père.

— Ne me demande pas de détails sur ma vie d'avant, avait-elle dit à Yannis. Elle a été si malheureuse que je ne veux même pas me la rappeler. Mais ne t'inquiète pas ! Elle a été honnête… Mes trois anciens amants ? Je ne les ai pas aimés. Mais je me suis donnée à eux honnêtement. Je te dis l'entière vérité. Et je te prie de respecter mon désir de discrétion.

— Je le respecterai.

Il alla trouver sa mère. Ce qu'il avait à lui dire n'était pas facile :

— Maman, Marina n'est pas comme les femmes de chez nous. Elle pense autrement, elle sent les choses différemment. Elle souhaiterait qu'on ne lui pose pas de questions sur sa vie passée. Si elle en éprouve le besoin, elle en parlera la première…

Le regard de la vieille femme s'assombrit :

— Parce que tu crois que je pourrais l'interroger ? Tu me prends pour une cruche…

— Ne m'en veux pas…

— Comment pourrais-je t'en vouloir ? Mais je voudrais te demander quelque chose…

— Quoi ?

— À toi, elle t'en a jamais parlé ?

— Non, jamais. Et elle ne m'en parlera pas.

La vieille femme ressentit un coup violent dans le cœur. « Elle ne l'aime pas. Non, elle ne l'aime pas. » Elle put se maîtriser, pour que Yannis ne sente pas son inquiétude. Et elle dit, d'une voix neutre :

— Les étrangères sont comme ça, apparemment. Elles n'aiment pas raconter leur vie. Elles tiennent leur langue.

Yannis comprit. « Elle ne l'aime pas. Non, elle ne l'aime pas. Et Marina le lui rend bien… Mais elles sont intelligentes toutes les deux. Elles trouveront bien un moyen de s'entendre. »

Ainsi, les conversations de la mère Réïzis et de sa bru étaient en général un long monologue de la première. La vieille femme, abreuvée par le poison de l'épouse de marin, lui racontait l'histoire de sa famille ballottée sur les flots. Ses paroles résonnaient dans sa bouche comme un poème, qui n'était autre que la grande épopée de la mer. Marina l'écoutait avec intérêt, souvent même avec émotion. Mais tout cela restait superficiel, ne pouvait la toucher au fond du cœur.

Il n'était pas possible pour ces deux femmes de s'entendre. Un abîme les séparait : le pays, la race, le climat. L'une était une descendante de Vikings blonds, de féroces guerriers, de rapaces assoiffés d'or et de plaisirs. L'autre – une Orientale à l'âme fermée – avait dans ses veines le sang des vrais marins, qui luttent vraiment avec les flots pour faire commerce de la richesse de la terre. Pour les premiers la mer était un moyen, pour les seconds une fin.

« Quand je pourrai découvrir, pensait Marina, ce qui se cache derrière ses paroles, alors je pourrai me dire que je me suis fondue dans cette terre et ses hommes. » Au même moment, la mère Réïzis se disait : « Non, ce que je dirais à une femme de même sang que nous, à elle, je ne peux le dire. Elle ne me comprendra pas. Elle ne souhaite même pas me comprendre. »

Un soir, en rentrant chez lui, Yannis trouva sa femme manifestement émue. Il s'en inquiéta.

— Qu'as-tu ? Il t'est arrivé quelque chose de désagréable ?

— Non ! Au contraire ! Ta mère m'a raconté de vieilles histoires. Ses chagrins, ses joies, ses espoirs. Des histoires personnelles, que tu ne connais pas…

Yannis s'en félicita. Enfin sa mère avait accepté de se départir de sa méfiance, de gagner le cœur de sa belle-fille : « Il ne pouvait en être autrement. Ma mère est une femme en or. Il faut que je l'en remercie. »

Il alla trouver la femme du capitaine dans sa chambre. Elle était assise à sa fenêtre à tricoter avec des gestes vifs, cadencés. La lumière du jour avait disparu. La flammèche rougeâtre de la veilleuse tremblotait devant les icônes.

— Bonsoir, maman…

— Bonsoir. Assieds-toi un peu, que je te voie…

Les visites que Yannis lui rendait dans sa chambre étaient sa grande joie. Elle retrouvait son enfant d'autrefois. D'une époque où il n'y avait dans la maison que des membres de la famille, des gens qui avaient le même sang, la même âme, la même pensée.

Ils parlèrent près d'une demi-heure. Ils se dirent des choses qu'ils ne se disaient jamais devant Marina. Non parce qu'ils ne le voulaient pas, mais parce que ça ne leur venait pas à l'esprit. Ils parlèrent d'une voix basse, couverte par le chaud velours de la tendresse. Puis vint le moment où ils n'eurent plus rien à se dire. Le silence se fit. La mèche de la veilleuse grésilla.

— Qu'est-ce que tu as dit à Marina ? demanda Yannis.

La vieille femme haussa les épaules et répondit d'une voix sèche :

— Des bobards ! Qu'est-ce que je pouvais lui dire d'autre ?

Le silence se fit à nouveau entre eux. Deux plis verticaux fendirent le front de Yannis. Dans la pénombre, les mains de la mère Rëizis, qui continuaient à tricoter, faisaient penser à deux pâles papillons qui se livraient un combat implacable, une lutte à mort…

Minas arriva la veille de Noël. Il devait rester jusqu'à la Saint-Jean, pour passer les fêtes en famille.

Depuis une semaine, la mère Reïzis se préparait à recevoir son fils cadet. Elle rangea la chambre qui donnait au nord avec un soin mêlé d'inquiétude. Elle nota sur un papier les mets et les gâteaux qui plaisaient à Minas et descendit à Syra acheter en personne tous les ingrédients qui lui permettraient de satisfaire sa gourmandise. Et quand tout fut prêt, elle sortit du coffre sa belle robe de taffetas. Elle la repassa avec soin, l'enfila, et attendit avec impatience l'arrivée du bateau.

À cinq heures de l'après-midi, ils descendirent au port et s'attablèrent pour patienter dans une brasserie de la jetée. Il faisait mauvais temps, il y avait un fort vent du sud et il pleuvait. La conversation languissait, à cause du grec encore hésitant de Marina. Mais la mère Reïzis avait l'esprit ailleurs, elle ne suivait pas ce qui se disait. Aussi, sans s'en rendre compte, Yannis et Marina poursuivirent-ils en français.

Vers six heures, la silhouette du bateau se dessina. Ils se rendirent sur le quai sans attendre que l'équipage ait jeté l'ancre et fait les manœuvres. Ils étaient trempés par la pluie. Ils observaient la bousculade sur le pont, pour essayer d'apercevoir Minas. Sa mère le vit la première.

— Le voilà ! Le voilà !

Minas les aperçut à son tour. Il les salua en agitant sa main. Sa mère était haletante de bonheur. « Qu'est-ce qu'elle l'aime ! se dit Marina. Elle l'aime plus que Yannis. »

Minas descend lentement l'escalier de bois, serré dans la foule des passagers. Marina le regarde, l'observe, comme si elle le voyait pour la première fois. Lors de son mariage, elle n'avait pas beaucoup prêté attention à lui. « Il est beau, et il a en outre un port altier que la nature n'accorde pas souvent aux hommes. Voyons quelle intelligence et quelle sensibilité se cachent derrière cette enveloppe charnelle exceptionnelle. »

Minas commence par baiser avec respect la main de sa mère. Celle-ci l'embrasse d'un geste brusque, le serre contre sa poitrine osseuse, aspire de ses lèvres enflammées la fraîcheur de son visage juvénile. « Comme elle l'aime ! songe Marina. Mais est-ce un phénomène si exceptionnel ? Est-ce que ça ne renvoie pas à une réalité grecque plus générale ? Chez ce peuple, le lien du sang est resté sacré, comme jadis. La maison et la famille lient les gens par de très lourdes chaînes, tantôt en or, tantôt de plomb. Un Œdipe qui devient sans le savoir l'amant de sa mère, un Oreste qui tue sa mère pour venger l'assassinat de son père, une Phèdre qui est amoureuse de son beau-fils, une Médée qui tue ses enfants par amour, tous sont des êtres que notre esprit germanique a du mal à comprendre. Ils sont envoûtés, jusqu'au tréfonds de l'âme, par le philtre des hormones qui leur ont donné la vie. Ils sont grecs. Je les comprends, mais je ne peux ressentir ce qu'ils ressentent. Ils me font peur… »

À présent, Yannis et Minas tombent dans les bras l'un de l'autre. En tant qu'hommes, ils essaient d'introduire dans ces effusions une certaine retenue, un certain formalisme. Mais ces efforts ne parviennent pas à cacher leur affection. Et Marina de se dire : « J'ai vu dans mon pays bien des scènes semblables. Mais quels sont ceux qui s'embrassent avec autant d'amour ? Seulement les amoureux. Les parents, jamais ! Ici, les amoureux, en public, et peut-être même en privé, mesurent leurs manifestations de tendresse. Ici, la famille étend sur les esprits son omnipotente tyrannie. Ce qui compte, c'est l'époux, l'épouse, le père, la mère, les petits-enfants, les neveux, les cousins. Même le lien amoureux le plus fort passe après. »

Minas serre chaleureusement la main de Marina.

— Comment ça va, petite sœur ?*

Son regard, son sourire manifestent un amour fraternel. Avant que Marina ait eu le temps de répondre, Yannis dit à Minas :

— Marina parle grec à merveille.

— Vraiment ?

— Pas tant que ça, proteste-t-elle. Je fais encore des solécismes, des barbarismes. Et mon accent… comment dire ?… laisse à désirer*…

Les deux frères rient de bon cœur. Les lèvres de leur mère esquissent un sourire ambigu.

Dans la voiture, Yannis bavarda tout en conduisant. Il avait tant de choses à dire à son jeune frère. Minas l'écoutait d'un air absent. Il regardait en contrebas, à travers la vitre de la portière, la cité illuminée et la mer plongée dans l'obscurité. Et il dit en français, à un moment où Yannis s'était tu :

— J'ai une détestation mortelle pour la science que j'ai le devoir d'étudier. C'est mon devoir parce qu'il paraît qu'en tant que juriste je pourrai apporter ma pierre au progrès culturel de l'Humanité. Je la déteste parce qu'elle m'empêche de réaliser le rêve de ma vie : mener une existence sereine dans cette île, auprès de vous, que j'aime tant…

Il parla en français, pour que Marina comprenne. Peut-être parce que ce qu'il avait dit ne s'adressait qu'à elle. Elle ne répondit pas. « Il est grec, se dit-elle. Pour lui, la famille est une institution incomparable pour garantir le bonheur. Il faut que je ressente cela moi aussi, si je veux devenir grecque. »

La mère Reïzis, qui présidait le dîner de bienvenue,

en suivait le déroulement d'un regard inquiet, observant le service de la domestique, les parts que chacun prenait et sa réaction au moment où il goûtait le plat. Naturellement, c'était l'appétit de Minas qui l'intéressait au premier chef. Elle lui avait préparé ses mets préférés : un pilaf aux foies de volaille, du poulet grillé à la sauce blanche, des pommes frites coupées menu, une salade de laitue relevée avec de l'ail et saupoudrée de roquefort, et un suprême au chocolat avec de la chantilly. Minas parlait lentement en veillant à n'employer que des expressions simples et en articulant clairement pour pouvoir être compris de Marina. Il évoquait sa vie à Athènes : son petit appartement dans une maison de la place Dexaméni, d'où il avait une vue exceptionnelle, les professeurs de la Faculté de Droit, dont il faisait un portrait très expressif, les étudiants, leurs intérêts intellectuels et leurs distractions. Tous l'écoutaient avec attention, captivés par sa façon de raconter.

Le dîner terminé, on passa au salon prendre du café et des liqueurs. À présent, Yannis interrogeait Minas sur les Kassiotes d'Athènes :

— Tu n'as pas vu du tout Martis Kastrinos ?

Minas éclata de rire :

— Je l'ai vu, et dans un endroit totalement improbable pour lui.

— Où ça ?

— Chez Kostis Palamas. J'étais allé lui rendre visite, comme j'en ai l'habitude tous les mardis. Il y avait trois ou quatre personnes dans son bureau de la rue Asklipiou, et parmi eux Martis !

— Ah, ça par exemple ! Qu'est-ce qu'il venait faire là ?

— La passion de la littérature est sa dernière lubie. Il joue au mécène, à l'intellectuel… Évidemment, il ne manque pas de scribouillards dans la dèche pour l'exploiter…

Marina fut surprise :

— Tu connais Kostis Palamas ?

— Il n'y a rien d'étonnant à ça, petite sœur. Ce qui est incroyable, c'est que tu connaisses son existence !

— Rien d'étonnant ! protesta Yannis. Stavros Anthémiou l'a mise au courant de notre vie culturelle à la vitesse de la lumière !

Oui, Minas connaissait Palamas et tous les écrivains marquants. Il connaissait aussi les peintres et les musiciens.

— Je suis passionné par ma discipline. Je lui suis dévoué corps et âme, et je n'ai pas l'intention de lui faire des infidélités avec la littérature. J'ai horreur de l'amateurisme. Mais les arts du langage, du son, de la représentation picturale sont pour moi une source d'immenses plaisirs…

Minas se sent inspiré par ces questions.

— Il n'est pas surprenant que mon intérêt soit surtout aimanté par la vie culturelle et la création artistique de notre pays. Je ne peux juger avec impartialité leur qualité si je la compare au niveau de la production mondiale. Mais je suis grec, et il m'est impossible d'être insensible à ce qui exprime la quintessence de mon peuple et de ma terre !

Emporté par son sujet, il parle en employant des expressions difficiles à comprendre pour le grec encore modeste de Marina.

— Je ne comprends pas très bien, se plaint-elle. S'il te plaît, peux-tu redire ça en français ?

Minas pose sur elle un regard pénétrant.

— Tu préfèrerais peut-être qu'on parle en grec ancien ? J'ai appris que tu es très forte…

Il redit ce qu'il vient de dire dans un dialecte attique impeccable, en prononciation érasmienne. Marina s'enflamme, se lève, lui répond, ce qui amuse beaucoup Yannis, mais pas du tout sa mère, qui se raidit sur sa chaise, les bras croisés. Ses yeux suivent une pensée qui n'est visible que pour eux. Elle ne se voyait pas fêter de cette manière le retour de son plus jeune fils. Quelque chose de nouveau s'est introduit dans la maison, quelque chose qui imprègne et transforme ce qu'elle a été depuis toujours…

Minas quitta l'île le jour même de la Saint-Jean, après avoir souhaité bonne fête à son frère. Il devait partir parce que Maridakis donnait un cours le lendemain.

Ils l'accompagnèrent jusqu'au bateau.

— Marina, dit-il, pourquoi n'es-tu encore jamais venue à Athènes ?

— Je ne veux pas connaître la ville avant de sentir que je suis mûre pour ça…

— Mûre ?

— Oui. Pour moi, Athènes représente un idéal de beauté absolue…

— Tu veux parler de l'Athènes antique…

— Oui. Je comprends que depuis lors des siècles ont passé et qu'ils ont donné un nouveau contenu et une nouvelle forme au caractère grec d'Athènes. Je veux d'abord assimiler ce caractère grec. Comme ça, il n'y aura aucun risque que mon imagination soit blessée par l'Athènes contemporaine...

Minas ne répondit pas. Il réfléchissait à ces propos qui lui avaient fait impression. Marina poursuivit :

— Je ne compte pas visiter Athènes avant l'automne...

Debout sur la jetée, ils regardaient en silence le bateau qui s'éloignait. Minas, depuis la poupe, leur adressa un dernier au revoir de la main.

Le soir, Yannis s'endormit tôt. Marina n'avait pas sommeil. Étendue sur le lit, elle prit un livre. Mais elle avait l'esprit ailleurs : à ces quinze jours qu'avait duré la visite de Minas. « À présent, je peux dire que je le connais. Non, mon jugement initial – une femme manquée* – ne tient pas. Il se peut que son hypersensibilité et sa délicatesse aient un lointain rapport avec la féminité, mais sans que sa personnalité en reçoive les traits les plus caractéristiques. De toute façon, c'est un homme qui a quelque chose de plus que les signes distinctifs de son sexe, en tout cas un homme indéniablement viril. »

Elle pose le livre sur la table de chevet, éteint la lumière et ferme les yeux. Mais le sommeil tarde à venir. Elle se remémore ses conversations avec son beau-frère. « Il est intelligent, cultivé, plein de tact. Dans son enveloppe corporelle se niche une morale aristocratique. Il m'est impossible de ne pas admirer l'esprit critique qui accompagne sa vaste culture. Et il n'a que vingt ans ! Mais le plus important, c'est encore son état d'esprit, si ouvert, si original, mais subordonné à un équilibre harmonieux, raisonnable, du sentiment et de la sagesse. Du temps où je vivais en France, je remarquais toujours les bruns, les méditerranéens ardents, qui apportaient un peu de nerf à la placidité de leur race du nord. Ici en Grèce, il va falloir que je remarque plutôt les blonds qui, par leur sang-froid, leur tempérament pondéré, compensent la spontanéité parfois irréfléchie de cette race. »

Elle ouvrit les yeux dans l'obscurité. Impossible de dormir. Elle s'abandonna à nouveau à ses pensées ! « Je l'ai trouvé vraiment sympathique, aimable. Des affinités électives… Si j'étais grecque, je devrais l'aimer en tant que frère de mon mari. Mais je ne suis pas grecque… Je le trouve aimable en tant qu'individu, indépendamment de tout lien familial. Le sens de la famille… Je n'ai jamais connu ce qu'on appelle une famille. Un père absent onze mois par an, avant sa disparition. Une mère prostituée. Il faut maintenant que je reconstitue mon désir de famille. Que je voie en Yannis mon époux, et non plus mon amant. Que j'accepte sa mère comme si elle était la mienne, son frère comme s'il était le mien. Que nos quatre personnes se confondent en un même sang entre les quatre murs de cette maison. Que j'assimile dans sa dimension intellectuelle et sentimentale la tradition qui constitue l'homme grec. Il le faut. »

Yannis se réveilla. Elle sentit sa main moite qui cherchait son corps. Elle frissonna, et elle ferma les yeux…

Maintenant que Minas était parti, la maison paraissait plus vide. « Comment a-t-il pu en deux semaines la remplir de la chaleur de sa présence ? » s'étonna Marina. Elle passa la journée du lendemain désoeuvrée, morose.

Elle n'était pas d'humeur à descendre à Syra, ni à lire. Le soir, monsieur Anthémiou vint pour la leçon habituelle. Elle la trouva fastidieuse. Elle prétexta être indisposée pour renvoyer le professeur une demi-heure plus tôt. Pendant la nuit, elle dormit d'un sommeil troublé, inquiet.

Pourtant, elle se réveilla le lendemain matin fraiche et dispose, forte, équilibrée. « Tout cela tient au fait que je me suis isolée plus que je n'aurais dû. Même la lune de miel la plus merveilleuse doit à un moment céder la place à une vie plus sociable. Il n'est pas bon que j'enlève mon mari à ses amis. Il faut au contraire que je fasse d'eux mes propres amis. Il est indispensable que j'aie des contacts avec le monde qui m'entoure. »

Les habitants de Syros sont des gens aimables et gais. Comme tous les insulaires, ils sont d'un caractère affable, ont des passions tempérées par les moeurs dont le voisinage de la mer les a gratifiés. Les biologistes ont montré que la vie est née dans l'eau salée, pour bifurquer plus tard vers la terre ferme. De même, les sociologues prétendent que l'homme du continent est devenu amphibie et s'est précipité vers la mer pour trouver la civilisation. Tout ce que nous avons obtenu de beau, de supérieur, nous a été offert par la mer, cette grande voie de communication entre les hommes qui nous a ouvert les portes de la connaissance. Ce n'est pas seulement la richesse matérielle de la terre qui circule sur ses flots, mais aussi sa richesse morale. Le marin, dans les ports des contrées lointaines, en plus de sa cargaison, exporte également les idées. En revenant dans sa patrie, il ne ramène pas que son bateau chargé de produits exotiques, mais aussi un esprit rempli de notions qui appartiennent à un autre monde. C'est sur les flots que s'est forgée l'intelligence humaine. Qui a sillonné la mer a beaucoup appris. Et qui la tient fermement, tient entre ses mains la totalité de la terre. Il suffit de voir un coucher de soleil au large pour sentir que s'y cache une multitude de mystères. La sagesse des peuples a compris cette vérité, elle l'a élevée, l'a promue au rang de symbole, et elle a proclamé Ulysse, ce vagabond des eaux tumultueuses, père de la civilisation.

À Syros, les pauvres gens mènent une existence insouciante, dans la douceur et la joie. Les hommes gagnent leur pain le sourire aux lèvres et font la fête avec une insouciance qui se contente de peu. Quant aux femmes, elles ont un charme qui emprunte à tous les sangs qui coulent dans leurs veines : le sang grec du paganisme et du christianisme byzantin, le sang latin et son volontarisme rationnel, le sang arabe et son ardeur venue des sables de l'Afrique, le sang italien imbibé d'une insidieuse sensualité, le sang occidental fier et voluptueux. Elles sont menues, mais charnues, et ont l'esprit facétieux. Leur grande préoccupation est l'amour, dans son acception la plus naturelle, c'est-à-dire le plaisir des sens et des sentiments. Leur intelligence limitée se consacre tout entière à ce jeu palpitant. Leurs pensées du jour et de la nuit, leurs conversations, leurs activités n'ont pas d'autre but. Vers le soir, dans les ruelles en pente, entre les maisons d'un blanc éclatant que la tombée de la nuit teinte d'un bleu sombre, on voit de jeunes couples promener leur bonheur partagé.

À Syros, les passions du corps sont toutes-puissantes. La rare sève de cet aride rocher a imprégné les tissus de ses habitants, a saturé leur chair, laissant la pierre complètement sèche. Ce sont les sens qui commandent. Les sentiments ne sont que la résultante de cette sensualité dominante. Il n'y a pas de retenue, de crainte, de conscience de ce qui est décent ou indécent, de ligne de conduite éthique, subjective ou objective. La femme qui désire un homme croit l'aimer, et elle se donne à lui simplement, joyeusement, sans s'interroger au préalable sur ses sentiments, comme si elle accomplissait quelque chose de moral, d'inévitable. Aussi n'y compte-t-on pas les drames de l'amour, les tragédies de la passion. Mais tout cela passe inaperçu, ne suscite pas de commentaires, dans le cours d'une vie hédoniste et insouciante qui trouve une bonne raison à tout. Celui qui a été trompé se console avec de nouvelles amours. La femme adultère, la plupart du temps, revient pardonnée dans le lit conjugal, et tout se termine par de ternes conséquences, alors que tout avait commencé par des événements hauts en couleur.

Le reste de la population – la bourgeoisie – a une mentalité plus composite, relativement inclassable dans le spectre social. Le grand commerce a amené à Ermoupoli un ensemble de Grecs d'une grande diversité d'origines et de conditions, unis par la motivation commune du gain. Les roublards de Chios, les laborieux ingénus d'Andros, les perfides dissimulateurs du Péloponnèse, les honnêtes et simples marins de Kassos qui, dans une certaine mesure, ont maintenu leurs clans d'origine, tous ont été réunis en un ensemble fluctuant et indéfinissable, dont le critère majeur est l'argent. Si l'on excepte les quelques-uns que la culture et une certaine supériorité intellectuelle ont détachés de la masse, les autres ont divinisé le pouvoir économique et ont réglé sur lui les valeurs morales qui régissent leur vie. Ils ont créé une vie sociale fondée sur l'étalage de la richesse, qui donne une impression superficielle de civilisation. Un cercle fastueux, des maisons bourgeoises, des manières affables, une conversation policée, une hospitalité proverbiale. Mais, sous ce vernis, les passions que génère l'absence d'une réelle culture s'agitent sans frein. Une autre conséquence de cette indigence intellectuelle est un modernisme immodéré et un cosmopolitisme frénétique qui, parce qu'ils ont poussé dans un terrain peu préparé à les recevoir, suscitent des excentricités choquantes. Au milieu de cet ensemble, les gens de Kassos apportent une dissonance réconfortante. Les « anciens » les considèrent comme des nouveaux riches, bien que les dates de l'enrichissement des uns et des autres ne soient pas si éloignées. Mais les marins du Dodécanèse ont l'intelligence de voir les choses dans leurs justes dimensions. Ils vivent dans l'aisance et la discrétion, dans un clair-obscur conforme à leur modeste origine. Sans que l'argent – dont ils connaissent la valeur relative – leur monte à la tête, ils s'efforcent d'élever leur statut social à la hauteur de leur niveau économique, et non de le dépasser. Ils travaillent dur, scrupuleusement, sur leurs bateaux et dans leurs bureaux de Syra, du Pirée et de Londres, tout comme leurs pères trimaient sur leurs rafiots. Et ils attendent patiemment leur heure, certains qu'elle finira par venir un jour.

Par la force des choses, les Reïzis fréquentèrent surtout leurs compatriotes. Les gens de Kassos vivent un peu en marge. Enfermés dans leur cercle, ils regardent avec quelque méfiance les anciens habitants de Syros. Les membres les plus éminents de cette communauté étaient les deux frères Papadakis – des gens simples et honnêtes – dont les épouses, encore jeunes, étaient très affables et plutôt cultivées ; Kastrinos, un homme de trente-cinq ans paisible et doux qui se consacrait à la gestion de sa flotte de bateaux ; Patéridis, un individu d'une intelligence et d'une activité exceptionnelles, qui passait le plus clair de son temps au Pirée, où il dirigeait les bureaux des Papadakis ; Minas Psaltis, un quinquagénaire intelligent, amène et débonnaire, terriblement amoureux de sa belle femme de trente-cinq ans ; et le capitaine Ilias Manitis, un homme sans aucune malice, déboussolé dès qu'il se retrouvait sur le pont de la terre ferme et qui ne pouvait oublier la tôle de son bateau. Tous avaient entre eux des liens de parenté, par le sang ou par alliance, et entretenaient des relations de bonne intelligence, en dépit d'inévitables différends de courte durée qui ne suffisaient pas à les désunir.

Leurs distractions étaient simples, petites bourgeoises, empreintes de la tranquillité de la vie provinciale. Des visites chez les uns et les autres, un peu de poker, un peu plus de rami et de bridge, pas mal de commérages, une soirée dansante « familiale » tous les trente-six du mois. C'est ainsi que se passa le premier hiver de Marina à Syros, à une exception près, le carnaval, qui exigea de plus actives mondanités. Le cercle occupait le devant de la scène avec ses fastueux bals officiels. Mais il y avait aussi des réceptions privées, où l'ostentation la plus vaine se donnait libre cours.

Avec la venue du printemps les mondanités se firent plus rares. Les Reïzis se replièrent sur leurs relations insulaires habituelles. Ils se retrouvaient dans le petit cercle de Piskopio, d'où l'on jouit d'une vue sur la mer, les îles environnantes et la ville qui est unique par son austère beauté. Ils partaient souvent pour de courtes excursions vers les plages de l'île – Finika, Delagratsia – qu'encadrent des rochers arides, sans végétation. Mais le sable y est pareil à une poudre d'or tiède et délicate, la mer à un cristal d'un bleu tendre. Marina, que les eaux toujours froides et troubles de l'Atlantique n'avaient jamais enthousiasmée, trouva un plaisir nouveau, immense, à se plonger dans la caressante tiédeur de la mer Egée. Elle apprit bientôt à nager comme un poisson, à s'aventurer au large, à faire la planche, en laissant la douce haleine de la mer la bercer voluptueusement. Elle allait quelquefois jusqu'à un rocher lointain, escaladait ses flancs abrupts, s'allongeait sur la surface irrégulière, dure, douloureuse de la roche et s'abandonnait aux effets contraires de la chaleur amollissante du soleil et de la caresse stimulante du vent.

Un soir, au moment où elle s'apprêtait à aller se coucher, elle surprit Yannis en train de régler la sonnerie du réveil.

— Qu'est-ce qu'il se passe ? demanda-t-elle, étonnée.

— Nous allons nous réveiller tôt, lui répondit-il avec un sourire énigmatique. Je te prépare une surprise.

Ils se réveillèrent à trois heures et demie. Ils s'habillèrent à la hâte, prirent leur café, montèrent dans la voiture et descendirent au port. Une grosse barque de pêcheur les attendait, le moteur déjà en marche, avec quatre hommes d'équipage. D'étranges objets étaient entassés à la poupe, des espèces de corbeilles peu profondes remplies de cordages.

— Où allons-nous jeter l'ancre ? demanda Yannis au plus âgé des marins.

— Du côté de Délos.

La barque traversa le port encore endormi et gagna le large. L'obscurité était profonde, tout juste atténuée par le scintillement de milliers d'étoiles dans le ciel pur. On devinait à peine, autour des épaisses eaux noires de ce lac, les masses plus sombres encore des îles qui s'élevaient vers le firmament constellé. Quand ils eurent franchi le promontoire, les quelques lueurs de Syra se cachèrent, mais leur halo lumineux demeura au-dessus des rochers, comme la lueur d'un incendie lointain. À l'horizon, à l'est et au sud, quelques petites lumières tremblotaient, indiquant l'église Notre-Dame de Tinos et le port de Mykonos. Entre les deux, le phare du Tsiknias projetait, à une cadence implacable, sa baïonnette de lumière sur le diamant noir de la mer nocturne. Un moment, en se penchant, Marina vit dans le bouillonnement de l'eau soulevée par la proue de la barque une multitude de phosphorescences multicolores. Surprise et enchantée, elle toucha la main de son époux.

— Yannis, la mer est phosphorescente, ou je rêve ?

— Tu ne rêves pas. Ce sont les milliers de microorganismes du plancton qui brillent dans la nuit.

Et il lui demanda, en mettant de l'ironie dans sa voix :

— Comment se fait-il que tu ne le saches pas, toi qui sais tout ?

— Ne sois pas méchant…

Elle trouva l'ironie de Yannis déplacée. Elle en fut chagrinée. Il s'en aperçut et lui dit, en lui caressant les cheveux :

— Et toi, ne sois pas sotte…

Submergée de bonheur, elle saisit sa rude main d'homme, la serra avec adoration entre ses deux paumes, la baisa tendrement. Tout fut à nouveau tranquille. Le bruit du moteur était si régulier qu'il ne différait pas du silence. Un long moment s'écoula dans cette quiétude. Marina, qui tenait toujours la main de son mari, contemplait tantôt le firmament constellé, tantôt l'étendue de ces eaux qu'aucun souffle ne troublait. Elle avait l'illusion que le ciel et la mer s'étaient unis en une seule et même matière, en une substance fluide et épaisse, composée des ténèbres et des phosphorescences errantes. Que la terre s'était dissoute dans cette obscure et insaisissable matière, qu'elle avait disparu dans ce chaos, en entraînant avec elle l'univers entier. Et que la barque se trouvait au centre de cette sphère infinie faite de ténèbres et de phosphore, avec ses six passagers, unique et frêle vestige au sein d'un nouveau chaos. Soudain, elle sentit que son âme, débordant de sa poitrine, s'était dissipée dans l'univers, s'était confondue avec la mer, avait gagné le septième ciel, s'était unie avec le grand tout et communiait avec l'esprit qui flottait au-dessus des eaux avant la Création. L'esprit qui n'était pas encore devenu Dieu…

Le vieux pêcheur regarda autour de lui. Il perça l'obscurité de ses yeux noirs et dit :

— C'est ici.

Lorsque le moteur s'arrêta, le silence prit une autre forme. On entendit le clapotis de l'eau contre la coque. Deux marins se mirent à ramer lentement en faisant tourner la barque sur elle-même. Un troisième se jucha sur la proue prit une bouée et la jeta à la mer. La ficelle, jusqu'alors dans les paniers, suivit, accrochée à la bouée, avec ses hameçons et leurs appâts. La longue palangre se déploya lentement en formant des angles et des courbes et s'enfonça dans les fonds rocheux qui s'étendent entre Syros et Délos. Lorsque le marin debout sur la proue lança la seconde bouée, l'horizon, au-delà du Tsiknias, passa du noir à un vert sombre. Le jour se levait.

— C'est l'heure du casse-croûte, dit Yannis.

Le vieux pêcheur tira d'un panier du pain, du fromage, des olives et des œufs durs. Il déposa le tout sur une serviette étalée sur le pont de la barque, et dit :

— Allez-y.

Ils déjeunèrent à la lumière du fanal, sans dire un mot. Les marins se servaient poliment, chacun à son tour, comme s'ils respectaient les règles d'un protocole non écrit fondé sur la hiérarchie sociale. Ils mâchaient lentement, avec solennité, avec respect pour une nourriture si chèrement gagnée. Quand ils eurent fini de manger, ils poussèrent un soupir de satisfaction. Alors Yannis sortit de sa poche une bouteille en forme de flasque et la tendit à Marina :

— C'est du cognac. Bois-en trois gorgées.

Elle but directement au goulot. L'alcool odorant répandit dans son corps et son esprit une euphorie inouïe. Elle rendit la bouteille à son mari. Et lui, avant de boire, adressa des voeux aux autres :

— À la vôtre les gars !

— Santé, capitaine Yannis ! lui souhaitèrent-ils en retour.

Quand il eut bu, il passa la bouteille au vieux marin, celui-ci à l'homme qui avait lancé la palangre, ce dernier au mécanicien, et le mécanicien au jeune apprenti du capitaine. Yannis déposa alors son paquet de cigarettes ouvert sur la serviette :

— Fumons-en une, dit-il.

Au loin, le mont Tsiknias s'était éclairé. Après les premiers reflets d'un vert sombre, il se teinta d'un rose pâle qui commença à chasser les étoiles vers Syros, encore plongée dans l'ombre. La matière de la mer se sépara alors de la substance du ciel et, entre eux, un troisième élément, l'air, acquit une existence autonome, vibratoire. Tinos et Mykonos émergèrent de la nuit, passant de ténèbres confuses à un bleu teinté de gris pour accueillir le jour naissant. Au-dessus de Gioura, un nuage était encore pris dans les vestiges azurés de la nuit.

— Le vent va se lever, dit le vieux marin. Il faut se dépêcher…

Ils reprirent les rames et se dirigèrent vers la première bouée, qui flottait un peu plus loin. Quand ils la rejoignirent, le vieil homme, agenouillé sur la proue, se pencha pour la prendre. La palangre vint derrière.

— Penche-toi, dit Yannis à Marina. Regarde la ficelle sous l'eau, quand Léonidas la tirera. La mer est transparente, tu la verras bien.

Le jour s'était levé. La clarté verte et bleue de l'aurore plongeait dans la mer immobile, l'éclairait jusqu'à dix brasses de profondeur. Marina s'inclina et vit la longue ficelle brune, tirée par le vieux marin, remonter du fond avec un hameçon et son appât à chaque mètre. Les premiers hameçons apparurent avec leurs appâts blancs intacts. Mais soudain, près de la corde, dans le flou des eaux profondes, une lame d'argent se mit à frétiller, à se tortiller, à renvoyer comme dans un jeu le reflet de la lumière sous-marine.

— Qu'est-ce que c'est ? demanda Marina.

— Un pageot, et plutôt gros.

Maintenant, la lame d'argent commence à se dessiner plus clairement, à prendre une forme précise. C'est un poisson aux reflets d'or et d'argent qui frétille pour se libérer de l'hameçon. Vaine agonie…

Léonidas se penche, l'attrape dans l'eau, le soulève d'un air triomphal, l'admire.

— Un sacré pageot, dis donc !

Et il le lance à Yannis pour qu'il lui ôte l'hameçon. L'animal suffoque et se tortille de douleur pendant que l'hameçon lui déchire les entrailles. Marina se sent l'estomac noué. Elle ne veut pas voir ça et tourne son regard ailleurs.

— Ne sois pas si sensible, lui conseille Yannis. Ne regarde pas l'hameçon qu'on arrache, mais ce que nous apporte la palangre.

Se penchant à nouveau, elle vit, dans l'eau, la ficelle brune revenir parée de toute une série de lames d'argent, de feuilles d'or, de feuillages verdoyants, d'objets aux formes bizarres et aux couleurs insensées. Et tout cela, en se rapprochant, prenait forme, devenait des poissons, des homards, des poulpes, des crabes, des étoiles de mer, une vie sous-marine qui remontait du fond de l'abîme pour venir mourir à l'air et au soleil. Le soleil qui surgissait, comme enroulé dans une écharpe de pourpre, au-dessus du cône bleuté d'Ikaria.

Leonidas scruta l'horizon d'un œil inquiet, du côté du nord, entre Tinos et Andros. Puis il tendit le bras pour montrer quelque chose. Marina regarda à son tour et vit, dans le lointain, qu'un bandeau sombre salissait l'étendue bleu pâle de la mer.

— Qu'est-ce que c'est ?

— Le vent. Le Graigos.

Léonidas s'empressa de remonter la palangre. Quand il récupéra le dernier hameçon, les premiers souffles avaient déjà dépassé la barque et répandaient leur houle sombre en direction de Délos et de Mykonos.

Ils rentrèrent en ayant la brise de terre à droite de la proue. La mer, qui s'était teintée de mauve, était agitée de petites vagues inquiètes, couronnées d'une écume rageuse. Yannis tenait le gouvernail et dirigeait la barque avec adresse, en la faisant dévier légèrement sur la droite chaque fois qu'un paquet de mer se précipitait sur elle.

— Bravo, capitaine Yannis ! Tu pilotes à merveille ! le félicita Léonidas. Je vois que les bateaux à vapeur ne t'ont pas fait oublier la conduite du caïque.

— Hum… Si nous n'avions pas de moteur et s'il fallait avancer à la voile, je ne sais pas si je m'en tirerais aussi bien…

Léonidas haussa les épaules, d'un air dépité.

— La navigation à voile, c'est fini ! Le moteur l'a

coulée. Je me rappelle ton pauvre père quand le mistral soulevait des serpents entre la Corse et la Sardaigne. Comme il dirigeait le gréement de sa goélette !

Ils n'en dirent pas davantage. Le vent, qui avait forci, leur coupa la parole. Les vagues prenaient du volume, se brisaient avec fougue contre la proue et recouvraient toute la barque d'une écume échevelée. Marina, enveloppée dans un ciré et assise à côté de Yannis, accueillait avec ravissement cette claque d'eau salée. Le sentiment de la lutte de l'homme avec les éléments la remplissait d'allégresse. Elle se retourna pour voir son mari. Son visage aux traits virils reflétait l'audace et l'assurance qu'il puisait dans la maîtrise de son art. Il y avait à cet instant plus que de la beauté en lui. C'était un homme, le seul homme qui avait pu lui donner le bonheur du plaisir physique, ce fondement du bonheur humain. Elle frissonna de tout corps sous l'effet d'un désir soudain, et elle s'appuya contre cet homme dont la virilité l'avait vaincue.

À partir de ce jour-là, la pêche devint pour elle une passion. Rien d'autre ne pouvait lui donner cette joie inégalée des sentiments et des sens qui venait compléter son bonheur et qui la conduisait aux limites de l'absolu. Quand il s'aperçut du penchant de sa femme, Yannis – ce passionné de la pêche – acheta une grande barque neuve qui tenait bien la mer, dotée d'un moteur puissant lui permettant de filer à huit milles à l'heure. Il l'équipa de palangres, de filets et de tous les instruments nécessaires et la baptisa « Marinéta », pour la distinguer de « Marina », le nom de son gros bateau. Avec Léonidas pour capitaine et trois bons marins comme équipage, ils partaient pour des excursions en mer de plusieurs jours dans les îles environnantes. C'est ainsi que Marina connut Tinos, Andros, Mykonos et Délos. Chacune de ces îles avait son caractère particulier, par-delà l'atmosphère égéenne commune qui les unissait. Andros se distinguait par les gorges verdoyantes de ses montagnes, où l'on apercevait parmi les épais vergers de citronniers les maisons bleues et blanches de ses habitants ; par ses profondes ravines où un filet d'eau cristalline gazouillait au milieu des galets dorés ; par ses haies de hauts cyprès battus par les vents qui protégeaient les potagers des bourrasques venues du large ; par ses gens au tempérament débonnaire et à l'audace tempérée qui avaient rempli la mer de leurs bateaux et leur bourse de pièces d'or.

Tinos ne présentait pas d'autre centre d'intérêt que la merveille de la Panagia. Marina avait souvent entendu parler de l'icône miraculeuse et du retentissement de sa réputation sur les foules orthodoxes. Elle avait écouté ces propos avec la réserve propre à son rationalisme. Dès lors que son organisme avait atteint sa maturité, son mysticisme superficiel s'était dissipé en emportant les derniers vestiges de ses penchants métaphysiques. Elle ne croyait plus à l'idée de divinité. Mais sa curiosité, fondée sur l'examen rationnel des données matérielles, était toujours en éveil, toujours prête à l'observation, à l'étude, à la réflexion critique. C'est ainsi qu'un beau matin baigné de soleil, elle débarqua sur la jetée de Tinos, l'imagination enflammée. Elle gravit avec peine la raide rue pavée en luttant contre un vent violent qui dévalait en rafales saccadées depuis la montagne. Elle était préparée à voir ce qui l'attendait, c'était un sujet auquel elle s'était familiarisée par ses études. Elle pensait qu'il n'y avait pas plus de différence entre le dogme orthodoxe et le dogme catholique qu'entre la mentalité religieuse d'un Allemand et celle d'un Méditerranéen. Qu'un catholique des Flandres avait plus de parenté avec un protestant de Suède qu'avec un catholique de Sicile. Et qu'inversement un orthodoxe de Syros avait plus de traits communs en matière de religion avec un catholique d'Andalousie qu'avec un orthodoxe de Pologne. Elle se rappela le sage aphorisme d'Anatole France : « l'homme fait Dieu à son image », et elle sourit. Elle se remémorait aussi l'histoire religieuse du peuple grec, depuis l'époque des Egéens jusqu'à la chute de Byzance (elle ne connaissait pas très bien l'histoire de Grecs dans les siècles suivants), avec ses alternances de foi et de scepticisme, d'élévation vers le divin et de basse superstition, d'examen éclairé des problèmes métaphysiques et de fanatisme borné. « Quel peuple étrange ! Et quelles terribles vicissitudes, presque inconcevables, il a connues, passant d'une puissance souveraine à la pire des décadences ! » Depuis huit mois qu'elle était en Grèce, sa curiosité intellectuelle l'avait poussée à comprendre la mentalité religieuse des Grecs de son temps, mais elle n'avait pu en tirer des conclusions formelles. Par exemple, Yannis, son mari, un homme pondéré, sain, plutôt cultivé, ni ne croyait en Dieu ni n'en niait l'existence. Simplement, cette question le laissait indifférent, n'éveillait pas en lui la moindre inquiétude. Et pourtant, il se signait tous les soirs en faisant sa prière. Pendant la Semaine sainte, il jeûnait et assistait à la messe du Vendredi saint et de la Résurrection. Pourquoi ? Par superstition ? Craignait-il qu'il lui arrive malheur s'il ne faisait pas cette mince concession aux exigences de la religion ? Lui-même lui avait dit en riant qu'un jour à Londres il avait oublié que c'était Vendredi saint et qu'il avait mangé un bifteck. Le superstitieux ne risque pas de tels oublis, et il ne les raconte pas en riant. Yannis n'était donc pas superstitieux. S'il faisait ces concessions superficielles à la religion à laquelle il appartenait formellement, ce n'était que sous l'effet de son ancienne éducation, de l'habitude et des conventions. La religiosité de la société bourgeoise de Syros était de la même veine. Pourtant, sa belle-mère, une femme du peuple sans éducation, avait une foi plus vive et plus sincère, mais tout à fait naïve, fondée psychologiquement sur l'instinct et spirituellement sur la superstition et la crainte des châtiments dans l'Au-delà. D'un autre côté, les deux seuls Grecs dotés d'une vaste culture et d'une forte personnalité, Anthémiou et Minas, avaient leur propre conception de Dieu, sans rapport avec leur nationalité ou leur statut social, qui de toute façon n'étaient en rien représentatives de la réalité grecque. Restaient les écrivains. Parmi eux, Papadiamantis avait une religiosité « chrétienne orthodoxe » très affirmée, mais totalement héritée, plutôt formelle et dépourvue de toute inquiétude. Chez les autres auteurs d'envergure, la religiosité était clairement littéraire et totalement objective. Les rares vers religieux de Solomos ne parvenaient pas à convaincre qu'ils étaient inspirés par une foi fervente. Le dieu de Kalvos, cérébral et vengeur, rappelait terriblement le Jéhovah de l'Ancien Testament et des puritains.

Palamas, grec jusqu'à la dernière cellule de son corps, n'abordait la religion que comme un élément de la grandeur historique de la Grèce, glorifiant Zeus, le Nazaréen et l'agnosticisme avec la claire conscience qu'il accomplissait ainsi son devoir poétique envers l'Hellénisme, qui avait engendré, illustré et ruiné tous les dieux et toutes les idées. Tel était aussi à peu près le cas de Sikélianos, beaucoup plus inconséquent cependant, puisqu'il se fondait sur l'idée folle du syncrétisme, en plein vingtième siècle, d'un orphisme mort et d'un christianisme décomposé. « Quel manque de jugement historique ! s'étonnait Marina. Comme si l'orphisme était une croyance autonome ! Comme si le christianisme n'était pas la continuité historique de l'orphisme ! Et pourtant, cet homme insensé est un prodigieux poète ! »

Elle sourit un instant. Elle se souvint des propos de monsieur Anthémiou, la dernière fois qu'elle l'avait vu, quelques jours auparavant : « Ma chère, je ne peux qu'être admiratif quand je constate qu'en huit mois vous avez appris à la perfection une langue étrangère et étudié sa littérature. Vous êtes épatante ! » Et elle s'était dit : « Anthémiou a-t-il raison ? Suis-je vraiment épatante ? Bien sûr, j'ai fait beaucoup de progrès en si peu de temps… » Soudain, une question lancinante vint la turlupiner : « Comment ai-je pu apprendre la langue et la littérature des Grecs en huit mois ? Parce que mon mari est grec ? Parce que la Grèce est mon nouveau cadre de vie, et un cadre de vie définitif ? À moins que ce ne soit parce que j'ai abandonné ma patrie, ma langue, sa culture ? Parce que je suis venue sur cette terre pour apprendre la langue de son peuple et me passionner pour sa créativité intellectuelle ? En un mot, pourquoi, de Française que j'étais, me suis-je peu à peu métamorphosée en Grecque ? Parce qu'il s'est trouvé que l'homme que j'ai aimé est grec. S'il avait été finlandais ou brésilien, je ne me serais sûrement pas acclimatée aussi aisément à la culture finlandaise ou brésilienne. Mais prenons le point de vue inverse : supposons que l'homme que j'aime et qui m'aime, Yannis, soit resté définitivement avec moi à Rouen. Est-ce qu'il deviendrait français aussi facilement que je deviens grecque ? » Elle sourit à nouveau, mais d'un sourire quelque peu sarcastique. Non, Yannis ne deviendrait pas français à Rouen. Bien au contraire, il parviendrait, au moins en partie, à helléniser sa femme, même si elle restait dans son environnement national. « Ainsi le veut la nature chez une femme : elle l'oblige à régler son mode de vie en fonction des sécrétions de ses ovaires, qui sont soumises avec passivité à la domination de la testostérone qui les excite. Soumises avec passivité... »

La montée, le vent violent qui la frappait de face et le cours de ses réflexions l'avaient obligée à marcher la tête baissée. Et lorsqu'elle la leva, elle vit devant elle la grande bâtisse blanche de la Panagia. Elle s'arrêta pour la regarder, l'apprécier. Elle n'avait rien d'exceptionnel d'un point de vue esthétique. L'architecte, au lieu de s'inspirer de l'admirable exemple des églises cycladiques, avait voulu créer une oeuvre « européenne » et avait copié, avec un très mauvais goût, les lignes que l'on rencontre dans les églises du sud de l'Italie. L'ensemble avait toutefois une certaine grandeur, était plutôt impressionnant.

Ils traversèrent la cour dallée, gravirent l'escalier de

marbre et entrèrent dans l'église. Il y avait une messe, mais l'assistance était clairsemée – environ une centaine de fidèles. Marina se mit à l'écart et observa les lieux d'un regard vif et pénétrant. D'un point de vue esthétique l'intérieur ne valait pas mieux que l'extérieur. Il y avait partout une surcharge de décoration de mauvais goût. Mais le nombre et la diversité des ex-voto créaient une atmosphère complètement différente. Des milliers de figurines qui représentaient les choses les plus hétéroclites étaient suspendues au plafond, devant les icônes, sous les veilleuses, sur les murs. On voyait des répliques de corps ou de membres humains, des bateaux, des maisons, des vaches, des chevaux, des arbres, des cœurs, des barques, ou les combinaisons les plus invraisemblables de tous ces objets. Yannis suivit son regard scrutateur et lui murmura :

— Chacun de ces objets témoigne d'un des innombrables petits drames de la vie des hommes. C'est le malade qui cherche à retrouver la santé, le moribond qui prie pour sa vie, la mère qui s'angoisse pour son enfant souffrant, la femme stérile qui désire la fécondité, le capitaine qui, en pleine tempête, a mis son bateau sous la protection de la Vierge, le propriétaire endetté qui l'a priée de soustraire sa maison à la cupidité du créancier, le paysan qui mourrait de faim si sa vache malade venait à mourir, la femme de marin qui veut éviter qu'il arrive malheur à son mari, la jeune fille qui s'inquiète de l'amour de son bien-aimé…

Marina hocha la tête sans répondre. « Oui, des drames. La vie, la santé, l'argent, l'amour… Tout ce qui encadre et soutient notre bonheur normal. Une conception utilitariste du divin, exactement comme dans la Grèce antique, où trente mille dieux s'étaient partagé rationnellement les soucis et les besoins des humains. Y a-t-il quelqu'un qui vienne ici pour obtenir de la divinité la force de résister à la douleur physique ou morale ? La délivrance de ses tourments ? Le pardon de ses mauvaises actions ? L'espoir d'une vie apaisée après la mort ? »

Elle eut à nouveau un sourire de scepticisme, et elle regarda l'icône miraculeuse, revêtue d'or et de pierreries d'une valeur fabuleuse. Toutes ces richesses avaient été offertes pour rendre grâce à cet objet matériel qui représentait l'esprit charitable, pour la simple raison que se dernier avait agi par l'intermédiaire de cette matière. Elle se rappela l'échec de la tentative révolutionnaire des Isauriens.[8] Les historiens sont d'avis qu'elle a échoué parce qu'elle a eu lieu trop tôt et que le VIIIème siècle n'avait pas un niveau de spiritualité assez mûr pour la recevoir ; que si des circonstances politiques défavorables ne l'avaient pas contrariée, la période qui a suivi les Comnènes aurait été idéale pour sa réussite. Quelle sottise, chez ces historiens soi-disant si savants, que de n'avoir pas compris que la mentalité religieuse des peuples est avant tout une affaire de climat ! Depuis la période qui a suivi la dynastie de Comnènes sept siècles se sont écoulés qui ont apporté le bouleversement luthérien et calviniste, la régénération du catholicisme

---

[8] Allusion à l'iconoclasme, courant de pensée qui rejetait la vénération des icônes et prônait leur destruction. Il s'imposa comme la politique religieuse officielle de l'Empire byzantin sous la dynastie isaurienne au VIIIème siècle.

et, pour finir, le rationalisme scientifique, qui livre un combat acharné contre Dieu. Pourtant les Grecs d'aujourd'hui – les Grecs sensés, cultivés et policés – persistent, sur le plan religieux, à ignorer tous les degrés qui existent entre ces deux extrêmes. Soit ils adorent Dieu selon la conception anti-intellectuelle et suspecte de paganisme de Théodore Stoudite, soit ils rejettent son existence en adoptant le refus nationaliste de Darwin et de Karl Marx. « Quel peuple d'extrémistes ! Une religiosité purement spirituelle peut-elle exister ? Ou faut-il se résigner à une superstition anti-intellectuelle ? »

— Fais attention, le prêtre fait son entrée avec le Saint-Sacrement, lui chuchote Yannis en lui donnant un léger coup de coude.

Les psalmodies s'étaient arrêtées, un silence absolu laissait présager un événement exceptionnel. Les enfants de chœur vêtus de blanc étaient apparus au portail nord de l'église, portant les têtes d'anges ailées. Au même moment, un étrange mouvement se fit dans l'assemblée. Tout le monde regardait en baissant les yeux le couloir par où la sainte procession allait passer. Marina regarda à son tour, et ce qu'elle vit la surprit : une dizaine de personnes s'étaient étendues par terre, occupant toute la largeur de l'étroit couloir. Il y en avait deux que l'on aidait à s'allonger parce que c'étaient des aveugles. On avait soulevé un paralytique de sa civière pour le coucher à terre. Il y avait aussi une jeune fille au regard extatique que l'on obligeait à s'allonger : elle ne voulait pas, se débattait, sans que ses lèvres obstinément serrées ne laissent pourtant entendre sa voix. On finit par la coucher et l'immobiliser en lui tenant les épaules et les jambes.

La procession s'ébranle. Devant marchent les enfants avec les cierges et les têtes de chérubins, derrière le diacre avec l'encensoir, et enfin le pope tenant le calice. Les enfants se mettent à enjamber les corps étendus à terre, suivis par le diacre, puis le pope. Les trois premiers allongés restent inertes, le quatrième s'agite, mais les gens debout à côté de lui se penchent pour le retenir. Marina est mal à l'aise, elle détourne le regard. Subitement, un cri démoniaque lui déchire les oreilles. Elle se retourne pour voir. Et elle voit la jeune fille qui se tortille dans une crise d'hystérie. Quatre personnes se sont jetées sur elle pour l'immobiliser. Mais le démon qui se niche dans ses entrailles lui donne une force surhumaine. Ses bras et ses jambes sont agités de spasmes, tout son corps se tord en prenant des positions incroyables, échappe aux huit mains qui s'efforcent de le dompter. De sa poitrine palpitante s'élève un hurlement affreux, inhumain, continu, irrépressible. Les gens sont bouleversés. Tous les visages sont livides, crispés, la panique se lit dans les regards. Pourtant, la procession avance lentement, solennellement, imperturbablement, enjambant les pauvres corps. Mais il en reste un, un vieillard aveugle, inerte, hébété. Les premiers enfants l'enjambent avec précaution, sans le toucher. Mais celui qui tient la bannière n'a pas fait attention, il l'a légèrement heurté du pied. Tout à coup, le vieillard se met à geindre douloureusement, avec angoisse, à pousser un gémissement profond, scandé par des inflexions, un râle d'agonie, comme le cri d'un loup pris dans un piège qui voit avec désespoir approcher sa mort. Peu à peu, la jeune fille a fini par se défaire des mains qui l'immobilisaient. Une fois debout, le regard égaré, elle déchire son corsage, dénude sa poitrine et la tend en avant. Son hurlement s'est transformé en un rire bestial, lubrique, immonde. Marina saisit Yannis par le bras :

— Partons ! Partons !

Dehors, le soleil d'un matin d'été diffuse une lumière joyeuse sur la ville blanche, sur la mer d'un bleu profond, sur le ciel d'azur, sur les lauriers roses en fleur. Tout est beau, paisible, harmonieux, riant. La poitrine de Marina se soulève pour humer le souffle violent du meltem.[9] Son regard s'apaise, et le calme revient sur son visage.

— Si tu n'y vois pas d'objection, je préfèrerais que nous partions tout de suite pour Mykonos.

— Le meltem est trop fort pour qu'on passe le Tsiknias…

— Aie un peu confiance en toi. Tu es un capitaine hors-pair. On va le passer, ce Tsiknias…

— Oui, on va le passer, répond Yannis en souriant.

Elle passa à Mykonos dix journées qui baignèrent dans le charme inexplicable de cette île aride. Par son aspect naturel, elle ne diffère pas beaucoup du sol rocheux et de la terre rare de Syros. Mais la petite ville, qui a conservé son caractère égéen, n'a pas grand-chose à voir avec Ermoupoli, cette cité européanisée. Et son déploiement en hémicycle du sud à l'ouest et au nord est à l'exact opposé de l'orientation à l'est de l'amphi-

---

[9] Le meltem est un vent du nord qui souffle fréquemment en été sur la mer Egée.

théâtre que forme la capitale de Syros. Les journées, à Mykonos, sont semblables à celles de toutes les Cyclades, sauf que le meltem, qui surgit avec force de la passe du Tsiknias, balaie l'île en l'ébranlant de fond en comble. La soirée, au contraire, parée des reflets du couchant, répand partout sa palette de couleurs délicates et variées, où domine le violet. Le blanc des murs se mue en un mauve tendre et se teinte des couleurs changeantes de l'atmosphère crépusculaire, au point que la petite cité devient comme transparente, fait penser au reflet d'une vision lointaine, à un ectoplasme irréel, onirique, qui aurait pris forme dans la matière de l'air. Avec la nuit, ce songe vespéral acquiert une autre consistance, plus immatérielle, presque hallucinatoire, quand la lune crée de capricieux contrastes lumineux sur les pans de murs blancs à la géométrie anarchique. Une ombre absolue côtoie la lumière la plus franche, sans dégradés de tons, sans le moindre soupçon de couleurs. Si après minuit, pendant ces heures de pesante quiétude, avant que n'éclose au levant le bourgeon verdoyant de l'aurore, on déambule seul et sans but dans le dédale des ruelles étroites et tortueuses, au milieu des maisons blanches, on entre dans un monde fantasmagorique où règnent la démence et l'hallucination. On voit des taches de lumière se détacher des surfaces lumineuses, se mettre d'elles-mêmes en mouvement, se déplacer vers les plans plongés dans le noir et devenir des ombres errantes qui se mêlent d'abord à la matière des ténèbres avant de s'immobiliser. On aperçoit les esprits, les fantômes et tous les démons malicieux qui ont poussé dans les entrailles de la terre grecque, fécondés par l'imagination de ses peuples. Mais on n'est pas épouvanté, apeuré, on ne ressent pas l'effroi que le surnaturel suscite dans le coeur de l'homme. Car ce surnaturel n'est pas sorti d'imaginations embrumées pour peupler de monstres ténébreux un monde sans lumière. Il a surgi d'âmes fraîches et joyeuses pour diffuser sa grâce surhumaine sur une terre souriante, une mer vivante, dans un air vibrant de transparence et un ciel qui, pendant la journée, jouit sans retenue de la tiédeur d'un soleil vivifiant et qui, la nuit, déploie ses milliers d'étoiles, donnant des doigts aux mains qui se tendent vers lui.

Ils louèrent deux pièces dans une maison de la citadelle, dont les fondations sont baignées par la mer. L'une était une petite chambre à coucher avec un lit de planches, l'autre un salon avec des meubles anciens, une lampe à pétrole à suspension, sur les murs des gravures représentant les batailles de Napoléon III en Italie. Il y avait aussi un balcon qui donnait sur la mer vers le couchant, avec vue sur Délos, Syros et Yaros. Le matin, la mer d'un bleu sombre, creusée par de hautes vagues ondulantes, venait briser dans un bruit sourd ses flots écumeux sur les fondations de la maison. L'après-midi, quand le soleil commençait à baisser, ses rayons frappaient les eaux déchaînées, les changeant en un fleuve d'or en fusion bouillonnant et aveuglant. À la tombée de la nuit, la mer inquiète s'assombrissait, devenait un lac d'encre entouré par les silhouettes bleu gris des îles environnantes et, au-dessus d'elle, le ciel, vêtu de pourpre, éconduisait la sphère enflammée du soleil et la diluait lentement dans des reflets d'or et de pourpre.

Marina passait la plus grande partie du jour et de la nuit en plein air. Elle ne se lassait pas de cette fête des éléments naturels qui avaient choisi, sans qu'on pût savoir pourquoi, parmi tous les paysages de la terre, ce rocher aride pour s'en donner à cœur joie. Elle s'abandonna corps et âme au tiède soleil, à la mer fraîche, au sable d'or, aux roches dorées, au rude meltem, à l'air pur, aux perspectives inattendues, aux contrastes nuancés des couleurs, aux changements de tons de soirées incomparables. Elle s'abandonna au mystère des jeux d'ombre et de lumière dans des nuits baignées par la lune. Elle observa les oiseaux partir en chasse en folâtrant dans une poussière d'argent. Elle suivit leurs jeux, prêta son oreille sensible à leurs caquetages rieurs, sentit leurs pattes caressantes se promener sur tout son corps, le fouetter, la tourmenter. Jamais jusqu'alors le désir ne l'avait excitée avec une exigence aussi tyrannique, jamais sa chair n'avait ressenti une telle boulimie de plaisir. Sur le lit ferme de la petite chambre elle parvint à l'apogée de sa féminité, elle comprit qu'elle n'avait plus rien à envier à n'importe quelle femme de la terre. Dépouillée de toute pudeur convenue, pleinement consciente de l'importance vitale de l'amour dans sa forme la plus naturelle, elle unit avec ardeur son corps à celui de son mari. Le fracas des vagues qui se brisaient à intervalles réguliers sous leur fenêtre scandait le rythme de leurs ébats. Les bruyantes rafales du meltem se mêlaient à leurs soupirs. Et la vaste rumeur de la houle qui emplissait tout l'espace et s'élevait jusqu'aux cieux accompagnait le gémissement du grand frisson.

Alors, dans cette boulimie insatiable de plaisir, l'imagination de Marina, mue par les séquelles de son ancien complexe, s'égara dans l'éventualité d'une possible polygamie. Elle ne considérait pas qu'une pensée libertine lui avait traversé l'esprit. Au contraire, elle trouvait étrange, peut-être anormal, qu'un tel dessein ne l'ait pas effleurée jusqu'alors. Toujours soumise à sa cérébralité, elle tenta d'orienter – d'orienter seulement – ses désirs vers n'importe quel autre homme, parmi ceux qui étendaient leur corps athlétique sur la plage ou qui le plongeait dans les étreintes de la mer. Mais aucun d'eux, en dehors de son mari, ne put susciter en elle la moindre tentation. Elle s'essaya alors à autre chose : quand Yannis la prenait dans ses bras, elle s'efforçait d'imaginer à sa place un des hommes qu'elle connaissait, ou qu'elle avait simplement croisés. Mais aussitôt que cet « autre » fantasmatique se substituait à la réalité de Yannis, son ancienne répulsion du mâle se réveillait et coupait son ardeur, comme un coup de couteau. D'un geste réflexe, inconscient, elle tendait les bras pour repousser loin d'elle le corps qui la dégoûtait. Mais ses mains venaient au contact de la réalité de Yannis, et elle se replongeait dans un abîme de douceur…

Une nuit, pourtant, vint un dernier avatar incongru dans la série de ses amants imaginaires. Il se présenta de lui-même, sans qu'elle ait voulu l'inviter. Et il provoqua la même aversion que les autres. Marina lui tendit les bras, non pas comme elle l'avait fait pour les autres, mais avec le désir d'étreindre ce corps inexistant mais convoité. Et quand ses mains rencontrèrent la chair qui lui était familière, le spasme qui avait commencé à lui remuer les entrailles fut brisé net, tranché par un douloureux coup de couteau…

Le lendemain matin, elle se réveilla malade, fourbue et déprimée. Yannis s'inquiéta:

— Qu'est-ce que tu as ? Qu'est-ce qu'il t'arrive ?

— Rien. Je suis un peu fatiguée. Dans une heure, je serai remise.

De fait, une heure plus tard, elle était à nouveau valide, joyeuse, équilibrée. Parce que sa raison lui commandait qu'elle devait l'être.

En septembre, il y eut un an qu'elle était en Grèce. Pourtant, elle n'était pas allée une seule fois à Athènes.

— J'irai à Athènes quand je me sentirai mûre pour ça, avait-elle dit à Minas.

Minas ne vint à Syros ni à Pâques ni pendant l'été. Pendant la Semaine Sainte, Marina avait reçu une lettre de lui où il lui disait : « J'ai très envie de vous voir. Mais j'ai aussi tant de lacunes dans mes connaissances. Imagine qu'à presque vingt-et-un ans je n'ai encore vu ni Mystra ni Olympie. J'ai bien réfléchi avant de prendre une décision et j'ai estimé que je devais consacrer les quinze jours où l'université sera fermée à ce voyage auquel j'aspire depuis si longtemps. Je regretterais beaucoup de ne pas vous voir, Yannis et toi, si j'en étais le seul responsable. Mais ce n'est pas le cas. J'avoue que je trouve excessif ton refus de connaître la Grèce au-delà de Syros avant d'avoir acquis une maturité bien incertaine. Je te conseille de venir au plus vite à Athènes avec ton mari pour que nous partions tous trois pour ce beau voyage dans le Péloponnèse. Quant à notre mère, je regrette vraiment que sa santé ne lui permette pas de se déplacer. »

Elle fut vexée. Elle lui répondit sur-le-champ par quelques mots avec une spontanéité irréfléchie qui n'était pas du tout dans son caractère: « Même toi, tu ne me comprends pas. Tu es, toi aussi, un Grec devenu rationaliste. »

Elle resta longtemps sans recevoir de lettre de lui. Et quand elle finit par en recevoir une, Minas ne lui écrivait rien sur son voyage dans le Péloponnèse. C'était une lettre empruntée, convenue: je vais bien, et autres banalités. « Il est bizarre. Il est pétri de contradictions qu'on ne peut s'expliquer. Dois-je soupçonner une fragilité que je n'ai pas remarquée quand je l'ai côtoyé? Mais pourquoi ne l'ai-je pas remarquée? Aurais-je été égarée par son intelligence? Ou est-ce son côté féminin qui remonte parfois à la surface et prend le dessus? » Toutes ces interprétations ne la satisfaisaient pas. Elle avait l'intuition qu'il y avait quelque chose d'autre. Quelque chose qui expliquait les actions de Minas et leur donnait une cohérence. Mais elle ne pouvait tirer cela au clair.

Le mois de juin tirait à sa fin quand la mère Réïzis reçut une lettre de son plus jeune fils lui annonçant qu'il ne viendrait pas l'été à Syros. « Les jours de vacances sont comptés et il faut que je les emploie avec sérieux et parcimonie. Je me suis rendu compte que je n'ai jamais franchi les frontières de la Grèce pour voir le reste du monde. Voilà des années que je rêve de voir Constantinople.[10] Jusqu'à présent, les raisons que tu connais m'ont empêché de faire ce voyage incontournable. J'en ai au-

[10] C'est le nom qui s'est conservé en Grèce pour désigner Istanbul.

jourd'hui la possibilité, et je ne laisserai pas passer cette occasion. J'irai ensuite en Hongrie, en Autriche et en Allemagne, où j'ai beaucoup à apprendre dans ma discipline. Je regrette de ne pas venir vous voir, mais tu dois comprendre qu'il ne peut en être autrement. »

La mère Réïzis lut et relut la lettre. Non, elle ne pouvait pas comprendre… « En quoi cela le gênerait-il de perdre trois jours pour venir me voir à Syros ? Puisqu'il sait que les médecins ne me permettent pas de voyager en bateau ! » Voyant son amertume, Yannis essaya de donner raison à son frère :

— Tu ne peux pas l'accuser de manquer de sentiments ou de faire preuve de frivolité. Il est guidé par le désir de tirer le meilleur parti du moindre instant de sa vie. C'est un garçon consciencieux. Il faut que tu le comprennes…

Non, la mère Réïzis ne pouvait le comprendre. Elle resta vingt-quatre heures sans ouvrir la bouche, plongée dans ses pensées. Et elle prit sa décision.

— Puisqu'il ne vient pas, c'est moi qui irai le voir.

Yannis et le médecin eurent beau lui objecter que son cœur ne supporterait pas un voyage en mer, ils ne purent la faire changer d'avis.

— Eh bien, fais comme tu voudras ! admit Yannis. Mais je viendrai avec toi. J'en profiterai pour régler quelques affaires à Athènes.

— Tu n'as rien à faire à Athènes ! Tu fais ça pour me surveiller. Tu n'as aucune raison de m'accompagner. J'irai seule, et il ne m'arrivera rien.

Son attitude était assez déroutante. Yannis céda, il la laissa partir seule.

Elle partit un mardi après-midi et revint le vendredi au lever du jour. Elle paraissait calme et heureuse.

— Tu avais raison, dit-elle à Yannis. Tout va bien. Mais il fallait que je le voie. Je me languissais de lui…

— Parce que vous ne vous étiez pas vus depuis six mois ? Quand moi, j'ai été absent pendant trois ans, tu ne t'es pas donné la peine de venir me voir les deux fois où mon bateau a fait relâche au Pirée.

La mère Réïzis lui lança un regard sévère :

— Ça ne te ressemble pas de te faire plaindre, un grand gaillard comme toi !

Tout au long de son voyage estival, Minas écrivit régulièrement aux siens, qui lisaient ses lettres ensemble. Il en réservait quelques-unes à sa mère, pour la rassurer en lui disant que tout allait bien, que ce voyage lui était utile et agréable. Il en adressait aussi à Yannis, généralement pour répondre à des lettres de son frère qui avaient trait à ses affaires. Il lui donnait son avis sur la gestion des bateaux et du reste de la fortune. Et, comme le reconnaissait Yannis, ses avis étaient toujours judicieux et précieux. Les lettres destinées à Marina étaient plus rares, mais aussi plus longues et d'un intérêt plus général. Il lui décrivait les pays et les villes qu'il visitait, les sentiments et les réflexions que le voyage lui inspirait. Yannis la taquinait :

— Encore des échanges culturels entre intellectuels ! Tant pis pour nous, les béotiens !

D'autres fois, à peine rentré chez lui, il lui tendait la lettre de manière provocante :

— Tu en as de la chance ! Un mot doux de ton beau-frère ! Qu'est-ce que tu me donnes pour que je te le donne ?

Tout comme la lecture des lettres de Minas était l'affaire de tous, il en allait de même pour les réponses. Marina saisit l'occasion de lui décrire ses impressions sur les îles de l'Egée, dans un style élégant et lyrique. Yannis la taquina à nouveau.

— Tes progrès littéraires en grec moderne sont saisissants ! Il est temps que tu fasses ton apparition dans les colonnes de la revue « Néa Estia ».

Minas revint à Athènes au début du mois de septembre. Il envoya aussitôt un petit mot à Marina : « Si tu te sens mûre pour faire la connaissance de la cité couronnée de violettes, viens maintenant, avant le debut des cours à l'université. Je t'autorise à amener avec toi ton époux insensible à l'art. Nous l'enverrons au cinéma, pour qu'il ne refroidisse pas trop nos enthousiasmes culturels par sa trivialité d'armateur. »

Elle montra la lettre à Yannis.

— Je voudrais que nous allions à Athènes, lui dit-elle.

— Je ne peux pas m'absenter de Syros en ce moment. Je dois surveiller la réparation du « Dodécanèse ». Tu iras seule. Je te rejoindrai dans une dizaine de jours pour y passer une petite semaine, et nous rentrerons ensemble.

Elle partit le lendemain soir. Il faisait chaud dans la cabine du bateau, et elle ne pouvait pas dormir. Elle sortit sur le pont, s'étendit sur un transat et ferma ses yeux fatigués par la veille. Elle resta un long moment ainsi, sans trouver le sommeil. Le bruit régulier des machines et le clapotis de l'eau la plongèrent dans une agréable léthargie. À travers ses paupières closes elle perçut la lumière de l'aube. « J'ouvrirai les yeux quand le soleil se lèvera», se dit-elle. Pourtant, elle les ouvrit plus tôt, effrayée par un bruit, et ne les referma pas. Dans le lointain, là où le ciel commençait à se teinter de rose pâle, se dressait un fier promontoire, couronné d'un temple de marbre, modèle d'harmonie, d'équilibre et de sobriété. C'était Sounion. Elle se dressa d'un bond et fixa son regard sur cette vision d'une beauté absolue, due à dématérialisation de la matière. Ce n'était pas la première fois qu'elle entrait en contact avec des antiquités: elle avait passé des heures dans les ruines de Délos. Mais ces marbres-là plongeaient leurs racines dans la terre de l'Attique, émergeaient d'un sol que Dieu avait façonné au plus heureux moment de la Création. Penchée sur le bastingage, au-dessus des flots écumants du golfe Saronique, elle vit le soleil se lever derrière l'arc nonchalant de l'Hymette. Elle aperçut la blanche blessure ouverte dans les flancs du Pentélique d'où l'on tirait le marbre pour sculpter une immatérielle beauté. Plus loin, la masse imposante du Parnès conservait encore quelque chose du mystère de la nuit en fuite. À gauche, les coteaux incultes d'Égine recevaient de plein fouet la lumière du jour, qui arrivait par vagues aériennes. Derrière, on distinguait à peine les hauteurs de Salamine.

Plus le bateau avançait, plus les contours de la cuvette de l'Attique gagnaient en précision, prenaient forme et consistance. À présent, son regard scrutait avec angoisse le fond du golfe, encadré par l'harmonie des montagnes et des îles. Quelque chose de blanc s'étendait au loin. Quelque chose comme une immense cascade, large et basse, qui jaillissait aux pieds du Parnès et du Pentélique et dévalait vers la mer, dans une écume de chaux et de marbre. C'était Athènes, la ville moderne, bâtie sur le site de l'ancienne cité, sur ses ruines enfouies.

Elle ferma ses yeux fatigués par la veille et éblouis par l'apparition soudaine du soleil derrière l'Hymette. Et quand elle les rouvrit, elle la vit. Elle s'élevait au milieu de la cascade blanche, non pas avec une fierté ou une majesté provocantes, mais avec l'aisance que donne la certitude de sa beauté. Encore floue, enveloppée dans la brume matinale, couronnée par le quadrilatère du Parthénon, elle était ce qu'elle avait toujours été: la réalisation matérielle de la perfection abstraite. L'Acropole.

Elle n'avait pas averti Minas de sa venue. Elle prit un taxi au Pirée et donna au chauffeur l'adresse de son beau-frère. En remontant l'avenue Syngrou, elle aperçut clairement l'Acropole dressant comme un défi la paroi abrupte de son rocher grisâtre, très différente de ce qu'elle paraissait à distance. À présent, vues d'en bas, les colonnes ocres du Parthénon étaient d'une harmonie parfaite. Elle observait d'un regard inquiet l'ensemble que formaient la roche brute et le marbre travaillé, qu'elle avait appris à admirer plus que tout au monde. Elle voulait constater si ses sens confirmaient le jugement de la raison, si son émotion était seulement cérébrale, si elle n'était que le produit du savoir, ou si elle découlait spontanément de la contemplation d'une beauté absolue totalement nouvelle pour elle. Mais en dépit de ses efforts, elle ne put rien déduire. Elle était fatiguée, énervée, incapable d'ordonner ce qu'elle voyait, de le confronter à ce qu'elle avait appris. « J'ai du temps devant moi, on verra plus tard. » Au moment où la voiture déboucha sur l'avenue Amalias, elle observa à la hâte la porte d'Adrien et les colonnes du temple de Zeus Olympien. Puis la touffe de verdure du Zappion attira son attention. « Allons, ne sois pas pédante, l'Athènes nouvelle existe aussi. Le cœur d'un peuple vivant, sensible, créatif. »

Minas habitait dans le quartier de Dexaméni, là où la mer de la cité se brisait sur le rocher du Lycabette. Elle monta d'un cœur léger l'escalier de bois qui conduisait au troisième étage. Un pressentiment lui disait qu'elle allait vivre quelques-uns des jours les plus heureux de sa vie. Une fois sur le palier, elle reprit son souffle. Elle regarda les deux portes qui se faisaient face. Celle de gauche avait une plaque avec un nom inconnu. Celle de droite était anonyme. C'était là que logeait Minas.

Elle appuya sur la sonnette et attendit. Elle entendit des pas, la porte s'ouvrit sur Minas. Il était négligemment enveloppé dans une robe de chambre.

— À la bonne heure ! dit-il en souriant. Sois la bienvenue !

— Je te dérange peut-être ? lui demanda-t-elle sur un ton facétieux.

— Non, je t'attendais. J'étais sûr que tu viendrais. Où est Yannis ?

— Il avait du travail. Il viendra dans dix jours.

— Ah, ces armateurs ! Comme ils négligent leur épouse !

Ils passèrent dans le bureau. Minas lui dit :

— Assieds-toi. Excuse-moi, je vais m'arranger un peu.

Il allait s'esquiver, mais il s'arrêta :

— J'oubliais : dans quel hôtel es-tu descendue ?

— Dans aucun. Je suis venue directement du bateau.

Mes bagages sont dans le taxi. C'est toi qui vas me dire dans quel hôtel je vais aller…

Minas réfléchit et lui dit :

— Nous irons ensemble. Mais il faut que je m'habille, et le taxi ne peut attendre… Écoute, je descends le payer et déposer tes affaires chez le concierge. Pour l'hôtel, nous verrons plus tard.

Quand elle fut seule, elle examina la pièce. Elle était assez spacieuse, meublée d'un grand bureau, de deux bibliothèques bourrées de livres, de deux fauteuils, de deux chaises et d'un divan. Tout était de bon goût, de style égéen. Une dizaine de lithographies anciennes, qui avaient pour sujet les îles de la mer Egée, étaient accrochées aux murs. Il y avait aussi, à des places de choix, un grand tableau de Nikiforos Lytras, un buste de Kounélakis, une composition de Parthénis et un paysage tourmenté d'Ikonomou. Divers objets d'art populaire en métal ou en terre cuite étaient disposés en un savant désordre sur les bibliothèques et sur de petites tables. Dans un coin, sur un support en chêne, un lécythe attique blanc orné de figures humaines aux couleurs délavées. « Tout cela témoigne d'un goût réel, d'une culture esthétique. »

Voyant la porte ouverte, elle sortit sur le balcon et vit le tableau d'une Athènes matinale baignée de soleil, avec l'Acropole et le monument de Philopappou en son centre, l'Hymette et l'Aegalée sur les côtés et, au fond, le golfe Saronique et ses îles. « La voilà ! C'est bien elle ! », songea-t-elle. Et elle resta immobile, à regarder.

— Tu regardes Athènes ?

C'était Minas qui était venu se placer derrière elle, un peu en retrait.

— Oui.

Ils regardèrent tous deux Athènes sans rien dire. Puis Marina brisa le silence :

— Je suis fatiguée. Je n'ai pas dormi du tout sur le bateau.

— Tu as pris un petit déjeuner.

— Non. J'avoue que j'ai faim.

— Moi aussi. Je vais préparer quelque chose. Nous irons ensuite à l'hôtel.

Elle resta à nouveau seule. Elle examina les bibliothèques. L'une était remplie de livres de droit. Dans l'autre, il y avait toutes les branches de la connaissance : littérature, philologie, philosophie, histoire, encyclopédies. Plus de mille volumes. « Je ne sais pas s'il les a tous lus. C'est plutôt improbable. Mais qu'il les ait achetés est déjà révélateur. »

— Le breakfast est prêt !

Café au lait, biscottes avec beurre et confiture, œufs durs, fruits. Ils mangèrent avec appétit, sans se parler. Ils étaient jeunes, affamés, en bonne santé.

— Une cigarette ?

Ils fumèrent, toujours en silence. Puis Marina dit :

— Tu as un bien joli bureau. C'est là que tu dors ?

— Non, j'ai une chambre, une cuisine, un office et une salle de bain. Ici, je travaille seulement.

— Travailler dans un tel cadre doit être un vrai plaisir.

— Oui, j'aime bien travailler ici.

Il regarda sa montre.

— Si tu permets, je vais m'habiller. Je ne serai pas long. Nous irons ensuite à l'hôtel…

Il se leva et se dirigea vers la porte de sa chambre. Soudain, il s'arrêta et dit :

— Puisque mon bureau te plaît, pourquoi aller à l'hôtel ? Il y a un divan. Tu auras tes aises. Et, comme ça, nous serons plus souvent ensemble...

— Tu veux dire que nous serons toujours ensemble, lui dit-elle sur un ton espiègle. Il se peut que ma présence t'empêche de recevoir... des visites d'un genre particulier.

— Je les recevrai quand tu iras dans les magasins ou chez les couturières, lui répondit-il avec un piquant cynisme.

— Tu vas donc m'obliger à faire tout un tas de courses inutiles !

Ils rirent de bon cœur. Ils sentaient que leur amitié devenait plus étroite, se libérait du lien conventionnel de leur parenté par alliance et commençait à reposer sur des affinités électives.

Minas apporta des draps, des oreillers, des couvertures et organisa un couchage sur le divan.

— Non, non ! répondit-il à Marina qui voulait l'aider. Tu t'es occupée de moi à Syros, je vais m'occuper de toi à Athènes. Tu es une charmante petite sœur qui a offert du bonheur à mon frère. Je t'aime beaucoup.

Elle ne répondit pas. « C'est un Grec, se dit-elle. Il considère tout à travers le prisme de la famille. Il m'aime comme il aimerait toute bonne épouse de son frère chéri. Et pourtant, non, rien n'est absolu, pas même la primauté morale de l'institution familiale chère aux Grecs. L'élément subjectif existe partout, en tout temps. »

Le concierge apporta les valises.

— Tu rangeras tes affaires dans l'armoire de l'office, dit Minas. Moi, je vais m'habiller. Si tu veux te rafraîchir, la salle de bain est à côté de l'office. J'espère que tu vas pouvoir y trouver tes aises. Ma chère, à la guerre comme à la guerre !*

Une demi-heure plus tard, ils étaient prêts. Ils montèrent dans la voiture de Minas et allèrent à l'Acropole. Alors qu'ils remontaient l'avenue Dionysiou Aréopagitou, elle observa d'en bas cet abrupt rocher fortifié considéré comme la réalisation matérielle de la civilisation humaine. Ce qu'elle voyait – d'où elle le voyait – ne lui permettait pas de juger, de comprendre. Mais lorsqu'ils furent arrivés sur l'étroit terre-plain de l'Aréopage et qu'elle aperçut le décor architectural des Propylées, elle comprit la signification que cet instant avait dans sa vie : « Le moment est venu de vérifier par le contact direct avec la matière ce que la connaissance indirecte a créé dans mon imagination. J'ai peur, et j'ai raison d'avoir peur. »

Elle gravit lentement les marches raides, suivie en silence par Minas. Elle regardait avec une curiosité insatiable l'association symétrique de la roche brute et du marbre travaillé, qui mettait à l'épreuve sa sensibilité affective et intellectuelle. Son imagination, nourrie de l'histoire et de la culture des Grecs, la détacha de la réalité du siècle et la ramena deux mille trois cent cinquante ans en arrière. Son regard pallia l'usure du temps, restaura les ruines, nettoya les marbres de la patine jaunie laissée par deux mille étés et les vit dans l'éclatante blancheur qu'ils avaient sous le soleil à l'époque de Périclès, d'Euripide, de Phidias et de Socrate. L'illusion antique, purement intellectuelle, envahit son esprit. Elle perdit tout contrôle sur le temps, sur sa personnalité. Elle n'était plus ce qu'elle était, mais une Gauloise réduite en esclavage par un capitaine grec sur les rivages de l'océan, au-delà des colonnes d'Hercule. Elle avait aimé son maître parce qu'il avait ébloui ses yeux de barbare par cette étrange beauté héritée de siècles de civilisation. Pendant tout le voyage qui l'avait amenée des tempêtes de Thulé jusqu'aux côtes lumineuses de l'Attique, son bien-aimé lui avait parlé de sa patrie, la merveilleuse Athènes. Et voilà qu'à présent, résolue à embrasser la culture de son nouveau pays, habillée en Grecque, son corps souple enveloppé dans un ample chiton ionique, elle gravit les marches des Propylées et va au Parthénon vénérer les dieux que son intelligence et sa destinée lui ont imposés. Elle est belle, et elle le sait. D'une étrange, d'une exotique beauté, pour ces Athéniens qui, étendus sur les marches de marbre, ont interrompu leurs discussions politiques pour l'admirer. Et elle, en femme malicieuse, feint de ne pas voir l'admiration dans le regard des hommes. Elle gravit les marches à pas lents, d'un air digne, les yeux baissés en une feinte pudeur. Soudain, un vieillard chenu, à la barbe de neige et aux yeux de jais, la montre à ses voisins et récite à voix haute ces vers d'Homère en martelant spondées et trochées :

« Ne blâmons pas Troyens et Achéens aux bonnes jambières
« S'ils souffrent depuis longtemps pour une telle femme.
« On jurerait, en la voyant, que c'est une déesse. »[11]

[11] Homère, *Iliade*, III, vers 156-160.

L'éloge, sorti de la bouche d'un vieil Athénien, vaut son pesant d'or. Elle s'arrête, lui sourit, le remercie d'un éclair de son regard bleu. Mais le vieillard maintenant la regarde d'un œil sévère et sombre :

> *« Mais mieux vaudrait quand même qu'elle parte*
> *sur un vaisseau*
> *« Plutôt qu'elle ne reste comme un fléau pour nous et*
> *nos enfants. »*

Ces paroles blessantes l'ont frappée en pleine poitrine. Son cœur s'est glacé. Que veut dire ce vieux Grec ? En quoi est-elle concernée par ces propos acrimonieux qu'Homère met dans la bouche des vieillards de Troie à propos d'Hélène ?

Minas, la voyant pâlir, s'arrêter et vaciller, accourt pour la soutenir.

— Qu'est-ce qu'il se passe ? Qu'est-ce qu'il t'arrive, Marina ?

Elle chassa d'un profond soupir cette vision cauchemardesque et lui répondit avec un sourire contraint :

— Ce n'est rien. Un vertige… Je n'ai pas dormi de la nuit…

— Tu veux que nous rentrions ?

— Non, ça m'a passé, ça va maintenant !

Elle continua à gravir les marches en s'appuyant sur le bras de Minas. Mais elle s'arrêta subitement. Elle avait vu, entre les colonnes des Propylées, la perspective du Parthénon afficher l'indépassable loi de la mesure. Ses doigts se crispèrent involontairement, s'agrippèrent fermement au bras de Minas.

— Qu'est-ce que tu as, Marina ? lui demanda-t-il à nouveau avec inquiétude.

— Oh, rien ! C'est ça, oui, ça…

Elle lui montra du regard le Parthénon. Puis elle resta immobile, sans que le moindre spasme réflexe trahisse la vie de son corps. L'inquiétude de Minas redoubla. En deux ou trois mots, il la tira de cette étrange catalepsie, la ramena à une admiration plus naturelle. Ils firent le tour du Parthénon en marchant lentement et sans se parler, et revinrent à leur point de départ. Elle paraissait en forme maintenant. À la première impression de sidération avait succédé l'euphorie réparatrice que provoque la conscience de la beauté absolue. Elle souriait, et l'éclat du bonheur mettait dans son regard un certain charme.

— Je ne me lasserai pas de le voir, dit-elle.

— Raison de plus pour ne pas dépenser dès aujourd'hui toute ta réserve d'admiration. Nous reviendrons demain, et après-demain… Allons voir maintenant ce petit bijou…

Et il montra le temple de la Victoire Aptère. Ils observèrent avec la même concentration, dans un même silence, d'abord ce temple minuscule, puis l'Erechtéion. Et ils finirent par le musée où Minas, qui avait étudié les œuvres exposées, se mit à expliquer leur classement chronologique et leurs caractéristiques esthétiques. Elle l'écoutait avec attention, en soumettant en même temps ses jugements critiques à l'épreuve de ce qu'elle voyait et appréciait de son côté. Et elle ne put qu'apprécier ses compétences tant scientifiques qu'esthétiques.

— Tu es très savant. On pourrait croire que tu as fait des études d'archéologie.

— Tu exagères. En archéologie, je ne suis même pas un amateur. Simplement, en tant que Grec cultivé et consciencieux, je m'efforce de savoir ce que je dois connaître…

Marina eut un sourire d'incrédulité : « Est-ce de la fausse modestie ? » se demanda-t-elle. Mais Minas la prit par le bras :

— Viens voir la femme que j'aime, lui dit-il.

Il l'amena devant la statue d'une *korè* au corps droit, un peu raide sous son chiton ionique plissé et chamarré. Le cou fait sans art, anormalement haut et épais, manquait de grâce. Mais au-dessus s'élevait une tête d'une beauté plastique exceptionnelle que soulignait une expression d'altière sérénité. L'arrondi de la chevelure frisée encadrait l'impeccable demi-lune d'un front insouciant. Les sourcils effilés tendaient leurs arcades de la racine du nez jusqu'aux boucles des tempes. Les grands yeux en amande, qui pointaient eux aussi vers les tempes, dirigeaient devant eux un regard assuré et serein. La paupière de l'œil droit était mi-close, créant par cette savante dissymétrie une expression plus saisissante. Le nez fin s'achevait par des narines un peu larges, qu'une invisible sensualité semblait faire frémir. Les pommettes saillantes se continuaient en un menton plutôt fort et charnu. Mais la bouche aux longues lèvres sensuelles bien dessinées, qui se plissaient sur la joue gauche en un sourire d'une arrogante ironie, était un vrai chef-d'oeuvre.

— Voilà la femme que j'aime, répéta Minas.

— Elle le mérite. Mais je ne te connaissais pas cet esthétisme morbide. Tu ne préfèrerais pas qu'elle soit vivante ?

« Extravagance d'un esthétisme maladif. Ou plutôt bénin, faussement maladif. Il est très jeune et en bonne santé. Il ne risque rien. » Elle leva les yeux et regarda la femme de pierre au visage arrogant et aux lèvres délicates, ironiques et sensuelles. Et ce fut comme si soudain quelque chose d'inattendu lui avait été révélé. Elle se sentit envahie par un malaise qui l'étouffait.

— Mon Dieu ! murmura-t-elle.

Minas, la voyant pâlir à nouveau, la prit par le bras.

— Qu'est-ce que tu as ?

— Rien. Tu crois toujours que j'ai quelque chose. Je n'ai rien…

Elle lui répondit sur un ton sec, cassant. Sa lèvre, du côté gauche, s'était crispée sous l'effet de l'ironie et de l'animosité. Mais lui resta impassible. Il haussa les épaules et dit :

— Tu es très fatiguée. Tu t'énerves pour un rien. Il faut que tu manges et qu'ensuite tu dormes. On s'en va.

Elle le suivit. Pendant qu'ils s'avançaient vers les Propylées, elle promena son regard sur le cadre naturel que formait la cuvette d'Athènes, depuis l'Aegalée, le Parnès et le Pentélique jusqu'à l'Hymette, au Lycabette et à la mer où se dessinait la silhouette jaune et bleue des îles.

— C'est une merveille ! dit-elle à voix basse.

— Oui, mais il faudrait que tu voies ça au coucher du soleil. Nous reviendrons un autre jour. Maintenant, on s'en va. Il faut que tu manges et que tu dormes.

Son ton protecteur l'agaça. Elle voulut réagir par amour-propre :

— Pourquoi ? Je n'ai ni faim ni sommeil.

— Tu le crois. Mais tu as faim et tu as sommeil. On y va !

Elle ne lui répliqua pas. Elle n'en avait pas la force. Elle était affamée, somnolente, fatiguée, indécise et heureuse.

Elle mangea, dormit à poings fermés jusqu'au coucher du soleil. Elle se réveilla reposée, en forme. Elle fit traîner sa toilette, elle voulait soigner son apparence. Et quand elle fut prête, elle alla retrouver Minas qui lisait sur le balcon, installé dans un fauteuil.

— Excuse-moi d'avoir été un peu longue.

— Pourquoi ? Rien ne nous presse. C'est du grand art que de savoir perdre son temps…

Elle s'assit dans l'autre fauteuil.

— Que lis-tu ?

— Palamas. *La Cité et la Solitude.*[12]

Elle ne dit plus rien. Elle regarda, par-dessus la constellation de la ville illuminée, les derniers reflets de pourpre et d'or du couchant qui mouraient lentement à l'horizon, sur les coteaux sans arbres de l'Aegalée, de Salamine et de l'Hymette. Elle vit la lumière changer sur la pierre nue et lancer des reflets vers le ciel. Soudain, Minas se mit à réciter d'une voix profonde, vibrante d'émotion, dénuée de tout pathos :

---

[12] Recueil de poèmes du grand poète grec Kostis Palamas (1859-1943), publié en 1912. Le poème récité par Minas, intitulé « Le Satyre ou La Chanson nue », en est tiré.

Le nu triomphe autour de nous ;
Ici le nu règne partout.
Les champs, les monts, la terre entière
Ont gardé leur clarté première.
Diaphane est la création,
Grands ouverts ses palais profonds.
Yeux, régalez-vous de lumière,
Et vous, de rythme, violons.[13]

Il s'arrêta pour reprendre son souffle. Montrant la nuit qui tombait doucement, Marina lui dit :

— Ce n'est pas l'heure de…

Mais, sans répondre, Minas poursuivit :

Les arbres, discordants et rares,
Sont ici comme autant de tares ;
Ce monde est un vin généreux ;
De la nudité c'est l'empire.
L'ombre est un rêve monstrueux.
Dans notre ciel, on voit luire,
Aux lèvres du Soir vaporeux,
Puis de la Nuit, un blond sourire.

En prononçant ces derniers vers, il montra à son tour la nuit qui tombait sans apporter l'obscurité.

---

[13] Le poème « Le Satyre ou La Chanson nue » est cité dans sa traduction française de Pierre Baudry (Kostis Palamas, *Choix de poésies*, Librairie Kaufmann, Athènes et Les Belles Lettres, Paris, 1930, pages 57-63).

L'Orgie avance effrontément
Les seins dressés sans aucun voile.

Tous les corps brûlent ardemment,
Le Rocher nu semble une étoile...

Elle ferma les yeux pour ne pas voir ce que le poète évoquait. Mais la voix suggestive martelait impitoyablement les vers, enfonçait les images dans son imagination exaltée, l'imprégnait d'une sensualité à la fois vibrante et cérébrale :

Et toi, magnétise ma main,
Ambre doré des chairs de femme,
Verse encore ton divin dictame,
Pour que je m'enivre sans fin...

Elle fut parcourue d'un frisson. Elle aurait voulu lui dire de s'arrêter. Mais elle n'en eut pas le courage. Elle sentait rejaillir des années d'autrefois un engourdissement de la volonté qui la paralysait.

Dégrafe ta ceinture, unis
Tes mains sur ta ferme poitrine,
Et fais une robe aux longs plis
De ta chevelure divine.
Deviens une statue et que ton corps
Immobile et superbe acquière,
Tel qu'on l'admire dans la pierre,
Le contour pur, le galbe fort...

La fille de l'Acropole lui revint en mémoire, avec ses boucles qui lui tombaient sur le dos, sur les épaules, ses narines voluptueuses, son mystérieux et sensuel sourire, sa tunique chamarrée qui couvrait à peine sa chair frissonnante…

Puis fais des jeux charmants, et mime,
En l'idéale nudité,
D'êtres souples, lestes, sublimes,
La sauvage animalité.

Elle ouvrit les yeux et contempla Minas, qui avait abandonné le livre et récitait par cœur, le regard perdu dans le lointain, sur la mer, vers l'horizon vague et lumineux. Son visage était épuré de toute trace de désir. Elle se mordit les lèvres et referma les yeux. L'expression « idéale nudité, idéale nudité » lui martelait les tempes à une cadence répétitive, douloureuse. Mais voilà que la voix se faisait plus grave, plus sourde, apaisante :

Ô front, beaux yeux, flots de cheveux,
Croupe arrondie, hanches bien faites,
Bassin, vallons mystérieux,
Roses d'Éros, myrtes, cachettes,
Ô jambes qui nous enlacez,
Ô mains, ô sources de caresses,
Colombes douces dans l'ivresse,
Vautours quand vous vous courroucez !

Elle n'écouta pas les vers suivants. Ses oreilles bourdonnaient, une main de fer lui écrasait les tempes. Elle essaya à nouveau de lui dire de s'arrêter, mais n'y parvint pas davantage. La dernière strophe résonna à ses oreilles comme si elle était venue d'un autre monde, comme si elle avait été dite non par un homme, mais par un esprit errant dans la pénombre vibrante de la brise nocturne :

Comme l'olivier, dans les champs[14]
Où tu me vois, j'ai pris racine,
Et je fais se pâmer le vent
Aux sons de ma flûte divine.
Quand je joue, aussitôt s'unit
Maint couple : on est aimé, l'on aime.
Je fais danser, bal inouï,
L'Homme, la Brute, les Dieux même.

Quand elle rouvrit les yeux, elle crut voir une petite flamme jaune voleter dans le regard de Minas, un frémissement de volupté faire frétiller ses narines. Mais peut-être se faisait-elle des idées.

— Une cigarette ?

Ils allumèrent chacun une cigarette. Marina dit :

— Je voudrais vraiment faire la connaissance de Palamas.

— Rien de plus facile. Je passerai demain matin à son bureau, à l'université, pour prendre rendez-vous.

— Tu le connais personnellement ?

---

[14] Cette strophe est précédée, dans l'original grec, d'un vers absent de la traduction française qui indique qu'elle est dite par le Satyre.

— Je me rends régulièrement chez lui.

— Est-ce que tu connais Sikélianos ? Xénopoulos ? Gryparis ? Malakassis ? Nirvanas ?

— Je les connais tous. Tu veux les connaître toi aussi ?

— Oui, mais pas tous ensemble. Ce serait exagéré, et manquerait de naturel. Limitons-nous à Palamas et à Sikélianos. Nous garderons les autres pour mon prochain voyage.

— D'accord. Mais Sikélianos ne se trouve pas à Athènes. Il faut aller à Sykia, à une centaine de kilomètres d'ici…

Il se leva brusquement et s'étira :

— Je me suis engourdi, et j'ai faim. Allons manger.

Ils dînèrent à Varybombi,[15] sous les pins et les étoiles, humant l'air vif de la montagne qui sentait le thym et la résine. Marina goûta avec appétit au porcelet rôti et au raisin doré. En bonne Française qu'elle était, elle sirota une demi-bouteille de vin. Elle fut étourdie par l'alcool et la bonne humeur, s'enivra de la brise légère et de la clarté des étoiles. Elle s'entretenait avec Minas de mille choses insignifiantes, le regardait, l'observait, s'efforçait de comprendre son véritable caractère, malgré l'habile hypocrisie avec laquelle il le cachait. Mais non, il n'y avait pas chez lui la moindre affectation. Son jeune beau-frère était simple, candide, sincère, comme toujours. « Je suis un être affreusement perverti ! » se dit-elle. Elle

---

[15] Au pied du Parnès. Lieu de villégiature prisé par les Athéniens pour ses tavernes.

se sentit soudain submergée par un flot d'affection fraternelle pour ce charmant garçon. Elle lui prit spontanément la main et lui dit :

— Tu peux compter sur mon amitié. Je suis vraiment ta grande sœur…

Minas haussa les épaules :

— Tu ne t'es toujours pas défaite de ces stupides épanchements sentimentaux ?

Elle retira brusquement sa main :

— C'est toi qui es stupide ! J'ai tort de te traiter en égal. Sale gosse !

— Ne monte pas sur tes grands chevaux ! À l'avenir, je ferai en sorte de ne pas me montrer trop rude, de ne pas jouer à l'homme, de m'adapter à la réalité de mon jeune âge !

Il était près de minuit lorsqu'ils reprirent la voiture.

— Tu as sommeil ? lui demanda Minas.

— Non.

— Faisons une virée sur le Parnès.

Ils gravirent à toute vitesse la route sinueuse bordée de pins touffus que les phares éclairaient d'une lumière crue. Peu avant le col de Tatoï, Minas arrêta la voiture et éteignit les phares. D'un coup, la nuit retrouva sa vraie nature, faite d'air limpide et de milliers d'étoiles. C'était une nuit noire, une nuit sans lune, mais une obscurité lumineuse qui ne projetait pas d'ombres. On distinguait tout – les montagnes, la plaine, la mer, les îles –, comme si la nuit n'avait pas été une nuit obscure, mais un jour sans lumière. Un grand silence s'étendait partout, se mêlait aux frémissements de l'air, comme si un énorme essaim voletait, immobile, tout autour de la terre. En bas, entre les montagnes et la mer, la constellation d'Athènes envoyait vers le ciel sa lueur couleur de miel.

Ils restèrent un long moment silencieux, immobiles, jusqu'à ce que leur silence et celui de l'univers, se heurtant, firent entendre un cri d'angoisse et de danger venu du fond des âges.

— Parle, dit Marina à Minas. Dis quelque chose…

Il ne bougea pas, comme s'il n'avait pas entendu. Puis il se mit à réciter :

Sur ses profondes fondations la montagne vacille,
Et lorsque des Mystères secrets la fureur éclate,
Dansent la couronne de laurier et le porteur de thyrse,
Et le tambourin des orgies bat comme un cœur
divin.[16]

— Non, pas ça ! C'est ce qu'elle voulut crier, mais sans y parvenir. Elle crut voir le thiase mystique de Dionysos dévaler les pentes éclairées par les étoiles. Elle entendit la voix perçante de la ménade en transes déchirer les flancs de la nuit. Les torches, dans les mains des mystes qui couraient, faisaient penser à des étoiles filantes qui poursuivaient leur course céleste parmi les pins. Une panthère, qui avait flairé un chat sauvage en rut, poussa le cri angoissé du désir félin.

---

[16] Strophes tirées du long poème de 31 quatrains d'Angélos Sikélianos (1884-1951) intitulé « Hymne à Hélène », inclus dans l'ensemble poétique *Pâques des Grecs* (1918-1919). Le poète, membre d'un choeur, exalte la beauté d'Hélène, pour laquelle il a tout quitté, choisissant une vie d'ascète.

Soudain autour de moi la jeunesse aux genoux d'airain
Brisant le profond, l'incessant silence des monts,
Fait s'élever avec éclat, avec sérénité,
Un chant léger, un chant aigu et continu.

Ce n'est plus la voix de l'homme qui récite ces vers à côté d'elle. C'est le chant léger, délicat, contenu des ménades qui, sorti de mille bouches, résonne dans la nuit.

Qui a touché notre âme ? Qui tempère en notre sein
Ce souffle qui dort secrètement comme un nouveau-né ?
« À pas lents la belle Hélène franchit les Portes Scées
Et les vieillards à l'air songeur se lèvent devant elle ! »

La vision des Propylées lui revient en mémoire. Qu'est-ce que tout cela signifie ? Pourquoi les Moires l'enferment-elles dans leur fil implacable ? Quelles voies imprévisibles vont, au cours de sa vie, la conduire vers la mort ? Vers quelle mort ?

Immortelle, vers Toi tes ascètes tendent les bras.
Nous n'avons pas d'autre temple, d'autre temple que Toi.
Quand nous t'avons touchée, nous touchions aussi les étoiles,
Quand nous t'avons touchée, le dieu pour nous quittait son voile.

Deux boules d'or en fusion, incandescentes, immobiles, l'une face à l'autre. C'est la panthère sacrée qui s'est détachée de la troupe orgiastique pour venir sur le talus de la route. Elle s'est assise sur ses pattes arrière et scrute de son regard de félin. Elle miaule et renifle doucement en frappant de sa queue nerveuse ses flancs tachetés. De grandes vagues de nuit bleue s'élancent du sommet du Pentélique, inondent le ciel et se hâtent en silence pour aller se coucher derrière Gérania. Le jour est sur le point de se lever.

Vers Toi nous levons les bras, Immortelle qui tiens
L'idole de ton culte enfermée dans le myrte, et cache
La fleur d'une race intacte dans l'ombre d'un pubis,
Cette semence d'or nichée au beau milieu des flammes.
Vers Toi, vers Toi, nous levons des bras qui n'ont pas péché.
À ce char donne-nous d'atteler le temps à tout jamais,
Et de fleurir ici sur terre et là-haut dans les astres,
Avant de les faire danser dans notre digne chœur.

Le chant de l'homme s'acheva. La nuit retrouva son silencieux murmure. La divine panthère, accroupie sur le talus de la route, s'étira et bâilla, alanguie. Ses moustaches lascives se balancèrent, ses dents blanches resplendirent dans la fleur pourpre de son palais. Les yeux fermés, le cœur battant dans sa poitrine immobile, la femme s'abandonna à son destin. « Que ta volonté soit faite, Bacchos ! »

Un bruit strident. Minas avait mis le contact et enlevé le frein à main. La voiture s'élança sur la route du retour. Elle tourna la tête pour le regarder de son froid regard bleu. Il était calme, indifférent, lointain, perdu dans son monde. Et elle le haït… Ils allèrent jusqu'à Athènes sans échanger une parole. Ils s'arrêtèrent devant la maison de Minas. Devant la porte, un homme était assis sur une valise. À peine les avait-il vus qu'il se leva pour se précipiter à leur rencontre.

— Heureux de vous voir ! Où traîniez-vous à une heure pareille ? Il me semble qu'on a fait la fête !

— Yannis ! s'écria Minas. Quand es-tu arrivé ?

— Je suis venu avec le yacht de Papadakis. Une affaire urgente, imprévue… Je me suis arrangé pour que Papadakis me remplace à Syros. Je vais rester deux semaines à Athènes…

Minas sort de la voiture, il aide Marina à en sortir elle aussi. Yannis l'embrasse sur les deux joues et lui demande :

— Alors, Marina, que penses tu d'Athènes ? Tu es contente ?

— Oui, bien sûr… lui répond-elle d'une voix brisée. Je suis ravie…

Et elle tombe dans ses bras. Elle cache son visage sur son épaule et se met à pleurer, à sangloter.

— Qu'est-ce que tu as ? Qu'est-ce qu'il t'arrive ? lui demande Yannis, surpris et incapable de comprendre…

Lorsque, quinze jours plus tard, elle rentra à Syros avec Yannis, elle vit à nouveau les colonnes de Sounion au clair de lune. L'image était d'une beauté qui touchait à l'absolu. Appuyée contre son mari, elle regardait le promontoire couronné de marbre se fondre dans la blancheur du ciel. Mais elle était bien loin par la pensée. Elle revivait, un à un, les heureux moments des derniers quinze jours. Elle se rappelait chacun d'eux avec une extrême précision, car elle en connaissait très exactement la valeur. La figure de Minas complétait chaque fois l'image. Tranquille à présent, forte d'un équilibre difficilement conquis, elle essayait de jauger son beau-frère. Son raffinement, sa sentimentalité, son extrême sensibilité, la spontanéité de ses rares épanchements, son intelligence aiguisée, qui perçait les replis les plus secrets d'autrui, faisaient de lui un homme à la personnalité exceptionnelle et fascinante. Car, en dépit de la sensibilité féminine qui caractérisait son monde intérieur, un imperceptible halo de virilité rayonnait autour de lui. C'était en tout cas un homme qui séduisait plus qu'il ne rebutait par son froid scepticisme, dont les rares manifestations n'étaient pas très habiles, et qui en imposait par son antipathique égocentrisme et son agaçante indifférence à l'égard de tous et de tout. C'était un homme qui rendrait malheureuses toutes les femmes qui l'aimeraient. Victimes d'un doux et voluptueux malheur…

Elle tourna la tête pour observer Yannis, qui regardait avec indifférence ce spectacle de la lune, de la mer et du marbre. Sa pensée dériva vers des images du passé. Elle se souvint du port de Rouen en été, du soleil pourpre qui se couchait sur l'océan qu'on devinait au loin, du lourd bateau au nom mythologique qui avait troublé son esprit égaré. Puis elle se remémora la nuit à Mykonos, cette autre nuit sur le Parnès… Quel chemin aurait pris sa vie si, à cette époque, elle n'avait pas été accueillie sur le pont de la « Chimère » par Yannis, mais par Minas Réïzis ?

QUAND LA VIE s'écoule dans le bonheur, les jours passent sans qu'on s'en aperçoive, à tel point que, parfois, nous surprenant à les additionner, nous restons perplexes devant le total inattendu qu'ils finissent par atteindre. C'est un peu ce qui arriva à Marina. C'était un matin d'hiver, avec un ciel couvert de nuages. Un vent du nord débridé soulevait sur la mer des vagues déchaînées d'une couleur de plomb, couronnées d'une tumultueuse écume blanche. Ses rafales ébranlaient la maison, la faisaient vibrer de fond en comble. Les rares arbres de Piskopio luttaient désespérément contre la violence des éléments. Ils ployaient jusqu'à terre, on aurait cru qu'ils allaient être déracinés. Mais ils finissaient par se redresser, par reprendre leur souffle, prêts à affronter la bourrasque suivante.

Elle était assise devant le miroir et se peignait. Dans la faible lumière grise, elle distingua son visage un peu fatigué, son regard un peu terne. Et sur sa tempe droite, dans la cascade blonde de sa chevelure, un petit cheveu blanc. Sa main, qui tenait le peigne, resta en l'air, immobile: « Six ans. Cet été, ça fera six ans. » Voilà six ans qu'elle s'était mariée, qu'elle s'était installée en Grèce. Elle se regarda à nouveau dans le miroir. Cet unique cheveu blanc l'inquiétait moins que son regard éteint, son visage pâle et défraîchi, les quelques rides imperceptibles qui commençaient à se dessiner entre son œil et sa tempe. « J'ai vingt-huit ans. J'aurais dû m'y attendre. » Mais elle haussa aussitôt les épaules avec un sourire d'autosatisfaction. Ce regard sans éclat, ce teint terreux, ces rides sur les tempes étaient dus à des ennuis passagers, au mauvais sommeil de la nuit, à un petit désordre organique. Après une douche froide et dix minutes de gymnastique, il n'y paraîtrait plus rien, tout aurait disparu, hormis ce petit cheveu blanc, invisible, insignifiant…

Debout devant le grand miroir de la salle de bain, elle examine son corps nu d'un regard scrutateur. C'est encore le corps de ses vingt-deux ans, l'époque où son développement naturel et son épanouissement amoureux l'avaient amené au faîte de sa beauté. Les mêmes proportions admirables, la même souplesse des muscles, la même fraîcheur de la peau, tendue sur une chair uniformément tendre. L'allaitement n'avait pas gâté la ferme élasticité des seins. La maternité n'avait pas brisé la consistance de la peau du ventre, ni enrobé les flancs d'un excès de graisse. « Je suis toujours belle. Belle et désirable. Mais je suis aussi inconsidérément vaniteuse. Quelle influence un déclin de ma beauté pourrait-il avoir sur ma vie? Yannis m'aime assez pour me voir toujours belle, pour continuer à trouver dans mon corps le plaisir suprême. Mais moi aussi, je n'aime que lui, et je l'aimerai toujours. Jamais je ne rechercherai le plaisir auprès d'un autre homme. Jamais je ne m'inquiéterai de savoir si ma chair provoque le désir d'un autre homme. »

On frappe discrètement à la porte.

— Qui est-ce ?

— C'est moi. Quand auras-tu fini de te faire dangereusement séduisante ? Les autres aussi ont besoin de prendre un bain, de se raser…

— Patientez quelques minutes, monsieur le professeur, et la salle de bain sera à votre disposition.

— Quand une belle femme dit quelques minutes, ça veut dire une demi-heure.

Marina et Minas rirent l'un et l'autre de chaque côté de la porte fermée. Puis on entendit les pas du jeune beau-frère qui s'éloignait. Elle sourit à nouveau, d'un sourire quelque peu amer cette fois. D'anciennes images lui revinrent en mémoire. Anciennes et confuses, moins du fait du temps écoulé que de la réaction volontaire qu'elle lui opposait. Tout cela était si loin ! « Quelle idiote j'étais ! Et quelle gratitude je dois à cet homme exceptionnel ! » Elle enfila rapidement son peignoir et sortit dans le couloir.

— Minas, la salle de bain est libre !

Mais Minas ne l'entendit pas. Il était occupé, accaparé par quelque chose d'autre. Par la porte entrouverte de la chambre tournée vers l'ouest parvenait sa voix qui imitait le zézaiement d'un petit enfant :

— Qu'est-ce que tonton Minas va apporter à sa petite Nana ? Qu'est-ce qu'il va apporter ?

Et une voix enfantine, authentique celle-là, lui répondait :

— Des bonbons et des loukoums !

Elle s'avança, s'arrêta dans l'embrasure de la porte et secoua la tête avec attendrissement en voyant Minas qui tenait Annoula dans ses bras et qui la couvrait de baisers.

— Minas, il est temps que tu te maries, que tu aies tes propres enfants, et que tu laisses tranquilles ceux des autres…

Le visage de Minas prit une expression de terrible – et comique – colère. Il foudroya sa belle-sœur du regard, lui tourna le dos avec mépris et continua à s'adresser à la petite fille.

— Tu entends, Nanoula, ce que dit ta méchante maman ? Elle veut que Minas se marie, fasse des enfants à lui ! Mais tonton Minas n'aime que sa petite Nanoula !

— Sauf qu'il l'aime beaucoup trop et qu'il la gâte avec ses câlineries. Va vite te raser. Yannis t'attend en bas, à Syra…

Minas déposa la petite fille sur le lit, en disant que maman était une méchante et qu'il la gronderait, et il alla se raser. Alors, Marina saisit sa fille et la serra contre elle avec passion.

À plat ventre sur le plancher, Annoula feuillette un livre illustré. Il y a des châteaux aux hautes murailles où un méchant magicien tient enfermée la belle princesse ; un chevalier en armure d'argent qui tue un horrible dragon ; des fées qui dansent sur un tapis de fleurs printanières. Tout un monde imaginaire, irréel, le monde du bonheur enfantin que rien ne peut troubler. Marina, assise près de la fenêtre, regarde la mer grise, écumeuse, qui reflète la menace de nuages bas et noirs, et elle se remémore les six dernières années de sa vie.

« Tout s'écoule avec l'exactitude d'une horloge. Tout s'écoulera ainsi, dans une insouciante monotonie. Bien sûr, il y a l'imprévu. Mais quelle est sa probabilité ?

« Six ans dans ce pays, dans cette île, dans cette maison. Des années d'un bonheur inattendu, et ensuite… Mieux vaut ne pas y penser, ne pas même m'en souvenir. Yannnis a été surpris que je n'aie pas voulu, pendant nos trois voyages en France, revoir Rouen. « Comment ça ? La ville où tu es née, où tu as grandi, ne te manque pas ? » Comment lui expliquer que personne ne souhaite revoir à la lumière du jour les cauchemars de la nuit ? Est-ce qu'il a deviné ? « Tes années de jeunesse ont dû être des années sombres. » « Oui, c'est vrai. » C'est tout ce que je lui ai dit, rien d'autre. Il ne m'a jamais rien demandé. Mais mon obstination à ne jamais lui parler de mon ancienne existence excite son imagination, dans le mauvais sens, je le sais. Et si je lui disais la vérité ? Non. Il croira que je me suis attachée à lui uniquement pour trouver un exutoire à ma sensualité, que je ne l'ai pas choisi pour lui offrir mon amour, mais parmi d'autres hommes du même acabit… Alors ? Lui raconter une histoire mensongère qui ne blesse pas son amour propre ? Je suis incapable de mystifier l'homme que j'aime…

« Oui, six ans dans ce pays, dans cette île, dans cette maison, qui deviendront seize, vingt-six, cinquante-six ans, si telle est la volonté du Grand Maître, Charos.[17]

---

[17] Charos, figure mythique issue de l'antique Charon, le nocher

C'est dans cette terre que ma chair trouvera le repos de la putréfaction, en bas, dans le cimetière marin baigné par le soleil et battu par le vent. Je me suis attachée à cette terre, je ne fais plus qu'un avec les hommes qu'elle enfante. Je l'aime autant qu'ils l'aiment, plus rien ne me distingue d'eux. Je pense dans la même langue qu'eux, et non plus dans la mienne. Leur langue est devenue ma langue, pour que mon âme puisse s'adresser à l'invisible compagnon qui la soutient. Oui, je suis grecque...

« Pour en arriver là, ce n'a pas été facile, il a fallu du temps. Mon premier voyage en France, à Paris, voilà quatre ans... Je n'avais jamais aimé Paris avant de connaître la joie de vivre. Mais quand, forte de ce bonheur, j'ai posé le pied sur le quai de la Gare de Lyon, quand j'ai humé avec volupté ce mélange d'humidité pénétrante et de fumée de charbon qui flotte dans l'air et imprègne tout, qui est la quintessence atmosphérique de cette merveilleuse cité, j'ai senti que j'étais de retour dans mon pays après une longue absence. J'ai eu l'illusion que le taxi ne me conduisait pas vers un hôtel quelconque, mais me ramenait chez moi. La Grèce, Syros, ma maison de Piskopio représentaient le provisoire, tandis que la France, Paris, l'hôtel de la rue de Berry avaient le caractère définitif de la patrie, du port d'attache.

« La crise a atteint son comble au bout de deux semaines, quand j'ai dit à Yannis que rien ne nous retenait à Syros, puisque le centre de son activité d'armateur

---

des Enfers, est la représentation de la mort dans la mythologie de la Grèce moderne.

était à Londres, qui n'est qu'à quelques heures de Paris. Pourquoi ne pas nous établir à Paris ? Pauvre Yannis ! Quelle peur il a eue ! Quelles ressources d'arguments il a déployées pour essayer de me convaincre, sans me froisser, que c'était impossible… Vaine frayeur ! Au bout de quelques jours, je lui ai demandé de moi-même d'abréger notre voyage et de rentrer en Grèce, à Syros, à Piskopio. Des liens étroits m'attachaient désormais à tout ça, mais je ne l'avais pas compris. »

— Maman, qu'est-ce que c'est, cette bête jaune ?

Annoula se lève et apporte le livre sur les genoux de sa mère.

— C'est un renard, un animal méchant et rusé.

— Méchant et rusé, répète l'enfant.

Elle reprend le livre, se remet à plat ventre sur le sol et se plonge dans le monde du conte.

« Ma grossesse est arrivée trois ans après le mariage, quand je ne l'attendais plus. Je n'avais jamais désiré d'enfant jusqu'alors. J'étais trop égocentrique pour avoir conscience de l'instinct de maternité. Mais dès que j'ai senti le germe d'une vie nouvelle grandir en moi, un charme étrange s'est emparé de moi. Je restais des heures sans rien faire à imaginer ma nouvelle vie, comblée par le bonheur de mon fils. Je n'avais aucun doute que je donnerais naissance à un garçon, brun, vif, pareil à son père. J'avais tant d'amour pour Yannis que je souhaitais que mon corps se réduise à être la matrice de sa semence, sans contribuer en rien à la création de cet enfant. Mais j'ai mis au monde une fille, qui était plus une partie de ma chair qu'une incarnation de la semence paternelle. J'ai été perturbée, tant j'avais cru dur comme fer à mes rêves. J'ai redouté que Yannis n'en conçoive de l'amertume. Mais il m'aimait beaucoup, il n'aimait que moi. Dans ce petit bout de chair féminine tiré de la mienne il a vu une autre forme de la même substance. Et il a aimé sa fille avec passion, une passion dramatique…

« Oui, la venue d'Annoula a été une étape importante de ma vie. L'égoïste insouciance de mes premières années de mariage a cédé le pas au sentiment du devoir. J'ai compris que je devais me dévouer au bonheur de mon enfant. Et mes rapports avec Yannis ont pris une autre tournure. Il n'était plus seulement mon amant, il était mon mari. Notre relation a acquis une ampleur inattendue, est devenue plus profonde, plus tendre. Nous communions dans l'adoration du fruit de notre chair à tous deux. Nous avons conscience que nous devons nous aimer non parce que le désir nous y pousse, mais parce que seul notre amour peut assurer le bonheur de notre enfant…

« Ma fille est le grand but de ma vie. Et on ne peut séparer un enfant de la maison où il vit. C'est la raison pour laquelle je me suis mise à m'occuper de mon foyer dont j'avais jusqu'alors laissé le soin à ma belle-mère. Mais il y a d'autres raison encore. Plus le temps passe, plus le désir s'amenuise. Il se dissipe sous l'effet de la fatigue et de la satiété. Le moment est venu pour moi de comprendre ce que signifient les quatre murs de ma maison. Une citadelle qui me protège des turbulences de la vie sociale, comme il protégeait mes ancêtres des ennemis. L'atavisme…

« L'instabilité de la vie sociale. Je n'ai jamais été

quelqu'un de sociable. J'ai passé ma jeunesse dans une solitude misanthropique. Chaque fois que j'ai tenté de briser ce carcan, je m'en suis mordu les doigts. Le bonheur que j'ai trouvé dans l'amour m'a amenée à changer, à aborder les hommes avec une aimable indifférence, sans attendre rien de précieux de mes relations avec eux. Et comme mon bonheur s'obstinait à persévérer, je n'ai pas connu de déceptions dans ma vie sociale. Mais la lassitude est apparue, l'indifférence à l'égard des trois piliers de ma félicité : mon enfant, mon mari et moi-même.

« Lentement mais sûrement j'ai espacé mes relations sociales. Je l'ai fait spontanément, sans préméditation. Je me suis limitée au cercle étroit des gens originaires de Kassos. Pourquoi ? Parce qu'ils sont plus intéressants, plus aimables que les autres habitants de Syros ? Non. Mais Yannis a pris ses habitudes avec eux, il a envie de les voir, ils le distraient. Je ne pouvais faire autrement. »

Le klaxon d'une voiture a retenti, en bas, dans le jardin. Elle se lève, s'approche de la fenêtre et aperçoit Minas assis au volant de la Citroën de Yannis. Lui aussi l'aperçoit. Il la salue de la main, puis démarre à fond de train et file vers Syra. Tout est calme à nouveau. Annoula est toujours plongée dans le monde rêvé de son livre. Et Marina continue à faire défiler ses souvenirs, ses pensées.

« C'est un être bizarre, énigmatique. Dès qu'il a obtenu son diplôme, il y a quatre ans, il est parti en Allemagne. Et, pendant ces quatre années, il n'est pas revenu une seule fois en Grèce voir sa mère et son frère. J'ai eu beau essayer de deviner pourquoi, je n'ai pas trouvé. Minas prétendait certes que ses études ne le lui permettaient pas. Mais c'étaient de mauvais prétextes. J'ai fait des études, moi aussi, on ne me la fait pas. Sur quatre ans on trouve facilement quatre mois pendant lesquels la présence à l'université n'est pas indispensable. L'université est fermée pendant l'été. Mais il n'y a pas que cela. »

Oui, il n'y avait pas que cela. Il y avait aussi ses trois voyages à l'étranger avec Yannis. Pendant le premier, ils avaient écrit à Minas qu'ils se trouveraient à Paris, puis à Londres de telle date à telle date, en lui demandant de venir les voir. Il leur avait répondu qu'il viendrait. Mais il n'était pas venu. Quelques jours avant leur départ pour la Grèce, ils avaient reçu une lettre de lui leur annonçant qu'il était empêché pour une raison sérieuse. « Yannis a été dépité, mais n'en a pas fait une histoire. Moi non plus, je n'ai pas pensé à mal. Mais l'année suivante… » L'année suivante, quand Yannis et Marina étaient revenus séjourner à Londres pour affaires, ils avaient décidé de faire un saut à Munich pour voir le jeune frère. Mais ce dernier leur avait écrit de ne pas venir : il partait à Helsinki assister à un congrès de juristes. « Yannis a été une nouvelle fois contrarié, mais il a trouvé la justification plausible. Pas moi. » Quant au troisième voyage, la question ne s'était pas posée : Minas était alors en Amérique. Il s'était arrangé pour s'y rendre avec le « Marina », y rester quatre mois et revenir avec la « Chimère ».

Il en avait coûté à la mère Réïzis de ne pas voir son fils pendant quatre années entières. Mais elle ne s'était pas plainte. Deux fois par semaine, elle recevait une lettre de lui. Elle s'enfermait dans sa chambre pendant des heures et la lisait trois ou quatre fois. Elle ne disait jamais aux autres ce que Minas lui écrivait au juste. Quand on l'interrogeait, elle répondait systématiquement : « Il va bien. Il m'écrit la même chose qu'à vous. »

Son cadet écrivait bien plus rarement à Yannis. Il lui parlait de ses études, de ses projets. Il écrivait encore plus rarement à Marina. Il lui envoyait généralement des cartes postales accompagnées de quelques mots convenus. Quelquefois, cependant, arrivait une longue lettre chaleureuse, avec ses impressions sur ce qu'il voyait et découvrait au cours de ses voyages. « Je lui répondais aussitôt sur le même ton, dans l'espoir d'entamer une correspondance plus fréquente, qui prolongerait notre ancienne amitié. Mais il n'a jamais donné suite. Il me réécrivait des mois plus tard seulement, en me parlant d'autres sujets, comme s'il n'avait pas reçu ma lettre. »

Depuis un an, la maladie de sa belle-mère s'était aggravée. Une angine de poitrine avec de fortes crises, rapprochées. La vieille femme comprenait que ses jours étaient comptés, et elle s'angoissait à l'idée de mourir sans avoir revu son plus jeune fils. « Espérons qu'elle va connaître une rémission. Sinon… »

L'attitude de la mère Réïzis à l'égard d'Annoula inquiétait Marina. Elle vouait à sa petite-fille un amour passionnel. Elle voyait en elle la continuation sacrée de la famille, unie par les liens indéfectibles du sang et de l'âme. Elle la gardait le plus possible auprès d'elle en s'efforçant de l'éduquer selon ses vues, et laissait transparaître sa méfiance inconsciente envers cette femme étrangère qui avait mêlé un sang inconnu à celui de sa race. « Elle ne m'a jamais perçue comme quelqu'un de chez elle. Elle m'a toujours regardée comme une étrangère, comme une intruse dans sa famille. J'ai fait tout ce que j'ai pu pour la persuader que je suis indissolublement liée aux mêmes choses qu'elle. Que mon cœur a rompu avec son sang celte, germain, et qu'il est devenu grec. Peine perdue... De toute façon, il n'était pas question que j'abandonne mon enfant à son influence d'un autre âge. C'est alors que le combat a commencé. » Un affrontement imperceptible, invisible, entièrement contenu dans le cadre conventionnel de leurs relations cordiales, mais qui empoisonnait lentement et sûrement l'atmosphère de la maison. Devant la réaction de sa bru, la vieille femme cédait avec naturel et bienveillance, comme si elle acceptait sans rechigner la primauté de la mère dans l'éducation de son enfant. Mais, peu de temps après, elle trouvait l'occasion de se rapprocher de la petite fille. Elle se retirait avec elle dans un coin et se mettait à lui parler, à lui tenir ces propos doucereux, ces sornettes de bonne femme susceptibles de pervertir un esprit encore immature. « Comment réagir à cette tactique sournoise, agaçante ? Fallait-il en parler à Yannis, qui ne se doutait de rien ? Ç'aurait été dangereux, vu l'amour qu'il porte à sa mère. J'ai préféré ne pas envenimer la situation, et j'ai bien fait. »

Elle a un sourire attendri en pensant à son mari. « Lui aussi a suivi le cours naturel des choses. À présent, il est plus un époux et un père de famille qu'un amant. Ce n'est pas que son amour pour moi ait faibli, mais il m'aime autrement. Ses affaires l'occupent plus qu'avant. Et il a plus de plaisir aussi à fréquenter ses amis, alors qu'autrefois il ne pouvait passer un moment sans moi.

Oui, il m'aime, peut-être plus que jamais. Mais le temps émousse le désir. » Elle admet qu'elle aussi a accepté cette évolution de son mari sans déplaisir. Comblée corps et âme de plaisir et d'amour, elle recherche à présent la sérénité, la tendresse. Leur vie s'est engagée sur un chemin régulier, en demi-teinte, dénué des passions violentes des premiers temps. Même ses pulsions ont connu un reflux physiologique normal pour son âge. « C'était fatal. J'ai goûté à tout avec boulimie et j'ai été repue au moment précis où il fallait que je le sois. » Elle vivait sa nouvelle vie, plutôt monotone, dans un relatif ennui. Et lorsque parfois, sur la jetée du port, Yannis lorgnait sur une jolie voyageuse, elle souriait avec bonhomie et se plaisait à le taquiner. « Je suis son amie. Il n'y a pas de place dans mon cœur pour la jalousie. »

Elle soupire et regarde le ciel encombré de nuages. « Pourquoi penser à tout ça aujourd'hui ? Pourquoi mon esprit est-il si lucide ? Peut-être parce que l'heure est venue de faire le bilan, d'évaluer les pertes et les profits, pour savoir comment avancer vers la vieillesse et la mort. »

Les événements des derniers temps lui reviennent en mémoire. Minas avait préparé en Allemagne une thèse de droit comparé pour être maître de conférences à la faculté de droit de l'université d'Athènes. Mais il fallait qu'il la soutienne oralement devant les professeurs de la faculté athénienne. Le moment était venu pour lui de rentrer en Grèce et d'entamer sa carrière universitaire.

Yannis et Marina se rendirent à Athènes pour l'accueillir. Les médecins lui interdisant de voyager, la mère Réïzis resta à Syros. Pendant qu'ils attendaient le

Simplon à la gare, Yannis ne pouvait cacher sa joie et sa fébrilité. Il ne cessait de parler.

— Tu comprends, il y a quatre ans que je ne l'ai pas vu. Et tu sais combien je l'aime et je l'admire. Ce n'est pas quelqu'un d'ordinaire. En Allemagne, il s'est fait un nom parmi les juristes et ses livres ont eu des critiques très favorables. Et tu vas voir, chez nous, il sera tout de suite maître de conférences. Je sais de source sûre que Papoulias, Livadas et Polygénis lui reconnaissent une intelligence des sujets juridiques remarquable…

« Il parlait, bavardait, et je n'écoutais même pas ce qu'il disait. J'avais l'esprit ailleurs. Je me rappelais des épisodes de ma vie d'autrefois et les oubliais aussitôt. Je regardais une locomotive qui manoeuvrait. Je humais l'air de cette nuit de décembre chargé de vapeur et de fumée de charbon. J'entendais le haut-parleur d'un café voisin diffuser un rébétiko.[18] Et, je ne sais comment, m'est revenue en mémoire la gare de Rouen, le soir où j'y avais accompagné Félix Maréchal. Il y avait la même odeur dans l'air. Les mêmes gens, pressés et nerveux, faisaient les cent pas sur le quai. Le train part. Félix à la fenêtre du wagon me salue de la main. Et je sens la main d'un destin inconnu me serrer le cœur. Pourquoi me suis-je souvenu de tout ça ? Pourquoi tout ce passé mort et enterré a-t-il rejailli des brumes du temps à ce moment précis ? »

Deux faisceaux lumineux percent les ténèbres. Puis

---

[18] Musique populaire importée par les réfugiés Grecs d'Asie mineure et très répandue en Grèce à partir des années 1930.

les deux yeux qui projettent la lumière apparaissent, approchent, grandissent. La masse sombre de la locomotive se dessine confusément dans l'obscurité, traînant après elle la chenille lumineuse des wagons. On entend le sifflement de la vapeur, le fracas des roues sur les rails, le grincement strident des freins. L'enfilade des wagons éclairés s'arrête, et des regards inquiets scrutent le quai. Les gens qui attendaient se précipitent vers les passagers. Les chariots des porteurs roulent dans un vacarme assourdissant.

— Le voilà ! Le voilà ! s'écrie Yannis. Minas ! Minas !

Minas est debout à la fenêtre du wagon. Il sourit à peine. Il est calme, réservé. Il serre la main de son frère sans dire un mot. Puis il prend la main de Marina, s'incline et pose ses lèvres sur ses petits doigts roses.

— Tu n'as jamais été aussi belle, Marina…

Surpris, Yannis tourna la tête pour regarder sa femme. Il s'était tant habitué à sa beauté qu'il ne la remarquait plus. Il avait oublié que sa femme était belle. La parole de Minas le lui rappelait. « En un clin d'œil, il a redécouvert ma beauté. J'ai lu dans son regard qu'il ne m'avait jamais vue aussi belle. Mais j'y ai lu aussi un étonnement que je ne connaissais pas. Comme si ma beauté avait pris une dimension qu'elle n'avait pas auparavant, une dimension nouvelle. »

Dix jours plus tard, dans la salle de la bibliothèque de l'université, Minas soutenait sa thèse. Les professeurs l'écoutaient avec attention, d'un air impassible. L'auditoire – des juristes, des étudiants, des gens de Kassos – suivait la cérémonie dans une atmosphère recueillie. « Les gens de Kassos n'y comprennent rien, mais ils sentent intuitivement que ce que dit Minas est très savant, et ils sont fiers que leur île ait donné naissance à une telle sommité. Je m'efforce de suivre, moi aussi, mais le sujet très pointu – l'évolution comparée du droit byzantin et du droit russe aux XIIIème et XIVème siècles – dépasse mes capacités de compréhension. Très vite mon esprit s'évade loin de ce qui se dit et s'égare dans mon univers à moi. » Sa réflexion s'arrête là. Elle se souvient seulement de l'image de Minas en train de parler : un corps mince et nerveux aux gestes harmonieux, un beau visage dont l'expression est plus inquiétante qu'inquiète, pondérée par une maturité intellectuelle précoce. Le regard insaisissable de l'adolescent a fini par trouver la cible mentale qui lui apporte une stabilité. La voix, à la fois douce et tranchante, prend par moments des intonations plus graves.

L'exposé est terminé, la discussion commence. Papoulias est le premier à se lancer à l'attaque, par une question très ambiguë. Minas s'empare aussitôt du sujet et soutient le point de vue opposé. Mais Papoulias insiste. Maridakis et Triandafyllopoulos s'en mêlent. La discussion prend un tour plus général, embrasse l'ensemble du droit civil. C'est maintenant au tour de Balis de mettre le candidat à l'épreuve par des questions ardues. Minas répond avec à-propos et avec l'assurance d'un savant confirmé. Les questions pleuvent et reçoivent des réponses immédiates. Seul Livadas ne prend pas la parole. Il suit les débats en ouvrant et fermant la bouche, comme s'il ruminait. Et il hoche la tête chaque fois que Minas s'exprime, signe qu'il approuve tout ce qu'il dit. Et quand Livadas donne son approbation…

Voilà Minas de retour à Syros, où il est revenu voir sa mère, après quatre ans. « Il avait dit qu'il ne resterait que quelques jours, parce qu'il devait rentrer à Athènes régler la question de sa nomination. Un mois a passé depuis lors, et il se trouve toujours ici. Comment l'expliquer ? » Elle sait bien que la question de la nomination était un prétexte. « Il ne voulait pas rester plus de quelques jours à Syros. Pourquoi ? Quelle raison le chassait de sa patrie, de sa maison ? Et pourquoi s'est-il ensuite ravisé pour rester un mois entier ? » Elle hausse les épaules et sourit. Il est difficile de répondre à la première question. À vrai dire il n'y a pas de réponse possible. Quant à la seconde, la réponse est à chercher dans le béguin de Minas pour Lili, la fille du capitaine Manitis. « Personne ne l'a compris, en dehors de moi. J'ai été contente de voir Minas mettre sa sentimentalité à l'épreuve. Car j'en suis sûre, absolument sûre : jusqu'à présent il n'avait jamais été amoureux. » Elle demeura pensive, sans parvenir à tirer au clair ce qui justifiait cette certitude. Mais une autre chose l'intriguait. « Pourquoi, quand j'ai compris son aventure avec Lili, ai-je ressenti une joie étrange, injustifiée? Oui, comme un soulagement, un réconfort, comme si s'effaçait devant moi une fâcheuse perspective. » Elle réagit par un mouvement de la tête et reprend le chemin de ses pensées insouciantes. Le séjour de Minas, qui est à Syros depuis un mois, a rempli la maison de bonheur. La mère Réïzis a rajeuni. Yannis est plein d'entrain. Annoula adore son oncle. « À moi aussi, il m'a donné du bonheur. Il est vraiment adorable. Avec sa façon de sentir, de toujours faire face, d'expliquer sa pensée… Si j'avais un frère, j'aimerais qu'il ait les qualités de Minas. C'est un fils comme lui que je voudrais, si j'en avais un. Je ne sais pourquoi, mais je suis aussi fière de lui que sa mère. Je m'enorgueillis de voir les femmes tourner autour de lui, s'ouvrir à lui de cette manière imperceptible que seule une autre femme peut sentir. Oui, depuis un mois, il nous donne beaucoup de bonheur. Mais dans quelques jours il partira, et tout retournera à ce calme fastidieux qui était le nôtre auparavant. » Un nuage assombrit son front. Une pensée volontaire se reflète dans ses yeux. « Nous irons nous aussi à Athènes. Après tout, rien ne nous retient ici. Bon, il y a bien la place qu'occupe Yannis dans les bureaux de la société Papadakis-Kastrinos. Son salaire… Mais Papadakis et Kastrinos ne verraient pas d'objection à l'affecter à leurs bureaux du Pirée dont les affaires ne cessent de prospérer. Il est temps que nous quittions cette province pour vivre dans un milieu plus cosmopolite, plus intellectuel. Pour aller au théâtre, aux concerts, écouter des conférences, fréquenter des personnes plus cultivées. Pour que nous occupions la place qui nous revient dans la société athénienne. Avec le mérite et le charme qui sont les siens, Minas nous y aidera. Quelle porte peut rester fermée devant lui ? Il est temps que j'en parle à Yannis. Il ne fera pas de difficultés. Il le souhaite lui aussi. »

Une violente rafale de vent secoua les fenêtres. Surprise, Marina délaissa le monde de l'imagination et revint à la réalité. Elle posa son regard sur la mer démontée, les îles ternes, la ville triste sous la pluie. « Six ans. Six ans dans ce pays. C'est un pays qui n'est pas sans charme, et ces six ans se sont écoulés dans le bonheur.

Mais les années qui viennent – les années à Athènes – seront plus heureuses encore. »

Cette vague d'optimisme lui arracha un doux sourire, la conduisit à une nouvelle rêverie. Elle vivait à présent par l'imagination les belles années qui l'attendaient à Athènes. Allongée à plat ventre sur le sol, Annoula continuait à vivre dans le monde rêvé de son livre d'images.

Le même soir, les Psaltis donnèrent une réception officielle en l'honneur de Minas. Tout ce que Syros comptait de négociants, tous les armateurs de Kassos remplirent les somptueux salons de fracs, de robes du soir et de brillants. Le buffet était de nature à satisfaire le gourmet le plus exigeant. On avait fait venir d'Athènes un orchestre de douze musiciens. Le préfet, invité lui aussi, ne put dissimuler son étonnement. Il dit en aparté au procureur :

— Je suis ici depuis six mois, et je suis encore incapable de soupçonner la richesse qui se cache dans ces foyers de si humble apparence. Il faut que je touche un mot de cela au receveur des impôts…

— C'est inutile. Il est très bien informé. Mais il n'a pas à sa disposition les éléments nécessaires. Toute cette fortune provient des bateaux, autrement dit d'objets qui se déplacent hors de nos eaux territoriales. Or ils sont affrétés à Londres, et le fret est payé à New-York. Naturellement, il est impossible de procéder à un contrôle.

— Il y a les signes extérieurs…

— C'est d'une application très aléatoire. Rien de plus facile pour un bateau de passer du pavillon grec au pavillon panaméen. Tout comme rien n'empêche son propriétaire de s'établir à l'étranger. Ces gens-là ne résident pas en Grèce par nécessité, mais par amour du pays. S'ils paient des impôts, ils ne le font que par patriotisme. Il faut que le fisc tienne compte de ces détails avant de se décider à leur serrer la vis…

Le préfet ne répondit pas. Il soupira, dépité, prit un énorme cigare dans un coffret en verre posé à côté de lui, l'examina avec admiration et s'exclama :

— Un trois couronnes ! Il vaut un dollar !

Il l'alluma, aspira voluptueusement la fumée odorante et s'abîma dans ses songes. Après deux minutes de silence, il renoua avec une indéniable spontanéité le fil de la conversation :

— L'agriculture, le commerce et la marine marchande sont les trois mamelles fécondes de la Grèce.

— Je ne sais trop sous quelle forme symbolique vous voyez la Grèce, fit remarquer le procureur. Si vous la voyez comme une femme, elle a une mamelle de trop. Mais si vous la voyez comme une vache, il lui en manque une…

— Vous avez raison, mon cher. Pour ma part, je préfèrerais ces deux-là, qui sont loin d'être symboliques !

Le procureur se retourna pour voir.

— Ah, oui. Mais si vous permettez, monsieur le préfet, je ne pense pas qu'ils entrent dans votre domaine de compétence. Ils sont si harmonieusement décentralisés qu'ils jouissent d'une totale autogestion administrative.

— Mais ils ne relèvent pas non plus de votre juridiction. Je crains que vous ne soyez réduits à les voir comparaître en appel, monsieur le procureur.

À juger de l'air avec lequel ils la regardaient, Marina comprit qu'ils parlaient d'elle, et d'une façon fort peu convenable. « Ils disent des cochonneries. Je leur plais, ils me désirent. Je devrais être fâchée de ne réveiller que leurs instincts les plus bas. Les hommes veulent paraître plus mufles qu'ils ne sont. Il suffirait que je leur manifeste un tout petit peu d'intérêt pour que ces deux pleutres cyniques me vouent une adoration exaltée. Car je suis belle. Ce soir surtout, je suis plus belle que jamais. »

Elle avait toujours eu conscience de sa beauté. Et ce soir-là, Dieu sait pourquoi, elle avait voulu se surpasser. Elle y était parvenue avec sa robe de chez Rochas en velours bleu Nattier, sa coiffure très esthétique, son maquillage très réussi, mais surtout par sa volonté irrésistible d'être belle, qui rayonnait de tout son être et qui ajoutait le charme de l'expression à l'harmonie de la chair. « Oui, je suis belle et heureuse. Heureuse comme toute femme qui voit sa beauté se refléter dans le regard admiratif des hommes. Pourtant, là n'est pas la raison de mon bonheur. Ses racines plongent dans un sol très éloigné de la vanité amoureuse. » Elle se retourna et regarda Minas, en pleine conversation avec quatre jeunes filles. « Il est beau lui aussi. Il a cette beauté qui ébranle même la vertu la plus farouche. Malheur à la femme à qui, en échange de son amour, il offrira avec condescendance sa tendresse. Les hommes de ce genre sont faits seulement pour être aimés, pour être aimés éperdument, passionnément, désespérément. Mais il se peut qu'un jour, à leur tour, ils aiment une femme faite pour être aimée éperdument, passionnément, désespérément. Le mâle de Satan face à la femelle du Diable. Ce doit être alors quelque chose de terrible. Quelque chose qui contient le germe de la mort. »

Minas lui adresse de loin un sourire.

« Yannis est sans doute un bel homme… À mes yeux il a toujours eu la beauté idéale d'un dieu. Il est pourtant bien différent de son frère. Son destin était soit de se soumettre à son unique passion, soit de supporter la passion d'une femme quelconque, d'une femme comme les autres. C'est la première de ces deux éventualités qui s'est réalisée. Sauf que je ne suis pas une femme quelconque, une femme comme les autres. Le bonheur qu'il a réussi à me donner par l'artifice de sa chair, je le lui ai rendu sans artifice, avec des intérêts élevés qui ont dépassé les limites de son destin. Pauvre Yannis ! Je t'aime. Je t'aime encore. »

— Un cocktail, madame Réïzis ?

— Non, merci, je crois que j'ai dépassé les bornes. Vous voudriez me voir tituber, rire bêtement, me comporter vulgairement ?

— In vino veritas. Mais votre vérité du vin n'est certainement pas celle que vous décrivez.

— C'est bien répondu. À la cour de Versailles, une telle réponse vous aurait ouvert bien des portes. La Pompadour vous aurait remarqué…

— Goûtez ce Manhattan : il est exceptionnel. Et supposons que nous nous trouvions dans la Galerie des glaces. Que vous soyez la Pompadour et que je sois un cadet d'une famille aristocratique mais ruinée de Gascogne, venu tenter sa chance à Versailles…

— En effet, le Manhattan est exceptionnel… Je suis éblouie par votre imagination et votre culture historique.

Vous êtes un intellectuel ? Vous avez lu Michelet, Saint-Simon ?

— Rien de cela. Je suis fabricant de cotonnades au Pirée, et un fanatique lecteur d'Alexandre Dumas père.

— Les progrès de l'industrie grecque sont formidables ! Quo non ascendat ?

— Je ne connais malheureusement pas le suédois.

— Il s'agit de latin. Une langue morte…

— Requiescat in pace. Restons-en à des dialectes moins macabres. Et dansons sans hésiter cette valse-hésitation.

« Il est intelligent, cultivé, il a un physique agréable. Il danse fort bien, et cause mieux encore. Non, il n'est pas possible que ce soit un fabricant de cotonnades. Il se paie ma tête ! Où est Minas ? Ah le voilà, il danse avec cette greluche de Baxéoglou. Et, en plus de ça, il danse d'une manière… Ah, non ! On ne fait pas des choses pareilles ! Et Lili qui le regarde la larme à l'œil ! »

— Je vous sens très loin.

— Je pense aux métiers à tisser de votre usine, qui doivent faire des cotonnades fantastiques.

— Ou plutôt fantasmagoriques. Pourquoi tenez-vous tant à tout tirer au clair ? Laissez donc le flou vous affranchir de la connaissance de la réalité. La beauté est un mensonge qui procède du mensonge.

— J'ai horreur du mensonge.

— Et vous redoutez la vérité. À quoi cela va-t-il vous mener, d'avoir horreur du mensonge et de refuser de voir la vérité ?

Elle s'arrêta brusquement de danser et le regarda d'un air soupçonneux.

— Qui êtes-vous ?

— On nous a présentés il y a une demi-heure. Démosthène Kapétanakis, fabricant de cotonnades.

— Je vous ai déjà vu quelque part, et sous un autre nom.

— Vous lisez un peu trop de romans policiers.

— Je ne plaisante pas. Je vous prie de parler sérieusement.

— Soit. J'avoue que je suis Anestis Bithakas, alias Kokovios, alias Agléouras, alias Bataxidas, escroc international, recherché par toutes les polices de la terre. Ma tête est mise à prix cinq mille dollars. Vous avez tiré le gros lot !

Elle comprit qu'elle devenait ridicule.

— Je vous prie de m'excuser. Voulez-vous continuer la danse ?

— Je regrette. Vous n'entendez pas la sirène du bateau ?

En effet, le son d'une sirène avait réussi à traverser les fenêtres fermées, à surmonter le bruit de l'orchestre et le brouhaha de l'assistance.

— Oui, je l'entends.

— Je dois partir par ce bateau. J'ai tout juste le temps.

Il lui fit un baisemain. Il y avait dans ses gestes, dans ses actes, dans chacune de ses attitudes une aisance aristocratique.

— Je vous fais mes adieux. J'ai comme l'intuition que nous ne nous reverrons pas. Et ça n'est pas plus mal. Mes métiers tisseront plus librement les cotonnades qui vous habilleront…

— Moi ?

— Pas vraiment. Une autre Marina Réïzis, qui sera votre quintessence condensée. Bonne chance…

Il s'en alla sans se retourner. « J'ai la tête qui tourne. Qui est cet homme ? Que veut-il ? Il faut, il faut que… Où est Madame Psaltis ? Ah ? la voilà. »

— Aspasia, puis-je te poser une question ?

— Que se passe-t-il ?

— Qui est cet étranger que tu as invité et avec qui j'ai dansé ?

— Je ne te l'ai pas présenté ?

— Oui, mais j'ai oublié son nom.

— Démosthène Kapétanakis. Il est associé dans une usine de tissage de cotonnades au Pirée. Il est venu à Syros pour affaires. Nous l'avons connu par Kéramidas, qui est son représentant ici. Je l'ai trouvé intéressant et je l'ai invité. J'ai bien fait, non ?

— Tu as vraiment bien fait. Il est très intéressant, en effet…

— Tu m'étonnes, Marina ! Toi qui es si indifférente, inabordable, qui n'as rien à faire des gens…

— Les années passent, les mentalités évoluent. Tu ne crois pas que j'ai été assez longtemps une fidèle épouse ? Mais voilà, quand enfin se trouve un homme qui me plaît, il prend le bateau et s'en va. Quelle déveine !

Elles furent prises d'un fou rire.

— Excuse-moi, Marina. Je dois m'occuper du souper.

Le souper fut servi vers deux heures du matin, sur de petites tables. Le préfet s'approcha de Marina.

— Madame Réïzis, je vous invite ex officio à ma

table. Je suis le premier magistrat de l'endroit, et vous en êtes la première beauté…

— Je proteste, monsieur le préfet, mais je m'incline devant la violence que me fait une administration dépravée. Quels sont nos voisins de table ?

— Le procureur, bien entendu, cet épicurien qui s'ignore, que les vicissitudes de la vie ont contraint de représenter une morale sociale fort peu faite pour lui. Et monsieur Stélios Apospéros, un journaliste et homme de lettres athénien. Vous le connaissez ?

— Je n'ai jamais entendu parler de lui, et pourtant je me pique de suivre l'actualité littéraire.

— Il préfère l'obscurité de la modestie. Mais justice lui sera rendue après sa mort.

— Je n'en doute pas, bien que ces hommages posthumes rendus à des génies ignorés de leur vivant relèvent plutôt de la légende.

— Vous êtes méchante. Belle et méchante. Je parie que Stélios Apospéros va tomber amoureux de vous…

Le préfet ne s'était pas trompé dans son pronostic. Au bout d'une demi-heure, Stélios Apospéros lui faisait la cour d'une manière assez insipide.

— L'amour, belle dame, est le grand privilège de l'être humain, qui le distingue de l'animal.

— Vous faites erreur, cher monsieur. Il y a bien des cas où les animaux sont capables d'aimer, et d'une façon qui n'a rien de bestial. Quant aux cas où les hommes camouflent leur bestialité sous de belles paroles, on ne les compte pas !

— Certes, je ne dis pas… Il y a pourtant des exceptions. Les hommes sensibles et cultivés, par exemple…

— Je crois que l'unique exception tient moins à la sensibilité et à la culture qu'à la jeunesse. Seul le jeune homme est capable d'aimer avec ce bel équilibre de l'ardeur et du sentiment. Chez l'homme qui aborde la quarantaine – et chez la femme qui touche à la trentaine – l'animal commence à prendre le dessus.

— Je proteste ! Par exemple, moi qui vais avoir quarante ans d'ici deux ans, je…

— Ne protestez pas. Moi aussi, dans deux ans, je serai aussi bestiale que vous.

Le préfet était aux anges.

— Bravo, Madame Réïzis, vous parlez d'or ! Mais vous avez oublié un détail.

— Quel détail ?

— Qu'après soixante ans, l'homme rejette la bestialité et retrouve son humanité. J'ai cinquante-huit ans.

— Quel dommage ! Vous cesserez d'être bestial au moment précis où monsieur Apospéros et moi-même le deviendrons.

Ils éclatèrent de rire. Marina montra une table, à l'autre bout du salon voisin, où Minas et Lili mangeaient en tête à tête.

— Vous vouliez savoir ce qu'est l'amour ? Eh bien, voilà !

Ils jetèrent un coup d'œil par là et réagirent par un sourire indulgent.

— Je crains, madame, reprit Apospéros, que vous n'ayez été influencée par la littérature subversive, pour ne pas dire bassement cynique, de Nézéritis.

— Je ne partage pas votre point de vue critique sur

Nézéritis. Je dois avouer que je l'estime beaucoup, et peut-être même que je l'admire.

— J'ai bien compris. Je vous ai vue lui faire les yeux doux, pendant qu'il vous faisait danser !

— Je ne comprends pas ce que vous voulez dire. Je n'ai pas l'honneur de connaître Nézéritis.

— Madame, la plaisanterie a ses limites. Il y a une heure, dans cette même salle, vous dansiez la valse avec Nézéritis.

Elle fut éberluée. Une lueur d'effroi traversa son regard.

— Mais oui, bien sûr, c'était lui. Je comprends maintenant. Je l'ai vu en photo. Mais comment se fait-il qu'il se présente sous une autre identité ?

— Démosthène Kapétanakis ? C'est son nom. Nézéritis est un pseudonyme.

Le préfet en était tout retourné.

— Comment ça ? Nézéritis est ici ? Je veux faire sa connaissance ! Qui est-ce ? Madame Réïzis, auriez-vous l'obligeance de me le montrer ?

— Il n'est plus là, monsieur le préfet. Il est parti par le bateau dont vous avez entendu la sirène…

Elle eut un sourire étrange, teinté d'amertume, et ajouta :

— Je vous prie de ne pas oublier de remplir mon verre. Je ne supporte pas de voir un verre vide devant moi.

— Dans ce cas, tâchez de ne pas le vider, dit le procureur, qui n'avait pas ouvert la bouche jusque-là.

Elle n'entendit pas ce sage conseil. Elle but, but plus qu'il n'aurait fallu. Et elle dansa, rit, plaisanta, s'amusa.

« Il est temps que je m'arrête. Il est l'heure de rentrer à la maison… »

— Yannis…

— Qu'y a-t-il, Marina ?

— Je ne sais pas ce qui m'a pris, ce soir…

— Ne dis pas de bêtises. Tu ne fais rien de mal. Tu te distrais, et je suis content pour toi.

— Tu es gentil… Mais partons, s'il te plaît.

Ils allèrent trouver leurs hôtes pour leur faire leurs adieux. C'est alors que Minas les arrêta :

— Où allez-vous ?

— Je suis fatiguée, et j'ai demandé à Yannis de rentrer…

— Jamais de la vie, pas avant d'avoir dansé cette valse avec moi.

— Mais…

— Petite belle-soeur, tu ne vas pas gâcher la soirée de ton beau-frère !

« Oui, c'est un sacré danseur. Il ne possède pas seulement la technique, il n'a pas seulement la souplesse physique qui lui permet de danser impeccablement. Il a quelque chose d'autre. Il a en lui le sens de la danse. Et la faculté de le transmettre à la femme qui danse avec lui. Avec lui, la danse sort du conventionnel, de l'instinctif. Avec lui, elle retrouve la source sacrée d'où elle a surgi. Je n'ai jamais senti jusqu'à ce jour une telle élévation, une telle émancipation par rapport au réel, capable de me conduire jusqu'à des hauteurs créatrices. » Sa réflexion s'arrêta là. Une autre ivresse vint s'ajouter à l'étourdissement dû au vin, qui la remplit d'une intense félicité. « Je suis forte. Je suis au-dessus de tous et de tout. Je dépasse la connaissance et communie avec l'ardeur dionysiaque. Je suis une ménade et j'entends les sistres mystiques ébranler la matière de la nuit. Je suis prête à voir la face du dieu. Je suis une myste de la secrète vérité. Je suis l'élue qui a franchi la barrière et qui a inspiré le souffle divin. Bacchos, evohe, evan ! »

La danse prit fin. Maintenant, elle était assise dans un fauteuil et avait une respiration rapide et profonde. Dans ses yeux mi-clos flottaient encore les ombres de cette fougueuse bacchanale mystique. Minas s'assit en face d'elle. Il avait l'air calme, indifférent. Il alluma une cigarette et lui dit, sans la regarder :

— Es-tu heureuse ?

— Oui.

— Est-ce que tu as vraiment gagné le combat de la vie ?

— Et toi ?

Il ne répondit pas, comme s'il n'avait pas entendu. Et il ne sembla pas attendre une réponse à sa question. Il regardait le bout de sa cigarette d'un air pensif. Puis il reprit :

— J'ai l'impression que tu as quelque chose à me dire. Je t'écoute.

— Quand pars-tu pour Athènes ?

— Dans trois jours.

— Je pense qu'avant ton départ tu devrais régler cette affaire.

— Quelle affaire ?

— Ne fais pas semblant de ne pas comprendre. Lili est quelqu'un de très bien. Elle te rendra heureux.

— Si j'ai bien compris, tu joues les entremetteuses ? Qu'est-ce qui te prend de vouloir me marier ? Je n'ai pas l'intention de me marier.

— Je ne comprends pas ta dérobade. Il est évident que tu es amoureux de Lili…

— Tu te trompes. Je ne l'aime pas. Je l'ai un peu draguée, pour passer le temps.

— Tu dis vrai ?

— Pourquoi dirais-je des mensonges ?

— Dans ce cas, il faut que tu mettes immédiatement un terme à ce badinage. Pour toi, c'est une histoire qui ne prête pas à conséquence, mais Lili prend la chose tout autrement. Elle se fait des idées. Il se peut même qu'elle soit amoureuse de toi. Si elle s'aperçoit que tu l'as menée en bateau, elle en sera très affectée…

— Tu as raison. Je te prie de croire que je suis conscient de mes responsabilités. Sachant le caractère et la mentalité de Lili, je n'ai pas dépassé les limites d'un flirt anodin. Ce que j'ai fait, je l'ai fait par ennui. Et j'ai mal agi. J'aurais dû choisir une autre fille, plus légère, plus frivole. Et pas cette brave fille…

— Puisque tu ne l'aimes pas. À moins que…

— Non, je ne l'aime pas. Tu as ma parole. Je te promets d'arrêter tout de suite ce petit flirt tout à fait innocent.

— Parole d'honneur ?

— Parole d'honneur.

Cinq ou six jeunes filles les abordèrent.

— Veuillez nous excuser, madame Réïzis, mais vous retenez votre beau-frère plus que de raison. Ce n'est pas juste ! Vous l'avez tout le temps chez vous, vous le voyez tous les jours. Ce soir, il est à nous ! Nous allons vous l'enlever.

— Mais je ne vois aucune objection à ce que vous m'enleviez ce qui ne m'appartient pas. Je vous l'accorde, il est à vous. Et ne me le ramenez pas. Si vous saviez de quel casse-pieds vous me débarrassez !

Elle resta seule, et comprit que son bonheur atteignait son apogée. « On ne pouvait imaginer une conversation plus banale. Pourtant, des choses ont été dites qui vont avoir une importance définitive pour cette personne. Cette pauvre Lili est à plaindre. Mais, de toute façon, ce n'était pas la femme qu'il lui fallait. J'ai beau chercher, je ne trouve pas la femme qu'il lui faut. Peut-être qu'il n'y a aucune femme au monde qui soit digne de vivre à ses côtés sur un pied d'égalité. Là est son malheur. Il ne connaîtra jamais l'amour parfait, celui qui tient la balance égale entre ce qu'apportent l'un et l'autre. Je devrais le plaindre pour sa triste destinée, et pourtant je suis heureuse, submergée par un bonheur cruel, primitif. Certes, il n'a rien à voir avec Minas. Mais je ne peux me l'expliquer. C'est peut-être dû aux cocktails, au champagne. Je n'aurais pas dû boire autant. »

— Tu veux qu'on s'en aille, Marina ?

— Non, je me sens mieux, Yannis. Je vais un peu discuter avec la vieille garde. Je ne me suis pas entretenue de la soirée avec ces respectables dames. Elles risquent de le prendre mal…

Elle conversa près d'une demi-heure, très sérieusement, avec les dames âgées. Soudain, elle se dit : « Il faut que j'aille dans le boudoir de madame Psaltis, me regarder dans le miroir, m'arranger un peu. Je crains que mon maquillage soit mal en point. »

Elle s'engagea dans un long couloir. Au fond à gauche, la porte était fermée. Elle l'ouvrit, fit deux pas et resta pétrifiée. Sur le divan, Minas étreignait Lili et l'embrassait.

La jeune fille se leva d'un bond, effarée, interdite. Elle suffoquait de honte. Blême, Minas se dressa et fixa un regard provocant sur Marina. Elle lui répondit par un sourire amer.

— Désolée de t'avoir dérangé. Une autre fois, tu devrais fermer la porte à clé…

— C'est plutôt toi qui devrais frapper avant d'entrer.

— Suis mon conseil et je suivrai le tien. Tu éviteras ainsi certains ennuis, et moi quelques déceptions…

— Tu as raison. Je n'ai pas été sincère avec toi.

— Je me demande bien pourquoi.

— Moi aussi. Je ne me comprends pas moi-même…

— Tu l'aimes ?

— Je ne sais pas. Elle me plaît bien. Elle m'intéresse…

— Si tu es un homme honnête…

— Je ne le suis pas, tu l'as bien vu par toi-même. Désolé de t'avoir infligé cette déception. Si tu ne veux pas que je t'en inflige d'autres, cesse de t'occuper de moi.

— Je crois que c'est ce que j'ai de mieux à faire. Salut !

Elle lui tourna le dos et sortit de la chambre. D'un pas sûr, décidé, elle traversa le couloir et alla jusqu'à la terrasse déserte. Il y avait du vent, il faisait froid. Derrière les nuages qui couronnaient les montagnes de Tinos, l'aube pointait, pâle et anémique, éclairant à peine les flots creusés par les rafales. On devinait dans le demi-jour les embruns, pareils à une imperceptible phosphorescence au-dessus de l'eau. En bas, Syra dormait paisiblement dans son sommeil d'hiver.

Elle appuya ses mains brûlantes sur le marbre froid de la balustrade. La fraîcheur de la pierre vint lui glacer le cœur. Son front brûlait, ses tempes battaient à se rompre, ses yeux lui faisaient mal. Elle voulut soupirer, mais n'y parvint pas. « Il n'y a plus rien en moi qui puisse s'exhaler en un soupir. Rien. Tout s'est fondu dans le chaos, et mon cœur, au milieu de ce chaos, n'est plus qu'un astre mort. »

En un instant, à l'est, les nuages s'espacèrent et firent place à un pan de ciel rose. La mer accueillit en frémissant dans ses flancs noirs la lance de l'étoile du matin et sa lumière froide. Puis vinrent de nouveaux nuages qui recouvrirent toute sa surface d'une menace grise.

« Je suis fatiguée, fatiguée, fatiguée. Mon Dieu, que je suis fatiguée ! Les yeux me piquent ! » Elle ferma les yeux, elle ne pouvait supporter la lumière cotonneuse de cette aurore hivernale. « Il n'y a plus rien, tout a disparu. Je suis à nouveau seule. Seule face à la mer, à l'aurore et au vent. Mon Dieu, je ne peux souffrir ce souvenir. Délivre mes yeux de ce qui les tourmente. »

Elle put soupirer. Ses lèvres entrouvertes tremblaient, ses yeux restaient obstinément clos, refusant d'ouvrir un chemin aux larmes qui montaient, qui la submergeaient. « Non, ça ne se passera pas ainsi. Il n'y a pas de raison. » Elle redressa son corps avec détermination, se mordit les lèvres avec rage. « Non, non ! » Et, tout d'un coup, sa volonté se brisa. Ses épaules se voûtèrent, sa tête s'inclina sans force et, de ses paupières fermées, les larmes coulèrent sur son visage las, tourmenté.

Cette même nuit, à la même heure – trois heures vingt au méridien de Greenwich – le « Marina » se débattait dans le golfe de Biscaye. Avec sa cargaison de charbon embarquée à Gdynia[19] il avait mis le cap sur Livourne.

Venue des icebergs du Groenland, une bise glaciale balayait et soulevait l'océan. De hautes et larges lames progressaient en une silencieuse théorie pleine de menace et d'effroi. Lourdement chargé, le « Marina » était sans cesse précipité de leurs cimes écumeuses dans l'abîme des eaux déchaînées.

Le capitaine Nikitas veillait sur le pont. Il avait l'air un peu soucieux à cause de ce mauvais, de ce très mauvais temps. Fort heureusement, jusqu'alors, il avait eu le vent en poupe. Mais, dès qu'apparaîtrait le phare du cap Finisterre, il allait devoir changer de route à tribord pour contourner le promontoire. Puis il reviendrait à bâbord pour continuer à longer les côtes espagnoles.

Cette manœuvre l'inquiétait. Pendant plus de deux heures, la bourrasque frapperait le flanc du navire. Et ce n'était pas un temps à prendre sur le côté. Par derrière le vent poussait le bateau, de face on pouvait mettre à la cape, mais de côté…

---

[19] Port polonais sur la Baltique, proche de Gdansk.

Le capitaine Nikitas était un jeune homme éduqué, cultivé, plein d'entrain et d'audace. Il avait une haute idée de sa charge, était fier du bateau qu'il pilotait. Quand il naviguait, il ne prenait que peu de sommeil, ne mangeait guère, ne s'accordait pas un moment de répit, tant il était pénétré de la conscience de son devoir et de sa responsabilité. Pourtant, dès qu'il avait jeté l'ancre dans un port et obtenu la mise en libre pratique, il revêtait ses vêtements civils, se mettait son chapeau gris de travers sur la tête et oubliait tous ses soucis. Mais quand il était en service à bord, il portait toujours sa casquette ornée de feuilles de laurier et sa veste noire croisée avec ses quatre galons dorés. Pour lui le bateau était un être vivant doté d'une âme et de sentiments, un être cher qui exigeait de l'affection et de l'attention. Les ponts du « Marina » étincelaient, enduits d'huile de poisson. La cheminée n'avait pas une trace de fumée. Il n'était pas question d'économiser sur le minium, en dépit des récriminations de son patron, le capitaine Yannis Réïzis. Il ne s'agissait pas que les étrangers s'avisent de dire que les bateau grecs étaient mal peints et rouillés. Et quand, après trente jours de mer, le « Marina » entrait dans le port repeint de frais, resplendissant, le capitaine Nikitas revêtait son bel uniforme, hissait le pavillon grec à la poupe et laissait éclater sa joie et sa fierté : « Ils vont voir, ces Occidentaux, ce que c'est qu'un bateau grec, surtout s'il est de Kassos ! »

Avec ses jumelles, le capitaine Nikitas essayait de repérer le phare du cap Finisterre, pour virer de bord au bon moment. Le promontoire devait se trouver quelque part devant lui sur la droite, mais ne se laissait pas encore deviner. Le temps ne cessait de se dégrader. Les vagues soulevaient le gros bâtiment comme un fétu de paille, jouaient avec lui sur leurs cimes écumeuses. Elles repartaient en le précipitant dans des abîmes et en le laissant à la merci de leurs innombrables et sombres compagnes, venues du Groenland en files parallèles se briser sur les récifs de Vigo. De lourds nuages bas recouvraient le ciel, cachant une lune en décroissance, étouffant les dernières lueurs des étoiles. Il faisait nuit noire.

— Pourvu qu'au moins il ne pleuve pas, murmura le capitaine Nikitas.

Mais sa voix fut emportée par le vent qui sifflait dans les cordages des mâts comme mille démons déchaînés. Il entra dans la cabine de pilotage et regarda la carte à la lumière de la loupiote. Où diable ce phare était-il ? Ou plutôt : où le bateau s'était-il égaré ? Le vent l'avait certainement fait dévier de sa route à bâbord, mais dans quelle mesure ? Avait-il vu le soleil, depuis trois jours, pour faire le point ? Avait-il aperçu un cap pour se situer ?

Quand il ressortit sur le pont, à découvert, un épais crachin lui frappa les lèvres. Il jura in peto, empoigna ses jumelles et scruta l'horizon avec angoisse avant que l'eau ne le fasse complètement disparaître. Mais il ne vit rien.

Soudain, les nuages se décomposèrent au-dessus des flots. La pluie, fouettée par le vent, tournoyait en un déluge fou, virevoltait à la cime des vagues et, mêlée à l'écume salée, courait à l'horizontale sur l'océan déchaîné. Le bateau commença à souffrir. Ses jointures de fer grinçaient, ses tôles ployaient, ses mâts gémissaient. L'hélice, sortie de la mer, ne cessait de battre frénétiquement l'air, éprouvant le moteur par ses tours plus nombreux qu'à l'ordinaire, puis elle replongeait brusquement dans l'eau inquiète pour lui livrer un rude combat.

Le capitaine Nikitas demeura songeur. Il n'était plus question d'apercevoir le phare du cap Finisterre. On n'y voyait plus rien. Il fallait donc virer à tribord, prendre le vent de face et mettre à la cape, en attendant que Dieu ramène le jour et qu'on puisse voir où on se trouvait.

— À tribord ! ordonna-t-il au timonier. Trois quarts sud sud-ouest !

— Trois quarts sud sud-ouest ! répéta le timonier, en donnant un coup de barre à droite, un œil collé sur la boussole.

Le navire obéit avec difficulté au timon. Il ne prit son nouveau cap qu'au prix de brutales saccades et en donnant dangereusement de la gîte. La bourrasque le frappait maintenant à la joue droite de la poupe, l'ébranlant jusqu'au fond des câles.

— Encore plus à droite ! Plein sud-ouest !

Alors, la situation se gâta. Les sombres montagnes d'eau soulevèrent le « Marina », le ballottèrent, le firent basculer d'abord vers la gauche, puis vers la droite, recouvrirent le pont d'irrésistibles torrents. Les cordes qui soutenaient la barque à tribord se rompirent et l'embarcation s'écrasa violemment contre la cheminée.

Le capitaine Nikitas ordonna en serrant les poings :

— Toujours plus à droite ! À l'ouest !

Le bâtiment gémit de toute sa carcasse, dans un

terrible effort pour surmonter la force de la tempête et du vent et pour tracer sa route dans les flots déchaînés. Le timonier tournait complètement la barre à droite et regardait la boussole d'un œil sombre.

— On n'arrive à rien, capitaine. On n'a pas gagné un quartier à droite.

Le capitaine bondit pour saisir lui-même la barre et pour obliger, grâce à sa plus grande maîtrise, le navire rebelle à obéir à la volonté du timon. Mais il n'en a pas le temps. Le téléphone des machines sonne rageusement.

— Qu'est-ce qu'il y a ? Parle ! hurle le capitaine, la bouche collée à l'appareil de bronze.

— Il y a de l'eau dans les sentines deux et trois à tribord ! De l'eau dans l'after peak !

— Mettez les pompes en marche !

— De l'eau dans le fore peak ! De l'eau partout !

— Le donkey ! Faites marcher le donkey !

Et soudain il reste pétrifié. Devant lui, à un demi-mille de la proue environ, apparaît une étoile blanche. C'est le phare du cap Finisterre, dont une accalmie passagère de la bourrasque a laissé la lumière parvenir jusqu'au bateau. Le capitaine Nikitas s'élance vers le télégraphe et frappe de toutes ses forces l'ordre de marche arrière. Les machines s'arrêtent un instant, puis inversent le sens de la marche dans un râle de désespoir.

Mais il était trop tard. Une main invisible et toute-puissante, tapie dans les profondeurs de la mer, empoigna la carène du « Marina » et l'immobilisa, dans un craquement de mort, au milieu des flots déchaînés. L'eau s'engouffra sans retenue dans les flancs ouverts de la coque, inonda les soutes, noya la salle des machines et la chaufferie, éteignit le feu des chaudières. Par vagues assourdissantes et répétées, les flots bondissaient, frappaient avec furie, fracassaient le faible navire paralysé, exaltés par leur facile victoire.

Le lendemain matin, lorsque la tempête se calma un peu, les gardiens du phare se rendirent en barque vers le navire naufragé. Seuls émergeaient, à la surface de l'eau, les deux mâts blancs et la cheminée jaune avec son étoile bleue. Près du mât de proue flottait le corps d'un noyé couché sur le ventre. C'était le capitaine Nikitas. Sa main droite, ornée de quatre galons d'or, tenait une corde.

— C'est le capitaine, dit l'un des gardiens. Que Dieu accorde le repos à son âme…

Les autres ôtèrent leur bonnet, se signèrent et regardèrent le mort d'un œil triste. Puis le plus âgé des hommes de la barque dit à voix basse, sur un ton grave :

— Regarde un peu comme il tient le cap. On dirait qu'il n'a pas pensé à sauver sa peau, qu'il a essayé de sortir le bateau du fond de la mer, qu'il a voulu l'empêcher de disparaître…

Yannis entra dans la chambre sur la pointe des pieds et marqua un temps d'arrêt. La lumière de midi, déjà voilée par les nuages, pénétrait faiblement dans la pièce à travers les persiennes fermées et les rideaux tirés. Il resta immobile, le temps que ses yeux s'habituent à l'obscurité. Puis, à nouveau à pas feutrés, il alla s'asseoir au bout du lit de Marina. Il ne la réveilla pas, il s'efforça seulement de distinguer dans le demi-jour son visage endormi. Il la contempla avec amour et apitoiement : « Pauvre fille, dors de ton dernier sommeil heureux. Profite encore de quelques instants d'insouciance. Tâche de te réveiller le plus tard possible. Le plus tard possible ! »

Avec des gestes lents, pour ne pas faire de bruit, il alluma une cigarette : « Je ne veux pas qu'elle se réveille. Et pourtant, je suis venu près d'elle, alors que je pouvais aller parler d'abord à ma mère. Pourquoi ne suis-je pas allé voir ma mère ? Pourquoi suis-je venu auprès de ma femme ? » Avec un triste sourire, il posa à nouveau un regard enamouré sur le visage de Marina. Il se demanda avec inquiétude pourquoi il n'avait jamais vu une telle amertume dans les traits de son épouse endormie. Ses paupières étaient rougies, comme si elle avait pleuré. « Qu'est-ce qu'elle a ? Qu'est-ce qu'il lui arrive ? Hier soir, elle a fait la fête jusqu'au matin avec un tel entrain ! A-t-elle pressenti le malheur ? Son âme a-t-elle reçu un lointain message ? »

Marina se tourne avec anxiété sur le lit. Elle respire avec difficulté, comme si un cauchemar pesait sur sa poitrine : « Mon Dieu.... Pitié...* » dit-elle dans son rêve, avant de s'immobiliser à nouveau. Son souffle a quelque chose d'une plainte, d'un sanglot.

Yannis se lève et ouvre la fenêtre. La lumière grise du ciel nuageux emplit la chambre, se répand sur les murs et le plancher, rampe sur le lit défait, crible de taches sombres le visage de l'épouse endormie. Marina commence à bouger, ouvre les yeux, encore embués par les mauvais rêves. Un instant, elle jette autour d'elle un regard étonné, hébété, le temps que sa conscience se réadapte à la réalité. Elle voit Yannis qui la regarde, debout devant la fenêtre, et pousse un soupir de soulagement :

— C'est toi, Jeannot ? Quelle heure est-il ?

Yannis revient s'asseoir près d'elle. Il continue à la regarder d'un œil inquiet, scrutateur.

— Qu'as-tu, Marinette ?

— Que veux-tu que j'aie ? J'ai l'air d'avoir quelque chose ?

— Tu avais un sommeil agité…

— Tu m'étonnes. Après tous ces cocktails, tout ce champagne. Je me sens l'estomac barbouillé. Mes tempes me font mal…

— Prends donc une aspirine.

Ils restent un moment sans parler.

— Quelle heure est-il ? demande à nouveau Marina.

— Midi et demi. Je viens juste de rentrer d'en bas, de Syra.

— Tu es allé au bureau ?

— Oui. On est venu me réveiller à dix heures. Il y a une mauvaise nouvelle…

Elle retrouve tout à coup sa maîtrise de soi. Son regard devient plus vif.

— Une mauvaise nouvelle ?

— Oui. Un télégramme de Londres. À quatre heures du matin, heure de Greenwich, le « Marina » a envoyé un message de détresse, au moment où il passait au large du cap Finisterre. Un bref S.O.S., puis le silence. Les Espagnols ont télégraphié qu'on ne voit plus émerger de l'eau que les mâts et la cheminée. Il y a eu une terrible tempête…

Marina fixe son regard sur lui. Ses yeux bleus, sur son visage livide, semblent devenus noirs.

— Et l'équipage ?

— Aucun rescapé.

Deux larmes coulent lentement des yeux de Yannis.

— Ils ont tous été noyés. Le capitaine Nikitas, le capitaine Christophoros, Markos Chadoulis, le radio Lakis… Tous, tous ! Les Espagnols ont recueilli trente-deux noyés. Trente-deux…

À présent, Yannis ne pleure plus. Il se penche et prend Marina dans ses bras, pose sa tête sur sa poitrine. Son souffle est rapide, difficile.

— Ma douce, si tu savais ce qui nous attend…. Ce qui t'attend…

Une demi-heure plus tard, la famille Réïzis se réunit dans le bureau. Yannis a retrouvé son sang-froid. Minas a un visage fermé, inexpressif. La vieille mère regarde ses enfants d'un œil inquiet, mais ne manifeste aucune autre émotion, résignée au fatalisme qui fait partie de la vie des marins. Marina se tient la tête entre les mains et contemple la mer houleuse à travers la fenêtre. Sans rien voir. Elle a les traits tirés, les yeux battus.

Yannis parle d'une voix blanche, calme, atone.

— Récapitulons notre situation économique de ces dernières années. Avec la crise de 1930, nos bénéfices ont été réduits à leur plus simple expression. En 1932, nos deux bateaux nous ont laissé des pertes – certes faibles, mais des pertes tout de même. En 1933, grâce à des efforts surhumains et à une conjoncture favorable, nous nous en sommes tirés de justesse. J'avais mis 15.000 livres de côté et je comptais acheter un troisième bateau. Mais nous avons tous été d'accord pour dire que ce n'était pas le moment de nous lancer dans de nouvelles opérations…

— De toute façon, le trafic maritime va reprendre

bientôt, l'interrompt Minas. C'était l'occasion d'acheter un troisième bateau, puisque les prix sont tombés à un niveau dérisoire.

— Je te l'accorde. Mais les 15.000 livres de liquidités n'étaient pas suffisantes pour une telle opération. Il aurait fallu avoir le double, pour pouvoir faire face aux pertes probables des deux ou trois prochaines années.

— Je pense que tes estimations sont exagérées, insiste Minas. Avec 10.000 livres nous pouvions acheter un bateau de premier ordre. Les 5.000 livres restantes étaient largement suffisantes pour affronter les éventuelles pertes des deux ou trois années critiques.

— Je te l'accorde aussi. À condition de limiter au minimum nos dépenses personnelles qui, depuis les années fastes, s'étaient envolées. Mais je n'ai pas voulu le faire. Je n'ai pas consenti à la moindre privation. Je n'ai pas coupé dans mon budget. Voiture, toilettes, voyages en Europe, mondanités… Les cinq ans d'études de Minas en Allemagne n'étaient pas données : exactement 2.200 livres…

— Tu oublies le prix de la bibliothèque…

— Je ne l'oublie pas. Il dépasse les 1.000 livres. Sans compter la dimension affective de cette affaire, ces 3.200 livres n'ont pas été un mauvais placement. Avec le savoir que tu as acquis, tu ne vas pas tarder, mon frère, à gagner beaucoup d'argent. Quant à ta bibliothèque qui nous a coûté 1.000 livres, tu m'as dit que tu pourrais la vendre 3.000 aujourd'hui.

— Oui, s'il le faut, je la vendrai.

— Non, tu ne la vendras jamais, même si nous nous retrouvons au bord du gouffre. Cette bibliothèque, c'est le capital de ta grande et lucrative entreprise. De toute façon, ta part des profits réalisés ces cinq dernières années n'atteint pas les 3.000 livres...

— Je connais tes sacrifices. Je te remercie. Je ne suis pas ingrat...

— Il ne s'agit pas de cela. J'avais de l'argent et je le dépensais. Je dépensais même ce que je n'avais pas, puisque j'étais sûr que la situation allait s'améliorer. Mon argent n'a pas été dépensé en pure perte. Tout cela n'a pas été vain. Mais aujourd'hui nous filons du mauvais coton. Du très mauvais coton...

Il allume une cigarette avec des gestes lents, pour gagner du temps avant de dire ce qu'il a à dire. Et il continue d'une voix plus monocorde encore :

— Pour essayer de remédier à la situation, j'ai joué à la Bourse de Londres. L'affaire a mal tourné, j'ai perdu. Il ne me restait plus que deux solutions : ou bien limiter les dépenses de notre famille, ou bien...

Sa gorge se noue, mais il poursuit :

— Ou bien faire naviguer mes deux bateaux sans les assurer...

Minas se dresse d'un bond, livide :

— Le « Marina » n'était pas assuré ?

— C'est ça.

Un lourd silence se fait, un silence suffocant. La mère Réïzis se signe. Ses lèvres plissées de vieille femme tremblotent :

— Et maintenant ? demande Minas.

— Il nous reste la « Chimère ». Je travaillerai avec ce bateau. Je naviguerai à nouveau comme capitaine, ce qui devrait me permettre d'économiser 240 livres de salaire annuel. Avec 400 autres livres d'économies que je suis seul à pouvoir faire, nous dépassons les 650 livres. C'est déjà pas mal. Le propriétaire d'un bateau le dirige autrement quand il est aux commandes… Vous, ici, vous vivrez en regardant à la dépense. Il suffira d'un peu de patience. Le fret a commencé à repartir…

Minas dit, en plissant les paupières :

— J'ai une formation théorique suffisante. Je suis maintenant maître de conférences. J'ouvrirai un cabinet d'avocat à Athènes et je gagnerai ma vie. Dorénavant, je ne prélèverai pas une seule drachme sur l'entreprise familiale. Tu retiendras sur les bénéfices tout ce que je te dois. Le reste servira à l'achat d'un nouveau « Marina »…

Yannis prend la main de son frère.

— Je te remercie. Je pars. Jc tc confic notrc mère, ma femme et mon enfant.

— Tu peux être tranquille…

Les deux frères s'embrassent, la larme à l'œil. La mère Réïzis pleure, elle aussi, mais sans sangloter. Les larmes coulent l'une après l'autre dans les rides de son visage fermé.

— Courage, maman, lui dit Yannis.

— Oui, il va nous falloir du courage, murmure sa mère.

À ces mots, elle se relève de son siège.

— Maintenant que vous, les hommes, vous avez réglé vos affaires, c'est notre tour, à nous les femmes, de faire notre devoir.

Elle tourne son regard vers Marina. Mais celle-ci n'a pas écouté ce qui se disait autour d'elle. Elle fixait l'infini d'un œil sec. Elle n'avait plus de larmes. Elle les avait toutes versées pendant la nuit, devant la mer écumeuse, sur son oreiller glacé. Et elle ne savait pas pourquoi…

— Ma belle-fille ! lui dit la vieille femme avec la solennité qu'exigent les circonstances.

— Qu'y a-t-il, mère ?

— Va mettre une robe noire. Noue tes cheveux dans un foulard noir. Il faut y aller.

— Aller où ?

D'un geste volontaire de son doigt décharné, la femme du capitaine de Kassos montre la ville, en bas.

— Nous, Dieu ne nous a enlevé qu'un bateau. Mais en bas, à Syra, trente familles de Kassos ont perdu un des leurs. Des mères sont restées seules, des femmes sont devenues veuves, des enfants orphelins. N'oublie pas que leurs hommes sont morts en nous servant. C'est notre devoir de les soutenir dans ces circonstances difficiles…

Une petite maison au bout de la montée qui conduit au monastère catholique. La porte et les volets sont fermés, comme si elle était inhabitée. Devant l'épicerie d'en face se tiennent deux hommes et trois femmes qui regardent la maison d'un air triste et échangent quelques mots à voix basse. Le vent du nord fait rage…

La mère Réïzis frappe trois fois à la porte et attend. Marina est debout à côté d'elle, immobile. La porte s'entrouvre sur une fille aux yeux rougis par les pleurs qui regarde les deux visiteuses sans dire un mot.

— Dis à Annézio que les épouses Réïzis, les femmes des capitaines, sont là.

La fille ouvre la porte en grand.

— Si vous voulez bien…

Elles entrent et se tiennent dans le petit vestibule. La fille ouvre une porte et leur répète :

— Si vous voulez bien vous donner la peine…

La pièce aux volets clos est plongée dans la pénombre. Marina hésite, regarde autour d'elle. Mais la mère Réïzis s'avance vers l'endroit où se trouve le lit. Elle tend le bras et touche une masse noire couchée sur le ventre, inerte.

— Annézio, c'est moi, la mère Réïzis…

La masse se soulève. C'est une femme, une vieille femme. Elle pousse un profond soupir et dit :

— Il nous a quittés, lui aussi. La mer me l'a pris. Toute une vie passée avec cette angoisse… J'étais encore une gamine, là-bas, à Kassos. Chaque fois que mon père partait avec le trois-mâts, maman allait sur la jetée, regardait le bateau s'éloigner et pleurait. Pourquoi tu pleures, maman ? Je pleure parce que ton père va se battre avec la mer. Et la mer est mauvaise. Prie la Vierge de sauver ton père de la mer… Tous les soirs, avant d'aller me coucher, je m'agenouillais devant l'iconostase et je priais la Vierge de sauver mon père de la mer. À côté de moi, ma mère, agenouillée elle aussi, pleurait et priait. Voilà comment j'ai appris à craindre la mer, à la haïr. J'ai appris que le marin est un homme perdu d'avance, qu'on pleure de son vivant, parce que la mer le tuera à coup sûr…. Ma mère a pleuré mon père pendant les quinze ans où il a travaillé sur les bateaux. Elle pleurait d'angoisse quand il partait, elle pleurait de joie quand il revenait. Et quand, un jour, on nous a annoncé que le trois-mâts avait sombré avec tout son équipage, ma mère n'a pas versé une larme.

Ses yeux n'avaient plus de larmes. Que Ta volonté soit faite, Seigneur ! Voilà ce qu'elle a dit. Et elle a trouvé le repos, elle a été délivrée de son cauchemar.

La vieille femme soupira à nouveau. Le silence se fit. Une violente rafale de vent secoua les volets clos. Apparemment, de nouveaux nuages, plus noirs, étaient venus étouffer la lumière du jour : la pièce était devenue plus obscure encore.

— Allume la lumière, Kalliopi, dit la femme en s'adressant à la jeune fille.

Marina, à présent, pouvait mieux la voir. Son visage était empreint d'une patiente résignation. Un visage sans trace de souffrance, où la douceur se répandait autour de la bouche. Son regard gris était paisible, paisible et triste. Elle avait tourné la tête un peu vers la droite et croisé ses mains sur ses genoux.

— Assieds-toi, Annio. Toi aussi, Marina.

Elles s'assirent sur deux chaises voisines, et la vieille dit à la fille :

— Va faire du café…

Quand elle fut sortie de la pièce, la mère Réïzis demanda :

— Qui est-ce ?

— Ma petite-fille, la fille de mon fils aîné, Alexis, qui est mort de la fièvre jaune au Venezuela. Lui au moins, ses os reposent en terre. Tu es terre et tu retourneras à la terre… Tous les autres ont été mangés par les poissons. On ne les a ni pleurés ni bénis.

— On a retrouvé Nikitas, dit la mère Réïzis. Yannis a télégraphié pour qu'on l'embaume et qu'on le ramène.

La vieille haussa les épaules :

— Pourquoi faire des frais ? Qu'on l'enterre là où la mer l'a recraché. Les Espagnols sont chrétiens… Dans trois ans, on exhumera ses os et on les transportera ici.

Kalliopi apporta les cafés. Elles en burent deux ou trois gorgées sans dire un mot. La vieille femme dit ensuite à Marina :

— Je sais que tu fumes. Tu as des cigarettes sur toi ?

— Oui.

— Tu peux fumer ici. Donne-moi une cigarette.

— Depuis quand tu fumes, Annézio ? demanda la mère Réïzis, choquée.

— Depuis aujourd'hui. On dit que la cigarette aide à oublier. À quoi bon me souvenir désormais ?

Elle prit la cigarette allumée que Marina lui tendit, en tira deux ou trois bouffées et toussota comme si elle s'étouffait.

— C'est bon. On dit qu'on a la tête qui tourne quand on fume pour la première fois et qu'ensuite on s'habitue. C'est bien ça ?

— C'est ça.

— Avec l'alcool, on a toujours la tête qui tourne, quoi qu'on boive… Kalliopi ! Où es-tu passée ?

— Je suis là, mamie. Qu'est-ce que tu veux ?

— Va à l'épicerie acheter un litre de vin. Prends aussi des olives et des sardines. Aujourd'hui, je vais picoler…

Et elle ajouta en se tournant vers ses visiteuses :

— Vous m'accompagnerez bien un peu. On a de la morue frite et des pissenlits…

— Sois raisonnable, Annézio, lui dit d'un ton sévère la mère Réïzis.

La vieille lui répondit avec un doux sourire :

— N'aie pas peur, j'ai toute ma tête. Je ne l'ai pas perdue pendant les soixante ans où j'ai vécu avec l'angoisse de la mort. Pendant soixante ans, tous les jours, elle a été mise à l'épreuve. Il y a eu d'abord mon père, puis mes frères, puis mon mari, et pour finir mes fils. Tous n'ont vécu que pour que la mer les dévore ! Elle me les a tous pris l'un après l'autre, cette salope !

— Ne parle pas comme ça, la gronda la mère Réïzis.

— Qu'importe ! Maintenant, je me dévergonde... Il est temps que j'oublie un peu mes tourments. Quand on n'a plus à penser qu'à soi, on se fiche de tout. On n'a plus rien à faire de ce que disent les autres...

— Tu as ta petite-fille, Kalliopi...

— C'est une femme. Dieu l'a faite pour qu'elle se soucie des autres, pas pour qu'on se soucie d'elle. Elle s'est fiancée avec un petit gars de chez nous qui travaille à la chaufferie sur votre autre bateau, la « Chimère ». Elle s'est fichue dans le pétrin, elle aussi...

Elle jeta un regard en coin sur la jeune fille qui se tenait à l'écart :

— Sors un moment. J'ai quelque chose à dire à ces dames...

Elle sortit et sa grand-mère poursuivit :

— Il semble qu'elle a fait une grosse bêtise avec son fiancé. Elle est enceinte de quatre mois. Et maintenant elle se ronge les sangs, elle se demande s'il va revenir à temps pour que le mariage ait lieu avant la naissance du bâtard...

— La « Chimère » rentrera avec du retard, dit la mère Réïzis.

— On est dans de sales draps...

La conversation retomba. La vieille femme fixa sur Marina ses yeux gris, tristes et bienveillants.

— Toi au moins, lui dit-elle, quand tu t'es mariée ton mari n'a plus navigué.

— Oui, mais maintenant il reprend la mer. Sur la « Chimère ».

La vieille femme parut ne pas l'entendre. Elle avait l'esprit ailleurs.

— Ma mère ne voulait pas que mes deux frères deviennent marins. Elle a fini par convaincre mon père. Ils leur ont fait apprendre un métier : forgeron pour l'aîné, cordonnier pour le cadet. Mais quand mon père a disparu en mer, il a bien fallu gagner sa croûte. Mes frères étaient encore apprentis, ils ne gagnaient rien. Alors, mon oncle, le capitaine Thanassis, a bien voulu les prendre sur son bateau. Et ils se sont embarqués, parce qu'il fallait bien qu'ils mangent et que nous mangions… Quand elle les a accompagnés au bateau, ma mère était pâle comme la mort. La maison était déserte. Nous sommes restées toutes seules, avec la peur nichée au fond du cœur… Les années ont passé, toujours avec le même tourment, nuit et jour. Nous voyions arriver tantôt l'un, tantôt l'autre, ils ne travaillaient plus sur le même bateau, ils ne rentraient jamais ensemble, si bien que nous n'avons jamais connu une heure sans la peur au ventre. Je peux dire que j'envie le destin de ma mère ! Elle au moins, Dieu l'aimait et l'a prise avant que la mer lui prenne ses fils. Un matin, je l'ai trouvée morte sur son lit. Ses yeux ouverts regardaient la commode où étaient posées les photos de ses enfants. Elle est morte subitement, sans être malade. C'est la peur qui l'a minée. Mais c'est mieux comme ça, ça vaut mieux que de mourir dans les souffrances… Il ne s'était pas passé un mois quand est arrivé un message m'apprenant que mon plus jeune frère était tombé d'un mât sur le pont et qu'il était mort sur le coup. L'autre, l'aîné, s'est marié à Anvers avec une traînée du port et a rompu avec son passé. Il n'y a pas très longtemps qu'il est mort, à un âge avancé. La belle affaire! Il ne m'a jamais écrit une seule lettre! On peut dire que la mer l'a emporté lui aussi, comme son frère…

Elle se tourna pour regarder Marina:

— Tu es mariée depuis combien d'années?

— Six ans.

— Tu as profité de ton mari pendant six ans. Moi, combien de temps j'ai profité du mien? J'étais mariée depuis deux mois quand Stathis s'est embarqué comme maître d'équipage sur le bateau de mon beau-père. Sa semence grandissait dans mon ventre. Mais il n'y avait pas que ça. Mon corps avait appris l'ivresse et la douceur du corps de l'homme. J'avais vingt ans, mon sang bouillonnait. À côté de la peur que la mer me le prenne, il y avait une autre peur… En ce temps-là, les bateaux revenaient souvent dans l'île, trois ou quatre fois par an. En décembre, ils restaient même tout un mois. Mais avec la marine à vapeur, les choses ont changé. Quand Stathis s'est embarqué pour la première fois sur un navire à vapeur, il est resté deux ans sans rentrer. Et j'étais une femme de trente-deux ans. Le désir de mon mari m'a rendue folle, m'a remué les entrailles. Je ne fermais pas l'œil de la nuit et, pendant la journée, je titubais comme une ivrogne. Avec toujours la peur que la mer me le prenne.

Elle eut un rire étouffé et poursuivit :

— Les Allemands ont torpillé le bateau de mon mari au large de l'Irlande. Tout l'équipage a été noyé, sauf Stathis qui a pu s'en tirer en se raccrochant à un madrier. Il est resté deux jours dans l'eau. Quand les Anglais l'ont recueilli, il était estropié, il avait le corps tout déjeté. Il a vécu dix ans dans cet état, dans le lit que tu vois… Pauvre Stathis ! Quand je m'asseyais à côté de lui pour tricoter, il me regardait de ses yeux intelligents, mais tristes. Annézio, qu'il me disait, quand j'étais valide, je naviguais tout le temps. Nous couchions très rarement ensemble, tu n'as pas eu ton comptant d'amour. Maintenant je suis estropié et tu es encore jeune et belle. Ne laisse pas ta jeunesse se perdre. Et que veux-tu que je fasse ? que je lui demandais. Prends un amant. Je te donne mon autorisation. Débrouille-toi seulement, je t'en prie, pour que je ne le sache pas. Parce que ça me fera de la peine… Voilà ce qu'il me disait, le pauvre. Et moi, je me jetais sur son corps refroidi, je le serrais avec passion, dans l'espoir qu'un miracle se produise, que le mien retrouve son ardeur. Et je pleurais, je pleurais… Mais, vois-tu, dans le monde qui est le nôtre, il ne se produit plus de miracles. J'étais honnête, et j'aimais ce malheureux infirme. Je n'ai pas pris d'amant, jusqu'au jour où, sous l'effet d'une ardeur inassouvie, mes sens se sont flétris avant l'âge… Quand Dieu l'a rappelé à Lui, je n'avais pas quarante ans. J'aurais pu me remarier. Mais en fait j'étais vieille, tu comprends ? Comme je n'avais pas pu profiter de l'homme, j'avais perdu l'habitude de le désirer. Mon sang s'était figé, mon visage s'était ridé, mon corps s'était rempli de mauvaise graisse, mes cheveux avaient blanchi. Alors je me suis dit, moi une femme de quarante ans : Annézio, réserve ton âme à Dieu maintenant ! Et puis j'avais d'autres chats à fouetter, d'autres soucis. Mes deux fils. Je me suis jetée à leurs pieds. Regardez, espèce de bâtards, votre mère s'agenouille devant vous et vous baise les pieds, vos sales pieds. Est-ce que vous avez du cœur ? Est-ce que vous avez une âme ? Je n'en peux plus d'avoir peur de la mer. Mon père, mes frères, mon mari, elle me les a tous pris, cette salope. Restez sur le plancher des vaches. Je me mettrai en quatre pour trouver de l'argent et vous payer des études. Je ferai de vous des médecins, des avocats. En restant à terre, vous gagnerez de l'argent et de la considération, vous sauverez votre peau. Et moi, pauvre de moi, je n'aurai plus peur. Pas question, qu'ils m'ont dit, ces bâtards, nous deviendrons marins. Et pourquoi, je vous le demande ? Vous allez risquer votre vie en mer pour un salaire de misère ? Nous ferons ce qui nous plaît. Parce que ce qui vous plaît, satanés bâtards, c'est de faire souffrir la mère qui vous a mis au monde ? Ce qui vous plaît, c'est de m'enterrer au plus vite ? Mais il n'y a pire sourd que celui qui ne veut pas entendre. Cette putain leur a tourné la tête, à eux aussi. Bon, c'est comme ça, Annézio, à quoi bon te faire du mouron ? Ces bateaux à vapeur, c'est de vrais monstres. Ils ont des milliers de chevaux dans leurs machines. Ils ont des télégraphes à bord, et des systèmes pour voir dans la nuit et dans la tempête. Ils ne coulent plus. Et si jamais ils coulent, on prévient des bateaux de sauvetage qui se précipitent pour les tirer d'affaire. C'est ce que je me suis dit, et je n'ai plus eu peur, parce que j'étais lasse d'avoir peur. La peur, il arrive un moment où on en a assez. Mais la solitude devenait lancinante. Toute seule dans cette maison. Une vie de solitude avec ta douleur, sans personne à qui te confier… Quand Alexis est mort au Venezuela, à qui pouvais-je dire ma douleur ? Nikitas se trouvait à l'autre bout du monde… Fais bien attention, que je lui ai écrit dans mes lettres, fais bien attention de ne pas attraper une maladie dans les ports où tu débarques. Je ne veux pas te perdre et me retrouver toute seule. Je ne supporte plus la solitude. Ne crains rien, qu'il me répondait. Je suis solide comme un roc, la maladie n'a pas prise sur moi. N'aie pas peur, je suis capitaine sur un bateau flambant neuf, il ne m'arrivera rien…

Elle s'arrêta de parler. Sa respiration devenait pantelante et sortait de ses poumons à la manière d'une plainte, d'un sanglot. Elle pleurait en gardant l'œil sec et un visage impavide.

— Il n'est plus, lui aussi. Il a fait ce qui lui plaisait, et je n'ai pas eu mon mot à dire. Ce serait mentir de prétendre que je suis restée seule. J'ai ma petite-fille, Kalliopi. Si jamais elle épousait un gars qui travaille à terre, elle me laisserait pour aller habiter avec lui. Mais elle va se marier avec un marin. Qu'elle le veuille ou non, elle restera avec moi et me tiendra compagnie avec sa solitude et sa peur. Mais, pour moi, le moment est venu de me libérer de la peur. La mort n'est pas une délivrance que pour celui qui meurt, elle l'est aussi pour celui qui tremblait pour la vie du défunt. J'en ai assez de trembler pour la vie des autres. Mais maintenant, Dieu merci, tous les miens sont morts !

Elle fit entendre ce « Dieu merci » d'une voix stridente,

démente, qui se mêla au déchaînement du vent. La mère Réïzis et Marina se levèrent.

— Annézio… commença à dire la mère Réïzis.

Mais la vieille femme l'interrompit :

— Ne cherche pas des mots de consolation. Les bonnes paroles, j'en ai par-dessus la tête. Rentrez chez vous. Mille fois merci d'avoir pensé à moi. L'être humain a de la ressource. Je me débrouillerai. S'il te plaît, Marina, laisse-moi ton paquet de cigarettes. Je ne veux pas envoyer Kalliopi m'en acheter aujourd'hui, ça ferait jaser. Demain il fera jour ! Portez-vous bien ! Puisque ton mari va s'embarquer, viens me voir de temps à autre. Kalliopi ! Où es-tu, ma belle ? Reconduis les femmes des capitaines, moi, je ne peux pas… Et fais un saut chez l'épicier pour acheter du vin. Pas un litre, deux litres ! Tu m'entends, deux litres…

Elles sortirent dans la rue déserte. Les gens qui se trouvaient devant l'épicerie étaient partis, chassés par une pluie glaciale qui cinglait violemment les pavés et les murs des maisons. La mère Réïzis commençait à avancer quand Marina l'arrêta :

— Un moment…

Sa belle-mère fit halte et se retourna. Elle vit sa bru s'appuyer contre le mur pour éviter de tomber. Elle était livide, les paupières fermées. Elle avait du mal à respirer.

— Qu'est-ce qui t'arrive ?

— Je ne sais pas. Je ne me sens pas bien. Je voudrais rentrer à la maison…

— Rentre, si tu veux. Moi, j'irai chez les autres. Chez tous.

— Je ne supporte pas de voir cette douleur…

— Quelle douleur ?

— La douleur qui ne pleure pas, qui ne crie pas…

— C'est notre façon de souffrir. Il faut que tu t'y fasses. Toi aussi, tu souffriras comme ça, maintenant que ton heure est venue…

Elle ouvrit les yeux et regarda sa belle-mère. Elle vit que la vieille femme fixait sur elle un regard plein d'animosité, de malveillance. Elle frémit.

— Pourquoi dites-vous ça ? Parce que Yannis va reprendre la mer ?

— Non. Annézio ne voit pas plus loin que le bout de son nez. Elle ne sait pas que la terre est plus perfide que la mer. À vrai dire, quand Yannis a quitté le bateau, j'ai été rassurée. Mais maintenant qu'il reprend la mer, la peur me regagne.

— Ne pensez pas à mal. Il ne lui arrivera rien…

— En mer il ne lui arrivera rien. Mais à terre c'est une autre histoire.

— Je ne vous comprends pas.

Le regard de la vieille femme se fit plus dur.

— Je ne crains pas la terre ferme pour moi, mais pour Minas qui va désormais rester seul à terre, sans son frère.

— Ma parole, mais de quoi avez-vous peur ? Je ne vous comprends pas…

Sa belle-mère ne répondit pas. Elle baissa la tête, soupira et finit par dire :

— Allons-y. Tu vas venir avec moi. Il ne serait pas bien que tu ne viennes pas. Il faut que tu compatisses aux malheurs de ton prochain, si tu veux qu'il compatisse aux tiens quand ton heure viendra. Et ton heure viendra un jour…

Tout en parlant, elle lui prit la main.

— Écoute ! lui dit-elle. Écoute !

Elle écouta. Des maisons du quartier qui s'étendait en contrebas s'élevait une étrange rumeur. Comme un thrène collectif, mêlé au sifflement du vent.

— Qu'est-ce que c'est ?

— Les familles de Kassos qui pleurent leurs trente-cinq noyés. Trente-cinq maisons que Charos a frappées d'un seul coup. Des mères qui ont perdu leurs fils. Des épouses devenues veuves. Des enfants devenus orphelins. Ces gens-là ne sont pas comme nous, qui sommes d'une famille de capitaines et qui avons appris à souffrir sans pleurs et sans cris. C'est le petit peuple, qui ne sait pas se tenir. Ils pleurent, ils hurlent, ils se frappent. Tu ne seras pas mal à l'aise comme avec Annézio. Viens, on y va !

La mère Réïzis se dirigea vers les maisons où on se lamentait sur les trente-cinq noyés. Elle marchait en tête, droite comme un cierge. Marina la suivait en se traînant, les jambes flageolantes, la tête penchée en avant, comme étourdie sous l'effet de l'ivresse.

Yannis et Minas partirent le lendemain, Minas pour Athènes, Yannis pour Anvers, où il devait rejoindre la « Chimère » qui chargeait une cargaison pour l'Extrême Orient. Un long voyage, de plusieurs mois…

Marina, la petite Anna et Papadakis l'accompagnèrent jusqu'au bateau. Ce soir-là, le port était trempé par la pluie. Le temps avait tourné au vent du sud. Des nuages bas déferlaient depuis le large, éclatant sans arrêt en tièdes giboulées. La rumeur de la mer agitée parvenait jusque dans le port silencieux.

Ils s'assirent dans un café en attendant le bateau qui avait du retard. Il faisait une chaleur humide. Ils ne parlaient pas, n'avaient rien à se dire. Yannis était calme, Papadakis nerveux. Minas jetait des regards distraits à travers les vitres embuées. Anna s'était endormie dans les bras de sa mère. L'aile de la destinée pesait sur eux de tout son poids, anéantissait leur force, réveillait leur fatalisme. Et ils attendaient le bateau dans une angoisse silencieuse.

Il arriva à minuit, resplendissant de lumière, trempé par les vagues que poussait le vent du sud. Ils se levèrent sans se presser, comme pour gagner quelques infimes secondes, comme s'ils hésitaient à faire les quelques pas qui les séparaient de la barque. Ils finirent par s'avancer, d'un air las, indécis. Il pleuvait. Marina enveloppa l'enfant endormie dans son imperméable. Au-dessus d'eux, Syra dormait dans les ténèbres.

— Le bateau va repartir tout de suite, dit Yannis. Vous n'avez pas le temps de monter à bord.

Ils se firent leurs adieux sur la jetée, sous une bruine tiède. Papadakis serra la main de Yannis sans dire un mot et se retira avec Minas, le laissant seul avec son épouse et sa fille. Le visage fermé, la main tremblante, il prit Anna, la serra contre lui, la couvrit de baisers. La petite fille, tirée de son sommeil, posa sur son père un regard d'incompréhension.

— Ne tarde pas, lui cria Papadakis. Le bateau va partir.

Il rendit sa fille à Marina et regarda sa femme droit dans les yeux, sans pouvoir cacher son désespoir. Il posa ses mains sur ses épaules, comme s'il voulait emporter avec lui quelque chose du contact avec sa chair, de la chaleur de son corps.

— Yannis… dit Marina d'une voix brisée.

Elle ferma les yeux, deux larmes coulèrent lentement sur son visage. En un mouvement de tout son corps elle se jeta dans ses bras, tout en gardant l'enfant contre elle. Il frotta sa tête contre sa poitrine, chercha sa bouche de ses lèvres frémissantes.

— Ne tarde pas, répéta Papadakis.

Yannis s'écarta en soupirant et murmura :

— Marina, ma petite femme… Si tu savais ce qui t'attend. Si tu savais…

Le bateau siffla. Il sauta dans la barque avec Minas, et ils partirent. Marina resta sur le quai sans bouger, serrant dans ses bras l'enfant surprise dans son sommeil. Elle vit la barque accoster le navire, les deux silhouettes d'homme monter à l'échelle, arriver sur le pont. Puis, plus rien…

— On y va, lui dit doucement Papadakis. La gamine va prendre froid.

Elle le suivit sans un mot jusqu'à la voiture, et ne dit pas un mot non plus jusqu'à la maison. Elle coucha Annoula endormie dans son petit lit et sortit sur la terrasse. Au loin, juste avant le cap qui marque le nord de l'île, quelques lumières se balançaient ensemble, au même rythme. Mais lorsque, peu après, le bateau dépassa le promontoire, il n'y eut plus rien pour éclairer la mer. Seule une confuse rumeur lointaine témoignait de la colère des flots. Tout en bas, on devinait Syra, triste et silencieuse dans la nuit hivernale. Elle se rappela la cité lumineuse et joyeuse qu'elle avait vue devant elle six ans plus tôt, depuis le pont de la « Chimère ». Elle appuya sa tête brûlante sur la balustrade froide de la terrasse. Et elle pleura.

La clarté de la lune d'août se diluait en une myriade de reflets lumineux sur le lac d'eau salée qui s'étend entre Syros, Tinos et Mykonos. En bas, depuis la ville, montait l'écho d'une foule inquiète et animée. Un bateau illuminé quittait le port pour gagner le large.

Marina était assise sur la terrasse, l'air calme et souriant. Elle était penchée au-dessus de la table et jouait au jacquet avec sa fille. L'enfant riait, criait, frappait des mains : elle était en train de gagner. Les dés lui étaient favorables et sa mère n'était guère attentive. La mère Réïzis était assise un peu plus loin, près du banc de pierre, et contemplait la mer d'un air songeur. Elle ne cessait de tourner la tête pour sourire à sa petite-fille.

La partie s'acheva. Marina jeta un coup d'œil à sa montre.

— Neuf heures et demie. Il est temps d'aller dormir, mon petit chou !

Elle appuya sur la sonnette et la cuisinière, la seule employée qu'ils avaient conservée, se présenta. Anna embrassa sa mère et sa grand-mère et suivit la cuisinière. Les deux femmes restèrent seules, en silence.

— Vous avez reçu une lettre de Minas ? finit par demander Marina.

— Oui, aujourd'hui. Il va bien. Il s'est entendu avec un autre avocat, Yorgakakos.

— Le pénaliste ?

— Oui. Il me dit qu'ils ouvrent un cabinet ensemble. Il espère qu'ils auront pas mal de travail.

Elles se turent à nouveau. On entendait, depuis le night-club voisin, le haut-parleur diffuser une rumba au rythme sensuel. Des rires et éclats de voix se mêlaient à la musique : on devait danser. Marina regarda d'un œil distrait la mer baignée par la clarté de la lune et la cité illuminée. « Tout cela ne me procure pas le même bonheur qu'autrefois. Quelque chose a changé en moi. Comment pourrait-il en être autrement ? Voilà six mois que Yannis est absent, et nul ne sait combien de temps il le sera encore. C'est bien là le pire : ne pas savoir combien de temps il sera encore absent. Le condamné à qui on dit qu'il restera cinq ou dix ans en prison se fait une raison, compte les années qu'il lui reste. Mais si on lui dit : je ne sais pas combien de temps tu vas rester ici, peut-être un mois, peut-être dix ans, on le soumet alors à rude épreuve, l'épreuve de l'impatience. Est-ce que j'exagère de me comparer à un condamné ? Je me souviens des paroles d'Annézio, lorsqu'elle se lamentait sur la perte de son fils. L'angoisse de la femme de marin est une condamnation. Je ne m'angoisse pas pour la vie de mon mari, je sais qu'il ne court aucun danger sérieux. C'est l'absence de mon homme qui me tourmente. »

Elle se leva et se mit à marcher en long et en large, en silence. Elle s'était engourdie à force de rester assise. « La privation de plaisir commence à me devenir insupportable. On reproche aux femmes de marin de ne pas rester fidèles. Moi, je ne leur jette pas la pierre. Trouver un exutoire naturel à une situation qui ne l'est pas, ce n'est pas une infidélité. Je le ferais sans aucun remords, si je n'aimais pas aussi passionnément Yannis. L'idée seule qu'un autre homme pourrait me toucher me soulève le cœur. »

Elle vit sa belle-mère tirer une feuille de papier de sa poche et la lire. Elle sourit. « C'est la lettre de son fils, Minas. Moi, depuis six mois, il ne m'a pas écrit une seule fois – au moins pour donner le change aux yeux des gens. Évidemment, après l'incident avec Lili… Qu'est-ce qu'il a été odieux ce soir-là ! Menteur, hypocrite, usant de prétextes fallacieux, feignant de se déprécier… Comme une pute, une pute au masculin… Pire encore, il a laissé tomber Lili. Il lui écrit une fois tous les trente-six du mois, sur un ton froid. Je ne peux pas penser au mariage pour le moment, et le reste à l'avenant. Des prétextes, des bassesses, des lâchetés… La vérité, c'est qu'il ne l'aime pas et qu'il le ne l'épousera pas. Elle a failli se laisser abattre, la malheureuse. Elle reprend tout juste le dessus… J'avoue qu'il y a dans le comportement de Minas des zones d'ombre difficiles à expliquer. Ces revirements imprévisibles et cyniques… Serait-il déséquilibré ? Je m'explique mal qu'il ne soit pas venu une seule fois depuis six mois voir sa mère, sa nièce – moi, je ne compte pas, surtout après ce qui s'est dit ce soir-là. Il redoute peut-être de rencontrer Lili, d'avoir à justifier sa conduite. Curieuse manifestation de sensibilité chez un être aussi endurci ! Enfin, on ne va pas en faire tout un roman ! »

La mère Réïzis finit de relire la lettre de Minas. Elle la plia, la remit dans sa poche, et se dit : « Comment se fait-il que depuis six mois il ne soit pas venu me voir ? Bien sûr, ses lettres sont remplies de justifications : il a tant de travail qu'il ne peut s'absenter un seul jour… Il ment, je ne suis pas dupe. Il y a quelque chose d'autre. Oui, quelque chose d'autre… Et cette histoire avec Lili, la fille du capitaine Manitis… Pendant quatre mois, dans ses lettres, il a joué au chat et à la souris avec elle. Elle a failli en crever, la pauvre. Moi, je n'étais pas au courant, mais je me doutais bien de quelque chose. Je m'informe avec précaution et j'apprends la vérité. Alors, je lui écris sans mâcher mes mots : les hommes dignes de ce nom ne jouent pas avec les jeunes filles honnêtes ! Quand un homme de Kassos dit à une jeune fille de Kassos « Je t'aime », c'est comme s'il lui disait « Je vais t'épouser ». Qu'est-ce qui t'a fait changer d'idée et renoncer à te décider ? En tout cas, si tu t'es ravisé, il faut le dire clairement et couper les ponts. Mais cette valse-hésitation, ça ne peut pas continuer. Je lui ai dit son fait et, Dieu merci, il s'est assagi. Quand j'ai reçu sa lettre, aujourd'hui, j'ai été soulagée… Mais pourquoi a-t-il agi ainsi ? Il y a quelque chose d'autre qui le tourmente et qui l'a poussé à ce comportement choquant. Je suis sa mère, je peux comprendre. Mais je suis aussi la mère de Yannis… Vierge Marie, viens à mon secours. »

Elle sort une autre lettre de sa poche. C'est la dernière qu'elle a reçue de Yannis. Elle l'a déjà lue deux fois. Elle la relit une troisième fois. « Chère Maman. Je t'écris de Singapour où nous devons rester quatre jours et charger des noix pour Yokohama. Les mers de ces régions m'ont beaucoup éprouvé et je n'espère guère me refaire une santé, vu que j'ai signé une charte-partie de longue durée pour des voyages dans l'océan Indien. Ce sont des mers humides et chaudes. Nous transpirons tant que nous nageons nuit et jour dans nos vêtements. Dans cette fournaise, nous ne pouvons fermer l'œil. Mais moi, je souffre plus que les autres parce que, dans ces contrées, les traversées sont très difficiles. Nous naviguons tout le temps au milieu de quantité d'îles, nous traversons continuellement des passes étroites et rocheuses. Il faut donc je sois à la barre nuit et jour, et particulièrement vigilant pour éviter une avarie. Sans compter qu'éclatent sans arrêt de terribles orages et que je ne peux pas quitter la cabine de pilotage avant qu'ils retombent. Je ne dors ni ne me nourris suffisamment – j'ai perdu l'appétit. Je mange seulement quelques sandwiches, et encore en me forçant. Mais je bois beaucoup de café et pas mal de whisky, qui me donnent du tonus et du courage. Voilà mes misères, chère maman. Mais je suis sûr que tout cela va passer. Je travaille bien, je gagne de l'argent. À Yokohama, où nous allons, il fait frais. Je compte y faire effectuer une réparation nécessaire sur le « Marina », qui devrait prendre jusqu'à deux semaines. Cela nous permettra de souffler et de nous reposer un peu. Je t'en prie, Marina ne doit rien apprendre de tout ça. Dis-lui que je me porte bien, parce que c'est ce que je lui écris. Je garde la vérité pour toi. Tu es ma mère, je ne peux pas ne pas t'ouvrir mon coeur. Je t'embrasse. Yannis. »

On entendit les roues d'une voiture crisser sur le gravier du jardin. « Qui s'est souvenu de nous à une heure pareille ? » s'étonna Marina, et elle se pencha pour voir. Deux hommes descendirent du véhicule, s'avancèrent vers la porte d'entrée et sonnèrent. L'un des deux était Papadakis, mais elle ne put distinguer qui était l'autre.

— Qui est-ce ? demanda la mère Réïzis.

— Papadakis et quelqu'un d'autre. Je ne sais pas qui.

Deux minutes plus tard, Papadakis et son compagnon étaient sur la terrasse. Marina fut surprise de reconnaître Mitsos Kastrinos, le directeur des bureaux de la société à Londres. Elle l'accueillit avec sa grâce habituelle.

— Ravie de vous voir, très cher. Nous ne vous attendions pas.

— Oui, je suis venu à l'improviste. Quelques affaires sans importance. Et puis j'avais la nostalgie de notre terre. Ou plutôt de nos eaux, pour parler en marin…

Il aperçut la mère Réïzis qui se tenait à l'écart et le regardait en souriant.

— Madame Annio, mes hommages…

Il s'inclina et lui fit le baisemain. La vieille femme lui donna un baiser sur le front.

— Tu as ma bénédiction, mon enfant.

La mère Réïzis aimait Kastrinos. Elle savait que, sans son concours, Yannis ne serait jamais devenu armateur. « Nous devons tout à Mitsos », aimait-elle à dire souvent.

— Asseyez-vous, je vous en prie, dit Marina. Vous avez soif, sans doute.

— Un whisky-soda avec des glaçons ne me ferait pas de mal.

Marina allait s'occuper du service, mais sa belle-mère l'arrêta :

— Laissez. Je vais y aller.

Ils s'installèrent tous les trois dans les fauteuils. Kastrinos alluma sa pipe, posa sur Marina son regard vif et rieur et lui dit:

— Je vous apporte de bonnes nouvelles. Avant de quitter Londres, j'ai signé, pour le compte de Yannis, un time charter de deux ans pour l'Extrême Orient, avec un affrètement exceptionnel.

— C'est-à-dire? demanda Marina, peu au fait de la terminologie du commerce maritime.

— C'est-à-dire que la «Chimère» a été affrétée deux années entières pour faire des traversées entre Rangoon, Saïgon, Yokohama et Daïren. Une affaire en or. Yannis sera définitivement remis à flot. On peut dire que les pertes liées au défaut d'assurance sont d'ores et déjà couvertes.

Son regard, fixé sur Marina, devint plus enflammé encore.

— Oui, une affaire en or. Je me demande même pourquoi je ne l'ai pas gardée pour moi…

Elle comprit et sourit, flattée. C'était pour lui faire plaisir que Kastrinos avait cédé cette affaire à Yannis. Ce n'était pas qu'il avait des pensées déshonnêtes – un homme de son intelligence ne pouvait commettre une erreur pareille. C'était l'admiration désintéressée d'un homme séduisant pour une femme séduisante, rien de plus. Marina ne pouvait pas être insensible à la séduction de cet homme qui débordait d'entrain, de santé, d'énergie, qui avait toujours le sourire aux lèvres et l'oeil pétillant d'intelligence créative. Mitsos Kastrinos, de la Société «Papadakis-Kastrinos and Co», était un jeune capitaine qui, en dix ans, avait créé un empire dans la marine marchande. Ses bureaux de Londres géraient quatre-vingts cargos, qui étaient sa propriété ou celle d'autres armateurs. Des millions de livres passaient chaque année entre ses mains. Et le capital de la société ne cessait de s'accroître.

Les deux hommes restèrent tard, jusqu'à plus de minuit. Dans un coin de la pièce, Papadakis et la mère Réïzis échangeaient à voix basse des nouvelles sur les familles de Kassos. Kastrinos évoqua le dernier voyage de Marina et de Yannis à Londres, les excursions qu'ils avaient faites tous les trois dans les environs, les fêtes dans les night clubs de Soho, les représentations au Old Vic avec Laurence Olivier. Marina se remémora le bon vieux temps. Elle écoutait avec de la nostalgie dans le regard. « Quand reverrai-je Londres, Paris ? » Quelque chose lui disait qu'elle ne voyagerait peut-être plus à l'étranger. Une crainte absurde. Dans deux ans, grâce à Kastrinos, Yannis aurait redressé la situation et reviendrait à terre. Leur ancienne vie, suspendue à cause de l'accident du bateau, reprendrait comme avant. Tous ces fâcheux pressentiments n'étaient dus qu'à ses troubles nerveux ! Ces six derniers mois de vie ascétique avaient été si déplaisants !

— Peut-on espérer que Yannis revienne à terre avant que se termine le time charter ? demanda-t-elle à Kastrinos.

— Il vaudrait mieux qu'il reste capitaine sur la « Chimère » jusqu'à l'achat du second bateau, le nouveau « Marina ». Mais il serait dur de vous priver de votre mari pendant deux ans.

— Serait-il en votre pouvoir de le faire revenir plus tôt ? lui demanda-t-elle sur un ton badin.

— Dans une certaine mesure, je crois que oui. Ma première pensée était, dès que Yannis aurait mis de côté dix mille livres, de lui en prêter dix autres pour qu'il achète un nouveau bateau, d'au moins sept mille tonneaux. Mais le time charter crée une situation beaucoup plus favorable pour la sécurité de mon prêt. D'ici un an, de toute façon, Yannis aura gagné cinq mille livres, et je pourrai lui avancer les quinze mille autres. Mais jusqu'alors il faut qu'il reste sur la « Chimère ». À eux seuls, les salaires de capitaine qu'il économise se montent à peu près à trois cents livres, sans compter les autres postes… Que faire ? Il faut que vous preniez votre mal en patience.

— Et si je ne peux pas patienter ? lui demanda-t-elle d'un air malicieux, et quelque peu audacieux. Et si l'ennui, la solitude me conduisent à faire un faux pas ? Vous en assumez la responsabilité ?

— Je l'assume, répondit-il sur un ton grave. Non que j'aie une confiance aveugle en l'honnêteté de n'importe quelle femme. Mais je sais que vous n'avez pas – comment dire ? – le talent de l'adultère.* Et vous le savez, vous aussi …

Ils se turent. Marina, légèrement troublée, tourna son regard vers la mer qui, au fur et mesure que la lune s'élevait dans le ciel, se décomposait en folâtres éclats d'argent. Un bateau fit entendre sa sirène en bas dans le port, couvrant la conversation de Papadakis et de la mère Réïzis.

— Que devient Minas ? demanda Kastrinos.

Marina sursauta, revenant à la réalité.

— Vous ne l'avez pas vu à Athènes ?

— Je l'ai vu un moment, de loin. Nous n'avons pas eu l'occasion de nous parler.

— Il va bien. Il s'est associé à Yorgakakos, le pénaliste. Il espère avoir assez d'affaires à traiter.

— Je suis sûr qu'il réussira. Ce n'est pas seulement un excellent juriste, mais quelqu'un de capable, de doué, et qui a l'esprit pratique.

Il tira sur sa pipe, afficha un sourire malicieux et ajouta :

— J'ai fait sa connaissance il y a un an et demi quand il est venu d'Allemagne étudier à Londres le common law et les questions de crédit dans le commerce maritime. Il travaillait toute la journée comme une bête et suivait des cours à l'université. Le soir, il s'enfermait dans sa chambre pour étudier. Mais le week-end, il s'en donnait à cœur joie ! Quelles fêtes ! Nous sortions ensemble, nous étions devenus très amis. Il n'y avait pas un théâtre, un music-hall, un night-club où nous n'allions pas. J'ai été époustouflé par son entrain, sa vitalité. Et, pour être sincère, je dois dire que j'enviais ses succès. Il fascinait les Anglaises, il les envoûtait. Elles étaient toutes folles de lui. Il faut dire que c'est un beau garçon…

— Oui. C'est un beau garçon…

— Je ne suis resté qu'un jour à Athènes, avant de venir à Syros. Le soir, Konstantinou m'a invité à Glyfada, avec sa sœur. Alors que nous étions en train de dîner, voilà qu'arrive monsieur le professeur, d'une grande élégance dans un costume de prix en soie écrue. Il n'était accompagné que d'une femme, mais quelle femme! Un corps élancé comme un cyprès, une peau de la couleur du blé mûr, des yeux pareils à des charbons ardents, une chevelure pareille à une cascade de goudron, une bouche... Excusez-moi, mais je ne trouve plus mes mots...

— Dommage! dit Marina avec une ironie glaçante. Vous vous exprimez dans un style littéraire inhabituel chez un armateur!

— Ma foi... Oui... Bref, il était avec une femme d'une rare beauté. Les filles de Konstantinou ont fait une drôle de tête. Elles étaient jalouses. Elles espéraient peut-être embobiner monsieur le professeur avec leur dot rondelette. Elles ne savaient pas à quel diable d'homme elles avaient affaire!

Éclairé par la clarté de la lune, le visage de Marina se fit plus dur.

— Il est jeune, dit-elle. Il peut bien s'amuser. Mais il ferait mieux de faire un peu attention à ses apparitions publiques, ça ne lui ferait pas de mal. Vous savez peut-être qu'il est quasiment fiancé avec la fille cadette de Manitis. Elle l'aime à la folie, la pauvre...

— Oui, on m'en a touché un mot, mais je n'y ai pas trop cru. Lili n'est ni belle, ni intéressante. Et elle n'est guère fortunée...

— C'est une bonne fille, ajouta la mère Réïzis, qui suivait depuis un moment leur conversation. Et Minas est amoureux d'elle. Ils doivent se fiancer officiellement à Pâques.

— Comment le savez-vous? demanda Marina, surprise.

— Minas me l'a écrit aujourd'hui même.

— Et vous ne m'en avez rien dit ?

— Je n'en ai pas eu l'occasion.

Le regard redoutable de Kastrinos, ce regard qui savait deviner un solide bâtiment sous la rouille ou un vieux rafiot camouflé sous une couche de peinture, alla de la belle-fille à la belle-mère en battant étrangement des paupières. Un sourire sarcastique s'esquissa au bout de ses lèvres. Et, pour le dissimuler peut-être, il fit semblant de rallumer sa pipe éteinte.

Plus les jours passent – des jours de solitude –, plus le brillant édifice de son équilibre psychique laisse apparaître d'imperceptibles fissures. Aucune pierre n'est encore tombée, rien ne montre que les fondations ont été ébranlées. Mais une sorte de malaise, mélange d'angoisse et de torpeur, laisse présager que la crise ne va pas tarder à éclater.

Les journées d'août et de septembre sont chaudes, étouffantes, écrasées sous un soleil aveuglant, une lumière implacable. La brise ne parvient même pas à former des rides à la surface de l'eau. Le vent n'a pas la force de déployer ses ailes. La nuit, la mer exhale des effluves salés, des miasmes d'eau stagnante, qui évoquent des odeurs de transpiration. Les rochers de l'île restituent la chaleur du jour, éprouvant les poumons et les nerfs. En bas, en ville, on s'oublie dans la chanson, la danse, la bonne humeur, le chagrin et l'amour. Le vin coule à flot en suscitant plus d'amertume que d'enjouement. Les corps s'unissent dans des étreintes mal assorties. Les cœurs sont en ébullition. La vie emporte sur son passage un troupeau humain amorphe, exténué par la colère, l'envie et la passion. Et la lune éclaire de ses rayons froids la mer morte, les rochers chauffés à blanc et la ville amie des plaisirs, comme un sourire ironique du ciel glauque à une terre d'or et d'azur.

C'est l'été. Après leur éclosion printanière, les pulsions arrivent à maturité. Les dents, en mordant dans les fruits, semblent s'enfoncer dans le suc d'un corps humain. La sueur tenace répand des odeurs envoûtantes. Les corps libérés s'offrent à la caresse du vent, du soleil, du regard, provoquent le toucher de la main qui viendra les troubler, cherchent l'irrésistible accouplement qui les libèrera du cauchemar des sens. C'est l'été. Les hommes scrutent l'horizon d'un regard inquiet, traquent le nuage qui apportera la pluie, attendent impatiemment la fraîcheur qui les sortira de leur implacable atonie. L'esprit en alerte, ils cherchent un sommeil consolateur, qui ne se décide pas à venir. Les lits sont trop étroits, les draps trop chauds, les corps trop humides. Le jour vient vite dissiper les rêves licencieux, mais la nuit tarde à verser son baume sur les inquiétudes. C'est l'été…

Pour Marina le lit est trop large, la nuit interminable. Elle ouvre la fenêtre de sa chambre qui donne sur la mer, et jette sur le ciel constellé un regard inquiet. Elle attend que l'horizon s'enflamme, que la mer se teinte de sang avec la venue de la lune à son déclin. Elle attend de voir l'astre de pourpre jaillir des ténèbres, insolite, énigmatique. Elle veut voir ses rayons souffreteux répandre leur lumière sanguinolente sur ses draps blancs, sur sa chemise de nuit bleue, sur sa peau dorée. La chaleur étouffante lui serre la gorge, pèse sur sa poitrine. D'un geste nerveux, elle découvre ses seins et les livre à la caresse de jeux d'ombre et de lumière. Elle a le souffle rapide, l'imagination débridée. Elle rêve qu'elle s'envole au loin, par-dessus les mers, les déserts, les forêts et les plateaux, vers ces ports où se balance la « Chimère ». Elle brûle de s'étendre sur la couche du capitaine, dans cette cabine où elle a connu pour la première fois le bonheur, au côté du seul homme qui a su faire vibrer son corps.

Mais elle ne le peut. En dépit de tous ses efforts pour créer cette image, son imagination ne parvient pas à la concevoir. Peu lui importe si, sur ce lit errant, vagabond, une autre femme se glisse sous le corps de son mari, même si elle pressent que c'est bien possible, qu'il doit en être ainsi. Il n'y a pas de place dans son esprit pour la jalousie. Elle sourit avec indulgence aux écarts de conduite de Yannis. Cela n'a aucune importance, il ne la trompe pas vraiment. Elle est absolument sûre qu'il brûle de revenir dans le lit conjugal, entre les bras de sa seule femme.

Elle tourne et retourne sa tête sur l'oreiller, comme si elle essayait de chasser une mauvaise pensée. Ses yeux tressautent dans les ténèbres de ses paupières closes. Elle se rappelle ce que Kastrinos lui a dit de Minas. Il a tort de s'amuser ainsi, ouvertement, imprudemment, avec des femmes aux mœurs douteuses. Si Lili vient à l'apprendre, elle le prendra mal, elle en souffrira. « Eh bien, qu'elle souffre ! C'est le sort de la femme qui aime. Qu'elle souffre. »

La chaleur l'étouffe. D'un geste brusque, elle se libère

du contact pénible avec la chemise de nuit. Elle est à présent complètement nue, plus blanche que ses draps blancs. Elle est belle, attirante. Elle ouvre les yeux et contemple son corps depuis les sphères roses de ses talons jusqu'aux taches brunes de ses seins. Elle se rappelle les hommes qui en ont joui sans le faire vibrer. Elle se remémore tous ceux, connus et inconnus, qui l'ont désiré : un essaim de mâles envoûtés par sa souveraine beauté. « Le sort de la femme qui aime est de souffrir. Mais moi, quand ai-je souffert ? Et comment ai-je souffert ? »

La lune, en s'élevant, purifie son disque de sang dans les flots célestes. Le corps de Marina se fait pâle, blafard, comme s'il était de cire ou d'ambre, comme s'il était immatériel, inexistant. Elle sent ses seins devenir lourds, gonflés. Une force, sous la peau, les soulève en cadence. Les mamelons se dressent comme pour provoquer Priape, le dieu de la fécondité. De ses mains moites, elle essaie d'apaiser la tourmente de sa poitrine, de refouler la sève rebelle au fond de son corps. Une voluptueuse torpeur pèse sur ses paupières, une enivrante excitation submerge sa poitrine.

Et soudain l'image de l'homme qui a tant manqué à ce corps surgit, inopinée, tyrannique, derrière ses paupières closes. Une vague de honte la soulève des pieds à la tête. Elle se retourne douloureusement, se couche sur le ventre, enfouit son visage dans l'oreiller, suffoquant sous l'angoisse que lui a inspirée cette brève vision. Et elle s'endort, les mains enfoncées dans la chair tendue de ses seins. La lune éclaire ses cheveux blonds, sa gorge inquiète, ses reins galbés. Ses cuisses poussent comme des troncs vigoureux dans le terreau de ses fesses et de ses flancs. La peau de ses jambes frissonne, nerveuse, crispée. Et ses pieds, contractés par la douleur, envoient une rose provocation à l'ambre de la lune.

L'automne est venu, chargé de couleurs. Après la fébrile agitation de l'été, la quiétude ordinaire s'est à nouveau répandue sur l'île. La foule bigarrée des voyageurs de passage ne se déverse plus des navires sur l'étroite jetée. La vie mondaine, délaissant Piskopio, Finika et Délagratsia, s'est concentrée, plus discrète, plus terne, sur la grande place dallée plantée de palmiers. Le vent est frais le matin et froid en soirée. La mer prend une couleur bleu sombre, quand le ciel est clair, mais des nuages arrivent de plus en plus souvent du côté d'Andros. Les premières pluies ont ruisselé sur ce rocher aride d'où s'exhalent d'âcres senteurs.

Marina s'enferma dans sa maison, à Piskopio. Autour d'elle la solitude se fit, un vide pénible et monotone. Elle n'avait plus de voiture. Elle ne pouvait descendre à Syra que deux ou trois fois par semaine, quand ses moyens lui permettaient de prendre un taxi.

Sur ce point, Yannis était inflexible. « Il faut à tout prix que nous achetions un second bateau au plus vite, lui écrivait-il. Et pas n'importe quel bateau. Avec la crise que traverse la marine marchande, seuls les navires neufs de gros tonnage, moins dépensiers et moins chers à assurer, peuvent générer des bénéfices. Si je voulais, je pourrais dès maintenant, avec l'aide Kastrinos, acheter un bateau de dix mille livres, mais ce serait commettre une erreur qui nous coulerait au lieu de nous tirer d'affaire. Le bateau dont nous avons besoin vaut plus de vingt mille livres. Comme il te l'a dit lui-même, Kastrinos est prêt à me prêter les quinze mille livres manquantes, dès que j'aurai réussi à en mettre cinq mille de côté. J'en ai déjà économisé mille. Il m'en manque encore quatre mille que, grâce au fameux time charter de Kastrinos, j'espère bien gagner d'ici un an. Mais tu comprends que, pour réunir au plus vite cette somme, nous devons nous saigner à blanc. De mon côté, la seule dépense que je fais, c'est un verre de whisky dans les bars populaires des ports. Serrez-vous la ceinture autant que possible, vous aussi, je vous en conjure, prenez votre mal en patience jusqu'à ce que nous achetions le nouveau « Marina ». Il n'y a pas de petites économies. Un jour d'économies est un jour qui me rapproche de vous… »

Quand la matinée était belle, quand le soleil répandait sur la terre ses dernières chaleurs avant l'hiver, Marina se rendait à pied à Syra. « Cinquante drachmes économisées, deux shillings. Combien de shillings faut-il pour faire cinq mille livres ? Environ vingt mille. Deux taxis économisés par semaine, ça équivaut à vingt livres par an. Cinq mille livres de bénéfices en un an, ça fait combien par jour ? À peu près quatorze livres. Vingt livres d'économies, ça signifie donc un jour et demi de gagné sur un an. Autrement dit, Yannis reviendra un jour et demi plus tôt. C'est ce qui compte, même si chaque jour se paie d'une solitude, d'un ennui et d'une frustration infinis. »

Pendant qu'elle descendait, elle voyait la cité blanche qui montait vers elle, qui l'appelait vers ses petits plaisirs, bien tentants tout de même, dont elle devait se priver si longtemps, en attendant que Yannis revienne. Mais Yannis reviendrait un jour et demi plus tôt, puisqu'elle ferait cent quatre fois le trajet entre Piskopio et Syra sans prendre de taxi. Cent quatre fois, c'est beaucoup. Elle finira par se fatiguer, par en avoir assez. Alors, elle ne descendra plus, elle s'enfermera dans sa maison de Piskopio. Elle vivra dans la joie de penser que son sacrifice ramènera Yannis auprès d'elle un jour et demi plus tôt. La chose est simple…

En arrivant dans la ville, elle traversait d'un pas rapide le quartier aux usines bruyantes et aux rues malpropres. Maintenant qu'elle se déplaçait à pied, les œillades espiègles des ouvriers l'importunaient. Elle avançait aussi vite qu'elle pouvait, elle courait presque. Ce n'était qu'une fois parvenue dans les quartiers du centre qu'elle soufflait un peu. Alors, elle faisait un tour en flânant sur la jetée du port, jusqu'aux bureaux des douanes. Elle profitait de la mer, à laquelle le ressac donnait le plus souvent une odeur pénétrante. Elle humait l'iode de l'eau de mer et des algues. Puis elle s'attablait dans un petit café, à l'entrée du port, face à la ville ensoleillée. Elle sirotait son ouzo en fumant. Elle se reposait les yeux à la lumière discrète du soleil d'octobre. Elle s'efforçait de ne penser à rien, de se plonger dans une béate insouciance. Mais elle avait beau s'y essayer, elle n'y parvenait guère. Les mauvaises pensées s'étaient nichées dans son esprit inquiet et s'y accrochaient obstinément.

À midi, elle allait faire un tour sur la place, où elle savait qu'elle retrouverait des connaissances – madame

Papadakis ou madame Psaltis. Elle s'asseyait, buvait encore un ouzo, discutait, riait. Vers une heure, quand les bureaux fermaient, les maris venaient chercher leur épouse. Elle échangeait quelques mots avec eux, puis se levait pour partir.

— Vous allez rentrer à pied ? s'inquiétait le très prévenant monsieur Psaltis.

— Je n'ai plus vingt ans, répondait-elle en riant, il faut que je marche pour garder ma ligne.

Sa justification ne trompait personne. Tous protestaient en lui disant que la route était longue, la pente rude, qu'elle allait se fatiguer, se rendre malade. Ils finissaient par la persuader de se laisser raccompagner en voiture.

Elle ne pouvait plus donner des réceptions chez elle, comme autrefois. Parmi ses anciennes relations, elle n'avait conservé que les plus indispensables. Les premiers temps, toutes ses connaissances l'invitaient à leurs soirées habituelles. Pour accepter d'y aller, il aurait fallu rendre la politesse, ce qui lui était impossible. Elle se retira donc de la vie sociale. Elle ne se rendait plus qu'aux thés de madame Psaltis et de madame Papadakis. Parfois, le dimanche après-midi, ses amis les plus proches montaient lui rendre visite à Piskopio sans la prévenir. Ils agissaient ainsi pour ne pas lui imposer des préparatifs. Mais elle était fière et toujours disposée à être aux petits soins de ses invités, à les traiter dignement. En une demi-heure, elle leur servait un thé impeccable, dont son budget réduit à la portion congrue ne tardait pas à supporter les conséquences.

Quand commencèrent les pluies de novembre, elle s'isola complètement dans son faubourg désert. Si elle avait prétexté le soin de sa silhouette pour descendre à pied à Syra sous l'orage, personne n'aurait cru une justification aussi tirée par les cheveux. Dans son désespoir, elle songea à reconsidérer son enveloppe des vingt livres de taxi. Un jour et demi, ce n'était pas la fin du monde ! Mais descendre à Syra en plein hiver, quand personne ne mettait le nez dehors, cela présupposait de faire une visite et, naturellement, de rendre la politesse. À ce compte, il fallait passer de vingt à cent livres. En conséquence de quoi…

Les journées étaient longues dans la solitude, les nuits interminables. Ne sachant que faire, elle se mit à relire ses anciens livres, puisqu'elle n'avait pas d'argent pour en acheter de nouveaux. Peu importait : c'était une occasion unique de rafraîchir sa connaissance du grec ancien, qu'elle avait quelque peu négligée ces derniers temps. Elle relut attentivement Platon, avec un intérêt accru pour sa philosophie. Quand elle l'avait lu pour la première fois, dix ans plus tôt, elle n'avait pas la maturité nécessaire pour en pénétrer réellement l'abstraction. Le pathétique des tragiques était alors plus proche de son état d'esprit. Mais à présent les choses avaient changé. Comment auraient-elles pu ne pas changer ?

C'est du moins ce qu'elle pensait. Mais elle finit bientôt par se lasser de s'échiner sur les concepts abstraits de la philosophie platonicienne. Elle connut un regain d'intérêt pour les tragiques, leur pathétique, leur lyrisme exalté. Elle relut tout Sophocle et tout Euripide, et fut émue au plus profond d'elle-même. Mais elle put aussi, grâce à un discernement critique désormais plus assuré, reconsidérer bien des questions que soulevait la littérature grecque. La théorie du Grec « apollinien » opposé à l'Européen « faustien » d'aujourd'hui, ce descendant des races germaniques, n'emporta pas son adhésion. En étudiant les tragédies, ne constatons-nous pas que, pour le Grec de l'Antiquité, la passion amoureuse, la passion qui identifie l'amour et la mort, importe tout autant que pour l'Européen d'aujourd'hui ? La seule différence est que les Grecs, parce qu'ils ont élevé l'amour dans la sphère du divin, le mêlent à la volonté des dieux et le représentent comme un instrument de leur puissance. L'Allemand chrétien, au contraire, a rangé l'amour parmi les passions diaboliques, immorales et honteuses, dont nous devons nous délivrer au cours de notre vie, si nous ne voulons pas être punis après la mort. Cette vision antinaturelle d'un état complètement naturel ne pouvait qu'entourer l'amour d'une noirceur « faustienne » opposée à la luminosité « apollinienne » de sa conception grecque. L'idée selon laquelle l'amour des Grecs était plus cérébral que sentimental était donc erronée. Les Grecs aimaient avec la même passion mais, comme ils croyaient en l'origine et en l'essence divines de l'amour, ils ignoraient l'angoisse du péché et de sa rédemption.

Oui, exactement la même passion. Pourquoi Werther qui se suicide, Othello qui tue par jalousie, la reine Anna qui aime son frère, meurtrier de son mari, seraient-ils plus passionnés que Médée, qui a assassiné ses enfants pour se venger de leur père, son amant infidèle ? Quel

Allemand faustien a approché la folie amoureuse de cette Grecque apollinienne ?

Elle aurait voulu discuter de tout cela avec quelqu'un capable de la comprendre. Mais une telle personne n'existait pas à Syros. Anthémiou était depuis trois ans professeur à l'université de Salonique. Le nouveau proviseur était un esprit borné. Si au moins elle avait pu écrire à Minas ! Combien de fois avait-elle songé à le faire, en dépit de son silence, en fermant les yeux sur son amour-propre blessé ? Mais la blessure était profonde, et elle n'avait pu le faire…

Il y avait autre chose qui dissipait l'ennui de la solitude : la musique. Lorsqu'elle était enfant, à Rouen, sa mère avait veillé à son éducation musicale en la confiant à un professeur de piano. Mais elle ne travaillait pas, ne manifestait aucun intérêt, peut-être parce qu'elle n'avait pas une nature sensible au charme de l'harmonie des sons. Peut-être même n'était-ce pas cela, mais la cause en revenait-elle au professeur qui n'avait su lui inspirer l'amour de la musique. N'oublions pas que la musique n'est pas qu'une question de tempérament, mais aussi d'éducation. Pour la comprendre et l'aimer, il faut avoir eu, dès l'enfance, un contact fréquent avec elle. À présent, la radio introduisait la musique dans tous les foyers, si bien que l'enfant vivait dans une atmosphère musicale. Mais, à cette époque, la seule musique qu'elle entendait, c'étaient les chansonnettes légères et stupides que jouaient au piano les douteux amis de sa mère. Cela avait suffi à la dégoûter. Plus tard, quand elle avait grandi, elle était allée quelquefois écouter des concerts, des opéras, sans en être touchée. Elle admettait l'importance de la musique, mais de manière purement cérébrale, en se fondant sur une connaissance plus générale des valeurs intellectuelles et artistiques. En tout cas, la littérature suffisait à satisfaire son besoin de sentimentalité.

Et puis, soudain, on inventa la radio, qui entra dans la maison de Piskopio. Aussi longtemps que la vie avait suivi son cours avec ses occupations ordinaires, elle n'avait guère eu le temps – ou l'envie – d'écouter de la musique, surtout de la musique classique. Mais à présent l'ennui et la solitude, associés à une tendance plus générale à la mélancolie, la poussaient bien plus souvent à trouver un dérivatif dans la musique. Les premiers temps, les phrases mélodiques, parce qu'elle ne les comprenait pas, la mettaient dans des dispositions d'esprit incertaines. Mais bientôt sa grande intelligence et sa sensibilité exceptionnelle lui ouvrirent le monde fermé des sons. Elle fut tout étonnée de découvrir à trente ans le génie de Bach, de Mozart, de Beethoven et de Wagner. Elle restait des heures entières devant la radio, tournant les boutons pour chercher à trouver un concert classique. Et lorsqu'elle l'avait trouvé, elle se plongeait dans ses délices avec cet excès qui caractérisait toutes ses manifestations dans les circonstances exceptionnelles de la vie.

Annoula l'occupait beaucoup, mais l'inquiétait aussi. La petite fille s'étiolait dans cette solitude absolue, car il n'y avait plus aucun enfant de son âge à Piskopio pendant l'hiver. Les seules personnes qu'elle voyait étaient sa mère, sa grand-mère et la cuisinière. Recluse dans la maison, elle s'amusait toute seule, silencieuse et tranquille, avec ses vieux jouets déglingués qui ne lui procuraient plus aucun plaisir. Quand elle en avait assez, elle se réfugiait auprès de sa mère, qui faisait tout son possible pour la divertir. Mais souvent Marina était en train de lire ou d'écouter la radio, ou bien était si lointaine, distraite ou taciturne qu'Annoula ne trouvait aucun plaisir en sa compagnie. Elle se tournait alors vers sa grand-mère, toujours prompte à la prendre sur ses genoux et à lui raconter tout un tas de sornettes qui choquaient son jeune esprit et pervertissaient sa sensibilité.

Marina ne tarda pas à comprendre le danger. Quitte à forcer sa nature, elle tâchait d'être toujours agréable avec Annoula, pour que la petite n'éprouve pas le besoin d'aller vers sa grand-mère. Elle faisait tout son possible pour briser le carcan de la solitude qui étouffait le bonheur naissant de l'enfant. Mais son mal-être et sa langueur, qui s'accroissaient de jour en jour, ne lui permettaient pas de poursuivre systématiquement cet effort. Elle abandonnait l'enfant à son sort et s'enfermait dans sa chambre, sans rien faire. Annoula retournait donc à ses jouets sans attrait et aux billevesées de sa grand-mère. Ne trouvant pas à s'employer dans le monde extérieur, Marina laissait son monde intérieur développer une imagination morbide, hypertrophiée. Son regard finit par acquérir un air de concentration et d'absence. Elle réduisit ses paroles, mesura ses gestes, puisqu'ils ne lui servaient plus à rien. Assise sur une chaise, les jambes repliées, les bras croisés, elle écoutait une symphonie de Beethoven d'un air las, triste, égaré. Elle ne savait que faire, comment réagir. La seule solution qu'elle envisageait comme raisonnable était de déménager à Syra où

Annoula aurait la compagnie d'enfants de son âge. Autrement dit, une solution qui n'en était pas une… Et ne pouvant rien faire d'autre, elle prenait Annoula dans ses bras, la couvrait de larmes et de baisers et lui disait :

— Sois patiente, ma fille. Sois patiente…. Dans un an, ton père sera de retour, et tout s'arrangera…

Annoula la regardait de ses grands yeux énigmatiques, éberlués. Elle ne pouvait deviner ce qu'était ce « tout » qui allait s'arranger quand son père reviendrait. N'ayant pas l'expérience de la vie qui lui aurait permis de distinguer la joie du chagrin, elle croyait que tout suivait un cours normal et elle ne comprenait pas le malheur de sa mère. Qui plus est, elle était subjectivement heureuse au milieu de ce malheur objectif…

Les jours s'écoulaient, l'un après l'autre, désespérément uniformes. Il n'y avait plus le plaisir de se réveiller le matin avec la perspective qu'il se passerait quelque chose qui remplirait la journée. À peine sortie des profondeurs du sommeil et de ses mauvais rêves, elle devait affronter une réalité plus déplaisante encore, qui ne débouchait que sur une sale nuit. Un cercle vicieux… Si c'était samedi, le seul jour de la semaine où Marina descendait à Syra, cela pouvait encore aller. Le dimanche aussi était supportable, car d'ordinaire un ami venait lui rendre visite dans l'après-midi à Piskopio. Les cinq autres jours de la semaine ne procuraient aucune joie. Ou plutôt ils offraient la possibilité d'une joie : les lettres de Yannis et de Minas.

L'un et l'autre écrivaient à peu près une fois par semaine. Ainsi, deux fois par semaine, vers dix heures du matin, le facteur appuyait sur la sonnette. Dès qu'elle l'entendait, Marina bondissait. Elle aurait voulu courir elle-même vers la porte d'entrée et gagner les deux minutes qu'il faudrait à la cuisinière pour lui apporter la lettre de Yannis. Mais si la lettre n'était pas de Yannis ? Si elle était de Minas ? Un goût d'amertume lui montait de la poitrine. Elle restait immobile, là où elle se trouvait, et attendait une, deux, trois minutes. Si au bout de trois minutes, tout au plus, elle entendait les pas de sa belle-mère dans le couloir, la lettre était de Yannis. Alors Marina se levait et se précipitait au-devant de la mère Réïzis. Elle prenait l'enveloppe jaune avec son étoile bleue dans le coin gauche et ses timbres exotiques dans le coin droit, elle l'ouvrait de ses doigts fébriles et commençait aussitôt à lire la lettre dans le couloir, debout, immobile. Sa belle-mère se tenait à l'écart, sans faire un geste, sans rien dire, en essayant de deviner sur le visage de Marina si les nouvelles de son fils aîné étaient bonnes ou mauvaises. Elle attendait ainsi un quart d'heure, vingt minutes, car Yannis écrivait de longues lettres – quatre ou cinq pages d'une écriture très dense. Une fois que Marina avait achevé sa lecture, la vieille femme l'interrogeait :

— Alors ? Qu'est-ce qu'il t'écrit ?

— Rien d'exceptionnel. Lisez vous-même…

Elle lui donnait la lettre. Sa belle-mère la saisissait et allait s'enfermer dans sa chambre où, pendant deux heures, elle lisait et relisait des phrases qui ne lui étaient pas destinées. Le fait que Yannis ne lui écrivait que rarement blessait son amour-propre. Marina, qui l'avait compris, avait écrit à son mari qu'il devrait écrire plus souvent à sa mère. Mais il lui avait répondu qu'il n'avait pas le temps d'écrire à tout le monde et que cela n'avait pas grande importance : « Les lettres que je t'envoie sont aussi destinées à ma mère. Quand je t'écris, c'est comme si je lui écrivais. »

Si au contraire, au bout de trois minutes, elle n'entendait pas la mère Reïzis marcher dans le couloir, la lettre était de Minas. Alors, Marina ne bougeait pas de sa place. Si elle était en train de lire, elle fermait le livre et laissait son regard errer sur le ciel et la mer. Elle comptait les minutes. Dix, c'était bien suffisant. Ou plutôt, non, mieux valait laisser passer un quart d'heure… Alors, elle se levait et allait trouver sa belle-mère.

— Qui a sonné à la porte ? lui demandait-elle.

— Le facteur. Il m'a apporté une lettre de Minas.

— Ah bon ! Qu'est-ce qu'il vous écrit ?

— Qu'il va bien.

Elle répondait toujours par ces mêmes mots, qu'elle prononçait sur un ton sec, presque hostile. Marina n'osait pas insister. Elle feignait de se contenter de cette brève nouvelle – à savoir que Minas allait bien. Et elle parlait d'autre chose.

Cette scène stéréotypée s'était répétée dans les premiers temps, quand Marina avait encore l'espoir que Minas lui écrirait. Mais les mois passaient sans apporter de lettre. « Est-ce qu'il écrirait à mon sujet à sa mère sans qu'elle m'en informe ? Mais pourquoi la mère Réïzis me le cacherait-elle ? Je déraille… Tout simplement, il n'écrit jamais rien sur moi. Voilà la vérité… »

Un jour où on avait sonné à la porte d'entrée, Marina attendit les trois minutes consacrées pour voir de qui était la lettre. Elle était de Minas. Elle se mit donc, comme toujours, à compter les minutes. Dix minutes, un quart d'heure… Et elle se leva pour aller voir la mère Réïzis. Mais, soudain, elle s'arrêta. « Que va-t-il se produire ? Je vais lui demander qui a sonné à la porte. Elle me répondra que le facteur lui a apporté une lettre de Minas. Ah bon ! lui dirai-je. Qu'est-ce qu'il vous écrit ? Et elle me répondra qu'il va bien. » Elle haussa les épaules, eut un sourire amer et se rassit dans le fauteuil, près de la fenêtre. Mon Dieu, qu'est-ce qu'elle était lasse de tout ça…

Au déjeuner, à table, la mère Réïzis la regardait d'un air surpris et méchant. « Elle va tenir jusqu'à la fin sans m'interroger ? » Quelque chose lui disait qu'elle tiendrait en effet jusqu'au bout, qu'elle ne l'interrogerait plus jamais. Mais ce fut elle qui ne tint pas.

— J'ai reçu une lettre de Minas, dit-elle d'une voix qui se voulait indifférente, en posant sur Marina un regard perfide.

— Je sais. Il vous dit qu'il va bien.

— Comment le sais-tu ? Il se peut qu'il n'aille pas bien, dit la vieille femme en cachant mal son sarcasme.

— S'il n'allait pas bien, vous me l'auriez dit tout de suite. Puisque vous ne me dites rien, ça veut dire que monsieur le professeur se porte comme un charme.

La mère Réïzis se mordit les lèvres, et changea de sujet de conversation.

Les fêtes de Noël se passèrent dans une atmosphère austère et maussade. Personne ne vint leur rendre visite. Seuls les Papadakis invitèrent Marina la veille du Jour de l'An. Mais elle ne se rendit pas chez eux en prétextant qu'elle était malade, parce qu'il s'agissait d'une réception avec du beau monde et qu'elle n'avait pas de robe neuve. Elle n'osait pas remettre la même que l'année précédente, devinant les commentaires que cela lui vaudrait…

La mi-janvier amena les jours alcyoniens, chauds et ensoleillés, qui lui apportèrent un peu de bonne humeur. Elle décida de descendre à pied à Syra, certaine que Papadakis ou Psaltis la reconduirait à midi en voiture. Elle fit sa promenade habituelle sur la jetée, s'assit au café de la douane et, vers midi, gagna la place où elle retrouva mesdames Psaltis et Papadakis. Elles l'accueillirent avec des cris de joie, se plaignirent de ne plus la rencontrer que rarement, s'inquiétèrent beaucoup de la voir s'isoler sans raison et lui conseillèrent de descendre plus souvent à Syra. L'intérêt qu'elles lui manifestèrent la réconforta, lui redonna un peu d'optimisme. « Elles ont compris ma situation. Elles souhaitent m'aider. Elles ont bon cœur… Oui, admit-elle, le voyage de Yannis m'a perturbée, m'a tracassée. Il faut que je réagisse… »

— Mais bien sûr ! Sinon, tu vas devenir neurasthénique. Viens plus souvent à Syra. Tous les jours. Tu peux venir chez nous quand tu veux, tu le sais bien.

Elle s'attendait à ce qu'elles ajoutent qu'elles enverraient leur voiture la prendre à Piskopio. Mais elles n'en dirent rien, par délicatesse. Elle supposa qu'elles l'enverraient sans la prévenir.

À une heure arrivèrent Papadakis et Psaltis, ravis de la voir. Ils furent eux aussi d'accord pour dire que cette situation ne pouvait durer : « Pourquoi t'enfermes-tu à Piskopio ? Tu as envie de devenir neurasthénique ?

Descends plus régulièrement. Viens tous les jours. À moins que tu en aies assez de nous voir ? »

Elle promit de le faire et les remercia de l'intérêt qu'ils lui manifestaient. Elle éprouva un doux réconfort à l'idée que ses amis se souvenaient d'elle et continuaient à l'aimer.

À une heure et demie elle se leva.

— Il est temps que j'y aille, dit-elle.

Elle s'attendait à ce qu'on l'invite à déjeuner dans une des deux maisons. Ou, à tout le moins, qu'on lui propose une des deux voitures pour remonter à Piskopio. Mais il ne se produisit rien de cela. On lui souhaita seulement bon appétit, et on lui conseilla une nouvelle fois de descendre régulièrement, pour ne pas sombrer dans la neurasthénie.

Elle comprit, et commença à s'engager à pied dans la montée vers Piskopio. Mais elle n'eut pas le courage d'aller plus loin. Et puis elle ne voulait pas qu'on la voie monter à pied. Elle entra dans le premier taxi qu'elle trouva et se laissa tomber sur le siège en soupirant.

Le dimanche suivant, dans l'après-midi, les Papadakis, les Psaltis et les autres Kassiotes qui formaient autrefois le cercle d'amis montèrent à Piskopio. Elle se fit une raison et les reçut avec sa cordialité habituelle. Elle leur servit un thé impeccable, en se disant que l'apéritif qui suivrait serait tout aussi irréprochable. Mais, dès qu'ils eurent fini leur thé, ses visiteurs se levèrent :

— Nous descendons à Syra pour aller danser au Cercle, dirent-ils. Tu viens avec nous ?

Ce « tu viens avec nous » fut dit par politesse, sans

chaleur. Il laissait entendre que si elle acceptait ils n'y verraient pas d'inconvénient.

— Je vous remercie, mais je suis fatiguée. Une autre fois…

— C'est comme tu veux…

Ils n'insistèrent pas, même pas pour sauver les apparences. Et ils partirent danser en riant de bon cœur…

Elle laissa passer beaucoup de temps avant de redescendre à Syra. Elle préférait, tant qu'il faisait beau, faire des promenades solitaires dans la campagne. Mais quand il se remit à pleuvoir, elle ne supporta plus l'ennui. Tout bien pesé, elle jugea qu'un billet de cinquante drachmes chaque samedi pour descendre à Syra, ce n'était pas une dépense folle. La première fois où elle descendit, elle alla directement chez les Psaltis. Madame Psaltis la reçut de manière on ne peut plus courtoise, mais il manquait quelque chose de la cordialité de jadis, quelque chose d'infime et d'imperceptible qu'elle seule pouvait sentir. On ne lui accordait pas la même importance qu'avant, ses amis l'oubliaient. Elle essayait de se persuader que la cause de cette indifférence n'était autre que son isolement volontaire. On oublie aisément qui ne répond pas aux invitations, n'est-ce pas ? Pourtant, quelque chose lui disait qu'il ne s'agissait pas que de cela, que d'autres raisons rabaissaient sa position sociale. Et elle se rappelait les paroles de Yannis, au moment où il s'apprêtait à s'embarquer…

Pendant la période du carnaval, elle reçut deux ou trois invitations, mais n'alla nulle part. Elle comprit qu'on l'invitait sans enthousiasme, peut-être par compassion. Et puis comment oser se présenter avec la robe de l'an dernier ? Elle imaginait les coups d'œil désobligeants et les commentaires malveillants, sans compter que ces jours étaient lourds de mauvais souvenirs. Le carnaval de l'année précédente avait commencé dans la joie et le bonheur pour se terminer… comme il s'était terminé. Aussi longtemps qu'elle vivrait, elle n'oublierait jamais cette nuit-là, ni l'aurore qui l'avait suivie…

Une année. Une année entière s'est écoulée depuis lors. Elle repense à ces trois cents soixante-cinq jours, tous pires les uns que les autres. Ils passeront… Mais si le bon vieux temps revient, sera-t-il le même qu'alors, le même qu'avant ? Non, quelque chose s'est effondré, qui ne pourra être reconstruit. Yannis sera de retour dans six mois, dans un an tout au plus, toujours aimant, et riche comme autrefois. Il sera encore jeune. Elle aussi sera encore jeune, à peine trente ans. Ils reprendront leur vie d'avant dans son apparence extérieure. Peut-être en apparence seulement. La gaité de naguère, le bonheur de six ans d'amour pourront-il refleurir ? Bien qu'elle le souhaite ardemment, elle ne le croit pas. Oui, quelque chose s'est effondré, qui ne pourra être reconstruit…

LA DERNIÈRE SEMAINE de la période du carnaval, le temps fut doux, sans vent. Les clameurs nocturnes de la ville en fête parvenaient jusqu'à la terrasse de la maison de Piskopio. Marina s'était claquemurée dans sa chambre, pour ne pas les entendre. Elle avait les nerfs à fleur de peau, se sentait tendue à l'extrême, capable de fondre en larmes au moindre prétexte. Elle passait son temps, comme toujours, à lire et à écouter de la musique. Elle s'était lassée des Grecs de l'Antiquité. L'intérêt qu'elle avait eu pour les modernes s'était émoussé. C'était une période où elle avait la nostalgie de la culture et de l'atmosphère de son pays. Elle relut, bien des années après, les écrivains français de sa bibliothèque, qu'elle avait plus ou moins oubliés ou, pire encore, qu'elle avait sous-estimés, parce qu'elle les avait découverts à un âge où elle était psychologiquement et intellectuellement immature. *Madame Bovary*, par exemple, l'avait agacée. Mais, à présent, elle portait sur ce chef-d'œuvre un regard complètement différent. Non seulement elle l'appréciait, mais elle le sentait autrement.

Transpirait de ses pages toute cette langueur de la plaine normande qui avait façonné sa jeunesse sans joie. Elle ne cessait de s'arrêter de lire pour laisser sa pensée donner un prolongement aux événements et aux dialogues du roman. Elle comprenait désormais le drame de cette frivole Normande que la soif d'amour avait conduite au tombeau.

C'est ainsi qu'elle passait les derniers jours du carnaval, dans la solitude et la désolation. Pourtant, elle s'efforçait de ne pas céder à l'accablement, de se soumettre à la nécessité que les événements, la situation lui imposaient. Elle essayait de s'abuser en se disant que tout cela était passager, provisoire, que sa vie retrouverait, sinon son cours antérieur, du moins un déroulement supportable. Et cet effort d'autosuggestion lui permettait d'entretenir en elle-même une illusion de quiétude.

La seule chose qui l'inquiétait, c'était Annoula. Il fallait que sa fille se distraie un peu, qu'elle s'évade de l'atmosphère étouffante de cette maison silencieuse. Elle fut donc ravie que madame Patéridis invite la petite à la soirée enfantine du dernier dimanche de carnaval. « Je serai très vexée si votre fille ne vient pas, disait-elle dans son invitation. Ne vous inquiétez pas. J'enverrai la voiture la prendre, et je vous la ramènerai aussi en voiture. »

Annoula ne parut pas enchantée de cette invitation. Ne s'étant jamais rendue à une soirée d'enfants, elle était incapable d'imaginer le plaisir qu'elle pourrait en retirer. Elle refusa d'abord d'y aller seule. Elle avait peur, elle voulait que sa maman l'accompagne. Marina la rassura :

— Je ne peux pas y aller, il n'y aura aucune maman là-bas. Tous les enfants vont y aller seuls. N'aie pas peur, tout va bien se passer. Et puis, je te déguiserai.

Se déguiser ? Qu'est-ce que cela voulait dire ? Sa maman le lui expliqua. Cela consistait à revêtir des habits étranges, différents de ceux de tous les jours. Les gens ne le faisaient que pour le carnaval, pour s'amuser.

— Et moi, quels habits étranges je vais mettre ?

Hum, oui… Marina n'y avait pas pensé. « Nous verrons », répondit-elle. Et, toute la journée, elle se demanda comment elle pourrait déguiser sa fille. Elle finit par trouver. Elle la déguiserait en Chimère. Non pas la Chimère de la mythologie, mais la Chimère telle qu'elle l'imaginait, telle qu'elle l'avait rêvée autrefois, à Rouen, qui n'avait pas une forme de chimère, mais de griffon. Ce rêve avait eu une influence si déterminante sur sa vie qu'elle avait identifié la notion de chimère avec la forme du griffon. Pour elle, la Chimère, c'était un corps de lion ailé et une tête d'aigle.

Le lendemain, elle se mit à confectionner le déguisement d'Annoula. Une robe de soie bleue, très ajustée, qui lui tombait jusqu'aux chevilles. Un chapeau rond, dans le même tissu, avec une visière dorée imitant un bec d'aigle. Des gants noirs qui montaient jusqu'aux aisselles et, dans le dos, deux petites ailes d'argent. Quand tout cela fut prêt, elle en revêtit sa fille et l'examina avec attention. Le déguisement lui allait très bien, lui donnait une grâce singulière.

— Et voilà. Qu'est-ce que tu en penses ?

La petite fille se regarda dans le miroir. Elle observa sa tenue d'un œil étonné, et dit :

— Tu crois que ça va amuser les autres enfants de me voir habillée comme ça ?

— Mais bien sûr, ça les amusera beaucoup.

Annoula ne dit rien, mais son expression montrait qu'elle n'était pas convaincue par les propos de sa mère. Avec un bon sens si précoce qu'il en était inquiétant, elle se demandait comment les gens pouvaient s'amuser de pareilles sottises. Mais elle n'avait pas le pouvoir de réagir, de refuser de porter cette tenue qui ne lui plaisait pas du tout. Puisque sa mère lui avait dit que tout le monde le faisait, elle le ferait elle aussi.

Le dimanche après-midi, Marina revêtit Annoula de son déguisement, la maquilla, la para, lui fit une beauté. La petite fille supporta ces préparatifs avec passivité, sans paraître s'y intéresser. Elle ne parlait pas, ne manifestait pas la moindre joie. À tel point que Marina s'en inquiéta :

— Tu te sens souffrante ?

Non, elle n'était pas souffrante. Quelque chose d'autre la contrariait, mais elle ne savait pas quoi. Plus l'heure où devait venir la voiture approchait, plus elle perdait le peu d'entrain qu'elle avait. Finalement, sa grand-mère, en manifestant sottement son enthousiasme, finit par la mettre hors d'elle. Elle commença à pleurer et à crier qu'elle n'irait nulle part sans sa mère. Marina réussit à grand peine à la calmer. Et, lorsque la voiture arriva, elle n'opposa aucune résistance.

— Amuse-toi bien. Évite seulement de trop manger pour ne pas avoir mal au ventre.

Elle ne dit rien. Elle monta dans la voiture, s'installa avec précaution sur la banquette arrière et ne se retourna même pas pour regarder derrière elle. Marina soupira, dépitée. Tout cela n'était que le résultat de la solitude. Il fallait faire quelque chose pour cette enfant.

Elle monta l'escalier, les jambes lourdes. Elle se sentit gagnée par une langueur soudaine, par une insondable lassitude à l'égard de tous et de tout. Elle se débarrassa, en y mettant les formes, de sa belle-mère qui voulait engager la conversation, et elle gagna sa chambre. Elle ouvrit la porte vitrée et sortit sur le balcon.

C'était un tiède après-midi baigné de soleil. Une brume légère s'étirait au-dessus de la mer, estompant les lignes abruptes et les couleurs tranchées de Tinos et de Mykonos. Le crépuscule approchait avec des tons chauds d'or et de sépia. Depuis la ville, en contrebas, la rumeur de la grande fête – un mélange de cris, de rires, de musique et de chansons – s'élevait avec netteté dans un air qu'aucun souffle ne troublait. Elle s'assit sur le balcon de sa chambre. Elle voyait la mer s'assombrir au fur et à mesure que le soleil déclinait, les îles s'enfoncer peu à peu dans des vapeurs obscures, et la nuit, à l'est, s'esquisser en tremblant dans une pénombre couleur de cendre et de perle. Elle humait l'air du soir et laissait son âpre fraîcheur refroidir son front brûlant, sécher la sueur qui perlait insidieusement sur tout son corps et qui le plongeait dans la torpeur. Elle écoutait le vacarme du carnaval qui gagnait en intensité avec l'avancée des ténèbres, l'écho confus du ressac dans les grottes marines de la côte rocheuse, le cri des mouettes qui accompagnait la disparition du jour et saluait la venue de la nuit. Elle ne pensait pas, ne sentait pas, n'existait pas.

Dès que la première étoile put vaincre la lumière du jour et orner le ciel de son froid scintillement, le vent de terre ouvrit ses ailes et se laissa glisser des montagnes vers la mer. Marina frissonna, émergea de sa léthargie, retrouva la réalité. Elle se leva, rentra dans la chambre, ferma la porte du balcon et alluma la veilleuse sur sa table de chevet. Les derniers reflets du soir traînaient sur les murs. Elle demeura immobile, comme privée de volonté. En tournant son regard vers le grand miroir de l'armoire elle vit son visage. Était-ce parce que la lueur de la lampe luttait avec la pénombre du crépuscule ? Elle crut voir dans le miroir une autre femme qu'elle, une femme qui franchissait le seuil de la vieillesse, sans joie dans le regard et sans ardeur dans le cœur. Elle haussa les épaules. Tout cela la laissait indifférente. Elle aurait voulu retomber dans l'inconscience et l'insensibilité dont elle venait de sortir, s'endormir sur-le-champ, s'enfoncer dans un sommeil sans rêves, qui durerait, durerait… Jusqu'à quand ? Elle fit travailler un instant son imagination pour trouver le terme idéal de ce long sommeil. Le retour de Yannis ? Raisonnablement, ç'aurait dû être le cas. Mais cette perspective raisonnable ne la satisfaisait pas. Un autre événement devait en marquer la fin. Mais lequel ? Elle-même n'en savait rien. Et puis, pourquoi fallait-il que ce long sommeil se termine ? Et s'il se poursuivait jusqu'à la fin de sa vie ? Oui, elle avait oublié cette idée d'un terme. « Il faut que je dorme. Il n'y a pas d'autre solution que de dormir, maintenant, tout de suite. Mais je n'ai pas sommeil. Je n'ai jamais eu moins sommeil qu'aujourd'hui, alors même que je veux dormir… »

Elle ouvrit le tiroir de la table de chevet et y trouva un tube de véronal. Il était là depuis l'époque où Yannis avait souffert d'une sciatique et ne pouvait s'endormir. Elle n'en avait jamais pris. Elle avait toujours eu jusqu'alors un bon sommeil. Jusqu'à ce jour. « Est-ce que j'en prends ? On dit que ça ne fait de l'effet qu'au bout de trois ou quatre heures. Comment vais-je passer ces heures ? ».

Mieux valait ne pas en prendre. Tant pis si le sommeil ne venait pas. Elle passerait la nuit allongée sur son lit, sans dormir. Elle trouverait la ressource de faire travailler son imagination. Elle créerait un autre monde, irréel et envoûtant. Et elle irait y vivre toute une nuit. Exactement comme ceux qui ont besoin d'exciter leur imagination avec de l'opium ou de la cocaïne. Elle, elle n'avait pas besoin de ces stimulants. Son imagination pouvait s'activer toute seule, sous l'impulsion de sa volonté.

Elle appuya sur la sonnette et la cuisinière se présenta.

— Je ne mangerai pas, lui dit-elle. Je suis légèrement indisposée. Dis à ma belle-mère de ne pas s'inquiéter.

— Bien sûr, madame…

— Sois attentive à la sonnette de la porte d'entrée, quand on ramènera Annoula.

Une fois seule, elle défit ses cheveux d'un geste nonchalant, puis commença à se déshabiller lentement, comme si une fatigue accablante pesait sur elle. Elle tournait sans cesse son regard vers le miroir. Elle suivait le dévoilement progressif de sa nudité comme si elle soupçonnait un changement, comme pour traquer un sujet de désagrément. Mais non, elle était maintenant nue devant le miroir et se trouvait toujours belle, très belle. Peut-être cet air discrètement fatigué ajoutait-il même à son charme, au rayonnement diffus de sa féminité. Elle comprit que l'écoulement implacable du temps avait laissé sur elle l'empreinte du sceau d'une passion. Quelle impression cela allait-il faire sur les hommes ? Il faudrait qu'elle veille à le remarquer. Ce ne serait pas bien difficile. Il suffirait de le vouloir, personne ne pouvait être insensible à son charme. Elle s'efforça de chercher dans sa mémoire sur quel homme il vaudrait la peine de faire l'expérience. Ceux de Syros, il valait mieux ne pas y penser : ils étaient tous prêts à s'enflammer aussi brusquement que brutalement. Il faudrait trouver un homme vraiment séduisant, intéressant, un homme digne d'elle. Et un tel homme, en dehors de Yannis, elle ne l'avait jamais rencontré dans sa vie. Bien sûr, Yannis était à tous égards admirable, c'était l'homme qu'elle aimait, mais serait-il devenu l'homme de sa vie si le hasard n'avait pas fait de lui celui qui l'avait aidée à trouver sa féminité ? À supposer qu'elle n'ait pas connu dans sa jeunesse cette anomalie maladive, qu'elle ait joui d'une pleine santé et qu'elle ait été capable de choisir librement l'homme qu'il lui fallait, cet homme aurait-il été Yannis ? « Oui, ç'aurait été Yannis ! » se dit-elle en tâchant de se convaincre. « Réfléchis un peu, et tu verras que tu n'en as pas rencontré de plus digne d'être aimé. » Et au moment même où cette pensée la rassurait, il lui vint soudain en mémoire l'image de Minas. Oui, Minas en aurait valu la peine, s'il n'avait pas été ce qu'il était : égoïste, fuyant, inconséquent, irresponsable.

« Une putain faite homme ! » se dit-elle avec dégoût, colère, haine. Mais pourquoi le haïr ? Parce qu'il avait répondu à son affection de belle-sœur par une indifférence inqualifiable ? Quelle importance ? Elle aussi avait été à son égard d'une désespérante indifférence…

Elle se laissa tomber sur son lit. Sa chemise de nuit bleue laissait voir sa plantureuse poitrine. D'un mouvement de la tête, elle rejeta sa chevelure en arrière et, assise, le dos contre les oreillers, elle regardait, à travers les vitres où se reflétait la lumière de la lampe, le ciel qui s'obscurcissait à l'est. Il était toujours d'une couleur de perle et de cendre, mais s'enfonçait dans le bleu sombre de la nuit diaphane. Une petite étoile fit jaillir son pur éclat au-dessus de Tinos, tremblota un instant de se sentir si seule dans l'infini du ciel. Mais aussitôt une autre étoile réussit à vaincre la lumière du soir et à se suspendre entre ciel et mer, juste au-dessus du Tsiknias. La petite étoile de Tinos fut rassurée de ne plus être seule. Elle salua sa compagne du Tsiknias, raffermit son éclat et attendit les autres astres de la nuit. « Mes petites sœurs ne vont pas tarder. Je vais les voir arriver une à une. Venues de l'infini pour entourer la terre, avant de retourner à l'infini. Et moi, ce soir, j'irai avec elles. Je me laisserai glisser sur leurs rayons, je me fondrai dans leur scintillement. Je serrerai contre moi une étoile filante et plongerai dans l'abîme vertigineux. »

Et elle fit ce qu'elle avait dit. Elle vit les étoiles surgir du néant, former leurs étranges constellations et gagner ensemble le centre de la voûte noire du ciel. Et tandis que les premières venues de l'espace commençaient à s'élever, de nouvelles prenaient leur place derrière la montagne de Tinos. Des étoiles, des étoiles, des étoiles… « Laquelle vais-je embrasser ? Laquelle va marquer ma chair de son sceau ? Laquelle va me guider dans ma fuite de ce soir ? » Elle chercha dans cet essaim et choisit une toute petite étoile tremblotante, à l'éclat désespérément blanc, comme morte. « Pourquoi ai-je choisi celle-là ? Pourquoi ? »

Il n'y a pas de réponse. Elle ferme les yeux et s'efforce d'imaginer qu'elle se trouve sur cette étoile à la lumière morte. Mais son imagination se perd dans des visions confuses et plus terrestres, des images insignifiantes de sa vie qu'elle croyait disparues de sa mémoire. « Pourquoi tiennent-elles tant à exister ? Pourquoi se sont-elles réveillées pour venir me tracasser ce soir avec leur insupportable banalité ? » À cela non plus il n'y a pas de réponse. Elle s'efforce de chasser ces sottises de son esprit, de revenir à son univers imaginaire, d'entrer, en prenant une forme éthérée, dans le conte envoûtant que façonne son désir de fuir la réalité. Mais elle n'y parvient pas. Les étoiles ne sont plus de petites lueurs aimables et amicales qui l'invitent dans leur errance insouciante, mais des milliers d'yeux blancs, jaunes, bleus, rouges qui la fixent avec une implacable dureté : « Qu'attends-tu de nous ? La voie de ton destin n'est pas la nôtre. Ta voie est sur terre, parmi les hommes et leurs passions. » Les étoiles ne veulent donc pas d'elle ? La chassent loin d'elles ? Qu'à cela ne tienne ! Elle restera là où elle est, sur terre au milieu des hommes. Elle trouvera sa drogue dans ses passions, dans leurs passions, jusqu'à ce qu'une grande colère déborde de sa poitrine en une mer empoisonnée.

Elle eut un sourire amer, sarcastique. « Vous en prenez la responsabilité ? » demande-t-elle en ouvrant les yeux pour regarder le ciel. À qui s'adresse-t-elle ? De qui attend-elle une réponse ? Elle éteint la lumière et ferme à nouveau les yeux. Seules à présent la clarté des étoiles et les lointaines illuminations de la ville se distinguent faiblement dans l'obscurité de la chambre. Elles dessinent sur les murs des taches d'ombre et de lumière qui défilent en silence, toutes du même côté, l'une après l'autre. Dans le jardin, un grillon, trompé par la douceur du temps, a entonné son chant monotone, timide et hésitant.

Plus la nuit s'avance, plus l'écho de la ville en fête parvient clairement à ses oreilles. C'est une rumeur bruyante et joyeuse qui traverse les vitres et les murs, emplit la chambre de sa lancinante présence, et dont la suggestive effervescence ébranle ses nerfs. Marina ne veut pas l'entendre. Elle se bouche les oreilles avec les doigts, et n'entend plus. Mais, au bout d'un moment, elle est fatiguée de rester les bras levés. « Il faut que je me mette du coton dans les oreilles. » Elle cherche dans le tiroir de la commode, mais il n'y a pas de coton. Le paquet se trouve dans la chambre de sa belle-mère, et elle ne veut la voir sous aucun prétexte. Que faire ? Et si elle se mettait la tête sous la couverture ? Elle le fait et reste un long moment immobile. Mais elle a du mal à respirer. Les effluves intimes de son corps nu la font suffoquer. Elle rejette les couvertures d'un geste brusque et, par des aspirations saccadées, se remplit la poitrine d'air pur, d'air frais. Mais le bruit de la ville reprend de plus belle, plus fort encore, martèle et tourmente son nerf auditif. Elle sursaute de tout son corps, comme touchée par un fer rouge, et s'entortille dans les draps humides. L'odeur âpre de la sueur l'enveloppe toute entière. Elle pense à prendre une douche froide. Mais la salle de bain est à l'autre bout du couloir. Sa belle-mère l'entendra, peut-être même sortira-t-elle dans le couloir pour lui parler. « Pas question. » Elle allume la lumière et ferme le radiateur. « Je vais au moins me frictionner avec de l'eau de Cologne. » Elle tend la main vers le chiffonnier et trouve le flacon. Il est vide. Elle soupire, résignée, éteint à nouveau la lumière et reste étendue sur son lit, sans couverture, haletante. Il fait chaud, trop chaud… Une chaleur insupportable, étouffante. Elle a maintenant le souffle court, comme dans une crise d'asthme. Elle se redresse sur les coudes pour chercher un peu d'air frais. Et soudain, en un sursaut convulsif, elle se retrouve debout. Elle se précipite en titubant vers la porte du balcon, l'ouvre d'un geste nerveux et hume avidement l'air de la nuit qui s'engouffre dans la chambre, saturé des clameurs de l'immense défoulement. Elle frissonne sous l'effet de ce froid brusque, mordant. Comme elle hausse les épaules, les bretelles glissent le long de ses bras et sa chemise de nuit lui tombe sur les pieds. Elle reste entièrement nue, tremblante, livrée à la piqûre du froid. « Mon Dieu ! Mon Dieu ! » s'écrie-t-elle d'une voix lasse. Elle se sent un peu soulagée, quelque chose comme une délivrance se répand sur son visage anxieux. Elle s'abandonne en souriant au vent de la nuit. Son souffle froid glisse sur ses tempes, se mêle à ses boucles humides, enveloppe sa gorge et sa poitrine, se déverse le long de ses flancs, frôle ses aisselles, joue avec son pubis, folâtre entre ses cuisses. Elle l'accueille avec un frisson de plaisir, comme s'il s'agissait de l'extravagante caresse d'un mâle surnaturel. Elle ferme les yeux, ouvre les mains, se plonge dans l'extase. Elle pousse un soupir de douleur et, d'un pas vacillant, va se rallonger sur le lit.

Par la porte ouverte du balcon, le souffle froid pénètre dans la chambre, parvient affaibli jusqu'au lit et rafraîchit son corps nu. Soulagée, gagnée par une sorte de torpeur, elle s'endort. Mais ce n'est pas du sommeil. C'est une léthargie sournoise, une hébétude. Les rêves ne cessent de l'agiter, prennent un malin plaisir à la retourner sur le lit, jusqu'à ce que son corps soit épuisé de lutter contre les ombres. Elle finit par rester allongée sur le ventre. Le vent de la nuit s'est métamorphosé en mille mains, en dix mille doigts qui lui caressent la racine de l'oreille, l'épine dorsale, l'arrondi de ses fesses, et qui essaient de desserrer par d'habiles frôlements l'étreinte de ses cuisses. Elle sourit de plaisir dans son sommeil, disparaît dans un abîme, dans une chute vertigineuse et sans fin. Au fond de l'abîme il y a un homme. Elle ne l'a pas vu. Elle n'a pas eu le temps de le voir. Sans lui laisser le temps de se retourner, il est venu derrière elle, l'a saisie dans ses bras vigoureux, a collé son corps contre le sien et l'a serrée si fort qu'elle en a eu le souffle coupé, dans un hoquet de plaisir.

Elle eut d'autres rêves, beaucoup de rêves, confus et fous, qu'elle oubliait aussitôt. Ils se succédaient comme dans un film absurde et fastidieux, qui n'imprime pas la moindre image dans la mémoire. Mais l'homme de l'abîme ne cessait de revenir. Il surgissait à l'improviste, à un moment où elle ne soupçonnait pas sa présence. Il arrivait toujours par derrière, résolu et sournois, pour l'étreindre avec une force invincible et la plonger dans un voluptueux épuisement. Cela se produisit plusieurs fois, un nombre incalculable de fois, dans un amoncellement toujours plus confus d'images oniriques. Vint pourtant le moment où cette masse inextricable de rêves commença à prendre une forme plus précise. Marina se trouve sur le port. Il fait nuit, un tiède vent du sud apporte une pluie fine. Elle est debout sur le quai et regarde un bateau qui se balance doucement sur les eaux troubles. C'est un bateau obscur et indistinct, une sorte de monstre sorti d'un monde fantastique, aux ailes repliées. Le bateau hurle comme si on lui arrachait les entrailles. Minas est debout sur le pont, immobile, le teint terreux. Il a des yeux vitreux, sans vie, qui ne regardent nulle part. Il s'agrippe au bastingage de ses longs doigts cireux, raides, osseux, pareils aux doigts d'un homme qui, avant d'expirer, se raccroche aux bribes de vie de ce monde. Marina lui tend les bras. « Ne pars pas ! Ne t'en va pas ! », essaie-t-elle de lui dire. Mais elle a beau essayer de crier, aucun son ne sort de sa bouche. « Il ne m'entend pas. Il va partir, et il ne faut pas qu'il parte ! » Elle s'efforce à nouveau de crier, mais sa gorge reste paralysée, muette. Que faire ? Comment l'empêcher de partir ? Elle regarde autour d'elle, pour trouver une barque et aller sur le bateau. « Non, il ne faut pas qu'il parte pour un lointain voyage ! » Heureusement, le port est rempli de barques : vingt, trente, quarante barques, toutes avec leur batelier qui tient les rames levées. « Parfait ! Je vais monter dans la plus proche. Celle-là. » Elle s'avance vers la barque, mais la barque a quitté sa place, a disparu, engloutie par la nuit. Peu importe, il y en a tant, tout autour ! Le port regorge de barques ! Mais que se passe-t-il ? Comment cela a-t-il pu se produire ? Toutes les barques sont maintenant rassemblées plus loin, du côté de la douane. Elle se met alors à courir vers la douane. Mais ses jambes pèsent une tonne, en dépit de tous ses efforts, elle arrive à peine à les bouger. Elle a du mal à respirer, son cœur s'emballe, ses tempes battent à se rompre. Va-t-elle arriver jusqu'à la douane ? Mais pour quoi faire ? Il n'y a plus de barques là-bas. Il n'y en a plus nulle part. Le port s'est vidé de ses barques. Comment va-t-elle faire pour gagner le bateau, pour empêcher Minas de partir ? Elle regarde autour d'elle et voit qu'Annoula est à côté d'elle. Elle porte sa petite robe bleue, avec ses ailes d'argent, son chapeau au bec doré. C'est une petite Chimère, qui sourit tristement. Mais voilà que la petite Chimère s'avance au bord de la jetée et, d'un bond, se jette à l'eau. Elle veut crier : « Annoula ! Mon enfant ! Tu vas te noyer ! » Elle le veut, mais n'y parvient pas. Elle veut courir, sauver sa fille. Elle le veut, mais n'y parvient pas. Sa voix est gelée, ses jambes sont de marbre. Mais à quoi bon courir ? Annoula s'est jetée à la mer, mais ne coule pas. Elle marche sur l'eau comme elle marcherait sur la terre. Elle avance d'une démarche aérienne, comme si elle était une ombre. Elle parvient au bateau, monte l'échelle, arrive sur le pont et disparaît. Où est Annoula ? Qu'est-elle devenue ? Ah, oui, elle est allée trouver Minas, pour l'empêcher de partir. C'est ça, oui… Annoula est montée sur le pont et va dire à

Minas : « Ne t'en va pas, tonton Minas. Maman ne veut pas que tu partes. » Mais elle ne dit rien. Elle le rejoint et se tient à côté de lui. Mais il ne bouge pas, comme s'il ne l'avait pas vue. Ses yeux regardent toujours au loin, ses doigts sont toujours agrippés au bastingage. Annoula avance sa petite main et la pose sur la sienne. À présent, elle aussi est immobile, comme une statue de cire. Ses joues sont exsangues, ses lèvres ont noirci, ses yeux se sont voilés. Alors, le bateau – Chimère de la nuit – a ouvert ses ailes et s'est envolé, a disparu dans les airs avec un hurlement étouffé, comme une chienne dont on a noyé les petits…

Elle se réveilla brusquement, la gorge nouée. Sa poitrine, qui sous l'effet de l'angoisse n'avait plus la force de s'ouvrir, martyrisait ses poumons en les obligeant à inhaler l'air par des aspirations spasmodiques. Le vent ne soufflait plus dans la pièce, où seule pénétrait l'humidité tiède et suffocante de la nuit. Dans le ciel plongé dans l'obscurité il n'y avait plus d'autre lueur que la débauche de lumière de milliers d'étoiles.

Elle resta dans la position dans laquelle le cauchemar l'avait laissée, couchée sur le dos, inerte, incapable de bouger ne fût-ce que le petit doigt. Ses yeux, grands ouverts, effarés, regardaient les constellations lumineuses s'élever au-dessus des montagnes de Tinos. Que d'étoiles ! Qu'avait pu devenir la sienne ? Il y avait longtemps qu'elle s'était hissée au sommet du ciel, peut-être même s'acheminait-elle lentement vers le couchant, à la poursuite de la lumière du soleil. Les autres étoiles l'avaient abandonnée, ne voulaient pas l'aider. Elles pouvaient donc venir, les divinités souterraines, les noires Euménides de l'Erèbe, les vierges du mal aux serpents dans les cheveux. « Venez ! Venez ! Je vous attends ! Vous êtes mes amies ! », se disait-elle en prenant un air mauvais.

Les Erinyes l'entendirent. Elles délaissèrent aussitôt les gorges ténébreuses de l'Erèbe, où elles vivaient en mangeant la chair et en buvant le venin des serpents. Elles déployèrent leurs ailes, s'envolèrent en faisant entendre un rire strident, bondirent dans la chambre et entourèrent le lit. « Nous voilà. Nous sommes venues. Qu'attends-tu de nous ? » « Je veux que vous versiez le poison de vos serpents dans mon âme. Ce soir, c'est carnaval. Les gens s'amusent, s'enivrent de vin. Moi, je veux m'enivrer de poison. »

Les Vénérables[20] la regardèrent d'un air malveillant. « Ce n'est pas notre tâche. Nous avons une autre tâche, nous. Mais puisque tu le souhaites, nous n'allons pas te refuser ce plaisir. Nous te l'accordons ! » À ces mots, elles inclinèrent la tête au-dessus de sa poitrine dénudée. « Mordez ! ordonnèrent-elles aux serpents de leur chevelure. Répandez votre poison dans l'âme de cette femme ! » Les serpents bondirent et mordirent. Ils versèrent tout le poison que contenaient leurs gencives verdâtres. « Voilà, à présent nous partons, dirent les Vénérables. Nous reviendrons dans quelques jours. » « Je ne pense pas faire appel à vous une autre fois. » « Nous

---

[20] Les Erinyes étaient souvent désignées dans l'Antiquité par antiphrase. Elles étaient souvent appelées les Euménides (les Bienveillantes) selon le même procédé qui fait d'elles ici « les Vénérables ».

reviendrons sans que tu nous appelles. Nous viendrons de nous-mêmes.» Et elles laissèrent à nouveau échapper un rire strident, ouvrirent leurs ailes et disparurent.

À présent, Marina rumine le poison que les serpents ont versé dans son âme. «Un an, un an, un an.» Ces deux mots martèlent ses tempes avec un acharnement impitoyable. Un an de quoi? Elle ne se le dit pas parce qu'elle ne sait pas exactement de quoi est faite cette année. Un an de misère, d'amertume, de solitude, d'ennui, de déception? Oui, bien sûr... Mais c'est ce qu'a voulu la Destinée. Pourquoi reprocher à la Destinée d'empoisonner son âme? Ce n'est que dans l'âme des insensés qu'elle instille le poison de la colère. Les gens intelligents ne se laissent jamais affecter par les événements, mais seulement par les actes des hommes. Pourquoi, alors, a-t-elle rempli son cœur de haine? Serait-elle insensée? Est-ce la faute des hommes si le bateau a fait naufrage et l'a plongée dans le malheur? Non, bien sûr, ce n'est la faute de personne, mais seulement de la Destinée. «Alors, pourquoi cette haine? Et pour qui? Je ne sais pas... Et pourtant, je le hais, cet individu que j'ignore. Car il y a bien quelqu'un qui m'a fait tout ce mal, pendant toute une année. Tout ce que je sais, c'est que quelqu'un m'a fait du mal. Et c'est pour ça que je le hais.»

Elle resta un long moment assise à ressasser ses mauvaises pensées, à ruminer ce poison, à vomir son fiel, à entretenir une haine mortelle. Et lorsqu'elle sentit qu'elle ne faisait plus qu'un avec le Mal et qu'elle en jouissait, elle éprouva un sentiment d'allégresse et de délivrance. Elle poussa un soupir de soulagement, alluma la lumière et jeta un coup d'œil à sa montre. Il était onze heures et demie. Puis elle se regarda dans le miroir. Ses yeux avaient perdu leur douce couleur, ils n'avaient plus de couleur. Le poison les avait délavés, déteints. Tant mieux…

La rumeur de la ville continuait à monter jusqu'à elle avec la même intensité, au même rythme. Soudain, une tiède rafale de vent apporta une bouffée de ce concert discordant, comme le bourdonnement d'un essaim troublé par l'accouplement de sa reine. Elle se leva du lit avec des gestes lents et sortit sur le balcon comme elle était, complètement nue. La clarté des étoiles lui donnait l'aspect d'un ectoplasme, d'une phosphorescence de la matière de la nuit. Elle se pencha sur la balustrade et regarda les pâles illuminations de la ville. Elle la scruta du regard, concentra la rumeur de ce grand accouplement sur la surface sensible de ses tympans, puis rentra dans sa chambre.

Elle s'habilla à la hâte, avec des gestes d'automate, comme hypnotisée, sans prêter la moindre attention à ce qu'elle était en train de faire. Elle enfila une robe simple, s'enveloppa dans un imperméable, se couvrit les cheveux d'un béret noir. Puis elle se regarda dans la glace. Elle était belle comme autrefois, comme toujours. Comme s'il était écrit qu'elle resterait belle toute sa vie, jusqu'à sa mort. Ses boucles blondes, qui dépassaient du béret, lui faisaient une couronne de lumière. Son visage, un peu pâli par la fatigue, rayonnait, avait un charme fou. Sa bouche fermée par ses lèvres fines semblait cacher un mystère. Ses grands yeux bleus en amande reflétaient toute la malignité de son âme. Elle était belle…

Elle sortit de la chambre en marchant à pas comptés, s'arrêta dans le hall et tendit l'oreille. Aucun bruit. La mère Réïzis et la cuisinière devaient dormir. Elle descendit l'escalier sur la pointe des pieds, ouvrit la porte d'entrée et sortit dans le jardin, tranquillement endormi dans la nuit tiède, sous les yeux lumineux du ciel. La rumeur de la ville en effervescence s'élevait de plus en plus fort.

Elle ne ferma pas la porte, mais la poussa seulement, pour ne pas faire de bruit. Puis elle suivit l'allée qui conduisait au portail. Elle avait beau marcher doucement, le gravier crissait sous ses pieds. Elle s'arrêta, ôta ses chaussures, continua nu-pieds. Elle ne remit ses chaussures qu'une fois le portail franchi et, sans plus s'arrêter un instant, elle prit la route qui menait à Syra. L'obscurité était si épaisse qu'elle distinguait à peine les virages qui sinuaient entre les rochers de la montagne. Après quelques mètres, elle fit une halte. Une pensée, une hésitation se lisaient sur son visage. Elle tourna la tête en arrière et regarda la maison qui se dressait, silencieuse et paisible, dans les ténèbres. Elle esquissa un geste pour revenir en arrière. Mais le souffle du vent apportait la rumeur de la ville qui s'engouffrait dans la vaste caisse de résonance de la nuit. Des milliers de bouches chantaient, hurlaient leur ardeur effrénée, mêlaient leur haleine, accompagnaient d'un cri strident leur formidable convulsion.

Elle baissa la tête, s'inclina devant son Destin et prit à pas rapides le chemin de la nuit.

La nuit brusquement s'illumina, ses ténèbres se fondirent dans une lumière sanguinolente qui se répandit tout à coup dans tout le ciel. Au même moment, le soleil se leva au-dessus de la mer, radieux, brûlant, embrasé. Tout comme à l'équateur, où il n'existe ni aube ni crépuscule. Le jour succède à la nuit et la nuit au jour sans nuances intermédiaires, sans gradation dans la lumière. Phénomène étrange pour l'homme du nord, habitué aux longues aurores et aux lents crépuscules de son pays. Ces deux états, la pleine lumière et l'obscurité totale, le déroutent et lui font perdre son équilibre psychique, qui repose sur le passage progressif, harmonieux, de la lumière à l'obscurité et de l'obscurité à la lumière. Ce monde qui ne connaît pas de demi-mesure le perturbe, l'inquiète, le dépouille de la sensibilité de son psychisme due à la beauté de son environnement naturel.

Appuyé sur le bastingage du pont, Yannis regarde d'un œil fatigué le soleil qui jaillit des eaux de plomb. Il a un visage hâve, blême. Une cigarette éteinte pend à ses lèvres, de grosses gouttes de sueur perlent sur son front. La même sueur qui, depuis un an maintenant, inonde tout son corps et le couvre d'un exanthème épuisant. « Qu'il aille se faire voir ! » jure-t-il en lui-même, sans savoir exactement contre quoi il jure. De sa main gauche enfoncée sous la ceinture de son pantalon, il se gratte furieusement les cuisses. La démangeaison est insupportable. Il prend trois ou quatre douches par jour, s'enduit tout le corps de camomille tiède, de poudre Fichan. « Qu'il aille se faire voir, ce Kastrinos, avec sa prétendue sollicitude à mon égard ! Comme s'il n'avait pas pu me trouver un time charter dans des mers plus au nord ou plus au sud ! Quitte à avoir des conditions moins favorables, à faire six mois de plus pour gagner la même somme ! Mais six mois de plus avant de revenir à Syra, de revoir ma femme, ma fille, est-ce que je l'aurais supporté ? » Sans cesser de se gratter, il cherche dans sa poche, de sa main droite, sa boîte d'allumettes pour allumer sa cigarette. « Où diable sont passées ces allumettes ? J'ai dû les oublier en bas, dans le salon. »

— Tu as du feu ? demande-t-il au marin qui tient la barre.

— Non.

Il faudrait qu'il demande qu'on lui apporte du feu, mais il n'en a pas le courage. Il tire sur son mégot éteint, se gratte rageusement les cuisses et contemple le soleil. « Regarde un peu comme cette saleté sort de la nuit et apporte le jour d'un coup ! Il faut que je mette mon casque colonial. Où l'ai-je fourré ? J'ai la flemme de bouger d'ici, tant pis si je me prends un coup de soleil. Et ces imbéciles qui se la coulent douce et n'installent pas les tentes ! »

— Stratis ! Tu joues à quoi, là ?

— Qu'est-ce qu'il y a, capitaine Yannis ? demanda Stratis, surpris.

— Est-ce que je ne t'ai pas dit mille fois d'installer les tentes sur le pont avant le lever du soleil ?

— Comment veux-tu que je sache quand le soleil va se lever ? Il fait nuit noire, on dirait qu'il est minuit, et voilà qu'il rapplique au moment où tu t'y attends le moins ! Faudrait que j'aie un chronomètre et des tables astronomiques !

— Arrête tes conneries… Mais qu'est-ce qui m'a pris d'engager sur ce bateau ce roi des camés de Trouba ?[21]

---

[21] Quartier mal famé du port du Pirée.

— C'est ça, chez nous, au Pirée, vous n'embauchez que des têtes brûlées. Comme si ceux de Kassos étaient tous des enfants de chœur !

— Ferme-la, et va installer les tentes, si tu ne veux pas avoir affaire à moi !

Stratis monta sur le pont et commença à ouvrir les tentes, sans se le faire dire deux fois. Il avait eu son compte ce matin-là, le soleil, à peine paru, l'avait estourbi. Yannis se replongea dans ses pensées. « Patience, nous sommes en bonne voie. Combien de temps va-t-il me falloir encore pour engranger cinq mille livres ? Ma foi, je n'en sais rien. C'est Kastrinos qui tient les comptes. C'est lui qui décidera quand il m'accordera le prêt pour le nouveau bateau. Il m'a dit que, dès que j'aurai mis de côté cinq mille livres, il m'en prêtera quinze mille autres... J'ai le soutien de Mitsos, qui m'aime bien. C'est un ami. Il ne ferait de pareils sacrifices pour personne d'autre. Ce time charter, c'est une aubaine. Au lieu de le garder pour lui, pour s'acheter un autre bateau, il me l'a donné à moi ! »

— Ho, Stratis ! Tu as des allumettes ?

— Oui, j'en ai.

Il ralluma son mégot et fit la grimace. Comme il avait de l'amertume dans la bouche, la fumée lui parut du poison. Il n'avait pas encore bu de café. « Si je me mets au café dès maintenant, qu'est-ce que ça va être ce soir ! Encore une fois, je ne pourrai pas fermer l'œil... Oui, Mitsos me soutient à fond. Sans son aide, je ne m'en serais jamais sorti. Je lui dois une fière chandelle. Mais pourquoi me soutient-il ? Bien sûr, nous sommes amis. Pourtant, jamais il ne m'a manifesté une telle amitié... À moins que... ?

À moins que... ? » Le soupçon assombrit son regard. Raisonnablement, son soupçon n'avait pas lieu d'être. « Il se peut qu'elle lui ait plu. Et qu'il fasse tout ça pour se donner le prestige du chevalier servant, riche et généreux, qui est le séducteur de notre époque. Mais il s'est mis le doigt dans l'œil... Encore que je n'en sois pas si sûr... Il faudrait que je sois un idiot pour être sûr. Mais elle a en elle une telle dignité, un tel sentiment de sa valeur. Les gesticulations économiques de Kastrinos ne peuvent pas la toucher. Pour elle, Kastrinos, c'est du menu fretin ! Seul un homme d'une autre envergure pourrait... Il n'y a sûrement pas péril en la demeure, puisqu'elle m'aime. Mais si c'est pour cette raison que Kastrinos m'apporte son soutien, est-ce qu'il est juste que je l'accepte ? D'abord, il n'y a aucune preuve que ce soit la raison qui le guide. Et puis, même si c'était le cas, elle n'y est pour rien, elle ne se doute de rien. Par conséquent... »

Il n'y avait pas dix minutes que le soleil s'était levé, et la chaleur était déjà insupportable. La tôle était brûlante et redoublait l'ardeur du soleil. Jusqu'à quand ce martyre allait-il durer ? Il y avait deux jours qu'ils avaient quitté Saïgon, qu'ils avaient laissé les eaux verdâtres, croupissantes, du fleuve et qu'ils avaient gagné le large en mettant le cap sur la mer de Chine. Ils espéraient qu'en pleine mer ils trouveraient la fraîcheur de la mousson. Mais la mer était étale, sans une vague. Épaisse, dense, elle se vaporisait sous une chaleur de 45 degrés, comme si ce n'avait pas été de l'eau, mais de la saumure. La proue fendait un liquide inerte, mort, répugnant, comme de l'huile de ricin, qui n'avait pas même la force d'écumer quand les flancs de fer du bateau le soulevaient. L'hélice tournait avec difficulté, comme si elle ne luttait plus avec les eaux de mer qui lui étaient familières, mais avec un liquide inconnu, dégoûtant, nauséabond, qui était peut-être le pus d'une secrète blessure de notre planète. Combien de temps cela allait-t-il durer ? Quatre, cinq jours ? Dès qu'ils auraient dépassé Formose, le temps se rafraîchirait un peu. Patience…

En bas, les marins lavent le pont. Ils sont presque nus. Ils portent sur la tête des casques de liège achetés dans les ports des Indes. Ils manient les brosses et la lance d'arrosage sans entrain, sans énergie, avec des gestes las. Ils sont fatigués. Le gaillard d'avant, où se trouvent leurs lits, est une fournaise, de nuit comme de jour. Ils se couchent nus, et leur sueur humecte le matelas, le sommier, et même l'armature en fer. Impossible de fermer l'œil. Mais s'ils veulent s'étendre sur le pont, alors ils seront rôtis par la tôle qui, pendant la nuit, restitue la chaleur du soleil du jour. Et puis, il y a la pluie. De l'air immobile, saturé de vapeurs chaudes, suffocantes, une eau tiède dégouline sans arrêt.

Voilà un an que dure cette épreuve. Quand il leur arrive de mettre le cap sur la Chine du nord ou le Japon, alors ils respirent. Mais, la plupart du temps, ils naviguent entre le tropique du Cancer et le tropique du Capricorne, entre Colombo, Rangoon, Batavia, Surabaya, Singapour, Bornéo, Saïgon.

Pendant ce voyage, ils étaient restés plus d'une semaine à Saïgon. Yannis n'en pouvait plus. Il se résolut à souffler, à quitter ce bateau chauffé à blanc que rien ne rafraîchissait. Il alla à l'hôtel où, de toute façon, il faisait plus frais. Ce changement le requinqua, mais pendant deux jours seulement. Des événements le ramenèrent dans son bateau encore plus éreinté. La faute à ce diable d'Erik Orsen, le capitaine norvégien du « Dagmar Petersen » ! Ils s'étaient retrouvés à la réception de l'hôtel, huit ans après avoir fait connaissance en Argentine. Ils se serrèrent la main et allèrent au bar se raconter leurs aventures. Tout en bavardant, ils burent tant de whiskies qu'ils finirent par être émoustillés.

— On va grignoter quelque chose ? proposa Erik.

Yannis accepta. Il se plaisait bien en compagnie du Norvégien. Il en avait assez, d'ailleurs, des marins de Kassos qu'il trimballait sur son bateau depuis un an. De braves gens, mais des gens simples, qui n'étaient pas de son rang. Tandis qu'Erik, quel homme charmant, quel monsieur ! Les marins norvégiens n'avaient rien à voir avec les marins grecs !

Ils dînèrent au restaurant de l'hôtel et éclusèrent deux bouteilles de Johannisberg. Quelques verres de kirch-waser réchauffèrent plus encore l'atmosphère. Yannis ne fit donc aucune objection quand Orsen le mit dans un taxi en disant au chauffeur : « À Solon ! » Ils rentrèrent à l'hôtel au petit matin. Le Norvégien lui serra la main et lui dit :

— On a passé un très bon moment ! Je te fais mes adieux. J'appareille dans deux heures pour Sidney. Nous nous reverrons bien un jour.

Il monta dans sa chambre, se mit au lit tout habillé et s'exclama en mordant l'oreiller : « Je suis un porc ! Un sale porc ! Ça ne se reproduira jamais ! » Quand il se réveilla à midi passé, étourdi par le vin, l'opium et la débauche, il fut encore plus dégoûté de lui-même. Il tira de sa valise la photo de Marina, la posa sur le lit, s'agenouilla devant elle et éclata en sanglots. Mais quand vint la nuit, toujours aussi chaude et humide, avec ses étoiles qu'on voyait à peine à travers le voile de brume, avec sa lune incertaine, avec les illuminations de la ville, il oublia son repentir du petit matin et de l'après-midi. Une nuit à Solon ne pouvait assouvir douze mois de frustration. Douze mois pendant lesquels les contrariétés et les soucis avaient éloigné de lui toute ardeur. Il avait oublié qu'il était un homme d'à peine trente-sept ans. Il se souvenait seulement de sa femme, de son amour, de son corps, du plaisir qu'il en retirait. Comment pouvait-il, lui à qui le destin avait offert l'amour de cette femme exceptionnelle, se satisfaire des putains des ports et de ces voyageuses à moitié folles qui s'offraient au premier venu par ennui. Non, il n'y avait pas de place dans sa vie pour une autre femme – pour quelque autre femme que ce fût. Subjugué par cette pensée, il dompta sa chair, refoula ses pulsions. Sa virilité endormie se réveillerait lorsqu'il rentrerait à Syros.

Pourtant, à Solon, ce château de cartes s'effondra. Les soucis et les tourments furent noyés dans une mer d'alcool, dans des nuées de haschich, dans l'abîme des plaisirs de la chair. Les quatre derniers jours, les quatre dernières nuits passèrent comme un songe chaotique, invraisemblable. Il ne se souvenait pas de grand-chose, tout était resté confus, embrouillé, au fond sa mémoire. Il ne revint à la réalité que l'avant-veille du départ, lorsque le second vint le réveiller à l'hôtel, pour lui dire que le chargement était terminé et qu'il devait se rendre à l'agence portuaire pour signer le connaissement. À côté de lui, un corps d'ambre était allongé sur le ventre. Il ne se rappelait pas comment cette Japonaise aux hanches étroites et aux fesses rebondies s'était retrouvée dans son lit. Il la regarda avec un tel étonnement que le second éclata de rire :

— Qu'est-ce que tu as, capitaine, à la regarder comme ça ?

— Je ne sais pas comment… Je n'y comprends rien…

— Tu étais saoul, c'est pour ça.

— Mais qui ça peut être ? Où l'ai-je trouvée ?

Le second lui montra, sur un fauteuil, une jupe noire et un chemisier blanc en dentelle.

— C'est la femme de chambre.

Oui, il en prenait conscience maintenant, c'était la femme de chambre, un laideron. Quand il était rentré de Solon, au petit matin, rond comme une toupie, il s'était payé le culot de la prendre dans ses bras… Il bondit hors du lit, se précipita dans la salle de bain et se mit la tête sous le robinet.

— Bon, moi, j'y vais, dit le second. Je t'attends à l'agence.

— Oui, tu peux y aller…

Mais au moment où l'autre ouvrait la porte, Yannis l'arrêta :

— Écoute… S'il te plaît… N'en parle à personne…

— Comme tu veux. Mais je ne vois pas quel mal il y a à ça. Tu es jeune, et tu n'as pas vu ta femme depuis un an…

Yannis ne répondit pas, mais lui lança un regard suppliant.

— Oui, je comprends. Tu ne veux pas que ça arrive aux oreilles de ta femme. Tu as raison…

Ces images lui reviennent en mémoire tandis qu'appuyé au bastingage, il regarde les marins laver le pont. « Peu importe. Ce qui est fait est fait. À quoi bon gémir sur mon sort ? J'espère qu'à l'avenir je saurai me tenir. Il est temps que je me mette au travail. Je vais aller dans la cabine des cartes établir notre route. »

Il entra dans la cabine. Dans un coin, derrière une veilleuse électrique allumée, se trouvaient les icônes. Le lieutenant Manolis priait devant elles avec recueillement. La sueur dégoulinait de son large front, inondait sa nuque grasse de bœuf, mouillait sa chemise, qui fumait dans l'air chaud de la cabine fermée. Le lieutenant Manolis se signait avec des gestes lents et cérémonicux et s'inclinait, après chaque signe de croix, aussi bas que le lui permettait son impressionnante bedaine. Et il soupirait, gémissait, avec la contrition que lui inspirait un profond repentir. Lui aussi avait fauté dans les bordels chinois de Solon.

— Qu'est-ce qui t'arrive, Manolis ? Pourquoi tant de signes de croix.

— C'est dimanche. Le dernier du triodion.[22] Le dimanche du carnaval…

Yannis ne répondit pas. Il s'inclina et fit semblant d'étudier la carte. Le lieutenant Manolis sortit, non sans mal, par la porte étroite.

Le dernier dimanche du carnaval. Un an s'était écoulé

---

[22] Les trois semaines qui précèdent le carnaval.

depuis lors. Trois cent soixante-cinq jours d'austérité, d'ennui, assombris par les soucis, les peines, les efforts. À travailler comme un forçat et à se ronger les sangs. Telle avait été sa vie. Veiller sur le pont pour trimer, veiller dans le lit à suer et à se morfondre.

Il examina la grande carte, suivit le trajet du regard. C'était la troisième fois qu'ils faisaient ce voyage entre l'océan Indien et le Pacifique, avec une cargaison à transporter de Colombo à Saïgon, Canton, Shangaï et Yokohama. De drôles de mers, qui ignoraient la fraîcheur de la brise et des vagues bleues. Des eaux qui, lorsqu'elles n'étaient pas soulevées par le typhon de la mort, dormaient d'un sommeil morbide, pestilentiel. Son regard se porta sur le côté gauche de la carte et vit – ou crut voir – le chemin du retour. Quand ils appareilleront de Colombo, ils rencontreront les moussons vivifiantes. Une grosse mer, mais une mer vivante, chargée d'iode et d'écume, un vent fort, porteur d'oxygène. Ils se rafraîchiront, respireront, ôteront leur casque, qui pèse sur leur front comme la coupole d'une église byzantine. Leur sueur sèchera, leur eczéma se calmera. Ils navigueront ainsi toute une semaine, dix jours peut-être, jusqu'à Aden. À partir de là, un autre enfer les attend : la mer Rouge, du plomb en fusion sous les rayons verticaux du soleil. Une autre semaine, sept jours et sept nuits de martyre. Mais lorsqu'ils approcheront de Suez, des vents plus frais viendront adoucir l'ardeur impitoyable du soleil. Ils passeront lentement le canal, impatients d'arriver à Port-Saïd aux mille lumières. Ils ne jetteront pas l'ancre, mais taperont sur le télégraphe « En avant toute » et mettront le cap sur le Nord. Devant eux, la Méditerranée, notre mer, leur tend les bras, leur ouvre son étreinte bleue. Ils se pencheront tous sur le bastingage pour voir ses vaguelettes folâtres, pour écouter le futile babil de son écume. L'hélice effleurera à peine les flots. Les machines fonctionneront sans bruit, comme au repos. La vague nettoiera le bâtiment des algues putrides des tropiques, sous un ciel serein. Le lendemain soir, ils passeront entre la Crète et Kassos. Ils salueront, le cœur lourd, leur patrie en esclavage. Et à midi, le jour suivant, entre les montagnes violettes de Tinos et les rochers ocres de Mykonos, Syros apparaîtra, lumineuse, dorée, offrant, sur son rivage, l'éclat blanc de sa cité…

Il chassa d'un mouvement de la tête ce rêve joyeux. Il ressortit et reprit la même place, les coudes sur le bastingage, le regard éteint par l'ennui. Ses lèvres trituraient nerveusement le mégot, qui s'éteignit à nouveau. Il n'avait toujours pas d'allumettes, toujours pas le courage de demander du feu. Quand prendrait-il le chemin du retour ? « Il faut engranger les cinq mille livres. Si Dieu le veut, ce sera chose faite en septembre. Il suffit que Kastrinos ne change pas d'avis, qu'il tienne sa promesse et qu'il accorde le prêt de quinze mille livres. Il reste à espérer qu'il ne se ravisera pas. Six mois à tirer – ou plutôt sept ou huit en comptant le voyage du retour. C'est comme ça, pas moyen de faire autrement. Du courage et de la patience, voilà ce qu'il faut… » Mais la mauvaise pensée revint le tarauder. Et si Kastrinos inventait un prétexte quelconque pour ne pas accorder le prêt ? Si, à cause d'une envolée du prix des bateaux, les vingt mille livres s'avéraient insuffisantes pour en acheter un neuf ? « Mon Dieu, combien de temps encore vais-je me tourmenter sur ces mers sinistres ? »

Une main lui tape sur l'épaule :

— Capitaine Yannis…

C'est le radio. Il tend un papier en souriant :

— Je viens d'avoir un message. Combien tu me donnes pour que je te le donne ?

Yannis, tout hébété, ne comprend pas :

— Combien je te donne pour que tu me le donnes ?

— Oui. Quel pourboire tu me donnes ?

Et voyant Yannis ahuri :

— Écoute, je vais te le lire, parce qu'il est mal écrit. C'est un télégramme urgent de Kastrinos à Saïgon, avec ordre à notre agent de nous l'envoyer par radio :

« Affréteur dénonce time charter et verse clause pénale prévue dix mille livres. Stop. Résultat votre capital disponible dépasse treize mille livres. Stop. Vous prête dix mille livres supplémentaires. Vous achète rapidement bateau premier ordre. Stop. Très heureux pour heureuse issue de vos affaires. Stop. Fin déchargement Yokohama allez Nagasaki à vide prendre cargaison pour Calcutta vingt-huit livres trois pence la tonne. Stop. Me charge fret Calcutta Méditerranée. Stop. Si nouveau fret pour Extrême Orient nécessaire envoie Calcutta capitaine remplaçant et rentrez aussitôt Grèce navire de ligne venez Londres avec Marina pour régulariser affaires et fêter succès. Stop. Salutations amicales Mitsos Kastrinos. »

Pendant que le radio lisait, Yannis sentait que quelque chose d'étrange se produisait en lui. Un flot de bonheur jaillit de son estomac, inonda son œsophage, passa dans l'aorte et vint arrêter les battements de son cœur.

— Donne-moi ça, dit-il d'une voix cassée. Je veux lire ça de mes propres yeux. Tu ne me fais pas une blague, hein ?

— Pas le moins du monde, capitaine. Je viens t'apprendre que tu as gagné inopinément dix mille livres. Et je veux mon pourboire.

— Je te nomme sur mon nouveau bateau, le « Marina », et je t'offre une augmentation de cinq livres par mois.

— Merci. Je te souhaite de réussir.

— Mais pas un mot, s'il te plaît. Sinon, ils vont tous venir frapper à ma porte. Compris ?

— Tu as ma parole.

— Et maintenant, fissa. Tu as du papier et un crayon ?

— Oui.

— Deux messages radio. Le premier pour Kastrinos, à Londres : « Bien reçu votre télégramme. Stop. Suis reconnaissant retrouver par votre aide mon ancienne aisance. Stop. Vous fais confiance pour achat nouveau bateau. Stop. Salutations fraternelles. Yannis Réïzis. » Tu as écrit ?

— Oui.

— Le second pour mon épouse, à Syra : « Heureux retournement de situation énorme gain inespéré. Stop. Dans quelques jours Kastrinos achète Marina tout neuf. Stop. Arrêtez économies songez distraction vie sociale. Stop. Informez Minas. Stop. »

Il s'arrêta un moment et se mit à faire des calculs à voix haute :

— Il va nous falloir environ vingt jours pour rejoindre Yokohama et décharger. Cinq autres pour aller à

Nagasaki et charger, ce qui nous fait vingt-cinq. Vingt jours pour Nagasaki-Calcutta, soit quarante-cinq au total. Et, à partir de là, en prenant les choses au pire, trente-cinq à quarante jours pour arriver en Méditerranée.

— Autrement dit, trois mois, et tu y es !

— S'il nous arrive un nouveau capitaine à Calcutta et que je quitte le bateau, je serai beaucoup plus tôt à Syros. Soit… Écris : « Reviens Syros mi-juin au plus tard, si Dieu le veut. Stop. T'embrasse, ainsi que maman et Annoula. Yannis. »

— D'accord…

— Envoie ça tout de suite. Et, comme nous l'avons dit, pas un mot à personne.

Dès que le radio l'eut quitté, Yannis rentra dans la cabine des cartes. Il ferma la porte, tira les rideaux des hublots, puis s'agenouilla devant les icônes. « Seigneur, au lieu de me punir pour mes mauvaises actions, tu as étendu ta bénédiction sur moi et sur les miens. Je sais. Tu ne l'as pas fait pour moi, qui n'en suis pas digne. Tu l'as fait pour ma bonne épouse, pour mon enfant, ce petit ange. Je t'en remercie. Que te dire de plus, Seigneur ? Toi, tu comprends. » Telles furent les paroles que Yannis adressa au Christ. Puis, il se leva et ressortit sur le pont. Son immense bonheur avait dissipé sa fatigue. À présent, il était plein d'entrain, de vie, avait le sourire aux lèvres et l'oeil pétillant. Il avait oublié l'invraisemblable fournaise dans laquelle il cuisait un instant plus tôt. Il avait l'impression de ne plus être dans l'océan Indien, mais sur la mer Égée battue par des vents frais. Il échangea des plaisanteries avec le timonier, quelques banalités avec le second qui venait à peine de se réveiller de son mauvais sommeil et qui était encore à moitié endormi. Il lui passa le relais du quart et descendit sur le pont pour aller boire un café au salon.

Tous ceux qui n'étaient pas de quart et qui n'avaient pas envie d'aller se coucher se trouvaient réunis dans le bunker[23] : le capitaine faisant office de secrétaire Manolis, dont les cent vingt kilos de graisse fondaient lentement depuis un an dans la fournaise de l'océan Indien, le mécanicien en chef Mikélis, le maître d'équipage Stamatis et trois ou quatre autres marins. Ils étaient assis sous l'écoutille de la soute et se rafraichissaient en mangeant des fruits des tropiques conservés au frigo depuis Saïgon. Dès qu'ils virent le capitaine, ils esquissèrent un mouvement pour se lever, mais d'un geste Yannis les en empêcha :

— On est à combien de tours minute ? demanda-t-il à Mikélis.

— Soixante-douze.

— Est-ce qu'on pourrait passer à soixante-seize ?

— Bien sûr, mais tu sais comment ça se passe en bas, dans les machines. Comment veux-tu les obliger à alimenter davantage le feu ?

Yannis baissa la tête, sans lui répondre. « Évidemment. Vu qu'ici c'est l'enfer, j'imagine ce que ça doit être à la chaufferie ! Comment les obliger ? » Puis il leva les yeux et regarda la cheminée d'où sortait un lourd panache de fumée jaunâtre que l'absence de vent laissait se déposer sur la mer. « Elle est en piteux état.

---

[23] Soute où dorment les marins.

On aurait dû la repeindre à Saïgon. Mais qui avait la tête à ça… On la repeindra à Canton, où nous allons rester trois jours… » Soudain, il grimaça. Autour de la manche à air de la salle des machines, qui était tout près la cheminée, était suspendu un échafaudage en bois, et trois hommes assis sur les planches la peignaient en jaune.

— Manolis, dit-il, agacé, tu as vraiment choisi le bon moment pour faire faire ce boulot ! Ils vont cuire, les malheureux !

— Elle était dans un état déplorable, se justifia le gros secrétaire. La cheminée aussi a besoin d'être peinte.

— On est bien d'accord, mais c'est un travail à faire le matin, avant qu'il fasse trop chaud, ou après le coucher du soleil. Ils vont se prendre une insolation !

— C'est un travail qui se fait à la lumière, insista Manolis. On ne peut pas peindre sans rien y voir. Et dans ces fichus pays, il n'y a ni aube ni crépuscule. Il fait nuit, on n'y voit rien, et tout à coup, hop ! voilà le soleil tout en haut du ciel !

Yannis ne répliqua pas. Il regardait seulement les trois hommes qui cuisaient doucement sous le soleil brûlant, à deux mètres de la tôle chauffée à blanc de la cheminée. Il jeta subitement sa cigarette, à bout de nerfs.

— Dis donc, Manolis, tu ne respectes rien ni personne ! C'est toi qui as demandé à Pandélis de faire ce boulot ?

Et il montra du doigt un des trois marins, un gamin de seize ans qui donnait de grands coups de pinceau tout en sifflotant gaiement.

— C'est un homme maintenant, dit le secrétaire. Il

faut qu'il s'endurcisse le cuir en travaillant, qu'il apprenne à gagner sa croûte.

Yannis lui décocha un regard sévère :

— Arrête tes conneries. Tu vas le tuer, ce gamin…

Et, mettant ses mains en porte-voix, il cria vers le haut :

— Oh, Pandélis ! Descends vite de là !

Surpris, le gamin tourna la tête :

— Pourquoi, capitaine Yannis ?

— Parce que c'est comme ça ! Descends, pense un peu à tes parents !

Pandélis fit la moue, pour plaisanter :

— Tu as peur que je te bousille la manche à air ?

Le gamin, qui était le chouchou des marins du bateau, avait le diable au corps. Il avait un physique harmonieux d'adolescent, tout en nerf et en souplesse, une jolie frimousse hâlée et enjôleuse, un air effronté avec ses yeux bleus et son nez en trompette. Pandélis avait tous les droits et aucune obligation. Il travaillait quand ça lui chantait, piquait un somme quand il en avait assez. Par gros temps, les autres s'échinaient, mais lui, il chantonnait, perché sur une bigue. Il disait tout ce qui lui passait par la tête, sans que jamais personne lui en veuille. Il ne respectait rien, à ses yeux il n'y avait pas de valeurs qui comptaient dans la vie. Et cette joyeuse effronterie le rendait attachant. Son oncle en avait toujours après lui :

— Dis donc, tu vas un peu travailler ? Devenir un homme ? Qu'est-ce que je vais dire à ta mère qui t'a confié à moi pour que je te fasse marcher droit ? Qu'est-ce que je vais pouvoir lui dire ?

Mais Pandélis escaladait un mât et, une fois à l'abri, il raillait la colère impuissante de Manolis, à qui ses cent-vingt kilos ne permettaient pas de monter à l'échelle.

— Tu n'as qu'à lui dire d'aller se faire cuire un œuf! Quant à toi, tiens, voilà!

Et, passant sa main entre ses cuisses, il répondait à Manolis par un geste de mépris.

Il ne respectait personne, mais personne ne lui en tenait rigueur. C'est qu'il était attachant, ce garnement, avec son corps de chat et son joli visage – un frimousse de petite garce. La réponse fusait de ses lèvres comme une tornade, et avec une joyeuse grossièreté il renvoyait tout le monde, aussi bien le capitaine Yannis que les soutiers, à ses bijoux de famille. Et tout le monde riait, tout le monde s'amusait avec lui. On le taquinait, on l'asticotait, pour entendre son bavardage scabreux, et on se réjouissait d'être traité de tous les noms ou d'être moqué par son geste grossier.

Yannis lui passait tout, parce qu'il ne trouvait rien à redire à l'effronterie joyeuse et anodine de Pandélis. Mais, depuis un mois, il s'était passé quelque chose qui ne pouvait rester sans conséquences. La « Chimère » avait fait une escale de cinq jours à Surabaya, pour charger une cargaison de riz à destination du Japon. À peine avait-on attaché les amarres que Pandélis, qui jusqu'alors ne descendait jamais seul dans le port, avait ouvert avec un passe le tiroir de son oncle, chapardé cinq livres et filé à l'anglaise. Naturellement, Manolis était sorti de ses gonds. Il menaçait son neveu des pires châtiments et s'apprêtait à se rendre à la capitainerie du port pour réclamer qu'on lui retrouve le fugitif. Mais Yannis l'en avait empêché :

— Arrête de faire du barouf. Je suis sûr qu'il va revenir. Si on ne l'a pas revu la veille du départ, alors on préviendra les autorités.

Il avait vu juste. Après quatre jours de vagabondage, Pandélis remontait sur le bateau en sifflotant tranquillement, comme si de rien n'était. Manolis le vit, ôta son ceinturon de cuir et courut lui réserver l'accueil qu'il méritait.

— Viens un peu par ici, toi ! Tu vas voir comme je t'attends, petite fripouille !

Il bondit, furibond, en brandissant son ceinturon, résolu à pourchasser le neveu rebelle jusqu'au sommet du mât. Mais Pandélis n'essaya pas de se défiler. D'un geste imposant, il arrêta son oncle dans son élan.

— Ne lève pas la main sur moi ! Je suis malade !

— Qu'est-ce que tu as ?

— Une chaude-pisse !

Manolis faillit avoir un coup de sang.

— Petit saligaud ! Tu vas voir si je vais te saigner !

Il jeta son ceinturon par terre et tira son couteau de sa poche. Il était hors de lui, il ne savait pas ce qu'il faisait. Mais les autres purent le retenir à temps. Sur ces entrefaites, Yannis, alerté par ce tapage, était accouru :

— Qu'est-ce qu'il se passe, les gars ?

On lui expliqua la situation. Il eut du mal à se retenir de rire, mais estima que l'écart de conduite de Pandélis ne pouvait rester impuni. D'un geste vif, il empoigna le mousse indiscipliné par le col et se mit à le gifler.

— Prends-toi ça, sale gosse ! Et une pour les cinq

livres que tu as volées, une autre pour les quatre jours où tu t'es débiné, et celle-là pour la chaude-pisse que tu t'es attrapée. Et prends-toi encore ça en supplément !

Il le battit comme plâtre. Pandélis encaissa sans desserrer les dents. Il allait recevoir encore des coups, mais avec une habileté déconcertante il réussit à s'esquiver et à prendre ses jambes à son cou. Il descendit dans le réservoir de la proue, escalada le gaillard d'avant, monta sur le cabestan et entoura ses parties malades de ses deux mains en hurlant :

— Voilà ce que je dis aux connards qui m'ont frappé !

Après cet incident, Manolis lui avait serré la vis. Il était impensable pour lui de passer l'éponge sur les incartades de son neveu.

— Non mais, ce n'est jamais qu'un sale gosse de seize ans… Moi, tel que tu me vois, la première femme que j'ai connue, ça a été ma femme, Malamaténia – que Dieu ait son âme. J'étais vierge quand j'ai couché avec elle et, tant qu'elle a été en vie, je ne lui ai jamais été infidèle.

— Ça alors ! le taquinaient les autres. Tu étais marin, tu restais deux ou trois ans sans rentrer à Syros. Comment tu te débrouillais ?

— Je ne me débrouillais pas ! Parce que vous croyez que tout le monde est comme vous, bande de porcs ! Non seulement je ne lui ai pas été infidèle tant qu'elle a été en vie, mais je suis resté trois ans fidèle à sa mémoire. J'aurais dû me remarier, mais le toubib m'a dit de ne pas le faire, parce que mon embonpoint m'a fatigué le cœur. C'est que je pourrais avoir, qu'il m'a dit, un coup de sang au moment où…

— Coup de sang ou pas, tu t'en es payé une tranche à Solon avec les Anamites…

— Pardonnez-moi mes péchés, Seigneur ! Dès que j'aurai trouvé un pope à nous dans un port, j'irai me confesser. Je lui dirai de m'imposer une règle de vie très stricte. De toute façon, moi, je suis un veuf de cinquante-cinq ans. Mais que ce garnement fasse de pareilles saloperies, qu'il se prenne une sale maladie et qu'en plus il en soit fier ! Je vais lui en faire voir, moi, à ce petit salaud !

Et il lui en fit voir de toutes les couleurs, en le soumettant aux tâches les plus dures. Le plus curieux, c'était que, pour la première fois dans sa vie professionnelle, Pandélis se montrait docile et exécutait les ordres de son oncle sans chercher à tirer au flanc. Au contrairc, conscient de sa faute, il travaillait avec entrain et avec soin.

— M'être débiné quatre jours et m'être chopé une chaude-pisse, je m'en tamponne le coquillard, se disait-il. Mais les cinq livres que j'ai chapardées, ça, c'est du sérieux…

Aussi, dès que Manolis lui demanda de peindre la manche à air, il s'empressa de grimper sur l'échafaudage et se mit à manier le pinceau avec zèle, en s'émerveillant de son habileté et en sifflant comme un merle. Yannis, qui au début était d'accord pour serrer la vis au récalcitrant, trouva que la sévérité de son oncle dépassait les bornes. Agacé par cette corvée, il ordonna pour la troisième fois au gamin de descendre :

— Pandélis ! Ou tu descends, ou c'est moi qui monte et qui te fais descendre. Je n'ai pas la bedaine de ton oncle, moi. Je peux aller t'attraper jusqu'au sommet du mât.

Mais Pandélis n'avait cure des menaces. Il lui tira la langue, rit aux éclats, porta sa main à ses parties et lui dit :

— Viens donc m'attraper, si t'es un homme. Vu d'ici, tu ne m'impressionnes guère, tout capitaine que tu es !

Yannis faillit éclater d'un rire homérique. Il était si heureux ce jour-là, si résolu à ne se mettre en colère sous aucun prétexte, à accepter et à donner de l'amour ! Mais souffrir une telle offense était impensable. D'abord, en tant que capitaine, il ne pouvait laisser passer sans la punir l'impertinence d'un mousse. Et puis, il fallait coûte que coûte faire descendre Pandélis.

— C'est à moi que tu parles comme ça ? Tu vas voir !

Il défit son ceinturon d'un mouvement preste, le prit entre les dents, saisit un des câbles qui courait le long de la manche à air depuis le pont et se mit à escalader jusqu'à la plateforme. Pandélis fut déconcerté : il ne s'attendait pas à ça. Il était en grand danger, directement menacé. Il regarda avec frayeur à droite, à gauche, pour voir comment s'en tirer. La chose était simple : il lui suffisait de s'agripper à un autre câble, de se laisser glisser jusqu'au pont et de courir à toute vitesse vers la réserve de charbon, où il disposait d'une cache imparable. Il resterait caché une heure ou deux, le temps que la colère du capitaine retombe. Pas vu, pas pris…

Il suffisait de passer à l'action. Il se jeta d'un bond, serra le câble entre ses mains et entre ses pieds, et se laissa glisser vers le pont, agile comme un singe. Dans sa précipitation, il laissa son casque lui glisser de la tête, et sa blonde chevelure frisée flotta au gré du vent sous le soleil. Sous le soleil des tropiques, cet impitoyable scélérat, ce perfide assassin, qui ne pardonne jamais à ceux qui le méprisent...

Une pointe de feu vint se planter dans son crâne et lui transpercer le cerveau. Il vit le bateau tournoyer furieusement, deux ou trois fois, autour de ses yeux effarés. Ses jambes et ses mains, qui serraient le câble d'acier, furent paralysés.

Il eut juste le temps de crier « Maman ! » et, comme une alouette enivrée de soleil, il s'écrasa dans un bruit sourd sur la tôle du pont.

On le souleva et le transporta sur le lit de l'infirmerie. De ses lèvres entrouvertes, qui grimaçaient de douleur, un filet de sang s'écoulait sur sa joue pâle. Ses paupières closes étaient noires, mortes. Tous étaient bouleversés. Ils restaient là à le regarder avec des yeux remplis d'angoisse. Seul Yannis garda son sang-froid. Il s'activait à préparer une piqûre cardiotonique, même s'il savait qu'il n'y avait plus d'espoir.

— Hémorragie interne, dit-il à voix basse au radio. Il a un pouls filiforme. C'est une question de minutes...

Et il ajouta à voix haute :

— N'aie pas peur, Pandélis ! Je vais te faire une piqûre et ça va aller mieux...

— Ne me raconte pas des histoires... lui répondit le gamin d'une voix à peine audible.

Ils lui firent la piqûre, puis attendirent, en le regardant en silence. Manolis s'était agenouillé à côté du lit. Il tenait sa main, que contractait le dernier sursaut de la vie, et lui disait d'une voix étranglée par les sanglots :

— Pandélis… Mon enfant… Qu'est-ce que je vais dire à ta mère ? Qu'est-ce que je vais lui dire ?

Le gamin ouvrit ses yeux vitreux, sur lesquels planait l'ombre de la mort. Il regarda son oncle en souriant. Puis il souleva sa main tremblante, montra ses parties et murmura d'une voix éteinte :

— Voilà ce que tu lui diras…

Dans l'après-midi, un îlot apparut au nord, dans le lointain, un de ces milliers d'îlots qui semblent orner ces mers d'un collier de coraux. « Ce sera là », se dit Yannis, et il ordonna de changer de cap. Puis il descendit donner les instructions appropriées. Il n'oublia rien. Il avait gardé sa maîtrise de soi, même si la pensée qu'il était le responsable involontaire de ce malheur lui étreignait le cœur. « Mon Dieu, tu m'as infligé une très rude épreuve. Avec le bonheur tu m'as envoyé la douleur. Pour que je me souvienne que le bonheur pur n'existe pas, et que Charos est toujours le fidèle serviteur de Ton impénétrable volonté. »

Le soleil était encore haut lorsqu'ils jetèrent l'ancre à un mille environ de l'îlot. Ils placèrent la caisse dans la grande chaloupe, qu'ils mirent à l'eau. Yannis, Manolis et le radio quittèrent le bateau avec six marins. Ils avancèrent à la rame, en veillant à ne pas heurter les récifs qui entourent ces îlots coralliens. Au moment où ils approchaient du rivage bordé de cocotiers, ils entendirent d'étranges cris perçants. Ils regardèrent et virent que les singes – des milliers de singes –, apeurés, s'enfuyaient en sautant d'arbre en arbre.

— C'est la première fois qu'ils voient des hommes, dit le radio.

Mais personne ne lui répondit.

La barque se posa doucement sur la plage. Ils soulevèrent la caisse, la débarquèrent et la déposèrent sur le sable. Puis ils jetèrent un coup d'œil autour d'eux.

— Où allons-nous creuser la fosse ? demanda le radio.

— Allons voir, dit Yannis.

Ils s'enfoncèrent dans la forêt, à la recherche d'un endroit propice. Ils se dispersèrent par-ci par-là. Les marins cueillaient des noix de coco, les perçaient et en aspiraient le jus tiède.

— Capitaine Yannis, s'écria le radio, viens voir par ici !

Ils s'approchèrent tous de lui et virent, sous un cocotier, une croix de bois. C'était la tombe d'un marin, mort lui aussi dans ces mers inhospitalières.

— Nous allons l'enterrer ici. Pour qu'il ait de la compagnie.

Ils allèrent chercher des pioches et des pelles dans la chaloupe et se mirent à creuser. Il faisait chaud. De la mer étale monta une brume laiteuse, étouffante, qui recouvrit peu à peu la forêt. Les hommes qui creusaient furent vite essoufflés et couverts de sueur. Ils s'arrêtèrent pour reprendre des forces.

— Courage, les gars ! Il faut en finir avant le coucher du soleil.

Ils reprirent courage. Yannis et le radio allèrent s'asseoir un peu plus loin. Ils allumèrent une cigarette et regardèrent le rivage où était déposée la caisse. Manolis, qui se tenait à côté d'elle, en caressait le bois de ses gros doigts tremblants. Il pleurait. Ses lèvres bougeaient, semblaient dire quelque chose, parlaient au mort. Le soleil descendait lentement à l'horizon. Il commençait déjà à se colorer de rouge en entrant dans la brume qui stagnait à l'horizon. La mer faisait penser à du lait caillé, jaunâtre, à du pus.

— Un mètre et demi. C'est bon, dit un des marins.

Yannis se leva pour aller examiner la fosse.

— C'est bon. Allez le chercher.

Ils revinrent sur la plage, prirent la caisse, la soulevèrent sur leurs épaules et reprirent le chemin de la forêt. Derrière eux, Yannis et le radio soutenaient Manolis qui avait du mal à marcher.

— Courage, lui disaient-ils. Courage…

Les paroles habituelles, que tout le monde prononce en pareil cas. Le secrétaire haletait, gémissait et ne cessait de répéter :

— Qu'est-ce que je vais dire à sa mère ? Mais qu'est-ce que je vais dire ?

Ils déposèrent la caisse au bord de la fosse. Puis ils passèrent des cordes par-dessous, la soulevèrent et la laissèrent descendre lentement jusqu'au fond. Ils retirèrent les cordes et restèrent immobiles, silencieux. On entendit dans le lointain le vacarme que faisaient les singes apeurés. Yannis tira un missel de sa poche et se mit à lire l'office des morts. Il le lut en entier, sans hâte. Les autres écoutaient, la tête basse et les bras croisés. Manolis n'avait pas la force de rester debout. Assis par terre, il balançait son corps en avant et en arrière.

Quand Yannis eut prononcé l'expression « le dernier baiser », ils se regardèrent tous, embarrassés.

— Ce n'est pas possible ! dit le radio. On n'aurait pas dû le descendre…

Oui, c'était une faute que de l'avoir descendu dans la fosse sans lui avoir donné un dernier baiser. Yannis haussa les épaules : « Comment faire ? » Manolis se leva.

— Je vais lui donner un baiser ! Je vais lui donner un baiser !

— Comment vas-tu descendre ? C'est impossible…

— Je vais descendre…

Il sauta dans la fosse, en veillant à poser ses pieds à droite et à gauche de la caisse. Puis, il prit le couvercle et le souleva. Les autres se penchèrent pour voir, et furent saisis de frayeur. Les bras de Pandélis, qu'ils avaient croisés sur la poitrine, se séparèrent. Le bras gauche resta à sa place, raide, tel qu'il était, mais le bras droit se déplia et tomba plus bas, la main ouverte tendue au-dessus des parties. Ils furent pris d'une sorte de folie. Blêmes, affolés, ils hurlèrent :

— Remets vite le couvercle ! Remonte !

Le couvercle, échappant aux mains de Manolis, retomba de travers sur le cercueil. Mais les huit hommes qui entouraient la fosse, saisirent le gros secrétaire par les aisselles, le tirèrent de là et le jetèrent un peu plus loin, à plat ventre. Puis, ils reprirent aussitôt les pelles et recouvrirent frénétiquement le caisson de terre. Les premières pelletées résonnèrent sur le bois, puis le bruit se fit plus sourd. Manolis n'était plus à plat ventre. Il s'était redressé et, à nouveau assis par terre, balançait son gros corps en avant et en arrière. Il ne pleurait plus, ne gémissait plus.

La fosse se remplit. Ils jetèrent par-dessus la terre en trop et firent un tumulus.

— La croix, dit Yannis. Où est la croix ?

Ils l'avaient oubliée dans la chaloupe. Le radio courut la chercher. Elle était faite dans une planche de bois brut et portait, écrit en lettres noires : « Pandéléïmon Diakos. 16 ans. » Ils l'enfoncèrent à la tête de la tombe en la calant.

— On s'en va, maintenant, dirent-ils.

Ils aidèrent Manolis à se relever. Deux marins l'amenèrent jusqu'à la chaloupe en le soutenant pas les aisselles. Les autres les suivirent après avoir ramassé les pelles et les pioches. Quand ils furent sur le rivage, ils s'aperçurent que Yannis n'était pas avec eux. Ils s'inquiétèrent.

— Où est le capitaine Yannis ? Capitaine ! Hé ho, capitaine !

Ils regardèrent autour d'eux et virent qu'il était resté près de la tombe. Il était debout et regardait l'autre croix, l'ancienne croix.

— Hé ho, capitaine Yannis !

— Je viens, je viens…

Quand il arriva, le radio lui demanda :

— Que regardais-tu ? L'autre croix ?

— Oui.

— Elle porte une inscription ? De qui s'agit-il ?

— Un Français. « Sylvestre Moan. 19 ans. »*

— Qu'est-ce que ça veut dire ?

— C'est son nom et son âge. Dix-neuf ans. Un gamin, lui aussi. Un jeune marin…

Ils montèrent dans la chaloupe et se dirigèrent en

silence vers le bateau qui mouillait au large, les pavillons en berne. Dès qu'on les vit revenir, on s'empressa de lever l'ancre. L'échappement du moteur du treuil et le grincement de la chaîne dans l'écubier emplirent le silence de l'océan. On entendait aussi les six rames de la barque qui frappaient en cadence la mer purulente. Il faisait chaud. Le soleil sanguinolent plongeait dans ces eaux jaunâtres pour y mourir brusquement, sans couleurs et sans gloire.

Une fois les hommes partis, les singes s'enhardirent à revenir sur le rivage en bondissant et en criant. Ils regardèrent l'embarcation qui s'éloignait, puis examinèrent le tumulus de terre et la nouvelle croix de bois. Mais, soudain, ils entendirent un bruit au loin, et bondissant tous ensemble de branche en branche, ils se précipitèrent pour voir ce qu'il se passait. Ainsi sont les singes, curieux et superficiels : leur esprit volète d'image en image, d'impression en impression…

Seul un petit singe ne suivit pas les autres. Il resta à se balancer au-dessus de la tombe fraîchement creusée, en se suspendant de son bras gauche à une branche. Et, la main droite entre ses cuisses, il brocardait les hommes qui avaient troublé la sérénité de l'île…

Il était tard, très tard, lors que la voiture de madame Patéridis s'arrêta devant le portail du jardin. Le chauffeur descendit, appuya sur la sonnette et attendit. Une lumière s'alluma à l'étage, puis une autre. La porte d'entrée s'ouvrit et la silhouette de Tassia, la cuisinière, sembla s'engager dans l'allée du jardin. Le chauffeur ouvrit la portière arrière de la voiture et dit :

— Allons, viens, descends.

Annoula descendit.

— Tu t'es bien amusée ? demanda Tassia.

— Si elle s'est bien amusée ? s'empressa de répondre le chauffeur. Ils ont fait une de ces fêtes, ces chenapans ! Une fête de tous les diables ! Allons, il est temps maintenant d'aller faire dodo !

La voiture fit demi-tour et disparut. Annoula et Tassia entrèrent dans la maison. La petite était un vrai moulin à paroles, elle racontait comment elle s'était amusée, ce qu'elle avait mangé. Tassia, mal réveillée, ne l'écoutait même pas : « C'est bien, très bien ! », disait-elle machinalement. « Viens maintenant, que je te déshabille et que je te mette au lit. »

Elles étaient arrivées dans le hall et allaient vers la chambre d'Annoula lorsque l'enfant vit que celle de Marina était éclairée.

— Maman ne dort pas encore, dit-elle. Je veux la voir.

— Bon, c'est elle qui te mettra au lit…

Tassia, qui trébuchait de sommeil, alla se rendormir et Annoula entra dans la chambre de Marina. La lampe de chevet était allumée. Un peu de vent entrait par la porte ouverte du balcon et agitait les rideaux. La petite fille regarda autour d'elle et fut surprise de ne pas voir sa mère : « Mais où est maman ? » Comme si elle n'en croyait pas ses yeux, elle s'approcha du lit et se mit sur la pointe des pieds, pour voir. Mais le lit était vide. Les couvertures gisaient sur le sol, foulées par un pas nerveux. Le drap était entortillé sur toute la longueur du lit, martyrisé par l'agitation d'un corps sans sommeil.

De toute la pièce s'exhalait une étrange odeur, comme celle d'une sueur secrète.

— Maman ! cria-t-elle d'une voix étouffée, comme pour s'assurer que sa mère se trouvait réellement dans la chambre.

Aucune réponse. Annoula resta là, pensive, sans pouvoir comprendre. « Elle est peut-être allée dans la salle de bain. Elle ne tardera pas à revenir. Je vais l'attendre. » Elle fit quelques pas, se retrouva devant l'armoire et vit son image se refléter dans le miroir plongé dans la pénombre. Elle eut un sourire de satisfaction. Son précoce instinct de femme lui disait qu'elle était belle. Sous son petit bonnet à bec doré, ses cheveux se répandaient en boucles et mèches blondes. Sa longue robe bleue donnait à son corps d'enfant une apparence de maturité. Mais ce qui l'amusa, qui lui arracha un rire étouffé, ce furent ses petites ailes d'argent qui, de manière comique, dépassaient de ses deux épaules.

Avec ce rapide changement de sentiments qui caractérise les enfants, elle oublia bientôt l'image du miroir et se rappela sa mère.

— Maman ! s'écria-t-elle, plus fort cette fois.

Elle ne reçut pas de réponse. « Qu'est-ce qu'elle traîne dans la salle de bain ! » Elle s'avança vers le balcon et regarda au-dehors. Le temps s'était gâté, le vent du sud s'était levé. De petits nuages couvraient le ciel. En bas, Syra brillait de mille feux. « Mais où peut bien être maman ? Pourquoi reste-t-elle si longtemps dans la salle de bain ? » Pour aller dans la salle de bain, il fallait passer par un couloir sombre, plein d'ombres terrifiantes, dangereuses ! Cela, elle ne le ferait jamais, elle préférait cent fois attendre sa mère jusqu'au matin. Du reste, elle ne paraissait pas contrariée outre mesure par l'absence de sa mère. Elle rentra dans la chambre, car la nuit était trop froide et sombre sur le balcon. Elle n'aimait pas l'obscurité. « Je vais attendre maman. » Mais elle était fatiguée, elle tombait de sommeil. Elle grimpa sur le fauteuil qui se trouvait près de la porte ouverte du balcon. Elle prit ses aises sur le velours moelleux, croisa ses petites jambes et poussa un profond soupir de satisfaction. Elle avait passé une si bonne soirée ! Il y avait à ce bal une multitude d'enfants tous plus beaux et plus souriants les uns que les autres, avec de très jolis déguisements : des pierrots, des arlequins, des colombines, des diables, des marins, des Mexicains, des cow-boys, des Havanaises. Le pick-up diffusait de belles chansons, les domestiques passaient avec des plateaux remplis de glaces, de limonades, de gâteaux, de chocolats…

Oui, elle avait passé un très bon moment. Elle avait connu une ribambelle d'enfants, avait joué avec eux, avait dansé, sauté, fait des bêtises. Et puis, madame Patéridis avait donné un cadeau à chaque enfant. Elle avait eu une marionnette : un gamin des rues aux pieds nus, au pantalon rapiécé, qui clignait de l'œil avec malice. Quelle magnifique marionnette !

Quand était venu le moment de passer au buffet pour le souper, chaque jeune homme avait pris par le bras une demoiselle. C'était la règle qu'avait fixée madame Patéridis. Elle avait eu pour cavalier un Grec de l'Antiquité, d'environ sept ans, aux cheveux bouclés pris dans un ruban bleu, vêtu d'une tunique et chaussé de sandales. Il s'appelait Andonakis. Ils avaient mangé dans la même assiette, très sagement, très dignement. Sauf qu'ils s'étaient disputés pour un sandwich au jambon. Mais ils avaient fini par le partager en deux et se réconcilier.

Après le souper, ils avaient dansé le tango et le quadrille. Elle s'était efforcée de se comporter convenablement et avait fait la révérence en soulevant avec grâce le bas de sa robe. Elle ne s'était pas trop bien débrouillée au moment de la valse, mais Andonakis ne savait pas la danser, lui non plus.

Ils s'étaient alors assis côte à côte sur le canapé du hall et avaient discuté comme des adultes. Andonakis lui avait promis de l'épouser dès qu'il serait grand, ce qui l'avait flattée. Il lui avait offert aussi un marron glacé. Il y avait eu plus tard un petit incident, mais il était passé inaperçu. On avait donné au salon une représentation de guignol qui était si comique qu'en riant elle s'était oubliée et avait fait pipi dans sa culotte. Enfin, pas tant que ça, elle s'était retenue à temps et s'était à peine mouillée. Elle avait été très embarrassée, mais n'avait rien dit à son cavalier. Comment le dire d'ailleurs ? Est-ce que les fiancés se disent de telles choses entre eux ?

Oui, la petite Chimère avait passé une très-très belle soirée. Elle n'imaginait pas qu'il pouvait y avoir de tels plaisirs dans une vie d'enfant. Comment aurait-elle pu l'imaginer, enfermée comme elle l'était dans la maison de Piskopio avec sa mère, sa grand-mère et Tassia. Elle soupira à nouveau, avec un sérieux cocasse pour son âge, et ferma les yeux. Elle était fatiguée. Elle aurait tant voulu s'allonger sur son lit. Mais où était sa mère ? Pourquoi tardait-elle tant à revenir de la salle de bain ? Bien sûr, elle aurait pu aller toute seule dans sa chambre, qui était juste à côté de celle de sa mère. Mais qui l'aurait déshabillée ? Qui lui aurait enfilé son pantalon de pyjama ? Elle était encore petite, elle ne pouvait se débrouiller toute seule. Elle aurait voulu aussi faire pipi, mais traverser ce couloir sombre pour aller aux toilettes, ça jamais !

Elle décida de prendre son mal en patience et d'attendre sa mère. Elle soupira une troisième fois et, sans comprendre pourquoi, elle ferma les yeux. Sa tête se balança au-dessus de ses ailes et s'inclina lourdement sur son épaule droite. Elle fit un sourire béat, plein d'un candide bonheur d'enfant. Elle souriait à la vie qui l'attendait, qui lui tendait les bras, aux anges qui l'entouraient.

Le vent de la nuit se glissa dans l'ouverture de la porte du balcon, silencieux et sournois, en agitant sans bruit les rideaux. Les étoiles jaillissaient au-dessus de la montagne de Tinos et montaient dans le ciel, pareilles à des étincelles surgies d'un volcan cosmogonique. Mais elles avaient maintenant à lutter avec les nuages, qui arrivaient du sud en troupeau et remontaient vers le nord. Elles ne pouvaient donc accomplir correctement leur tâche : voir clairement les hommes, deviner leurs réflexions et leurs machinations à l'expression de leur visage et veiller à prévenir les Moires dans les lointaines glaces du nord : « Untel a l'intention de commettre cette bévue. Tel autre se trouve en grand danger par sa faute. Déroule bien ton fil, Clotho. Veille à ce qu'il ne lui arrive pas un malheur injuste, Lachésis ! Prends garde à ce qu'il n'échappe pas à son destin, Atropos ! » Les trois vieilles femmes écoutent ce que leur signalent les étoiles.

Elles tournent le fuseau comme il faut, tirent le fil du sort jusqu'où il faut, ne le coupent pas avec leurs ciseaux quand il ne le faut pas. Mais maintenant que de petits nuages couvrent à moitié le ciel, les étoiles ne voient pas bien ce qu'il se passe sur terre. Même en étant vigilantes, elles pourraient commettre une erreur. « Attention ! disent Clotho et Lachésis à Atropos. Nous, si nous nous trompons sur le fuseau ou sur le fil, nous pouvons nous rattraper. Mais une erreur des ciseaux est irréparable. Fais bien attention ! » Atropos est aussi vigilante que possible. Mais elle est très vieille, ses yeux ne voient plus guère, ses oreilles n'entendent plus. Elle a aussi des ennuis avec les Erinyes, qui n'obéissent plus, regimbent, n'en font plus qu'à leur tête. Elles vont là où il ne faut pas, et ne vont pas là où il faut, les garces !

Alors, une petite étoile bleue, une de celles qui se montrent tard au-dessus du Tsiknias, regarda entre les nuages et aperçut Annoula en train de s'assoupir. Elle envoya aussitôt un message aux Moires : « Annoula a sommeil. Envoyez-lui Hypnos. Vous avez bien entendu ? Hypnos ! » Clotho et Lachésis avaient bien entendu, c'est Atropos qui avait mal entendu : « Qu'est-ce qu'il y a ? Qu'est-ce qu'il y a ? » demanda-t-elle. Mais les deux autres la rabrouèrent : « Laisse, nous allons nous en occuper. Tu es sourde comme un pot. » Elles dirent donc à Hypnos : « Annoula a sommeil. Va l'endormir. » « Vos paroles sont des ordres », répondit le magnifique Seigneur de l'Oubli. Il déploya ses grandes ailes et descendit du ciel jusqu'à la chambre où se trouvait Annoula. Il se tint au-dessus du fauteuil et rit en voyant les ailes d'argent de la petite Chimère. Ses ailes à lui étaient bleu foncé et diaphanes, comme faites de cristal. D'un geste de velours il en posa l'extrémité sur les yeux d'Annoula, qu'il ferma avec les sceaux roses des rêves d'enfant.

Partout à l'horizon, les heures de la nuit entamèrent leur danse lente. Les nuages au levant se teintèrent de rose, annonçant la lumière du jour. Les étoiles qui avaient eu le temps de s'élever au-dessus du cratère cosmogonique s'enfuirent vers le couchant, ornant de paillettes évanescentes les franges du voile bleu sombre de la nuit. Le jour, les étoiles ne servent à rien, puisque les hommes prennent leur destin en mains. Au-dessus des glaces du Grand Nord, Atropos n'avait pas bien vu qu'il commençait à faire jour. « Qu'a dit cette petite étoile à propos d'Annoula ? Vous vous êtes occupées d'Annoula ? » « Oui, nous nous sommes occupées d'elle. Ne t'inquiète pas ! » Mais elle était dure d'oreille et n'entendit pas la réponse. Comme elle était fière aussi, elle ne voulut pas répéter sa question, ce qui la tracassa : « Qu'a dit la petite étoile ? Que puis-je faire ? »

Des contrées lointaines du Levant arriva la brise du matin. Elle se répandit sur la mer, légère et silencieuse, mais fraîche. Cette fois, les rideaux ne frémirent pas. Annoula inclina sa tête sur son épaule gauche en grelottant. « Mais oui, se dit Atropos, je me rappelle à présent ce que la petite étoile a dit d'Annoula. Heureusement que je m'en suis souvenu avant le lever du jour. Il fait encore nuit, j'ai le temps. Où est le fil ? Où sont les ciseaux ? »

Hypnos se rembrunit. Son beau visage s'enlaidit. Ses joues se creusèrent, ses yeux se voilèrent, ses lèvres devinrent décharnées. Ses ailes n'étaient plus légères et cristallines, mais noires, tristes et lourdes comme du plomb. Elles ne fermaient plus les yeux de la petite Chimère, elles s'abaissaient sur sa poitrine et l'écrasaient.

En descendant la route de Syra, Marina vit les phares d'une voiture qui montait. Elle entendit le ronflement du moteur dans le silence de la nuit. « Qui ça peut bien être ? Qui peut monter à Piskopio à une heure pareille ? » Elle ne songea pas à Annoula. Elle avait oublié que sa fille devait rentrer à la maison, elle avait oublié Annoula. « Qui que ce soit, il ne faut pas qu'il me voie. » Ce fut sa seule pensée. Elle regarda autour d'elle, dans l'obscurité. Le long de la route il y avait un fossé peu profond. Elle s'y précipita, s'accroupit, se recroquevilla autant qu'elle le put. « On ne me verra pas. Je suis bien cachée. » La voiture prit le virage en contrebas et continua en seconde, en faisant ronfler le moteur. Les phares éclairèrent l'asphalte, le long du fossé. Un instant, le faisceau lumineux en balaya l'intérieur. Marina se coucha à plat ventre. « Est-ce qu'ils m'ont vue ? S'ils m'ont aperçue et qu'ils s'arrêtent, qu'est-ce que je vais dire ? »

On ne la vit pas. La voiture passa son chemin sans ralentir. Rassurée, Marina leva la tête, pour voir qui était à l'intérieur du véhicule. Mais, sur le coup, elle ne put rien voir, parce que les phares qui éclairaient sur le devant laissaient la voiture dans l'ombre. « Après tout, peu m'importe qui ça peut bien être. » Elle se leva, poussa un soupir de soulagement et sauta sur l'asphalte de la route. La voiture avait pris maintenant le virage au-dessus d'elle et filait vers le dernier lacet. « Après tout, peu m'importe qui ça peut bien être. » Mais subitement, brusquement, son cerveau retrouva son fonctionnement ordinaire, revint à la raison : « Annoula ! Annoula ! »

Elle s'élança avec une force irrésistible. Elle traversa en deux bonds la largeur de la route, enjamba le fossé de l'autre côté et se mit à escalader en courant à toutes jambes la pente rocailleuse qui séparait les deux lacets.

— Annoula ! Annoula ! Arrêtez ! Arrêtez !

Elle reprit son souffle, ses esprits, et continua à remonter la pente en courant. Mais elle s'épuisa à nouveau. Son cœur battait à tout rompre. Elle s'arrêta un instant : « Pourquoi courir ? Pourquoi me précipiter ? Quelle importance si j'arrive quelques minutes plus tard ? Puisque j'ai trouvé un bon prétexte… Mais est-ce que ma belle-mère va me croire ? » Non, la mère Réïzis ne pourrait jamais la croire. Elle était méfiante, soupçonneuse. « Je suis perdue si ma belle-mère… Je suis perdue… » Elle rassembla ses forces, se donna du courage, se mordit les lèvres, et se remit à courir sur le sentier escarpé. « Il faut que j'arrive à temps, que j'arrive à temps, que j'arrive à temps. Il le faut, il le faut, il le faut. »

La volonté lui donna une force surnaturelle et vint à bout de ce qui était normalement impossible. Elle remontait la pente avec la souplesse d'un chevreuil, sautait par-dessus les pierres, les rochers, les fossés. Il fallait qu'elle arrive avant la voiture. Son esprit concentrait tous ses efforts sur ce point et n'était plus en capacité de comprendre une réalité très simple, à savoir que même en courant, il lui était impossible d'arriver avant la voiture.

Elle court, elle court. Elle baisse la tête, ne regarde plus que le sol, la terre qui se déroule sous ses pas rapides. Elle tend l'oreille pour suivre le ronflement du moteur de la voiture qui peine en seconde, le crissement des pneus sur l'asphalte. Elle entend ces bruits tantôt à droite, tantôt à gauche, tantôt devant elle, en fonction des lacets, mais jamais derrière elle. Elle a beau courir, couper par des sentiers rectilignes, elle ne parvient pas à dépasser la voiture qui va plus vite qu'elle. C'est la voiture qui arrivera la première, quoi qu'elle fasse.

Si elle avait toute sa clarté d'esprit, elle le comprendrait et ne perdrait pas sa peine. Mais son esprit est obscurci par la peur de la catastrophe, il a perdu toute lucidité. Et cette femme court dans la nuit, court à la catastrophe.

Elle n'entend plus maintenant le halètement du moteur, le crissement des pneus. Seulement un klaxon qui retentit trois fois, puis le silence. Elle s'arrête, regarde. Elle est à moins de cent mètres de la maison. Mais la voiture est garée devant le portail de la cour. Elle entend les portières qu'on ouvre et qu'on referme, des pas sur le gravier de l'allée du jardin, elle aperçoit de la lumière à la fenêtre du hall, puis à la lucarne de la porte d'entrée. Trop tard. Elle n'a pas eu le temps…

À présent, elle n'entend plus rien, elle n'observe pas ce qu'il se passe dans la maison. Elle s'est assise sur un rocher, pantelante. Son cœur palpite, palpite… Les étoiles se sont immobilisées dans la matière noire du ciel. La mer est noire, elle aussi – noire et bruyante. En bas, la ville projette autour d'elle la lumière de sa joie rayonnante, comme une constellation tombée sur un coin de la terre qui fait la noce, s'enivre, danse, chante, s'accouple.

Elle se leva. Elle ne se retourna pas pour regarder derrière elle. Elle ne voulut pas entendre ce qu'il se passait derrière elle. Et elle descendit à pas lents le sentier, le même sentier qu'elle avait escaladé en courant un peu plus tôt…

Maintenant, elle remonte le sentier. Elle marche lentement, sans se hâter. D'ailleurs, elle ne pourrait pas se hâter. Elle est épuisée. Elle est ivre, elle trébuche. Elle a bu du chianti. Du chianti spumante, du Lacrima Christi – Larme du Christ. « Encore un petit verre, bella signora. Faites-moi ce plaisir. Après quoi, je chanterai pour vous une chanson de ma patrie, de Pescara. Je vous ai dit que je suis de Pescara ? Je vous ai dit que je suis second sur ce bateau ? Le « Bianca Madona ». Nous sommes arrivés cet après-midi, pour décharger trois cents balles de coton. La ville était en fête. Carnavale ! Carnavale ! Je traînais dans les rues, seul et mélancolique, l'âme en peine. Mais la divine Providence m'a envoyé votre personne ! » L'Italien a du bagou, est un vrai moulin à paroles. Il lui sert du vin, lui chante des chansons de Pescara, caresse de ses doigts cuivrés les cordes de sa guitare. Des doigts de prestidigitateur, agiles, en perpétuel mouvement, comme des oiseaux qui volèteraient autour d'un fruit sonore. Elle regarde ces doigts, écoute les sons qu'ils émettent, écoute la chanson de cette voix veloutée, boit la Larme du Christ, cette sueur de la cendre brûlante d'un volcan. « Qu'est-ce que les larmes du Christ ont à faire avec cette sale histoire ? Je ne mérite pas qu'on pleure sur moi. Pas même le Christ. » « Bella signora, il fait chaud ici dedans.

Nous avons mis le chauffage. Ôtez votre imperméable. Je peux vous aider ? Oh, Madona mia ! Quel corps, quel corps ! À damner un cardinal ! Je vous prie de m'excuser, je ne l'ai pas fait exprès. Vous me pardonnez ? Merci ! » « Je ne le laisserai pas remettre ses sales mains sur moi. Parce que si je le laisse faire… Il a des mains infectes. Ses doigts sont dix vipères qui instillent leur venin là où elles se posent. » L'Italien lui chantonne maintenant dans l'oreille l'habituelle chanson d'amour. Il est poli, autrement dit timide. Il croit qu'il doit préparer le terrain, l'étourdir avec du vin, des chansons, des mots doux, dits d'une voix mielleuse. Quant à elle, elle boit le Lacrima Christi, écoute les chansons, les mots d'amour, et elle rit, elle rit. « Comme ça, non merci, jamais. J'ai eu la malchance de tomber sur un imbécile qui fait tout juste le contraire de ce qu'il faudrait faire. Il n'a pas compris que je ne veux pas de l'amour, mais quelque chose d'autre. Et en me proposant de l'amour, il me dégoûte même de ce quelque chose d'autre. C'est une chance que je n'aie pas… Tant mieux. » L'Italien essaie de lui passer les bras autour de la taille. « Non, pas ça, signore capitano. Nous allons nous amuser comme deux bons amis. D'accord ? Je vous parle franchement. N'allez pas penser qu'il s'agit d'une de ces dérobades dont les femmes ont l'habitude. Pas du tout ! » « Mais, bien sûr, je vous crois, et je m'incline devant votre refus. Que faire d'autre ? Eh bien, buvons, chantons, bavardons. » Il feignit de céder. Mais il ne tarda pas à redevenir entreprenant. Avec maladresse, sans finesse, sans comprendre qu'il avait perdu la partie. Elle le repoussa calmement, mais fermement.

Elle se leva : « Je crois qu'il est temps que je m'en aille, signore capitano ». Il protesta, revint à plus de douceur, essaya de l'apaiser. Peine perdue. Ils sortirent du salon et allèrent sur le pont. « Je vous prie de m'excuser, mais je ne peux vous accompagner à terre. Je suis de service à bord. Giuseppe va vous reconduire dans notre barque. » Il lui parlait maintenant avec indifférence, avec une certaine goujaterie. Elle lui répondit avec un sourire moqueur : « Je comprends. Ne vous donnez pas cette peine. Je vous remercie pour cette charmante soirée. Bonne nuit. » Giuseppe sauta le premier dans la barque et l'aida à descendre. C'était un homme d'une soixantaine d'années, à l'air revêche, au visage inexpressif. Il empoigna les rames et se mit à les mouvoir lentement pour gagner le centre de la jetée. Marina lui donna un coup de coude et lui dit : « No ! No ! » Puis elle lui montra, plus loin, à l'écart, le môle désert où étaient amarrés les cargos. « Ecco ! » Giuseppe comprit. Il tourna à gauche et se dirigea vers l'endroit qu'elle lui avait montré. Ils rejoignirent les cargos amarrés dans l'obscurité, dépassèrent la proue du premier, puis la barque tourna et s'enfonça entre les hauts murs d'acier de deux bateaux. Il faisait sombre, les lumières de la ville n'arrivaient pas jusque-là. Giuseppe lâcha les rames et regarda autour de lui. Il marmonna quelques chose entre ses dents, puis lui dit à voix basse : « Viene. » Elle se leva du banc de la poupe, enjamba l'autre banc et vint se dresser devant l'homme assis. Elle attendait, silencieuse et gênée, ne sachant que faire. Giuseppe le lui montra par gestes. Elle obéit passivement, sans dire un mot. Comme elle avait penché la tête en avant, elle vit dans l'eau qui se balançait doucement au fond de la barque se refléter quelques étoiles du ciel. Puis elle ferma les yeux…

Elle gravit lentement le sentier. Elle se traîne. « Il faut que j'arrive, que je dorme. Il faut que j'arrive avant qu'ils se réveillent. Si j'arrive après, mieux vaut mourir. Je suis folle. Je suis une ignoble créature. Je le sais, je l'admets. Mais je veux que personne d'autre ne le sache. Je ne supporte pas que les autres soient au courant de mon ignominie. J'ai toujours été lâche, j'ai toujours tenu compte de l'avis d'autrui. J'ai fondé mon existence sur des valeurs morales objectives. Mais en réalité, subjectivement, je veux tout pour moi. Faire ceci, ne pas laisser faire cela… De l'égoïsme, de la rapacité, qui ont utilisé l'hypocrisie pour se satisfaire… Quelle horreur ! Peu importe, j'arriverai avant qu'ils se réveillent. Personne ne m'a vue à Syra. Tassia a dû coucher Annoula, en pensant que je dormais dans ma chambre. Personne ne saura rien de mes frasques. Tout va rester comme avant…. Comme avant ? Pour le visage, le masque qui recouvre l'odieuse vérité, oui. Mais, moi, je suis désormais une âme perdue, parce que ma conscience ne m'a pas abandonnée. J'aurai jusqu'à la fin le dégoût de moi-même. Et plus les autres m'estimeront et m'aimeront, plus mon désespoir grandira. »

Le jour s'est levé, au-dessus du mont Tsiknias. Les étoiles ont cessé de venir du fond de l'Orient, de sortir des cratères des monts de Tinos. Mais les nuages sont arrivés, portés par le vent du sud, chassés par ses bourrasques. Ils ont pris la route du Nord, se dirigent vers les glaces éternelles du pôle, là où résident les Moires, pour leur apporter les nouvelles du monde des hommes. « Va-t-elle arriver à temps ? » se demandent les nuages. Les Moires hochent la tête. « Elle va arriver à temps. Mais à quoi bon ? Il est trop tard. Elle va souffrir dans la solitude. » « Telle est votre décision ? » « C'est écrit : elle sera un fléau pour les autres et pour elle, et cela au moment où le bonheur secouait ses ailes au-dessus d'eux. Nous, nous n'y pouvons rien. »

Elle gravit le sentier escarpé avec peine. Elle a les jambes coupées, les reins brisés, le cœur qui bat la chamade. Elle voudrait s'arrêter là, ne pas faire un pas de plus, s'asseoir sur un rocher et se laisser anesthésier par la fatigue. Mais ce n'est pas possible, elle doit se hâter, arriver à temps. Elle se précipite, escalade la pente comme une chèvre pourchassée, et elle s'essouffle. Le jour s'est levé, le soleil ne va pas tarder à paraître. À quelle heure Tassia se réveille-t-elle ? Et sa belle-mère ? Elle ne le sait pas exactement, elle ne s'est jamais souciée de l'apprendre. Elle se réveille toujours plus tard que les autres, et même plus tard qu'Annoula. Il ne lui est jamais arrivé de se réveiller tôt et n'a donc jamais pu voir à quelle heure se réveillent les autres.

En un ultime effort, elle franchit le dernier raidillon qui relie les deux derniers lacets de la route. Elle court maintenant sur l'asphalte, en direction de la maison blanche qui renvoie la lumière ocre et verte de l'aurore. Elle regarde d'un œil inquiet. Les volets sont fermés, hormis la porte du balcon de sa chambre. Mais elle se souvient bien qu'avant de partir elle l'a laissée ouverte. Grâce à Dieu ! Ils ne sont pas encore réveillés.

Elle parvient au portail du jardin, l'ouvre doucement,

prête à entrer, quand soudain elle reste clouée sur place, le cœur étreint par l'angoisse.

— Madame Réïzis ! Madame Réïzis !

Une voix d'homme, au loin, sur la route. Une voix qu'elle connaît, qu'elle a déjà entendue quelque part. Elle tourne la tête et voit le télégraphiste de Piskopio qui court vers elle.

— Madame Réïzis ! Un télégramme urgent. Mon collègue de Syra m'a réveillé pour me le transmettre. C'est en anglais, je ne peux pas le comprendre…

Il est arrivé jusqu'à elle, haletant lui aussi. Il lui remet le télégramme.

— Voilà…

— Merci…

Elle saisit le pli et s'apprête à courir vers la porte d'entrée.

— Madame Réïzis ! Vous n'allez pas le lire ? Excusez-moi, mais il a été envoyé par Monsieur Réïzis, de Saïgon. Est-ce qu'il lui serait arrivé quelque chose ?

Une vieille amitié lie le télégraphiste avec Yannis, il n'est donc pas surprenant qu'il soit inquiet. Marina s'arrête, ouvre le télégramme, le lit, et lui répond avec un sourire amer :

— De bonnes nouvelles, mon cher. De très bonnes nouvelles. D'excellentes nouvelles…

— Dieu merci ! Vous me rassurez. Vous savez combien vous m'êtes tous chers…

Et soudain une lueur d'étonnement se lit dans son regard :

— Mais… Qu'est-ce qu'il vous arrive ? Où êtes-vous allée à une heure pareille ? Vous avez quelqu'un de malade ? Vous êtes allée à Syra chercher un médecin ? Vous auriez dû me réveiller. J'aurais télégraphié tout de suite…

— Non. Nous allons tous très bien. Je n'arrivais pas à dormir et je suis sortie faire un tour…

— Ah… Bon… Eh bien, je vous souhaite une bonne journée…

Le télégraphiste s'éloigne à pas lents. Tout cela lui paraît bizarre, peu vraisemblable. Marina se précipite dans la petite allée du jardin. Elle ouvre la porte, retire ses chaussures et monte rapidement l'escalier, en regardant autour d'elle avec méfiance. Non, personne n'est encore réveillé. « Dieu m'aime. Il a pour moi un amour sans bornes. Quel Dieu étrange, vraiment ! »

Elle entre dans sa chambre, ferme la porte et reste là, debout, à soupirer de soulagement. La fatigue, la veille ont voilé son regard d'une multitude de paillettes qui font comme des étincelles. Elle ferme les yeux et s'appuie contre le mur. D'un geste nerveux de la main, elle froisse le papier blanc. « Non, Dieu ne m'aime pas. S'il m'aimait, il aurait fait en sorte que je reçoive ce télégramme six heures plus tôt, avant que je parte. Mais Dieu me déteste. Il m'a d'abord envoyé Satan, puis le message du bonheur. Il m'a envoyé le bonheur quand il était trop tard, pour rendre mon malheur plus amer encore. »

Elle ouvre les yeux et regarde par la fenêtre grande ouverte.

Le soleil, sortant de la mer, a embrasé les nuages apportés par le sirocco. Troublée jusque dans ses profondeurs, la mer ne veut pas recevoir sa lumière. Ses entrailles agitées ont absorbé les ténèbres de la nuit et s'entêtent à les retenir. « Quel besoin ce jour avait-il de venir ? Le premier des jours de mensonge que seront désormais tous les jours de ma vie. Combien de jours me reste-t-il à vivre ? Je suis jeune, en bonne santé, je me porte comme un charme. J'ai encore longtemps à vivre, mais une vie empoisonnée par le mensonge. » D'un geste lent, elle ôte son béret et le jette sur le lit. Puis elle ouvre l'encolure de son imperméable et s'avance vers le miroir. Le vent, dont un souffle léger entre dans la pièce par la fenêtre ouverte, soulève ses cheveux emmêlés. Elle regarde ses yeux dans la glace. Ils sont ternes, éteints. La fatigue, la nausée tirent les traits de son visage grisâtre, en aiguisent et en durcissent les angles. De tout son corps s'exhale une étrange odeur, qui agresse son odorat.

Elle haussa les épaules avec fatalité. Elle pencha la tête en avant, comme pour s'incliner devant une implacable destinée, et commença à se déshabiller machinalement. Son esprit était loin de là, nulle part peut-être. Quand elle eut retiré l'imperméable, la robe apparut chiffonnée, déchirée à l'épaule droite. Son cou nu était marqué de deux petites taches rouges. « Demain, elles seront noires. Il va falloir que je mette pendant quelques jours des robes à col haut, le temps qu'elles partent. » Elle les toucha involontairement du doigt et les frotta, comme si elles avaient pu s'effacer. Soudain, elle remarqua près de ses lèvres une autre petite marque, une petite morsure. Elle la toucha elle aussi. Mais elle retira brusquement sa main, la repoussa autant qu'elle le put et la regarda avec dégoût : « Il faut que je me lave, oui, je dois me laver. Allumer le chauffe-chaud et prendre un bain. » Elle déboutonna sa robe avec des gestes nerveux, chercha du regard où la poser et vit alors Annoula endormie sur le grand fauteuil, près de la fenêtre ouverte. Au loin, du côté du Tsiknias, le soleil commençait à émerger des flots, dans un entrelacs de rares nuages fuyants poussés par le sirocco. Il était d'une couleur pourpre inquiétante, pareil à une énorme goutte de sang vif.

Elle frissonna de tout son corps. Secoués, ébranlés, ses nerfs rejetèrent les toxines de l'irrésolution, de l'inaction. Elle secoua convulsivement la tête, comme pour chasser un mauvais rêve, un cauchemar. Elle revint à la réalité et se précipita vers le fauteuil où était l'enfant.

Annoula dormait toute habillée, avec sa robe bleue de Chimère. D'un sommeil lourd. Elle avait les joues rouges, les paupières enflammées. Elle respirait avec difficulté, avec un souffle saccadé. On aurait dit que sa petite poitrine luttait avec une main invisible, qui l'oppressait douloureusement.

— Annoula !

La petite n'entendit pas, ne bougea pas.

— Annoula !

Sa mère allait tendre la main pour lui caresser le front et la réveiller, mais elle se retint. Elle regarda à nouveau sa main. « Il faut d'abord que je me lave… » Mais son inquiétude l'emporta. Elle toucha le front de la fillette. Elle était brûlante.

— Annoula !

Elle s'agenouilla près du fauteuil. Ses mains inquiètes palpaient le petit corps. Il brûlait de fièvre.

— Annoula ! répéta-t-elle.

Il y avait dans sa voix comme un râle d'agonie. Dans son désir de réveiller la fillette, elle la secoua brusquement. Mais l'enfant était tombée dans une sorte de coma. Elle se leva et chercha autour d'elle d'un regard égaré, comme si elle ne savait que faire, comme si elle attendait de l'aide des objets sans âme, sans existence. Tout à coup, elle se précipita vers la porte et s'écria :

— Mère ! Mère !

Une autre porte s'ouvrit au fond du couloir. La voix de la mère Réïzis retentit, pleine d'inquiétude :

— Qu'y a-t-il ?

— Venez vite. Annoula n'est pas bien !

La vieille femme accourut, telle qu'elle s'était levée du lit, dans sa longue chemise de nuit de couleur noire :

— Qu'est-ce qu'il se passe ? Qu'est-ce qu'il lui arrive ?

Elle allait se précipiter vers le fauteuil où Annoula était étendue, plongée dans la torpeur de la fièvre. Mais soudain elle s'arrêta. Son regard noir, son regard farouche fit le tour de la pièce. Et elle vit, sur le lit défait, l'imperméable et le béret. Elle vit Marina revêtue de ses habits froissés, le visage fripé par la veille. Elle vit sa petite-fille encore costumée, endormie sur le fauteuil, à côté de la fenêtre ouverte.

Elle ne dit pas un mot. Son visage était glacial, dur, comme sculpté dans le granit. Elle se pencha et, de ses mains qui tremblaient d'émotion, elle prit l'enfant endormie, la souleva, la serra contre sa poitrine décharnée. Et, sans adresser un regard à sa bru, elle sortit de la pièce.

Marina resta figée, pétrifiée. Elle vit, le regard éperdu, l'ombre noire se fondre dans l'obscurité du couloir en emportant la fillette dans ses bras. Et elle comprit que son enfant s'en était allée pour toujours...

Minas arriva le lendemain matin, avant le lever du jour. Quand la voiture tourna au dernier virage, la maison apparut avec la plupart de ses fenêtres éclairées. « Est-ce qu'elle vit encore ? Ou bien... Ah, mon Dieu, donne-moi du courage ! » Il froissait de ses doigts nerveux, dans la poche de sa veste, le télégramme qu'il avait reçu à Athènes, la veille à midi : « Annoula gravement malade pneumonie. Viens tout de suite. Maman. » Heureusement, il y avait un bateau pour Syros le soir même. Il régla ses affaires les plus urgentes, jeta quelques vêtements dans une petite valise et descendit au Pirée. Une fois sur le bateau, il relut pour la dixième fois le télégramme : « Il est signé de ma mère. C'est elle qui m'appelle, ce n'est pas... » Il le remit dans sa poche. Mais il n'arrêtait pas, d'un geste machinal, de mettre sa main dans sa poche et de le chiffonner, comme s'il avait voulu arracher à ce papier une vérité que ces quelques mots ne disaient qu'à moitié.

Il débarqua au port de Syra vers trois heures du matin. Il n'y avait personne pour le renseigner. Il dénicha non sans mal un taxi.

— À Piskopio ! dit-il au chauffeur.

— Bien sûr, Monsieur Réïzis.

Le chauffeur le connaissait et l'avait reconnu.

— Est-ce que tu as entendu dire comment va la petite, ma nièce ?

— La petite fille de Madame Marina ?

— Oui.

— Elle est mal en point. C'est moi qui ai monté les médecins, cet après-midi. Ils se sont concertés.

— Qu'est-ce qu'ils ont dit ?

— Quand je les ai descendus, ils parlaient entre eux. Avec des mots savants. Je n'ai pas bien compris. Mais ça semble très grave…

« Très grave. Très grave. Très grave. » Ces deux mots tournent et retournent dans son esprit avec une exaspérante uniformité, l'empêchent de penser à rien d'autre. Plus la voiture avance dans la montée, plus la mer étale son étendue sous ses yeux. Une mer noire, creusée par la violence du sirocco, écumante et bruyante. Les nuages aux contours mouvants glissent vers le nord en chan geant constamment de forme. Entre eux apparaissent des touffes d'étoiles : des étoiles jaunes, blanches, bleues, vertes, qui ne sont peut-être jamais les mêmes. Mais qui peut distinguer les étoiles, dans cette perpétuelle fuite des nuages ? « Il n'y a pas de lune, cette nuit. C'est la nouvelle lune. Et c'est avec la nouvelle lune que viennent les malheurs. »

— Tu sais si on a rappelé un médecin pendant la nuit ?

— Si on en avait rappelé un, je l'aurais appris par les autres chauffeurs.

C'est donc qu'il n'y a pas un danger immédiat. Il poussa un soupir de soulagement. Mais les fenêtres étaient éclairées. Tout le monde veillait.

De loin, le chauffeur klaxonna. On l'entendit. Avant même que la voiture s'arrête devant le portail du jardin, la porte d'entrée de la maison était déjà ouverte. La mère Réïzis s'avança sur le gravier de l'allée.

— Maman ! Comment va Annoula ?

Sa mère ne répond pas. Elle fixe son regard sur son fils, un regard qui en dit long.

— Est-ce que… ? redemande Minas.

— Pas encore…

« Pas encore ». Ces mots l'ont glacé. Une main froide et dure, impitoyable, lui étreint le cœur. Pendant que la voiture fait demi-tour, les faisceaux lumineux des phares projettent, à travers les grilles du portail, une traînée d'ombre et de lumière sur le mur de la maison.

— Que disent les médecins ? Il n'y a pas d'espoir ?

— Dieu est grand…

Il a compris. Il monte l'escalier, mais ses jambes le soutiennent à peine. Sa mère le suit.

— Où l'avez-vous mise ? Dans sa chambre ?

— Oui.

Au moment où il va se diriger vers la chambre de l'enfant, sa mère le retient par le bras.

— Où vas-tu ?

Il se retourne et regarde sa mère, interloqué.

— Dans sa chambre. Je veux la voir…

— Allons d'abord dans ma chambre. J'ai à te parler…

Il ne comprend pas. Il s'efforce de comprendre. Il a des soupçons.

— Est-ce que… Et tu ne me l'as pas dit tout de suite ?

— Non. Elle n'est pas morte. Il se peut qu'elle survive…

— Alors ?

— J'ai à te parler.

Non, il ne comprend pas. Il suit sa mère. « Que se passe-t-il ? Qu'est-ce que tout cela signifie ? Il y a là un mystère. Quelque chose que je ne sais pas, qu'on m'a caché. Quelque chose de plus terrible que la mort. Oui, il y a des choses plus terribles que la mort. »

— Où est Marina ? Auprès de l'enfant ?

La vieille femme ne répond pas. Elle parcourt toute la longueur du couloir d'un pas assuré. Minas répète sa question, plus fort :

— Tu n'as pas entendu ? Où est Marina ?

La mère Réïzis ne répond pas davantage. Sous les ailes de l'Archange qui hante la maison, son silence est effrayant. Minas ferme les yeux, secoué par l'effroi qui s'est emparé de lui. « Mon Dieu, il y a des choses que même l'intelligence remarquable que Tu as donnée à Tes élus ne peut comprendre. Quels sont Tes desseins ? Dans quel implacable carcan nous enfermes-Tu ? J'ai peur… J'ai peur. Et pourtant je suis serein. Pourquoi ? Pourquoi ? »

La chambre de la mère Réïzis sent le coing, le musc et l'huile de sa veilleuse qui, dans une suspension d'argent, brûle nuit et jour devant les icônes. Sous les icônes, sur la commode, les photos de Minas et de Yannis encadrent celle de leur père. Le lit étroit, qui n'a pas été défait en dépit de l'heure, témoigne que la vieille femme ne s'est pas couchée de la nuit.

— Parle. Qu'as-tu à me dire ?

— Annoula est allée à un bal masqué pour enfants chez les Patéridis. On la ramenée tard dans la nuit en voiture. Tassia l'a conduite dans la chambre de qui tu sais…

— Qui ça ?

— Marina. Tassia n'est pas entrée dans la pièce. Elle est partie en laissant la petite. C'était après minuit.

— Et alors ?

— Alors, quand l'enfant est rentrée, je dormais. Je me suis réveillée vers six heures et je me suis assise sur le lit. J'entends Marina m'appeler. Je cours dans sa chambre. Et je trouve l'enfant endormie sur le fauteuil, près de la porte du balcon grande ouverte. Elle était encore costumée, comme quand elle était rentrée de chez les Patéridis. Quant à elle, je l'ai trouvée habillée, avec son pardessus…

— Je ne comprends pas…

— Quand nous nous sommes couchés, le soir, elle est sortie, en cachette. Dieu sait où elle est allée. En rentrant, la gamine est allée dans la chambre de sa mère. Elle ne l'a pas trouvée, et elle s'est endormie près de la porte du balcon grande ouverte. Sa mère est rentrée au lever du jour, avant notre réveil. Quand elle a trouvée l'enfant minée par la fièvre, elle s'est affolée, elle a pris peur, et elle m'a appelée…

Minas allume une cigarette. Un tremblement nerveux agite sa lèvre.

— Où est-elle allée ? demande-t-il d'une voix brisée.

— Je ne sais pas. Je ne lui ai pas posé la question. Mais à quoi bon l'interroger ? Il aurait suffi que tu voies ses yeux éteints, ses vêtements chiffonnés, les deux marques sur son cou…

— Quelles marques ?

— Celles que font les lèvres d'un homme sur la peau d'une femme, quand elles la sucent…

— Tu es sûre de ce que tu affirmes ?

— Je ne suis qu'un être humain. Je peux m'être trompée. Tu n'as qu'à l'interroger, toi…

Ils restèrent silencieux. On n'entendait plus que leur souffle court et le vent qui secouait les vitres. Soudain, la vieille femme éclata en sanglots.

— La salope ! La salope ! Elle m'a tué ma petite-fille ! L'enfant de mon enfant !

Sentant ses jambes se dérober sous elle, elle s'assit sur le lit. Son corps, sous l'effet du désespoir, vacillait d'avant en arrière, d'arrière en avant, comme un automate.

— Minas, mon fils, épouse une fille de chez nous. De Kassos… Comme tout le monde…

Minas ne soufflait mot. Son œil droit était agité d'un spasme nerveux. Livide, il s'approcha de la fenêtre et regarda la mer grise qui s'éveillait sous les rafales du vent. Il y eut un long moment de silence, entrecoupé par les gémissements du sirocco et les sanglots de la vieille femme. Jusqu'au moment où la mère Réïzis fut lasse de pleurer et cessa de sangloter. Il ne resta plus que le sifflement du vent. Alors Minas reprit la parole :

— Qu'Annoula vive ou non, Yannis ne doit être au courant de rien. Ce n'est pas la peine d'ajouter du malheur au malheur…

Sa mère le regarda d'un œil sombre, soupçonneux, et lui dit :

— Mon enfant, le malheur vient toujours à pas lents, mais il ne s'arrête pas. Il va jusqu'à son terme…

Il appuya son front contre la vitre et ferma les yeux. La cigarette échappa à ses lèvres tremblantes et tomba sur le tapis, faisant une grosse tache noire d'où s'exhala une odeur de laine roussie. La flamme de la veilleuse grésillait, était sur le point de s'éteindre. Et quand elle s'éteignit, à l'odeur de la laine roussie se mêla le relent de l'huile brûlée.

— J'ai oublié de mettre de l'huile dans la veilleuse, marmonna la veille femme.

La journée fut maussade, déprimante. Dehors, le sirocco hurlait sa chaude complainte, la mer roulait ses flots sombres. Tinos et Mykonos disparurent derrière un nuage mouvant chargé de pluie. Le ciel laissa tomber un immense déluge, qui se mêla à l'eau salée, lacérée par le vent en serpents écumants.

Sur son lit, la petite Chimère luttait avec la mort. À partir du moment où le sommeil les avait fermés sur de joyeuses images, ses yeux ne s'étaient plus rouverts. Peut-être se refusaient-ils à briser la belle représentation du monde qui accompagnait la fillette vers la mort. Et pourtant, elle voulait vivre. Elle tenait la couverture de ses petites mains brûlantes, enfonçait ses ongles dans la laine rêche, comme si elle voulait s'accrocher désespérément, douloureusement, à cette vie qui lui avait fait à peine entrevoir ses innombrables joies.

Était-ce la formidable volonté de vivre ? Ce fut en tout cas la seule explication du miracle… Vers midi, la jeune malade ouvrit les yeux, regarda autour d'elle, reconnut sa mère, sa grand-mère, son oncle, et leur sourit.

— J'ai soif, dit-elle.

Marina lui donna de la citronnade à la petite cuillère. Elle en but un demi-verre en soupirant de plaisir à chaque gorgée. Puis elle referma les yeux et se rendormit, mais d'un sommeil plus léger, plus calme. Minas lui palpa le front.

— La fièvre est retombée.

Le médecin arriva peu après. Il lui prit la température et l'ausculta, sans la réveiller.

— Il y a une rémission évidente, mais il ne faut pas que nous nous laissions gagner par un optimisme injustifié. La situation reste sérieuse, très sérieuse. Je repasserai ce soir avec mes deux confrères. Si elle ne va pas plus mal d'ici là, nous aurons quelques raisons d'espérer.

Le médecin s'en alla. Minas descendit avec lui à Syra. Il prétexta qu'il avait des affaires à régler, mais il mentait. À présent qu'Annoula ne se trouvait plus en danger immédiat et que sa présence n'était plus indispensable, il éprouvait le besoin de quitter cette maison où quelque chose l'étouffait, suscitait en lui un malaise insupportable. Mais quoi ? Il n'en savait rien lui-même… « Je ne peux pas la voir. Avec sa face bestiale, son corps soumis aux instincts les plus bas… » Il marcha des heures entières dans les rues de la ville. Il regardait les maisons, s'arrêtait sur les hauteurs et contemplait la mer. Le vent qui la creusait l'ébranlait lui aussi. « Qu'y a-t-il au fond de l'eau ? Comment se figurer l'éternelle sérénité de l'abîme ? » Il tournait maintenant son regard vers les nuages qui poursuivaient leur route vers le nord. « Qu'y a-t-il au-dessus des nuages ? À quoi peut ressembler ce que nous appelons le chaos ? » Il reprit ses esprits, comprit que ses pensées étaient naïves, puériles. « Je me suis abêti. Une passion terrestre, grossière, a desséché mon âme et mon cerveau. Je me suis attaché aux pierres, au sol, à la fange de cette terre. Je suis un animal qui se bat pour satisfaire ses besoins vitaux: la nourriture, l'accouplement, la vanité. Je me trouve loin des profondeurs marines et du chaos de l'infini. Je ne suis qu'une infime partie de la répugnante écorce terrestre.» Arrivée là, sa pensée s'arrêta, s'engourdit. Fatigué d'errer sans but, il descendit au port, s'assit dans un café et suivit la partie de deux vieux joueurs de jacquet. Il ne cessait de consulter sa montre. Il devait passer prendre les trois médecins à sept heures. Le temps s'écoulait lentement, à un rythme exaspérant. Lui aussi s'était engourdi, il se traînait sur cette terre comme un vieillard impotent. «Le temps n'est pas toujours le même. Une chose est le temps au fond de la mer, autre chose le temps qui gouverne l'angoisse des hommes sur cette terre.»

— Garçon! Un ouzo!

Il but trois, quatre ouzos coup sur coup. Ce n'était pas dans ses habitudes, la tête lui tourna. L'ébriété lui donna l'illusion qu'il était le centre fixe d'un monde qui se balançait. Le bruit que faisaient les dés, les jetons prit un relief effrayant. Les propos des clients résonnaient par vagues comme des coups de tonnerre. Il commença à avoir mal aux tympans, sentit ses tempes battre à se rompre.

— Garçon! Un ouzo!

Le cinquième, le sixième. «Il faudra bien arriver à sept heures. Il faudra bien que le temps arrive à son terme. Un terme qui est le point de départ d'une nouvelle angoisse. Que va-t-il se passer après sept heures? Quoi qu'il arrive, pour moi ce sera toujours pareil. Pourvu qu'au moins l'enfant vive. Et qu'elle apporte du bonheur à ceux qui peuvent connaître le bonheur dans leur vie. À ceux qui peuvent connaître ça. »

— Garçon ? Tu as une montre ?

— Bien sûr, monsieur.

— La mienne s'est arrêtée. Préviens-moi à sept heures moins dix. Tiens, prends ce billet de dix drachmes. Et sers-moi un ouzo.

Il ferma les yeux. « Qu'est-ce qu'il peut bien se passer là-haut ? Est-ce qu'elle va mieux ? Plus mal ? Qu'est-ce que je fiche ici ? Pourquoi ne suis-je pas là-bas ? »

Là-haut... Quand le médecin et Minas furent partis, les deux femmes restèrent seules. Elles s'assirent de part et d'autre du lit d'Annoula, sans se parler, sans se regarder. Le regard de la vieille femme était plein de colère, de haine et de mort. Celui de Marina ne reflétait rien. Un vide bleu et terne, le brouillard de l'égarement et de l'insensibilité. Les monts, les mers, les fleuves qui séparent la Normandie de Kassos s'étendirent à nouveau entre ces deux points de l'espace, hauts, profonds, infranchissables. La Normande et l'Orientale sentirent clairement l'immense distance qui les éloignait l'une de l'autre, la différence de sang qui faisait que leurs deux cœurs battaient à un rythme différent. Rien ne les unissait, tout les séparait. Elles ne communiquaient plus que dans le désir de voir vivre cette enfant qui avait partagé dans la douleur la contradiction qui tiraillait leur chair et leur âme. Cette enfant née d'une union déraisonnable, d'un caprice de la Destinée, pressée de mourir pour ne pas souffrir plus longtemps de la lutte que se livraient dans ses veines ces deux sangs ennemis.

C'est ainsi que se passa tout l'après-midi jusqu'au soir, sans que leurs lèvres échangent une parole, sans que leurs yeux s'unissent en un regard. La petite malade continuait à dormir d'un sommeil tranquille et profond. Elle respirait plus librement. Sa poitrine n'exhalait plus le même râle, ses doigts ne grattaient plus la laine de la couverture. Dans la chambre l'espoir prenait son envol…

À sept heures et demie, Minas arriva avec les trois médecins. Ils examinèrent Annoula sans la réveiller, puis s'enfermèrent dans la salle à manger pour se concerter. Quand ils sortirent, Minas comprit à leur expression que la situation était favorable.

— Cela va beaucoup mieux. Nous pouvons dire qu'à l'heure qu'il est il n'y a plus de danger. Mais le cœur est très affaibli. Nous allons lui faire une piqûre, mais il sera peut-être nécessaire d'en faire une autre plus tard.

— Et comment le saurons-nous ? demanda Minas.

— Le mieux serait que nous vous envoyions de Syra un infirmier expérimenté.

— Je sais faire une piqûre, dit Marina.

— Il ne s'agit pas de cela. Il s'agit de constater si une injection s'impose. Il vaut mieux faire appel à un infirmier.

Minas retourna à Syra avec les médecins. Mais il n'y avait pas d'infirmier disponible. L'un était malade, un autre avait trop de travail, le troisième était absent, parti à Athènes.

— Il est préférable que je vienne en personne, dit le médecin de famille. Comme ça, au moins, j'aurai l'esprit tranquille…

Quand ils revinrent à Piskopio, Annoula semblait encore plus calme.

— Elle va beaucoup mieux. Sauf si le cœur… Le but est de constater la crise dès son apparition, pour injecter l'ouabaïne au plus vite. Le mieux est que je veille. Mais je suis terriblement fatigué. Je vais faire un somme de trois heures, sans quoi je ne tiendrai pas le coup. Réveillez-moi à une heure.

On lui aménagea une couche de fortune sur le canapé de la salle-à-manger.

— Soyez vigilants, dit le médecin. Qui veillera sur la petite, pendant que je dormirai ?

— Moi, répondit Minas.

— Surveillez son pouls. Je pense que vous êtes capable de comprendre si un cœur bat normalement ou non…

— Oui.

— La seringue avec l'ouabaïne est prête. Si vous avez le moindre doute, quitte à vous tromper, réveillez-moi tout de suite. Mieux vaut croire à tort à une crise, plutôt que le contraire. C'est compris ?

— C'est compris.

— De toute façon, réveillez-moi à une heure. Il faut que je l'ausculte et que je décide de la marche à suivre. Après ça, c'est moi qui l'observerai jusqu'au matin. Comme ça, j'aurai l'esprit tranquille…

Lorsque le médecin se retira dans la salle-à-manger pour aller dormir, Minas dit aux deux femmes :

— Allez dormir vous aussi. Je vous réveillerai en même temps que le médecin, et je me coucherai à mon tour.

Il resta seul. Il était encore éméché, bien éméché, sous l'emprise de l'ouzo et du malheur. L'alcool n'avait pu le conduire sur les routes de l'évasion. Il se trouvait toujours sur l'écorce terrestre, cette croûte ignoble et vulgaire. « Je suis un caméléon. J'ai pris la couleur, la forme, la substance de la matière ordinaire. Je ne suis qu'une existence biologique parmi d'autres. Comme le chêne, la bardane, le chardon, l'amibe, la grenouille, la vipère, le porc, l'homme. Si au moins je n'étais pas un homme, si j'étais un chimpanzé ou un chien, je ne connaîtrais pas la douleur de comprendre quelle vulgaire créature je suis. Mais je suis un homme. Je combine la plus grande vulgarité et la plus grande intelligence. » Il s'approcha de la fenêtre et regarda la nuit sans étoiles. Les arbres du jardin luttaient avec le vent, ils ployaient, agitaient leurs branches, retournaient leurs feuilles, grinçaient, sifflaient, gémissaient. « Pourquoi luttent-ils ? Pourquoi résistent-ils ? Pourquoi ne laissent-ils pas le vent les déraciner, les rouler sur les rochers, les charrier dans la mer pour qu'elle les engloutisse dans son abîme ? » Il revint près du lit, s'assit sur la chaise voisine, prit la main de l'enfant, trouva l'artère du poignet. Le pouls était faible, très faible, mais régulier, normal. « Parfait, parfait. Chaque seconde, chaque minute, chaque heure qui passe sans que la crise se manifeste, c'est de la vie gagnée. »

Il reste assis à tenir ce petit poignet, à suivre l'acharnement de la vie dans le pouls de l'artère. Les secondes, les minutes, les heures passent. Sans rien d'anormal. La petite Chimère va-t-elle vivre ? Est-il écrit qu'elle vivra ? Il se tourne pour regarder cette tête aux cheveux bouclés, aux yeux clos, aux lèvres entrouvertes. Et il sent une main invisible lui étreindre le cœur. Sa respiration devient difficile, son propre pouls faiblit, des sanglots de peur débordent de sa poitrine, les larmes lui montent aux yeux, comme la lave d'un volcan qui s'est réveillé, comme l'écume de la mer qui jaillit soudain des profondeurs en une source d'eau douce. « Je l'aime, cette petite créature. Je l'aime… Pourquoi ? Seulement parce qu'elle est l'enfant de mon frère ? Ce petit bout de chair… Imprégné de la féminité qui l'a enfanté. Né d'un spasme qui a été l'insoutenable cauchemar de ma vie… » Il ferme ses yeux que les larmes n'ont pas pu humecter. D'autres pensées, bizarres et confuses, comme des éclairs qui se croisent, s'emparent à présent de son esprit. « Elle vivra. Il faut qu'elle vive. J'aurai ainsi la consolation ne pas avoir laissé que de l'amertume derrière moi. Je connais bien l'anglais, je ne rencontrerai pas de difficultés. Bien sûr, je ne pourrai pas me caser tout de suite, il faudra un certain temps. Mais peu importe. Si mes économies ne suffisent pas, Yannis m'aidera. Il faudra que j'étudie le droit américain, que je rédige une nouvelle thèse. Pure formalité. Professeur à l'université du Kansas ou de l'Idaho. Un emploi, un salaire, une existence justifiée… Pourquoi pas à Salt Lake City ? On dit que le Lac Salé est d'un bleu semblable à celui de la mer Egée, que les montagnes qui l'entourent ont la couleur jaune gris de nos îles. On croirait être en mer Egée quand on vogue sur ses eaux salées… Mais non, pas question. Rien ne doit me rappeler ce que je laisse. Ma désertion sera complète, mon châtiment sera total. Dans les plaines boisées du Sud, là où d'énormes fleuves répandent leur suffocante humidité, là où un vent chaud disperse la pourriture d'une végétation morte, rien ne rappelle la mer Égée. C'est là-bas qu'il faut que j'enterre mon existence végétative. Dans une maison enfouie au sein d'une végétation charnue, inodore, dans l'asphyxie d'horizons inexistants… Quelque part là-bas… »

Les secondes, les minutes, les heures défilent au rythme du pouls défaillant, assombries par les ailes de la grande épouvante. Dehors, le vent ne cesse de souffler. C'est le sirocco qui se déchaîne, qui siffle, qui hurle, qui tourne autour de lui-même comme un chat menacé par une vipère. Il franchit les mers, les plaines, les montagnes, et parvient aux glaces du Grand Nord, là où la Nuit et le Jour se partagent équitablement le Temps. Il y arrive fatigué par ce long voyage. Il vient expirer dans la grotte aux parois cristallines, là où siègent les Moires avec le fil, la quenouille et les ciseaux. Elles le sentent, le flairent, lui demandent ce qu'il se passe en bas, dans les mers du Sud. « Il lui tient la main, répond-il. Il prend la mesure de la vie qui s'écoule lentement dans son sang. Effroi et Terreur se tiennent à ses côtés. Il a rendu les armes, et il fuit, il fuit. Son âme s'envole sur les ailes de l'imagination. Il se trouve déjà au pays des Peaux Rouges, dans les torrides forêts embrumées qui abreuvent le Père des Eaux. C'est là qu'il s'est terré. C'est là que ses pieds ont pris racine, que son corps a fusionné avec la terre. En lui se niche déjà une âme sylvestre. Ne vous occupez plus de lui : ce n'est plus un homme, même plus un animal. Le ver aveugle et rampant est plus fort que lui. Il est comme l'éponge, comme le corail noir. Qu'avez-vous dit ? Vous me demandez pourquoi ? Parce que la terre n'a plus de place pour son humanité sur cette terre. Il n'y a plus que dans les abîmes marins, dans l'immensité de l'espace que sa forme humaine pourrait rester intacte. Mais il est lâche, oui, lâche. » Les Moires balancent leur corps. « Les choses ne se passeront pas comme il l'escompte ! Le destin des lâches n'est pas la part qui lui revient. Son étoile est de celles qui envoient leur rayon bleu jusqu'aux profondeurs les plus inaccessibles de la mer. C'est ainsi ! Écoute-nous, nous qui savons… Et elle, que fait-elle ? » « Elle dort. La fatigue a vaincu son angoisse. Mais son âme est éveillée et voyage au pays des songes. Les Euménides l'entourent. Les serpents de leur chevelure déversent leur venin dans son âme. C'est l'heure des semences… » « L'heure de la moisson ne va pas tarder. », répondent les Moires, en riant de leurs gencives édentées. « Pourquoi dites-vous ça ? s'étonne le sirocco. Pourquoi en serait-il ainsi ? Êtes-vous sûres qu'il n'y a pas eu une erreur ? » « Nous ne faisons jamais d'erreur. Et même si nous en commettions une, nous sommes les Moires, l'erreur se transformerait en arrêt du Destin. Le Destin est le Destin, infaillible et impénétrable. Qui a l'audace de juger le Destin ? » Le vent soupira : « Je suis las de souffler depuis tant de jours. J'entends me reposer un peu. » « Bien sûr, lui accordèrent les Moires. Tout doit se passer avec une imperturbable sérénité. Ce n'en sera que plus beau. »

Tout à coup, le calme se fit. Les nuages se traînèrent lentement sur la route du Nord, et partirent, disparurent. Le ciel s'éclaircit, se remplit d'étoiles de toutes les couleurs, qui suivaient la rotation de la grande sphère des ténèbres, de l'Orient vers l'Occident. La mer haletait encore, le temps de se libérer de l'impulsion de la tempête. Mais elle ne gémissait plus, ne faisait plus entendre le fracas de ses eaux démontées, n'était plus lacérée en langues d'écume sifflant comme des vipères. On n'entendait plus que sa respiration, qui est le son du silence. Le vent, immobile, frémissait à peine, captait le scintillement des étoiles, l'assimilait à sa matière, le diluait dans une vibrante inquiétude. Ce silence soudain après le vacarme de la tempête surprit Minas et le tira de la torpeur de ses pensées. Ses doigts tâtaient le poignet délicat. Le pouls était plus soutenu, plus régulier. Il regarda sa montre : une heure cinq. « Il est temps de réveiller le médecin. »

Il va dans la salle à manger.

— Réveillez-vous, docteur.

Le médecin sursaute, l'air hagard. Il est encore loin, au pays du sommeil, au cœur d'un rêve.

— Qu'est-ce qu'il y a? Qu'est-ce qu'il se passe ? La petite…

— La petite va bien. Je vous réveille parce qu'il est une heure dix.

— Ah, oui… Elle va bien ? Dieu merci !

Plus le temps passe, plus l'éventualité d'une crise cardiaque devient improbable…

Il se lève, met ses chaussures, enfile sa veste.

— Pourrais-je avoir un café ?

— Bien sûr.

Minas sort dans le couloir. À qui va-t-il s'adresser pour le café ? « Je vais réveiller ma mère. » Il se dirige vers la chambre de la mère Réïzis. Mais la porte de la chambre voisine s'ouvre sur Marina. Dans son regard farouche, le mauvais sommeil lutte avec la triste réalité. Elle titube, ses jambes ne la soutiennent pas, elle s'appuie sur le chambranle pour ne pas tomber.

— Qu'est-ce qu'il y a? Qu'est-ce qu'il se passe ?

Sa voix, rude, sourde, brisée, résonne comme le croassement d'un corbeau.

— Rien. La petite semble tranquille. Le médecin s'est réveillé.

— Et toi, où vas-tu ?

— Réveiller ma mère. Le docteur veut du café...

Elle pousse un soupir de soulagement. Son regard s'adoucit. Elle sourit.

— Ne la réveille pas. Elle est malade, fatiguée. C'est moi qui vais faire le café.

Elle se dirigea vers la cuisine, à pas lents, nonchalants, en balançant son corps aux formes généreuses. Tout en marchant, elle bâilla, s'étira. Son inquiétude pour son enfant s'était envolée. Elle avait retrouvé sa vitalité, sa souveraine féminité. Par l'échancrure de sa chemise de nuit s'exhalait l'odeur salée de sa chair de femme. Minas blêmit, sentit les ongles de Satan lui déchirer les entrailles. Il avait du mal à respirer. Cette senteur sournoise continuait à flotter dans le couloir. « Une odeur de bordel, de maison de passe parisienne. » Il essuya la sueur froide qui humectait son front et retourna dans la chambre d'Annoula.

Il y trouva le médecin penché sur la fillette, en train de l'ausculter. Il s'arrêta pour ne pas faire de bruit. Il observait le stéthoscope qui parcourait le tronc, le dos, la poitrine. Il le vit insister sur la région du cœur, avec minutie. Il voyait se dessiner sur le visage du médecin un effort d'attention et de réflexion. Les minutes s'égrenaient dans un silence absolu. Deux, trois, quatre, cinq minutes. Quelqu'un marchait dans le couloir : les pas traînants d'une femme en pantoufles à talon. La porte s'ouvrit et Marina entra avec le café.

— Silence ! lui murmura-t-il en montrant le médecin.

Elle se tint immobile à côté de lui. Elle avait une haleine chaude, forte, qui rappelait l'odeur de son corps de femme présente dans sa chambre. Il tourna son regard vers la fenêtre, qui laissait voir la soudaine tranquillité de la nuit. Il voulait chasser l'image qui, depuis le matin, hantait son imagination : ce corps qui se love dans les mains d'un homme, qui jouit du plaisir qu'il donne. Il ne voulait plus voir que le mystère qui s'étendait derrière le tourbillon des constellations, dans l'abîme de l'océan céleste. Cela le soulageait…

Le médecin ôte de son oreille l'écouteur du stéthoscope, il pose sur Minas et Marina un regard perçant.

— Le corps humain présente des capacités de réaction extraordinaires qu'on a du mal à s'expliquer. C'est de là qu'est venue la notion de miracle dans le jugement primitif des hommes…

Il s'approche de Marina, prend son café, en absorbe deux gorgées, pousse un soupir de soulagement. D'un signe de la tête il montre la fillette :

— Jusqu'à hier midi, il y avait peu d'espoir que cette enfant survive. Il y a trois heures on a pu espérer la voir lutter contre la mort. Pendant ces trois heures, elle a livré combat. La mort a été vaincue. On ne saurait imaginer un cœur humain qui fonctionne de manière plus naturelle que le cœur d'Annoula au moment où je vous parle…

Il sourit avec une expression de profonde bonté, et ajoute :

— L'orage est passé. À présent, nous pouvons dormir sur nos deux oreilles.

Minas sent un vide immense se creuser dans sa poitrine. « Est-ce cela le sentiment de la délivrance ? Merci, mon Dieu ! Je peux désormais m'engloutir l'esprit tranquille dans le néant d'une vie végétative. Très loin, dans les forêts humides de Géorgie, de Caroline du Sud, les pluies chaudes couleront, ruisselleront sur moi, nourriront et pourriront mon existence matérielle. Un écureuil se promènera sur mes épaules, sur ma tête, comme sur un arbre. » Il se tourne pour regarder Marina, cette femme qui vient d'apprendre que son enfant a échappé aux griffes de la mort. Elle est là, sans expression, le regard vague, fuyant. Quelque chose l'empêche de réaliser ce qu'il se passe autour d'elle.

Un cercle s'est formé, qui a pour centre ses folles passions et qui l'enferme dans la prison mentale de sa circonférence. Maintenant que son enfant n'est plus en danger, est promise à la vie, son ego remonte à la surface, dominant, exigeant. Minas le lit sur son visage, et ressent à nouveau cet affreux malaise au creux de l'estomac. « Elle s'est complètement déshumanisée. Elle n'est plus qu'une matrice assoiffée de s'unir à des hommes soumis à ses transports amoureux. Elle n'est plus qu'une femelle, une putain. »

Le médecin ne dit rien. Il boit son café en silence,

allume une cigarette, la fume avidement. Il observe Marina. Son regard se fixe involontairement sur elle et ses yeux prennent un aspect étrange : embrumés et rougis par le sommeil, mais brillants de désir. Minas le voit, et comprend. Il sent son estomac lui monter à la gorge, prêt à vomir dans un spasme de dégoût. « Elle est devenue une putain. Elle provoque tous les hommes sans le vouloir, ou sans comprendre qu'elle le veut. Elle est gouvernée par les sécrétions de ses ovaires. C'est une éponge imbibée du plus vulgaire oestradiol, cynique et provocante, prête à s'unir à la première testostérone qui se présentera devant elle. »

Le médecin réagit, reprend ses esprits.

— Nous ne ferons rien. Il n'y a pas de raison d'intervenir. La fièvre a reculé et, surtout, le cœur a réagi. Pas de médicaments, pas d'injection cardiotonique. Je n'en vois pas la nécessité. Nous allons laisser notre jeune malade dormir. Elle se réveillera demain en parfaite santé.

Il pousse un soupir de soulagement :

— Grâce à Dieu, c'est maintenant derrière nous ! Pour ma part, je vais poursuivre mon somme. Je vous avoue que, s'il y avait une voiture, je descendrais chez moi à Syra. Ma présence ici est tout à fait superflue. Mais vous aussi, vous pouvez aller vous coucher. Enfin, il vaut mieux quand même que quelqu'un veille sur la petite. On n'est jamais trop prudent. Il suffira de jeter un coup d'œil de temps en temps. Non que ce soit nécessaire, mais histoire d'avoir l'esprit tranquille. La surveillance dont a besoin tout enfant malade, vous voyez ce que je veux dire.

— Bien entendu, dit Marina. Il est une heure et demie. Je veillerai jusqu'à cinq heures. Je réveillerai ensuite ma belle-mère.

Ils n'en dirent pas plus. Le médecin regagna la salle à manger, Minas sa chambre, et Marina resta auprès d'Annoula. Le temps s'écoula, en suivant le chemin de la nuit. Dehors, dans le ciel, sur la mer, sur la terre, une immense sérénité transformait sa substance liquide en quelque chose d'inerte, de compact. On n'entendait plus rien, absolument plus rien. Le silence avait partout imposé son règne. Il avait fondu depuis la sphère étoilée, avait entouré la planète, s'était abattu sur la mer, avait tué la vie sur et dans la terre. Tous les êtres vivants avaient sombré dans une torpeur sans précédent, dans une inquiétante léthargie. Mais si on avait eu le don de vision, on aurait pu discerner deux petites ailes noires qui frappaient la matière dense de la nuit, deux petites ailes rapides et silencieuses sorties d'un corps invisible, et on aurait compris que l'Archange survole toujours les mortels.

Étendu sur son lit, Minas n'arrivait pas à dormir. « Le sommeil et moi… Le sommeil ampute d'un tiers notre vie consciente. Il entraîne le bien-être dans ses profondeurs, mais ne prolonge pas le mal-être. Pour l'homme heureux le sommeil est une pause, pour l'homme malheureux une consolation. Le malheureux qui peut dormir peut également vivre. Il peut se dire : patiente, attends le moment de t'endormir et d'oublier. Quand je me réveillerai, il sera toujours temps de voir… Mais quand le sommeil ne se décide pas à engourdir les paupières ouvertes, quand, dans l'obscurité, les yeux s'obstinent à fixer l'image honnie du malheur ; ou quand le sommeil apporte avec lui le cauchemar, fait durer le sentiment du malheur dans la somnolence d'une âme qui n'en peut plus... Le sommeil et moi... À partir d'aujourd'hui, le sommeil et moi, nous nous engageons dans des calculs compliqués... À partir d'aujourd'hui et jusqu'à... Il n'y pas de jusqu'à, il n'y pas de terme. Dans les forêts du Tennessee et de la Caroline du Sud, la nuit est poisseuse, lourde, cotonneuse, comme un énorme rouleau compresseur de velours qui écrase tout, qui étouffe tout. Là-bas je livrerai plus aisément mon combat avec le sommeil, car il faut que je dorme. »

Il eut soif. Une soif irrépressible. « C'est l'alcool. Je lui ai demandé la fuite, et il m'a seulement donné la soif. Ce n'est pas une solution. Non, ce n'est pas une solution... Il faut que je préserve ma vitrine d'humanité. Ce sourire haineux des hommes soi-disant compatissants... Non, les gens ne doivent pas se douter que je suis devenu aussi bestial qu'eux. Là-bas, sur les rives du Mississipi et de l'Arkansas, je suis censé aller trouver une grande fortune. Ils sont assez bêtes pour me croire. » Il se leva, ouvrit la porte de sa chambre avec précaution pour ne pas faire de bruit, marcha pieds nus sur la mosaïque du couloir. En entrant dans la cuisine, il pensa à allumer la lumière, mais ne le fit pas. Au-dessus de la montagne de Tinos, la lune à son déclin s'était levée. Une lune inclinée, de couleur pourpre, comme un ongle trempé dans le sang. Rien ne venait troubler la tranquillité, simplement l'air épais avait pris la sombre transparence du rubis. La lance lumineuse gisait immobile, comme un coup de pinceau de laque japonaise rouge sur le marbre noir de la mer. Cette faible lueur entrait par la fenêtre de la cuisine et donnait forme aux objets. Minas ouvrit le placard, prit un verre, le remplit d'eau fraîche et but. Sa soif s'apaisa un peu. Il éprouva le besoin de fumer. Il trouva dans la poche de son pyjama la boîte d'allumettes et le paquet de cigarettes. Il en alluma une, s'avança vers la fenêtre et appuya son front contre la vitre. De ce côté-là on ne voyait pas la mer, mais les maisons de Piskopio et la montagne. Les maisons, les rochers et les arbres étaient rouges. Seul le ciel était noir, paré d'étoiles de couleur ocre. « Il y a un bateau pour le Pirée, tard dans la soirée. Je n'ai plus rien à faire ici. Dès le lever du jour, je prétexterai que j'ai à faire à Syra. Je rentrerai vers cinq heures, je prendrai ma valise, je dirai au revoir à ma mère… Il faut que je sois fort, que je ne laisse rien paraître, car je ne reverrai pas ma mère. Elle mourra alors que je serai loin, très loin. Je ne reverrai pas non plus Annoula, ni Yannis. Sauf s'ils viennent me retrouver en Amérique. Mais je ne les laisserai pas venir. Il n'y a pas de raison qu'ils viennent. » La lune ne cessait de monter dans le ciel, sa clarté passait du pourpre à l'orange. L'obscurité de la nuit s'atténuait un peu. L'aboiement d'un chien troubla un moment la tranquillité, puis le silence revint. « Il faut que je retourne m'allonger dans ma chambre. Peut-être même dormir. » Il s'écarta de la fenêtre, se retourna, fit un pas vers la porte, et s'arrêta net. Dans l'encadrement de la porte, Marina se dressait, immobile.

Ils restèrent face à face sans dire un mot. Les yeux

de Marina brillaient comme deux astres verts, elle avait le souffle court, irrégulier. Il sentit sa force endormie se réveiller, le submerger, faire de lui, jusque dans la dernière cellule de son corps, un mâle primitif. Ses yeux à lui aussi devinrent deux astres verts. Il ouvrit et ferma ses doigts, comme le tigre qui essaie ses griffes avant de bondir sur sa proie. Ses lèvres palpitaient, montrant ses dents de fauve, blanches et menaçantes. La femme resta immobile, prête à affronter la lutte à mort qu'elle recherchait, qu'elle provoquait. Dans cette faible clarté orange, les deux fauves se mesurèrent, se toisant des pieds à la tête. De leurs narines frémissantes, agitées de spasmes, ils humaient l'odeur l'un de l'autre. Ils étaient prêts.

Minas fit trois pas en avant, vint se planter droit devant elle. Il ne lui parla pas tout de suite, mais la regarda droit dans les yeux. Plus il la regardait, plus sa haine, une haine absolue, grandissait en lui, le submergeait. Et quand il sentit que la haine et lui ne faisaient plus qu'un, il lui dit d'une voix étranglée :

— Sale putain !

Il la saisit par l'épaule, la poussa à l'autre bout de la cuisine, ferma la porte. Elle se retint à la table pour ne pas tomber, tant elle avait été bousculée. Elle ne dit rien. Elle encaissa l'injure en restant impassible. Elle attendait, bien droite, provocante. D'un bond, il se jeta sur elle et se mit à la frapper à la tête, au visage, sur la poitrine, sur le dos. La haine donnait une force surhumaine à ses poings. Il frappait, frappait, frappait. Les coups faisaient entendre un bruit sourd, étouffé, dans la caisse de résonance du corps de Marina. Elle les recevait sans un cri, sans la moindre réaction. Elle avait fermé les yeux, entrouvert les lèvres. Sur son visage s'était répandue cette expression sournoise qui oscille entre la douleur et le plaisir. Un coup plus fort sur la tempe l'étourdit. Ses jambes se dérobèrent, elle tomba à genoux.

— Ne me frappe pas si fort, lui dit-elle à voix basse. Tu vas me tuer. Tu seras bien avancé…

Il cessa de taper, la regarda et respira profondément. Alors, elle entoura ses genoux de ses bras, posa sa tête sur ses cuisses et se frotta contre lui comme une chatte.

— Maintenant, je sais que tu m'aimes, murmura-t-elle.

Tout cela se produisit dans la plus parfaite sérénité des éléments du monde.

La lune à son déclin s'était élevée dans le ciel, entraînant l'aurore derrière elle, lorsqu'Annoula se réveilla. Elle ouvrit de grands yeux effarés et regarda autour d'elle, comme si elle avait vu quelque chose d'affreux. Puis, elle essaya de se redresser dans son lit, de repousser de sa poitrine l'énorme poids qui l'avait brusquement écrasée. Elle essaya de toutes ses forces de respirer, mais n'y parvint pas. L'air n'entrait pas dans ses poumons. Il n'y avait plus d'air.

— Maman, murmura-t-elle à bout de souffle.

Elle retomba sur le dos et ferma les yeux. Le sang quitta son visage. Autour de ses lèvres livides se forma un anneau sombre. Ses doigts s'agrippèrent à la couverture.

— Maman… Je ne peux pas… Je ne peux pas…

Rien. Aucune réponse… « Où est maman ? Pourquoi

m'a-t-elle laissée seule ? Pourtant, je suis malade. Je ne peux pas, je ne peux pas... »

Elle tournait et retournait sa tête à droite, à gauche. La sueur de l'agonie dessinait une couronne de diamants sur son front blanc.

— Maman... Maman... Enlève-moi ça...

Ça, c'est le poids qui l'étouffe. « Où est passée maman ? Qu'est-ce qu'elle devenue ? Maman... Maman... Maman... Pourquoi me laisses-tu toute seule ? Pourquoi tu ne m'enlèves pas ça... ça... ça ? Méchante maman... Méchante maman...» Dans un dernier effort, elle parvint à se redresser. Elle ouvrit les yeux, regarda autour d'elle. « Non, maman n'est pas là. Elle m'a laissée toute seule, avec cette chose qui m'empêche de respirer. »

— De l'air.... De l'air... De l'air...

C'est tout ce qu'elle put marmonner, avant de retomber sur le dos. De ses yeux clos coulèrent des larmes d'amertume. « Méchante maman... Méchante maman... Pourquoi laisses-tu ton Annoula toute seule ? Pourquoi tu ne m'enlèves pas ça... ça... ça ? » Puis tout disparut, tout s'effaça dans un rêve étrange, chaotique, rempli d'une lumière bleue. Le souffle se fit plus court, imperceptible. Une écume laiteuse coula du coin de ses lèvres et souilla sa joue exsangue. Ses doigts bougeaient à peine sur la couverture. Puis, ils ne bougèrent plus. On n'entendit plus sa respiration. Ses yeux s'entrouvrirent et restèrent ouverts, immobiles et vitreux, laissant passer deux dernières larmes froides. Pendant quelques instants, la sérénité figea le monde dans une immobilité imaginaire.

Soudain, les grandes ailes qui erraient dans l'univers

battirent désespérément. C'est ce qu'attendait le sirocco, qui gisait, épuisé, devant les Moires. Il se leva, ouvrit les bras, bondit, tournoya dans les airs, s'éleva dans les cieux.

— Je peux souffler ! hurla-t-il avec une joie cruelle.

Les Moires, immobiles, veillaient sur la destinée des hommes.

Après la courte période de calme absolu, le nouveau déchaînement du sirocco fut d'une violence effrénée. La mer accueillit l'assaut de son souffle par un profond gémissement et se creusa à nouveau de hautes et longues vagues qui prirent la route du mistral. Vinrent aussi des nuages bas, qui fécondèrent l'écume salée de leurs averses répétées de gouttes tièdes. Un formidable hurlement se répandit partout.

Comme une forte rafale avait fait vibrer les vitres, la mère Réïzis se réveilla brusquement, surprise, effrayée. Dans ses yeux apeurés, grands ouverts, flottaient encore les dernières images du cauchemar qui avait troublé son sommeil agité. « L'Archange ! L'Archange bat des ailes ! L'enfant ! Ah, mon Dieu, l'enfant ! » Elle quitta son lit en titubant. Ses mains tremblaient : « L'Archange est venu. L'Archange est là. » Elle s'arrêta un moment. « Je suis folle. S'il s'était passé quelque chose, ils m'auraient réveillée. » Elle tendit l'oreille, écouta. On n'entendait rien d'autre que le hurlement du vent. « Merci, mon Dieu ! Ce n'était qu'un rêve. Un rêve. »

Elle poussa un soupir, enfila sa robe, chaussa ses pantoufles. « Je vais voir. Pourquoi ne m'ont-ils pas réveillée ? Qui veille sur l'enfant ? C'est Minas ou c'est elle ? » À peine avait-elle pensé à sa belle-fille que son visage prit un air farouche, dur. « Que Dieu accorde la vie à ma petite-fille. Quant à elle... » Pendant qu'elle donnait un rapide coup de peigne à ses cheveux, son rêve interrompu par la bourasque lui revint à l'esprit.

« Oui. Minas. Mon Minas. Bon sang, mais c'est de Minas que parlait mon rêve ! » Elle se sentit défaillir, s'appuya sur le lit pour éviter de tomber. « Minas ! Mon Minas ! » Titubante, chancelante, pantelante, elle sortit dans le couloir. « Minas, mon fils... Mon Dieu, quel rêve ! Quel rêve... » Elle vit la porte entrouverte, la chambre de Minas était plongée dans l'obscurité. Elle se précipita, pour autant que le lui permettaient ses jambes flageolantes. Arrivée devant la porte, elle s'arrêta, se pencha en avant, passa sa tête dans l'ouverture. Les persiennes étaient fermées, il faisait noir, elle ne voyait pas grand-chose. Quelqu'un était étendu sur le lit. C'était sûrement Minas. Elle voulut crier « Minas ! », mais sa voix s'étrangla dans sa gorge. Elle vit. Elle fit un bond en arrière et resta comme une statue de marbre noir et de granit gris. Sur son farouche visage, ses deux yeux envoyaient un éclat noir, aveuglant – l'éclat de la colère. « Ce n'était pas l'Archange qui battait des ailes. C'était Satan. »

Elle ne resta pas longtemps chancelante mais, poussée par une volonté de fer, elle se dirigea d'un pas ferme vers la chambre d'Annoula. Elle était prête à affronter ce qu'elle allait voir. Elle savait qu'avec Satan l'Archange était venu lui aussi. « Un malheur ne vient jamais seul. » Le jour s'était levé. La première lumière de la journée entrait par la fenêtre pour donner une apparence de vie à la petite tête morte, pour apporter une étincelle aux yeux entrouverts. « Mon enfant, ils t'ont tuée. Ils t'ont tuée.... » Elle souleva du lit le petit être, le prit dans ses bras affermis par la colère et le serra avec véhémence contre sa vieille poitrine décharnée. « Ils t'ont tuée, ces débauchés ! Ils t'ont tuée, ces possédés ! »

Elle sortit de la chambre avec sa petite-fille dans ses bras. Elle marchait d'un pas ferme, le corps bien droit, le regard égaré par le déchaînement de colère qui avait chassé toute prudence de son esprit. Elle ouvrit d'un coup de pied la porte de la chambre de Minas. Deux ombres – deux individus –, brusquement réveillées par ce fracas, se redressèrent sur le lit. Leurs yeux encore lourds de sommeil virent dans la pénombre la terrible silhouette de la vieille femme s'avancer vers eux, se dresser au-dessus d'eux. Leur cœur se glaça, s'arrêta de battre. Ils s'attendaient à être frappés et brûlés par la foudre divine, à être débarrassés d'une vie devenue insupportable : « Aie pitié de nous, mon Dieu ! Tue-nous ! Tue-nous tout de suite ! »

Ce que la mère Réïzis tient dans ses bras... Ce corps....

— Ma fille ! s'écria Marina.

La vieille femme ricana :

— Ah ah ! Tiens, la voilà ta fille ! Salope !

Et avec frénésie, avec rage, elle jeta le petit cadavre sur les deux corps nus.

— Ma fille ! hurlait Marina. Ma fille !

Elle empoignait le corps mort, le caressait, le prenait dans ses bras, le contemplait d'un regard hébété. Elle ne voulait pas, ne pouvait pas y croire...

— Qu'est-ce que tu as à la regarder comme ça ? dit

la vieille femme d'une voix sarcastique. Tu ne vois pas qu'elle est morte, ta fille !

Marina se taisait. Elle serrait de ses bras engourdis le cadavre contre sa poitrine nue. Elle fixait sur le lointain un regard que toute raison avait déserté. Alors, la mère Réïzis se pencha sur le visage de Minas, qui était étendu inerte, sans expression, comme frappé par la foudre. Elle le regarda droit dans les yeux, pleine de dégoût et de haine. Et en plissant ses vieilles lèvres, elle lui cracha à la figure :

— Tiens ! Salaud !

Elle se redressa, poussa un soupir de délivrance. Et, droite, digne, terrible, elle sortit de la chambre.

On l'enterra l'après-midi. C'était une journée baignée par un tiède soleil. Le sirocco, qui s'était déchaîné jusqu'à midi, avait fait place à une douce brise qui avait chassé les nuages. La mer, à peine agitée, s'était colorée d'un bleu profond.

Tout Syra était venu à l'église Saint-Nicolas : parents, amis, connaissances, mais aussi toute une population qui ne connaissait pas la famille. Il y avait même quelques enfants – les petits compagnons de la soirée du dimanche –, le regard rempli d'effroi devant ce mystère de la mort qu'ils découvraient pour la première fois. Il n'y avait pas trois jours encore qu'elle jouait, riait, dansait, qu'elle débordait de vie et de bonheur, dans sa petite robe bleue. Et aujourd'hui, elle reposait, calme, sage, dans son petit cercueil blanc. Les ailes d'argent entouraient encore ses cheveux blonds bouclés. Mais ses yeux étaient fermés, son visage était livide. Sa bouche entrouverte exhalait une sorte d'amertume, comme le début d'un triste chant funèbre. C'est ainsi que Marina avait voulu que sa fille aille au tombeau : vêtue de sa robe de carnaval. Pour qu'elle quitte la vie comme elle y était venue, Chimère bleue aux ailes d'argent. Elle l'avait habillée, arrangée, parée toute seule. Simplement, au lieu du chapeau à bec doré, elle avait déposé sur son front quelques fleurs de citronnier, offrande pour son hyménée avec le Maître du monde d'en bas.

L'office se déroula dans un silence lourd, accablant. De temps en temps, un sanglot déchirait la grave mélopée des psaumes. C'était un inconnu qui ne pouvait s'empêcher de gémir sur la disparition de l'enfant. Marina se tenait debout à côté du cercueil, sans une larme, le regard perdu dans la contemplation d'un autre monde. Minas paraissait insensible, dur, impassible, il affichait un visage qu'on aurait dit sculpté dans la pierre. La mère Réïzis se tenait à l'écart de son fils et sa belle-fille, avec ses yeux noirs remplis de colère fixés sur le petit cadavre, ses lèvres hermétiquement closes, son visage ravagé par la haine. Un peu plus loin, derrière un pilier, appuyé contre le marbre, la tête inclinée, le médecin songeait : « Tout cela est bien étrange. Quand je l'ai auscultée, son cœur battait normalement. Peut-être me suis-je trompé, ai-je été trop optimiste. Pourtant, je ne me sens pas responsable. Je leur ai dit clairement de la surveiller, de ne pas s'éloigner d'elle un seul instant. Alors, que s'est-il passé ? Ce n'a pas pu être une crise foudroyante. L'agonie a dû durer au moins une demi-heure. Une horrible agonie. Comment ont-ils pu ne pas s'en apercevoir ? Ne pas se réveiller ? S'ils m'avaient

réveillé, j'aurais eu le temps de la sauver ! Mais ils ne l'ont pas fait. Quand je me suis réveillé par moi-même à six heures et demie, ils l'avaient déjà parée. Je les ai questionnés. Ils m'ont répondu par des propos ambigus, des faux-fuyants, des inexactitudes. Mon Dieu, quel drame obscur s'est déroulé près de moi, pendant que je dormais ! Et maintenant, tout le monde m'en fait porter la responsabilité. Si je ne parle pas, si je ne donne pas toutes les explications nécessaires, ma réputation sera définitivement compromise. Mais si je parle, un scandale éclatera, avec des conséquences incalculables pour les Réïzis. Mon Dieu, éclaire-moi ! Que dois-je faire ? » Et Dieu lui répondit : « Tu as très bien compris qu'on t'a caché des choses. Des choses que ni toi ni personne d'autre ne doit apprendre. Voilà la raison pour laquelle tu n'as aucune responsabilité dans la disparition de cette innocente enfant, et sa famille ne voudra pas t'accuser d'une faute que tu n'as pas commise. Tu peux avoir la conscience tranquille : tu as fait ton devoir. Mais n'accuse pas les autres de ne pas avoir fait le leur. Quelque part, sur des mers lointaines, voyage un homme malheureux. Il apprend à cet instant que son unique enfant, qu'il aime par-dessus tout, n'est plus. Mais ce n'est pas le seul coup que lui réserve Mon invisible volonté. Pourtant, Ma volonté n'est pas qu'il apprenne ce secret, car son malheur ne doit pas aller jusqu'à anéantir son âme. C'est pourquoi tu ne parleras pas. Tu diras que rien ne pouvait empêcher la mort de la fillette, parce que tout s'est déroulé comme il le fallait. Et tout le monde te croira. »
« Mais, mon Dieu, je vais dire des mensonges ! Des mensonges ! Tu sais bien que rien ne s'est passé comme il le

fallait. Tu sais bien que certains – oui, certains – sont responsables de cette mort. » « La responsabilité, c'est Moi qui la porte, parce que sans Ma volonté personne ne naît, personne ne meurt. Même la Némésis relève de Moi, pour tous ceux qui n'ont pas fait leur devoir. Toi, tu as fait le tien. Et Moi, je ferai le Mien. »

— Accueille-la sur une prairie verdoyante, dit le prêtre, en adressant sa prière au Très-Haut.

L'assistance fut émue aux larmes. À quoi bon cette prière ? Quelle raison le Très-Bon pouvait-il avoir de ne pas conduire cette petite fille jusqu'aux fraîches prairies du Paradis, loin des passions et des malheurs de ce monde ?

— Reçois un dernier baiser…

L'émotion redouble. Minas touche Marina, pour qu'elle sorte de sa torpeur, de son rêve éveillé.

— Avancez-vous…

Marina fait un pas en avant, pour être la première à embrasser l'enfant morte. Mais elle n'a pas le temps d'aller plus loin. La mère Réïzis la cloue sur place de son regard d'acier. C'est elle qui s'avance la première, c'est elle qui embrasse la première sa petite-fille sur ses lèvres amères. Puis, elle se plante à côté du cercueil, le corps fièrement dressé, son redoutable visage figé en une solennelle impassibilité. C'est elle qui représente l'institution sacrée de la famille grecque. C'est elle – elle seule – qui est la famille de l'enfant morte. Et non la mère adultère et l'oncle incestueux.

Parents et amis, insulaires connus et inconnus de la famille posèrent leurs lèvres sur la petite tête froide, mouillèrent de leurs larmes ses cheveux blonds. Le dernier à le faire fut Andonakis, le petit Grec ancien du bal d'enfants de chez madame Patéridis. Il regarda de ses yeux effarés sa fiancée d'un jour et lui donna d'un air distrait le premier et dernier baiser de leurs amours enfantines.

Pour se rendre au cimetière marin, ils passèrent par le quartier des usines. C'était l'heure où les ouvriers quittaient leur travail, dans la bonne humeur, les cris et les rires. De l'atelier de tissage se répandait dans la rue tout un essaim de jeunes femmes qui bavardaient joyeusement, contentes de retrouver la liberté après huit heures de labeur. Des jeunes hommes les attendaient au coin de la rue, ou dans les ruelles transversales, pour les inviter à des promenades amoureuses sur les coteaux, dans l'air du soir. Le passage du cortège funèbre jeta un froid, suscita un moment de mélancolie au milieu de cette franche gaieté. Un ouvrier regarda le corbillard tiré par quatre chevaux et les voitures qui le suivaient. Il haussa les épaules et ouvrit les lèvres pour dire, d'un air goguenard :

— Ce sera encore un riche…

La fille qui était à ses côtés le reprit en lui décochant un regard sévère :

— C'est un petit enfant.

Le damné de la terre baissa la tête et ne répondit pas. Oui, c'était un enfant. Il s'en était allé avant d'être infecté par les poisons de ce monde…

Le tombeau de Konstandinos Réïzis, l'armateur originaire de Kassos, se trouvait dans un coin du cimetière, contre le mur qui donnait sur la mer. C'est là qu'on avait creusé une petite fosse pour y déposer l'enfant, près des ossements de ce grand-père qu'elle n'avait pas connu. Tout fut rapidement terminé. Le soleil s'était déjà caché derrière les hauteurs de Piskopio, et les cyprès avaient pris la couleur de la nuit. Au moment où l'on ouvrit le couvercle du cercueil pour que les gens puissent voir une dernière fois le visage de celle qui les quittait, Marina gémit comme une génisse qu'on égorge et ferma les yeux. Elle ne voulait pas voir, elle ne pouvait pas voir. Le souvenir de cette image aurait été insoutenable pour le reste de ses jours – quels que fussent les jours qu'il lui restait à vivre. Minas, de son côté, regardait fixement la croix qui s'élevait au-dessus du tombeau de son père. La mère Réïzis se précipita pour embrasser à nouveau le petit cadavre :

— Mon enfant ! s'écria-t-elle. L'enfant de mon enfant ! Mon double enfant !

Mais les autres la retinrent. Ils se hâtèrent de mettre le cercueil en terre, de le descendre dans la fosse. Les premières pelletées firent un bruit sourd, étouffé, comme si elles n'avaient pas heurté du bois mais un corps. Papadakis prit Marina par le bras :

— Partons, dit-il.

Elle le suivit vers la sortie du cimetière, sans se retourner pour regarder en arrière. C'est alors que le capitaine Manitis s'approcha de la mère Réïzis.

— Viens, Annézio. Partons, nous aussi.

— Non, Nicolas. Moi, je vais rester. J'ai à parler à Konstandis, mon mari.

— Tu n'es pas un peu folle ? Viens, partons.

La vieille femme redressa brusquement sa longue silhouette, aussi élancée que les cyprès qui l'entouraient. Terrible spectre long et noir, sorti d'un autre monde.

— Partez tous ! Je veux rester seule avec mon mari et ma petite-fille !

— Maman, dit une voix éraillée, étranglée.

C'était Minas. Sa mère le toisa. À présent, son regard était apaisé, assuré.

— Toi, attends-moi à la porte du cimetière. Vous autres, vous pouvez partir.

Ils s'en allèrent tous, ils n'avaient pas le courage de lui désobéir. Ils partirent en tremblant d'effroi. Quand elle fut seule, elle se retourna pour regarder la croix de son mari :

— Konstandis, notre fils Minas s'est révélé être un misérable, un sale type incestueux. Il a déshonoré son frère et causé la mort de sa nièce, notre petite-fille que nous avons enterrée près de toi. Je te dis cela pour que tu le maudisses, pour que tu te jettes aux pieds de Dieu et le supplie de le châtier durement. Tu as entendu, Konstandis ?

Elle attendait la réponse venue de l'autre monde. Elle sembla l'entendre, à en juger par son sourire de satisfaction. Puis elle s'agenouilla sur le tumulus que formait la tombe fraîchement creusée. Elle caressa la terre de ses doigts noueux, comme on caresse un corps aimé, et murmura entre ses dents :

— C'est mieux que ma petite-fille soit morte… Oui, c'est mieux comme ça…

Elle se releva péniblement et se dirigea vers la porte du cimetière. Autour d'elle, les croix de marbre lui paraissaient plongées dans le sang. Le soleil venait de se coucher.

Minas l'attendait près de la porte, appuyé contre le

tronc d'un cyprès. Dès qu'il vit arriver sa mère, il fit quelques pas et s'arrêta à deux mètres d'elle.

— Ordonne, lui dit-il.

La mère Réïzis s'arrêta, et lui dit tranquillement :

— J'ai parlé à ton père.

Minas baissa la tête.

— Qu'est-ce qu'ordonne papa ?

— Tu sais très bien ce qu'il ordonne…

— Il en sera ainsi…

Après un moment de silence, Minas s'agenouilla aux pieds de sa mère.

— Pardonne-moi, maman…

— Que Dieu te pardonne…

Minas se releva.

— Je pars, murmura-t-il. Nous ne nous reverrons pas.

— Nous ne nous reverrons pas.

Son regard mourant se remplit de larmes. Elle contempla son fils avec l'adulation et la profonde douleur que seule une mère peut ressentir pour son enfant. Elle lui prit la tête de ses mains tremblantes et la caressa.

— Baisse-toi que je t'embrasse, mon fils…

Minas se pencha, les lèvres de la vieille femme se posèrent sur son front.

— À présent, tu peux t'en aller.

Elle resta là, immobile, les yeux fixés sur lui, jusqu'au moment où il disparut, au fond du cimetière, au milieu des tombes. Lui ne tourna pas une seule fois la tête.

— Pour lui aussi, c'est fini, murmura la mère Réïzis.

Elle n'était plus droite et fière, comme taillée dans le granit de la colère et de la haine. C'était une vieille femme brisée, aux jambes flageolantes et au cœur défaillant.

Des larmes coulaient sur son visage ridé, des sanglots secouaient sa poitrine. Elle se dirigea d'un pas mal assuré, en titubant comme une femme ivre, vers la porte du cimetière où le capitaine Manolis l'attendait.

— Où est Minas ? lui demanda-t-il.

— Il a une question à régler avec le gardien, à propos de la tombe.

— Il va en avoir pour longtemps ?

— Oui, il va en avoir pour longtemps. Ne l'attendons pas.

Ils montèrent dans la voiture et partirent. La petite Chimère resta seule avec son grand-père, près du mur qui donnait sur la mer. Les oiseaux firent leur prière du soir sur les cyprès, et s'endormirent. Une mouette gémit un moment. Et la mer, toute la nuit, fit entendre, d'une voix profonde, son ode monotone.

Calme plat. Pas un souffle, pas l'ombre d'un nuage dans le ciel, seuls le bercement des vagues et leur respiration secrète. L'âme du sirocco de la veille maintient les eaux dans un état d'inquiétude. Au-dessus, un ciel blanc, éclairé par la lueur d'une lune à son déclin. Seules quelques étoiles à l'horizon, là où se perd l'étendue marine, parviennent à vaincre la luminosité de la voûte céleste. Resplendissante constellation, la ville illuminée de Syra disparaît dans l'imprécision brumeuse du lointain, pendant qu'un bateau trace sa route. Sans que rien n'annonce la venue du jour, un imperceptible flottement de l'air atteste que la nuit a pris le chemin des contrées du couchant.

Allongé dans un fauteuil sur le pont, Minas reste immobile, les yeux clos. Il ne sent plus les battements de son cœur dans sa poitrine. « Pourquoi battrait-il ? Je suis mort. Le dernier baiser de ma mère a déposé entre mes lèvres l'obole que je donnerai au noir passeur.[24] Le rêve d'une vie végétative en Louisiane est loin maintenant. Je ne verrai jamais les forêts de l'immense plaine aux eaux fécondes étendre leur vert ondoiement jusqu'aux limites du regard humain. Nous ne mêlerons pas nos racines. Je ne tremperai pas dans les flots fangeux du Père des Eaux, je ne m'envelopperai pas dans les indolentes écharpes de brume. Ah, si je pouvais ne plus faire qu'un avec la brume ! Croupir lentement avec un hêtre millénaire qui a couvert de son ombre les danses sacrées des Natchez !… Je donne dans la mauvaise littérature, à un moment où ma pensée devrait être purement, sobrement grecque. Fenimore Cooper l'a emporté sur Euripide… Et pourtant ! Une fosse creusée dans la boue sur la rive du fleuve, au milieu de fougères géantes s'inclinant pour saluer le cadavre de l'homme-plante – cette nouvelle pourriture qui va les nourrir. Le soleil qui se couche à l'horizon d'un océan vert, parant de franges de pourpre les nuages couleur de plomb. Et un Noir – un vieillard noir – qui s'agenouille pour pleurer sur l'homme-plante et pour chanter la gloire de Dieu ! Quel fou j'ai été de faire des rêves si optimistes ! Mais alors la misérable écorce qui flotte au milieu d'un chaos liquide et éthéré pouvait encore contenir mon existence d'amibe. Tandis

---

[24] Le « noir passeur » est Charon, le nautonier qui, dans la mythologie grecque, fait traverser aux morts le fleuve des Enfers, moyennant le paiement d'une obole que l'on plaçait dans la bouche du défunt.

que maintenant… Maintenant… J'aurai beau me laver, me passer sous le robinet, la salissure d'infâmes sécrétions continuera à m'étouffer. La misérable écorce n'existe plus. Jusqu'à quand les justes supporteront-ils de fréquenter ceux qui ne le sont pas ? À mort ! À mort ! »

Il partit dans un éclat de rire. Troublé, il ouvrit les yeux, regarda autour de lui, de crainte que quelqu'un ne l'ait vu et pris pour un fou. Mais le pont était désert. Il pouffa de rire à nouveau : « Il est tout de même curieux que je m'inquiète de ma réputation posthume en tant qu'intellectuel alors que seul un accès de folie pourrait peut-être expliquer aux yeux du commun des mortels que j'aie commis des actes aussi infamants. Comment une plante peut-elle trouver son chemin dans le labyrinthe de l'éthique ? Mais pourquoi suis-je là à divaguer ? À dérober de misérables effilochures au voile de la Vie ? À jouer avec le temps et, ce qui est plus stupide encore, à essayer de tricher ? Peut-être pour avoir pleinement conscience de l'indignité de mon existence avant de mourir. Peut-être pour me révolter contre les principes d'une morale qu'avec un masochisme morbide je me suis créée tout seul pour me martyriser. Moi qui croyais que les ailes de l'esprit m'avaient affranchi de la volonté des morts qui gouverne les esclaves vivants. Non, mille fois non ! »

Il se leva. Il était enragé, révolté, s'accrochait à la vie par ses trente-deux dents blanches et dures – des dents de fauve. Il posa un regard farouche, provocant, menaçant, sur ses ennemis invisibles : « Pourquoi veulent-ils ma disparition ? Qu'ont-ils à gagner à ma perte ? Non, mille fois non ! »

Il retomba dans le fauteuil et ferma les yeux. Une révolution faisait rage dans sa poitrine. Et soudain, deux autres yeux, énormes, effrayants, s'ouvrirent devant lui. Leur regard déchira la barrière de ses paupières closes, vint heurter son nerf optique. C'étaient les yeux de sa mère. Des yeux noirs, ardents, enflammés, d'animal pourchassé, effaré. Des yeux de juge divin, pleins d'un reproche souverain.

Il se leva à nouveau d'un bond, poussé par le désir de réagir, de chasser cette effroyable image. Il était livide, fébrile, ses mains tremblaient. Il se pencha au-dessus du bastingage et laissa le vent sécher la sueur qui avait perlé sur son front. « Ce n'est pas possible, ce n'est pas possible.... Ces yeux vont me poursuivre partout... Être pour moi un cauchemar du sommeil et de la veille. Une Némésis inaccessible à la raison. Et puis, telle est la loi imprescriptible de Dieu : œil pour œil et dent pour dent. »

Il resta là, inerte, apathique, plongé dans un égarement passager proche de l'inexistence. Mais la conscience d'être encore en vie pesait sur lui de tout son poids. Il s'efforça de réagir, de donner à son cœur le rythme de l'hélice qui agitait l'eau sous lui en laissant derrière elle un long tourbillon d'écume. Mais n'arriva à rien. Il n'y avait plus de cœur en lui. Il n'y avait plus rien en lui. Un vide pesant, terriblement pesant. « Elle repose sagement dans son petit cercueil blanc, ses doigts de cire croisés sur son cœur qui a tant souffert... Elle a dû se réveiller avant de mourir. Chercher ceux qu'elle aimait et qui l'aimaient, pour qu'ils viennent à son secours, qu'ils la soulagent de cette terrible agonie, qu'ils lui donnent cette vie qui s'enfuyait, qu'ils adoucissent d'un sourire les derniers moments de son existence. Et elle n'a trouvé personne auprès d'elle. Et elle est morte seule. Seule et remplie d'amertume… » Il se rappela le visage amer, éploré, de l'enfant morte, tel qu'il l'avait vu pour la dernière fois, avant qu'on ne referme le couvercle du cercueil. « Je perds mon temps et ma peine. Tout est fini. Et pourtant quelque chose me rattache encore à la vie ! Mais quoi ? »

Il baissa la tête et regarda le bandeau d'écume qui s'éloignait vers le Sud, vers l'horizon. Et, dans la lumière équivoque de l'aube, l'eau remuée prit des formes étranges. Des profondeurs de la mer sortaient des mains blanches et des seins roses. L'écume frémit dans des cheveux blonds, le reflet des astres froids peignit des yeux bleus sur les flots. Les mains, les seins, les yeux, les lèvres écarlates du tourbillon l'appelèrent par des rires silencieux. De chaque vague sortait une Gorgone, de chaque ride de la mer un monstre marin. Et les coups frappés par l'hélice rythmaient une étrange, une envoûtante litanie :

— Viens, viens, viens ! Dans l'eau, dans l'eau, dans l'eau. Viens, viens, viens…

Il se pencha, débordant de désir pour sa vision, tendit les bras aux ombres qui l'appelaient…

Cette année-là, le printemps fut doux et précoce. Pas de pluie, pas de vent, pas de gelée tardive. Un grand calme s'étendit sur la mer. Le soleil envoyait de pâles rayons dorés sur les îles aux roches nues.

Le cimetière s'était paré de petites fleurs précocement

écloses, trompées par ce beau temps hâtif. Il y avait toutes les fleurs printanières : des camomilles, des coquelicots, des marguerites. Elles étaient sorties toutes seules des semences de l'année précédente, que la terre gardait avec tendresse dans ses entrailles. Mais il y avait aussi les autres fleurs, plantées sur les tombes par de pieuses mains : des roses, des géraniums, des oeillets, des lys, des pois de senteur. Et toutes, quand se levait la brise du matin, secouaient leur petite tête et faisaient entendre un léger bruissement, comme animées par les âmes des morts qu'elles recouvraient.

Près du mur qui donnait sur la mer, Annoula dormait de son grand sommeil. Elle avait à sa gauche le vieux Konstandis, son grand-père. À sa droite son oncle Minas. À sa tête, au-dessus de la croix où son nom était écrit, un cyprès veillait sur elle. À ses pieds, fleurissaient les petites boules d'or d'un mimosa. Et, sur son cœur, deux rosiers, l'un blanc et l'autre jaune. Tous les matins, tous les soirs, les oiseaux remplissaient le vaste jardin des morts de leur prière à plusieurs voix. Pendant la journée, cependant, chacun reprenait son propre chant. Et il y avait aussi les papillons, la mer taiseuse, et le soleil.

C'était là que Marina passait des heures entières. Elle venait le matin, au lever du soleil. Elle avançait à pas lents, comme absente, les yeux perdus dans le lointain. Lorsqu'elle arrivait devant les trois croix, elle restait un long moment inerte, comme si elle ne savait que faire. Puis elle s'asseyait sur une pierre, aux pieds d'Annoula. Elle croisait ses mains sur ses genoux, s'inclinait en avant et regardait au loin. Quand le gardien venait, à midi, il la trouvait dans cette position et hochait la tête :

— Allez donc chez vous, ma bonne dame. Allez vous remettre. À quoi bon rester ici ? Vous ne les ressusciterez pas !

Elle ne lui répondait pas. Peut-être même ne l'entendait-elle pas. Jusqu'au jour où le gardien perdit tout espoir de la tirer de cet état. Il ne lui parlait plus. Il lui apportait un verre d'eau, un morceau de pain, un peu de nourriture, et déposait le tout à côté d'elle :

— Prenez au moins une bouchée, buvez une gorgée.

Elle ne lui répondait pas davantage. Le vieillard faisait semblant de partir, mais se cachait derrière un tombeau et l'observait. Une heure passait, puis deux. Soudain, Marina poussait un profond soupir, faisait un doux sourire, semblait retrouver ses esprits. Elle prenait alors le morceau de pain, le mâchait lentement, buvait deux gorgées d'eau. Puis elle s'abîmait à nouveau dans sa pensée figée, jusqu'à l'heure où le soleil s'inclinait vers les hauteurs de Piskopio, étirant sur le sol les ombres des croix et des cyprès. Alors, une autre ombre s'étirait sur le sol : l'ombre de quelqu'un venu se placer derrière elle. Marina, en la voyant, blêmissait, se troublait, se levait, et partait en courant au milieu des tombes. L'ombre immobile restait encore un moment, jusqu'à ce que le bruit des pas sur les graviers s'efface totalement. Puis elle s'approchait des trois croix et les recouvrait de sa noirceur. On entendait un profond soupir se mêler au murmure monotone de la mer. Et brusquement les oiseaux dans les arbres entonnaient leur chant collectif, avant de s'endormir.

La mère Réïzis tournait lentement autour des trois tombes. Elle contemplait les croix, les fleurs qui en couvraient la terre. Puis elle s'asseyait sur la pierre où Marina s'était assise, aux pieds d'Annoula, sous le mimosa. Elle s'asseyait et pensait. Dans ses yeux il n'y avait plus de colère, ni de haine. Charos avait dompté, brisé son orgueil. Les seuls sentiments qui se reflétaient dans son regard noir étaient la soumission au destin et la résignation. Les souvenirs lui trottaient dans la tête, la tourmentaient. Son cœur débordait d'amertume, n'en pouvait plus. « Il est temps que je meure, que je trouve le repos. Mais pas avant d'avoir revu le seul fils qu'il me reste, injustement accablé et endeuillé. Je veux le voir, l'embrasser. Lui dire un mensonge qui adoucira sa vie. Et puis mourir. »

— Madame Réïzis, il est temps de s'en aller. Je vais fermer les portes.

C'était le gardien. La vieille femme se levait. Elle se signait avec gravité devant la croix de son époux. « Courage, Konstandis. Je ne tarderai pas à revenir. Mais il faut que je m'occupe de notre fils. » Puis elle s'agenouillait et entourait de ses bras la croix d'Annoula : « Ah, mon enfant ! Ma douce petite-fille trop tôt disparue ! » Les larmes coulaient à flot sur son visage parcheminé. Le gardien se moucha bruyamment, puis toussota.

— Venez, ne dites pas ça. Elle a échappé aux tourments de ce fichu monde…

La mère Réïzis ne répondait pas. Elle se redressait en haletant, en posant sa main sur son cœur qui battait à un rythme endiablé.

— Aide-moi à aller jusqu'au portail. Mes jambes ne me soutiennent plus.

Le gardien la prenait par le bras et la conduisait

jusqu'au portail du cimetière. « Elle ne se recueille jamais sur la tombe de son fils. Elle ne le pleure jamais… Je me souviens que, le jour où l'on a enterré Annoula, est arrivé un télégramme annonçant que Minas n'était pas arrivé au Pirée avec le bateau, qu'il avait disparu… Les gens se sont émus. Mais la vieille a écouté la nouvelle sans verser une larme. Elle s'est seulement signée. C'était un enfant qui avait le sens de l'honneur. C'est tout ce qu'elle a dit. »

Ils avancent lentement dans les allées, au milieu des tombes. Le soleil s'est couché, les oiseaux se sont endormis. On entend monter la rumeur de la ville, assourdie, mêlée à l'éternel frémissement de la mer. « Deux jours plus tard, le vent du nord s'est levé. Je suis descendu sur le rivage, sur les rochers, pour pêcher le crabe. Et je l'ai trouvé au pied de la falaise, étendu à plat ventre dans les galets. Les vagues le soulevaient, l'emportaient un coup vers la terre, un coup vers la mer. J'ai couru le tirer au sec, je l'ai allongé sur le dos. Il était mort. Il était beau. Je n'ai jamais vu un homme aussi beau que ce mort. »

Ils arrivent au portail. Le gardien aide la vieille femme à monter dans la voiture.

— Bonne nuit, Madame Annézio.

— Bonne nuit, Anestis, et merci. Arrose les fleurs de ma petite-fille.

— Vous pouvez être tranquille. Je compte planter des pensées sur la tombe de votre fils…

— Fais ce que Dieu te dira de faire…

La voiture démarre, disparaît. Le gardien reste immobile, la tête basse. « Il faut que je prépare encore deux tombes, à droite et à gauche. Elles ne vont pas tarder à venir, elles aussi. Annézio, je la mettrai à côté de son mari. Et Marina à côté de Minas. »

Puis il soupire, se dirige vers le portail, pousse les deux vantaux, passe la chaîne dans le cadenas, et le ferme. Et, humblement penché en avant, il regagne sa maison, un peu plus loin.

À présent, plus aucun vivant ne trouble la sérénité des morts. Ils s'en aperçoivent et se réveillent doucement dans leur cercueil. Ils ont un sourire de satisfaction, car ils n'aiment pas les vivants, ils les ont oubliés, ils ne les connaissent plus : « Quel est cet individu qui vient pleurer sur ma tombe ? » se demandent-ils. « Pourquoi ne me laisse-t-il pas profiter tranquillement de ma douce solitude ? Décidément, il faut mourir pour comprendre combien la vie et les vivants sont fatigants ! Combien il est vain d'aimer les gens et d'en être aimé ! » Ainsi, Annoula ne se souvient de rien. Minas non plus. Ils dorment toute la journée, pour ne pas avoir à entendre la respiration de cette inconnue qui vient s'asseoir près de leur tombe. Puis ils attendent que l'autre femme s'en aille, celle qui vient tous les soirs arroser la terre de ses larmes. Et quand elle est partie à son tour, ils se réveillent et parlent entre eux.

— Qui sont ces femmes qui viennent tous les jours ? demande Annoula.

— Qui sait ? Sans doute des femmes que nous avons aimées ou qui nous ont aimés quand nous étions vivants.

— C'est pour moi ou pour toi qu'elles viennent ? C'est toi ou moi qu'elles ont aimé ?

— Qui sait ? Nos tombes sont si proches que c'est difficile à dire…

— Puisque nous, nous ne les aimons plus, pourquoi elles nous aiment, elles ?

— Ils sont comme ça, les vivants. Ils se souviennent. Ils traînent le boulet de la mémoire. Nous, grâce à Dieu, nous en sommes débarrassés.

— C'est vrai, tu ne te rappelles pas pourquoi tu es mort ?

— La seule chose dont je me souviens, c'est que je suis mort pour ne plus me souvenir. Et maintenant je ne me souviens plus, et j'en suis très heureux.

— Et moi, je me rappelle que je ne voulais pas mourir. Mais il vaut mieux que je sois morte, non ?

— Évidemment.

Ils se taisent, réfléchissent. Et Annoula reprend ses questions :

— De quoi tu ne voulais pas te souvenir quand tu es mort ?

— Est-ce que je me le rappelle seulement ? Ah oui, je ne voulais pas me souvenir de quelqu'un que j'aimais, et que je ne devais pas aimer.

— Tu sais, moi aussi, au moment où je suis morte, j'ai compris que je ne devais pas aimer quelqu'un que j'aimais.

— C'est toujours la même chose… Moi, la personne que j'aimais, c'était une femme aux cheveux de feu et aux yeux de violette.

— Moi aussi. La femme que j'aimais avait des cheveux de feu et des yeux de violette. Mais à quoi bon nous soucier de tout ça ? Grâce à Dieu, nous sommes morts. Nous sommes heureux. Pourquoi tu ne dis rien ? Ce n'est pas vrai, ce que je dis ?

— Tu es une enfant. Et tu parles comme une grande personne.

— Je suis morte. Les morts n'ont pas d'âge. Ils sont pris dans le temps et avancent avec lui. Au rythme de la pulsation du temps, qui est lancé comme un cheval au galop. Si notre destin n'avait pas été d'oublier, nous saurions tout. Mais à quoi bon savoir ? À quoi bon se souvenir ?

— Tu parles juste, mais tu parles trop. Taisons-nous, pour profiter du bonheur de la solitude. Bonne nuit, Annoula.

— Bonne nuit, Minas.

Au moment précis où ils achevaient leur conversation, le vieux Konstandis se mit à parler à son tour :

— Les choses ne sont pas comme vous dites. Toi, Annoula, tu es une enfant. Et toi, Minas, tu es mort jeune, tu n'as pas eu d'enfants. Mais moi, j'ai laissé derrière moi deux enfants, deux garçons – qui maintenant doivent être des hommes. Pourtant, je ne sais ni comment ils s'appellent, ni quelle sorte d'hommes ils sont, ni ce qu'ils ont fait, je ne me souviens de rien. Quelquefois seulement, ma femme vient me parler de nos enfants. « Ils ont fait ceci et cela. Qu'est-ce que tu en penses ? » Alors, moi, je lui donne mon avis. Mais, ensuite, je ne me souviens plus de rien. La dernière fois où elle m'a parlé, elle m'a dit quelque chose de terrible sur notre plus jeune fils. De si terrible que je l'ai maudit. Mais je ne me rappelle plus, je ne me rappelle plus…

Les autres ne lui répondirent pas. Tout cela leur était complètement indifférent. Et même, une fois, Minas lui dit carrément :

— Tes histoires de famille ne nous intéressent pas.

Le vieux Konstandis répliqua, avec un rire moqueur :

— Puisque nous ne nous souvenons plus de notre ancienne vie, allez savoir si, tous les trois, nous ne sommes pas de la même famille ?

— Tu crois ?

— Ma foi... Pourquoi nous a-t-on enterrés côte à côte ? Je crois me souvenir que l'usage veut qu'on enterre les parents dans des tombes voisines.

— Autrement dit, je pourrais être le fils que tu as maudit ?

— C'est bien possible. Mais si tu en es sûr, tu ne devrais pas m'adresser la parole. Je ne veux pas bavarder avec le fils que j'ai maudit.

— Je n'en suis pas sûr. Je ne me souviens de rien.

— Moi non plus. Et puis j'en ai assez de me rappeler le peu de chose qui me rattache encore aux vivants. Quand ma femme mourra, je couperai complétement les ponts avec le monde d'en haut. Je ne me souviendrai plus de rien.

— Tant mieux. Et maintenant taisons-nous pour profiter du bonheur de la solitude.

Ils ne parlaient plus. Le silence des morts imprégnait la terre. Les insectes, apeurés, se réfugiaient dans leurs trous. Les racines des arbres n'osaient pas absorber l'humidité souterraine, s'étendre plus profondément dans le sol. Le silence des morts, enchevêtré dans la terre nocturne, les effrayait. Ils attendaient que l'aurore lance sa lumière sur le monde. Cette lumière qui dénoue les sortilèges du silence des morts. Ils reprenaient alors le labeur de la vie.

Si le cimetière avait été ouvert la nuit, Marina aurait guetté derrière un cyprès le départ de la mère Réïzis, puis elle serait revenue s'asseoir devant la tombe d'Annoula. Mais le portail du cimetière fermait avec le coucher du soleil. Elle était donc obligée de retourner à la maison de Piskopio, qui n'était plus sa maison. Mais où aller ? Partir de Syros ? Il lui était impossible d'abandonner sa fille morte. Quitter la maison Réïzis et louer une chambre dans un hôtel ? Elle comprenait qu'elle n'avait pas le droit de le faire. « Je ne peux pas partir avant qu'ils me chassent. » C'était une vérité dont elle était profondément pénétrée. C'était la seule qui parvenait à dominer l'immense chaos de son monde intérieur. Sa conscience était déchirée en deux parts inégales et inconciliables. Elle vivait dans son univers à elle, rempli d'images artificielles et de souvenirs déformés. Le soir, quand elle rentrait à la maison – toujours à pied, en prenant par les sentiers de la montagne – elle allait directement s'enfermer dans sa chambre. Là, elle trouvait sur une table basse un plateau avec un repas, que Tassia lui avait apporté plus tôt. Elle grignotait, puis prenait le livre posé sur sa table de chevet – toujours le même livre –, sortait sur le balcon, s'installait dans un fauteuil et se mettait à lire. Lisait-elle ? Comment en être sûr ? Ses yeux restaient fixés pendant des heures sur la même page. Parfois, sa main, fatiguée de rester en suspens, retombait sans force, en laissant le livre rouler sur les carreaux du blacon. Mais son regard ne se détachait pas du point sur lequel il était fixé, là où avait été la page du livre. Elle passait des heures ainsi. La nuit poursuivait sa course vers le couchant, entraînant l'essaim des étoiles dans sa tunique d'un bleu sombre. En bas, la mer dormait toujours de son même sommeil bruyant de printemps. Plus loin, le phare du Tsiknias mesurait le passage de la nuit en le scandant de son éclat intermittent. Et la femme demeurait immobile dans son fauteuil, à contempler l'endroit où avait été la page de ce livre qu'elle ne lisait pas et qui avait roulé à terre. Comme si ce livre se trouvait toujours devant ses yeux extatiques. « Quel livre peut-elle lire ? » se demandaient les étoiles. Elles avaient beau regarder, la faiblesse de leur éclat les empêchait de voir. Mais peu avant le lever du jour apparut au-dessus de Tinos l'étoile du matin, à la lumière plus forte. « Lance ton rayon sur le livre qu'elle lit, lui disaient les autres astres, pour que nous voyions quel il est. » Et le blanc Lucifer,[25] l'ange apostat, le démon du Mal et de l'Intelligence, lança son rayon : « C'est Médée d'Euripide. » « Médée ? Qui est-ce ? » « Une femme qui a tué ses enfants par amour. Elle les a tués pour se venger de leur père, l'homme qu'elle aimait, parce qu'il aimait une autre femme. » « Comment est-ce possible ? Une femme peut-elle tuer ses enfants par amour ? » « C'est possible. Quand je saisis, moi, Lucifer, la matrice d'une femme de mes doigts de

---

[25] L'étoile du matin et Lucifer sont désignés en grec par le même mot *éosphoros*, étymologiquement « celui qui apporte la lumière », et sont confondus.

fer, quand j'enfonce mes ongles dans sa chair prisonnière du plaisir et de la déraison, cette femme est capable de tout. » « Mais pourquoi lit-elle l'histoire de cette femme qui a tué ses enfants ? » « Parce qu'elle-même a tué son enfant par amour. Pourtant, elle ne le voulait pas, la malheureuse. Elle ne le voulait pas. Tandis que Médée, elle, l'a voulu. » « Alors, cette femme n'est pas aussi abominable que Médée. » « Vous vous trompez. Elle est plus abominable qu'elle. Parce qu'à l'époque où, moi, Lucifer, j'ai poussé Médée à tuer ses enfants, j'étais Dieu ! Qui ose juger la volonté de Dieu ? Mais à présent je ne suis plus Dieu. Le Nazaréen est venu me précipiter du ciel. Il m'a dépouillé de ma puissance divine et a fait de moi le démon du Mal. Aujourd'hui, il n'y a plus qu'un seul Dieu, qui a enseigné aux hommes ce qu'est le Bien et ce qu'est le Mal. Le Bien, c'est toujours Dieu qui le fait, et le Mal, c'est seulement moi, Lucifer. Vous avez compris ? » « Nous avons compris. Le monde est étrange. Il se métamorphose à un rythme rapide, implacable. Les hommes ne cessent de changer de dieux. Comment peuvent-ils s'y retrouver en allant d'un dieu à l'autre ? Ils devraient s'attacher à un seul dieu. Cette malheureuse femme pourrait ainsi connaître la gravité de son crime. » « N'attendez pas une pareille chose des hommes ! Moi, Lucifer, je ne laisse pas les hommes s'attacher à un dieu ! » « Et pourquoi cela ? » « Mais pour que ce soit moi qui règne ! Moi, le démon de la Connaissance, de l'Intelligence et du Mal ! »

La nuit s'écoulait et s'en allait vers le royaume d'Atlas. Les dernières étoiles se hâtaient de la suivre, de peur d'être rattrapées par le jour. Seul Lucifer restait, fier et nonchalant vagabond de l'aurore, cet ange noir à la lumière blanche, ce dieu des dieux, ce maître la passion, ce souverain des malheureux humains. Dès que la première vague ondoyante d'un soleil de sang apparaissait au-dessus de Tinos, Marina se levait de son fauteuil. Elle rentrait dans sa chambre avec la démarche d'un automate qu'on vient de remonter, en ouvrait la porte, traversait le couloir sur la pointe des pieds, descendait l'escalier, sortait dans le jardin, allait sur la route, puis prenait le chemin de la côte qui conduisait au cimetière. Elle arrivait devant le portail fermé, s'asseyait sur un banc de pierre et attendait. Le gardien ne tardait pas à arriver, la clé à la main.

— Bonjour, madame Marina.

— Bonjour.

— Vous êtes encore venue de bon matin. Qu'est-ce que vous avez à gagner à agir de la sorte ? Vous allez tomber malade, vous donner la mort…

Marina répondait en souriant amèrement :

— Ne tarde pas à ouvrir, Anestis. Mon enfant m'attend…

Elle se précipite alors dans les allées du cimetière, trébuchant dans sa hâte. Dans les arbres, les oiseaux entonnent de leurs mille voix cristallines leur prière du matin. Les croix baignent dans la lumière rose et dorée du premier soleil. Elle arrive haletante, pantelante, devant la petite tombe. Ses jambes se dérobent sous elle, son cœur défaille. Elle se jette de tout son corps sur la terre, comme si elle voulait saisir par des sens cachés des battements de coeur de la jeune morte. Ses doigts creusent, creusent, creusent…

Un matin doux et sans vent, alors qu'elle était étendue à plat ventre sur la petite tombe, elle sentit une palpitation lui remuer les entrailles, quelque chose comme un souffle fécond transmis par son enfant mort. Elle tressaillit, submergée par le soulagement. Elle crut à un signe surnaturel qui lui apportait le pardon de sa fille disparue. Elle se leva et tendit les bras vers le ciel : « Oh, mon Dieu ! Mon Dieu ! » Soudain, elle blêmit, bouleversée. Elle avait compris que la palpitation ne venait pas de la terre, mais de l'impure semence qui prospérait dans ses flancs. D'un bond, elle s'éloigna du tombeau, horrifiée à l'idée que l'embryon du péché puisse souiller cette terre sacrée. Pour la première fois depuis si longtemps, elle tourna la tête pour regarder la tombe de Minas. Puis elle se cacha le visage entre les paumes de ses mains et partit en courant.

Où erra-t-elle pendant toute cette journée ? Elle rentra à la maison de Piskopio tard dans la soirée, bien après la mère Réïzis, qui l'attendait à l'entrée.

— Où étais-tu à une heure pareille ?

— Je marchais…

— Cesse de marcher, et rentre avant la nuit.

Le lendemain matin, comme toujours, elle descendit au cimetière, mais elle ne s'assit pas sur le banc de pierre en attendant que le gardien ouvre le portail. Elle continua, longea le mur et alla jusqu'au côté tourné vers la mer. Là, elle s'arrêta, chercha du regard et trouva le cyprès de la tombe d'Annoula : « Elle est là. Derrière le mur. » Elle soupira et s'assit par terre, près de l'enceinte. Elle s'appuya contre les pierres dures du mur, tout près de sa morte, mais séparée d'elle. Chaque fois que la nouvelle semence s'agitait dans ses flancs, son visage se crispait de douleur. Elle passa ainsi la journée entière, sans bouger, sans boire une goutte d'eau ni avaler une bouchée de pain. Son cerveau s'était arrêté, la vie n'avait plus de forme. Elle ne pensait à rien, à rien. Son esprit était si partagé qu'il créait en elle une totale inconscience de la réalité.

La dernière et faible trace de réaction psychologique se concentrait dans l'idée fixe de sa fille morte. Son univers se limitait désormais à la tombe d'Annoula, qui ne devait pas être souillée par sa présence impure. Plus rien d'autre n'avait d'existence pour elle…

Quand le soleil déclina, elle entendit, derrière le mur, la démarche lente et la respiration haletante de la mère Réïzis. Alors, elle se leva et prit le chemin du retour vers Piskopio…

Ainsi s'écoulaient ses jours et ses nuits, les jours sans consistance, les nuits sans sommeil. Les vingt-quatre heures devinrent un jour immense, que seule l'alternance de la lumière et des ténèbres séparait du jour suivant. Le temps s'unifia en une unique journée qui avançait sur un chemin sans fin.

Cette année-là, l'été fut plus chaud. Pendant tout le mois de juin, Marina descendit au cimetière tous les jours. Elle allait retrouver sa place contre le mur, du côté de la mer, et s'assoupissait des journées entières, dans une immobilité cataleptique. Au coucher du soleil, les pas de la mère Réïzis la réveillaient, la tirant de sa profonde prostration. Elle se levait et prenait le sentier de Piskopio en traînant les pieds, en trébuchant contre les pierres du chemin, haletante, pantelante. Quand elle arrivait à la maison, elle s'asseyait sur le balcon jusqu'au matin et contemplait un point dans le lointain, toujours le même, d'un regard mort. Du jour où elle avait compris qu'elle était enceinte, elle n'avait plus repris *Médée* sur la table basse.

Un soir, alors qu'elle rentrait dans sa chambre, elle se vit, sans l'avoir voulu, dans le grand miroir de l'armoire. Sa grossesse était devenue évidente. Aucune pensée ne parut redonner vie à son visage. Seulement, au lieu de s'asseoir sur le fauteuil de la terrasse, elle revint dans le couloir, descendit l'escalier, sortit et se dirigea à pied vers Syra. Mais elle ne suivit pas la route, empruntée, à cette heure-là, par bon nombre de piétons et de voitures. Elle coupa par les sentiers qui conduisaient aux quartiers du port. Une brusque réaction l'avait, dans une certaine mesure, ramenée à la réalité. Elle comprenait que les gens de Syros ne devaient pas la voir dans l'état qui était le sien. En arrivant dans les faubourgs de la ville, elle fit un grand détour par les rues les plus à l'écart et les moins fréquentées pour arriver dans le quartier où habitaient les familles originaires de Kassos. À cette heure-là – la nuit était tombée –, l'endroit était presque désert et plongé dans l'obscurité. Les rares passants qui la virent marcher précipitamment la regardèrent sans la reconnaître.

Elle arriva devant la porte d'entrée d'une petite maison, appuya sur la sonnette et attendit. Après une demi-minute de silence, elle entendit à l'intérieur un bruit de pas qui s'approchaient en traînant dans des pantoufles. La porte s'ouvrit sur la face ridée d'une vieille femme.

— Qui est-ce ? Je n'y vois pas très bien…

— C'est moi, Annézio. Marina, la femme de Yannis Réïzis…

— Tu es la bienvenue, dit simplement Annézio. Entre donc.

La pièce était la même qu'un an et demi plus tôt. La petite ampoule électrique éclairait quelques pauvres meubles de sa chiche lumière. À côté du lit, une bouteille et un verre étaient posés sur une chaise. Une odeur de vin imprégnait cet intérieur mal aéré. L'haleine de la vieille femme sentait le vin elle aussi.

— Je vais ouvrir la fenêtre, aérer un peu. Ça sent mauvais ici dedans.

La fraîcheur de la nuit entra dans la pièce, apportant les senteurs de la mer et du port. Marina s'assit sur une chaise. La vieille s'allongea sur le lit, en gémissant de douleur.

— Excuse-moi si je m'étends. Mais je suis impotente…

Il y eut un moment de silence. Les yeux de la vieille femme ivre avaient un curieux éclat lorsqu'elle regardait Marina. Il y avait dans son regard comme de la malveillance.

— Il t'a fallu du temps pour te souvenir de moi, mais tu as fini par penser à moi. Enfin, c'est toujours ça ! Encore que je ne sois pas sûre que tu sois venue pour moi. Tu es venue pour toi. Tu as besoin de moi…

— Oui. Je veux que tu me conseilles…

— Qu'est-ce que je peux te conseiller ? Je suis une vieille ivrogne, à l'esprit abruti par la boisson.

— Je veux que tu me dises si la boisson a adouci tes peines.

— Comment ça ? Je suis une malheureuse seule au monde. Ma petite-fille n'a plus un regard pour moi. Elle n'arrête pas de me houspiller, de me rabrouer. Je n'ai fait de mal à personne, et je suis fâchée avec Charos.

— Charos a fait le vide autour de toi.

— Il a fait ce qu'il a voulu. Il m'a prise dans ses filets, mais moi, je n'ai pas pactisé avec lui, je ne l'ai pas envoyé chez les autres.

— C'est de moi que tu veux parler ?

— Oui, de toi, qui as tué ton enfant et qui as envoyé à la mort le père de ton autre enfant, celui que…

Et de son doigt crochu elle montra le ventre rebondi de Marina.

— Comment le sais-tu ? Qui te l'a dit ?

— Personne. Personne ne sait rien. On m'a dit vaguement des choses, et je ne savais que croire. Mais à présent, j'ai compris.

Le doigt tremblant continuait à pointer le ventre. Marina gémit.

— La vie ne veut plus de moi…

— Si elle ne voulait plus de toi, tu serais morte…

À son tour, Marina désigna son ventre :

— Et ça, là ? dit-elle.

— Ce n'est pas ça qui t'a empêchée de mourir, pendant tout le temps où tu ne savais pas que tu étais enceinte. Et puis, ne viens pas me dire que tu considères comme un péché d'avorter d'un enfant qui n'est pas encore né. Le supprimer en choisissant la vie ou le tuer en mourant, je ne vois pas où est la différence.

— Mais c'est un petit enfant. Une vie, une âme…

— Et l'autre ? Celui-ci que tu as laissé mourir tout

seul, au moment où tu prenais du bon temps en faisant celui que tu as dans le ventre ? Il n'avait pas d'âme, l'autre ?

— Pourquoi es-tu si dure avec moi ?

— Je ne suis pas dure. Tu m'interroges, je te réponds.

Elles se turent. La vieille femme remplit le verre à ras bords et le vida d'un trait. Elle poussa un « Ah ! » de contentement. Puis, elle le remplit à nouveau et le proposa à Marina.

— Tu veux boire ?

Elle prit le verre, y trempa ses lèvres et fit une grimace de dégoût :

— Je ne peux pas…

— Il y a d'autres moyens. Des poudres à avaler, des piqûres…

— Qu'est-ce que j'ai à gagner ? Mon cerveau est déjà tellement abruti qu'il ne le sera pas davantage…

— À ce que je vois, tu n'as pas l'air de perdre la tête.

— Ce n'est que depuis aujourd'hui que j'ai l'impression de m'être réveillée, d'avoir un peu retrouvé la raison, quand j'ai vu que la chose était devenue évidente. Il ne faut pas que les gens comprennent, qu'ils sachent.

— Dans l'état où tu es, qu'est-ce que ça peut te faire, ce que les gens vont dire ?

— À moi, rien. Mais il y a Yannis, qui n'est pas au courant. Et qui ne doit rien apprendre. Je lui ai assez empoisonné l'existence.

— Tu as raison. Mais qu'est-ce qu'on peut faire ?

— C'est ce que je te demande…

Annézio demeura pensive. Puis elle reprit la parole, comme dans un monologue :

— S'il n'y avait pas l'enfant, tout pourrait s'arranger. La mère Réïzis ne dirait jamais la vérité à son fils, elle ne veut pas le tuer. Elle tairait ses sentiments et le laisserait te garder comme épouse, t'aimer plus encore à cause de votre double deuil, sans qu'il soupçonne le moins du monde tes crimes impardonnables.

— Tu crois qu'elle agirait ainsi ?

— Oui, c'est une femme sensée, qui souhaite le bonheur de son malheureux fils.

— Tu en es sûre ?

— Bien entendu. Pourquoi crois-tu qu'elle n'a rien dit à Yannis dans ses lettres, qu'elle ne t'a pas chassée de sa maison que tu as endeuillée et couverte de honte ?

— Comment sais-tu qu'elle n'a rien dit à Yannis ?

Annézio parut embarrassée.

— Je le sais parce qu'elle me l'a dit elle-même. Nous sommes amies, les deux Annézio. Elle a du respect et de la considération pour moi, même si je suis une vieille soularde. « Je garderai tout pour moi. Si Yannis vient à apprendre la vérité, il mourra de chagrin. Pour qu'il puisse vivre, il faut qu'il ne sache rien. Et même plus : qu'il continue à aimer et à respecter sa femme. Qu'il fasse avec elle d'autres enfants qui le consoleront de la disparition d'Annoula. Sauf que moi, je ne supporterai pas de voir cette débauchée, qui m'a tué deux enfants, donner un bonheur trompeur au troisième. Je mourrai. » Voilà ce que m'a dit la mère Réïzis…

Marina écoutait, la tête basse.

— Je ne sais pas si, de mon côté, je pourrais cacher la vérité à Yannis, murmura-t-elle.

— Tu le ferais, quitte à serrer les dents, parce que

c'est ton devoir. Tu as tué deux Réïzis. Tu n'as pas le droit d'en tuer un troisième… Seulement, voilà, ta grossesse change tout…

— Mon Dieu ! Qu'est-ce que je peux faire ?

— Ce que tu peux faire ? Avorter de ce bâtard !

Elle se leva d'un bond. Elle était blême, tremblait de tout son corps.

— Jamais ! hurla-t-elle. Jamais !

— Tu es devenue folle, ma parole ! Qu'est-ce que tu comptes faire ? Le laisser naître ?

— Oui ! Je partirai ! J'irai en France, et là-bas je donnerai naissance à mon enfant ! Mon enfant !

Elle parlait avec véhémence, avec dureté. Elle livrait bataille pour son enfant. La vieille femme se redressa sur son lit.

— Ne dis pas des bêtises ! Tu ne comprends pas que ça tuera Yannis ? Tu n'as pas le droit de tuer un innocent de plus pour faire ce qui te plaît !

— Et celui-là, il n'est pas innocent ?

Elle se frappait le ventre avec fureur. Annézio lui dit doucement, calmement et solennellement :

— Celui-là, c'est la semence du péché et de la mort. Même s'il voit le jour, il sera Charos en personne. Ou il mourra quand ta matrice le vomira avec dégoût, ou il vivra et sèmera la mort et le péché autour de lui.

Marina se laissa tomber sur la chaise. Son regard se perdit à nouveau dans la mer de l'égarement.

— Alors, qu'est-ce que tu vas faire ? demanda Annézio.

— Je ne sais pas. Je ne sais pas… Laisse-moi réfléchir…

— Ce ne sont pas des choses qui demandent réflexion. Il faut aller vite.

— À qui je peux m'adresser ? Il ne faut pas que ça se sache…

— Un peu plus loin, au coin d'une rue, habite la sage-femme, madame Malamo. Va la trouver tout de suite. Dis-lui que tu viens de ma part. Elle te délivrera. Et pas un mot ne sortira de sa bouche.

— Et ma belle-mère ? Comment lui expliquer que j'aurai été absente toute une nuit ?

— Je lui ferai parvenir un message pour lui dire que tu es venue me voir et que je t'ai retenue chez moi. Il ne faut pas que la mère Réïzis comprenne quoi que ce soit. Si elle comprend, tout sera fichu. Elle préfèrera que Yannis apprenne la vérité, quitte à lui briser le coeur, plutôt que de lui cacher ça.

Et, une nouvelle fois, le doigt impitoyable montra le ventre rebondi. Marina se leva.

— J'y vais…

— Où ça ?

— Chez madame Malamo…

— À la grâce de Dieu, encore que Dieu n'ait rien à faire avec ces sales histoires. Mais il ne faut pas que tu tues aussi ton mari. C'est compris ?

Elle souligna le mot « aussi » en appuyant sur le mot avec une force qui disait sa détermination. Marina s'avança vers la porte.

— La maison de Malamo est à l'angle de la troisième rue en montant. Sur la gauche. Une porte verte au chambranle gris. Tu peux y aller. Moi, je trouverai bien quelqu'un pour porter un mot à ta belle-mère…

Elle sortit dans la rue et prit la montée. Elle se traînait. C'était une nuit douce, sans vent, sans lune, parée de mille étoiles. La rue n'était pas éclairée. La pénombre en estompait les contours. Aucune fenêtre illuminée, aucun passant. Les gens, fatigués par une journée de labeur, étaient allés se coucher. Des quartiers en contrebas montaient la clarté et la rumeur de la vie. La sirène d'un bateau siffla, un chien aboya, puis ce fut à nouveau le silence.

Elle fit une centaine de pas et s'arrêta un moment: «Que faire? Que faire?» Elle s'efforça de mettre de l'ordre dans ses pensées, de comprendre ce qu'Annézio l'obligeait à faire: «Pour que Yannis puisse vivre, en me croyant sans tache, sans souillure. Pour que je lui fasse un autre enfant, à la place de celui que j'ai tué. Il ne saura pas que j'ai tué sa fille, son frère et l'enfant de son frère. Il m'aimera, il me respectera, il retrouvera le bonheur auprès de moi et des enfants que je lui ferai. Mais moi, moi... Comment vais-je pouvoir? Oui, comment?» Elle se tourna et regarda autour d'elle, comme si, dans sa perplexité, dans son anxiété, elle avait voulu entendre une réponse. La réponse ne vint pas. Elle vit seulement quelqu'un qui remontait la rue. Ce semblait être une femme, avec une robe longue et étroite, et un large chapeau: «Qui ça peut être? Il ne faut pas qu'elle me voie.» Elle poursuivit son chemin, à une allure aussi rapide que possible. Mais ses jambes flageolantes, son ventre lourd, son cœur qui battait la chamade ne l'aidaient pas. Elle s'essouffla, ralentit sa marche, tandis que les pas qui la suivaient – des pas d'homme chaussé de godillots ferrés – ne cessaient de se rapprocher, de la rattraper. Bientôt, l'individu qui venait d'en bas arriva à sa hauteur, fut juste derrière elle. Voyant qu'elle ne pouvait le fuir, elle s'arrêta pour le laisser passer. Mais lui s'arrêta aussi, et s'adressa à elle :

— Bonsoir, madame.

Elle se retourna et le regarda. C'était un prêtre catholique,[26] grand et mince, avec une petite barbe grise qui encadrait un visage osseux, ascétique. Ses yeux bleus apparaissaient dans l'obscurité comme deux astres porteurs d'espoir. Il avait une voix grave et douce, humble et bienveillante.

— Veuillez m'excuser de vous adresser la parole sans qu'on nous ait présentés, mais je vous connais de vue. Vous, vous ne me connaissez pas. Je suis l'abbé Laurentios Dapergolas.

— J'ai entendu parler de vous en termes élogieux, mon père...

— Vous êtes catholique, n'est-ce pas ?

— Oui...

— Et pourtant je ne vous ai jamais vue dans notre église...

Elle fit une moue de déplaisir. À cet instant, cet individu lui causait un désagrément insupportable. Elle se résolut à se débarrasser de lui sans ménagement.

---

[26] Il y a dans l'île de Syros, comme dans d'autres Cyclades voisines (Tinos, Naxos), une communauté de Grecs catholiques, vestige de l'occupation vénitienne au moyen âge. À Syros, les catholiques habitaient traditionnellement la ville haute, plus ancienne, et les orthodoxes la ville basse, plus moderne, où se trouve le port.

— Pardonnez-moi, je suis pressée. Je viendrai un jour à l'église, et nous reparlerons plus tranquillement.

Le prêtre répondit avec un sourire doux-amer :

— Non… Vous ne viendrez jamais à l'église. Vous pensez que dans votre état la religion ne peut vous être d'aucun secours. Il existe pourtant pour vous un autre chemin, celui de Dieu…

Marina se troubla :

— Pourquoi parlez-vous de moi de cette manière-là ? De quel droit ?

— Du droit qui est celui d'un prêtre du Très-Haut. N'oubliez pas que vous vous trouvez toujours au sein de l'Église.

— Je ne me trouve plus nulle part. J'ai fui de partout.

— Personne ne sort du sein de l'Église sans qu'elle le veuille. L'Église vous tient pour un de ses membres. Vous êtes un de ses membres.

Il prononça « vous êtes » avec une assurance persuasive. Marina haussa les épaules.

— Que je le sois ou non, cela m'est indifférent. Nous en reparlerons une autre fois. Excusez-moi. Je suis pressée…

— Vous êtes pressée d'enfreindre une nouvelle fois la loi de Dieu. Et vous croyez que je vais vous laisser partir sans livrer cette sainte bataille ?

— Qu'est-ce qui vous permet de parler de la sorte ? Que savez-vous ?

— Je ne sais rien de plus que tout le monde. Mais quand je vous ai vue, à une heure pareille, marcher d'un air coupable, le regard fuyant, j'ai compris que le Malin n'avait pas fini son œuvre dans votre âme.

— Mon père, laissez-moi me débrouiller toute seule avec le Malin. Vous ne pouvez m'être d'aucun secours...

L'abbé s'inclina en ouvrant les bras :

— Comme vous voulez, ma fille. Comme vous voulez... Il semble que Dieu, qui autrefois avait le pouvoir de vous aider et de vous sauver, ne l'a plus à présent...

Marina fut interloquée :

— Autrefois ? Que voulez-vous dire ?

— Souvenez-vous du moment où votre mère est morte, à Rouen. Comment avez-vous trouvé la rédemption après le mal que vous aviez fait à la défunte ?

— Comment savez-vous cela ? lui demanda-t-elle, étonnée.

— L'Église suit ses enfants partout, où qu'ils se trouvent, avec amour. L'Église est toujours en mesure d'aider ses enfants...

Il fit un pas pour se rapprocher d'elle. Il posa sa main sur son épaule, la regarda droit dans les yeux, la subjugua, et lui dit :

— L'Église savait avant vous que la semence du péché pousse dans votre ventre. Mais l'être humain, quelles que soient les conditions de sa venue au monde, est une créature de Dieu. Cet être-là, vous n'avez pas le droit de le tuer.

— Si je ne le tue pas, c'est mon mari que je tuerai...

— Vous croyez que vous le tuerez par la vérité et que vous lui apporterez la vie par le mensonge, mais vous oubliez que ce n'est jamais la vérité qui tue, mais toujours le mensonge. Et puis, de quel droit allez-vous tuer un innocent pour sauver la vie d'un autre ?

Les paroles du prêtre l'ébranlèrent, la déconcertèrent.

Elle n'avait plus de volonté. Le gouffre de l'irrésolution s'ouvrit à nouveau devant elle, elle se sentit prise de vertige. Elle vacilla et s'appuya contre le mur.

— Qu'avez-vous ? lui demanda le prêtre, inquiet.

— Que voulez-vous que j'aie ? Je ne suis pas inconsciente, insensible… Le malheur, l'angoisse, le repentir m'ont entraînée au-delà des limites de la vie et des hommes. Ne venez pas me dire que renoncer à une vie devenue insupportable est un péché !

— C'est un péché !

— Peu m'importe. Je ne me suis jamais souciée du sort de mon âme après la mort. Ce qui me tourmente, c'est mon malheur et le malheur que j'ai apporté aux miens. Je ne veux pas semer d'autres malheurs ! Je ne le veux pas ! Mon époux ne va pas tarder à revenir. Il n'est au courant de rien… J'avais décidé de l'entretenir dans un bonheur trompeur en avortant de l'enfant de son frère mort. Mais ce n'est pas possible. Il m'est impossible de tuer aussi mon autre enfant. Je lui donnerai la vie, et puis je me tuerai !

Elle parlait à voix basse, mais avec un débit rapide et heurté. Le prêtre la tranquillisa :

— Ne faites pas ça. Tâchez de vous apaiser…

— M'apaiser ? Mais vous n'entendez pas mon désespoir ? Vous ne comprenez pas que je n'ai même pas le droit de me tuer pour échapper au terrible enfer de ce monde ?

— Vous oubliez l'autre enfer, le vrai…

— Oh ! celui-là, il m'attend de toute façon ! Croyez-vous que Dieu, si j'évite le péché du suicide, me pardonnera un adultère, un homicide et deux infanticides ?

Elle s'exprimait avec le ton amer, caustique, sarcastique, du rationaliste qui ne croit ni en Dieu ni au Diable. L'abbé, qui était un homme intelligent, comprit son état d'esprit. « Mon Dieu, se demanda-t-il, faut-il que je suive la route infâme du rationalisme pour sauver cette femme ? » Il leva les yeux au ciel et vit une étoile filante bleue traverser la voûte noire d'est en ouest et se disperser en une poussiere lumineuse. Dieu était avec lui…

— Vous ne pouvez pas préjuger de la volonté divine, dit-il.

— Mais quelle est-elle, cette volonté divine ? Vous pensez qu'une femme comme moi, égarée par le malheur et l'angoisse, peut réfléchir et la deviner ?

— Vous blasphémez…

— Pas de grands mots, s'il vous plaît ! Jusqu'à présent, vous qui êtes la voix de Dieu sur terre vous m'avez dit seulement ce que je ne dois pas faire. Mais moi, je veux que vous me disiez ce que je peux faire. Est-ce que vous croyez que c'est par le refus que vous me tirerez de l'indécision qui me mine ?

— C'est peut-être la meilleure voie. Mais prenons la voie de Dieu. L'avortement est exclu…

— Sans doute. Mais que faire ? Disparaître ? Quitter ce pays ? Aller au bout du monde ? Et, une fois là-bas, mettre au monde cette malheureuse créature ?

D'une main tremblante elle montra son ventre. Le prêtre soupira et dodelina de la tête.

— Non. Vous savez bien que ce serait un terrible scandale, un malheur fatal à votre mari…

— Alors ? Alors ?

— Vous ne ferez absolument rien. Vous gravirez votre Golgotha jusqu'au sommet. Rentrez chez votre époux et attendez que la volonté de Dieu se manifeste.

D'un geste volontaire, il appuya plus fortement de la main sur son épaule.

— Agenouillez-vous, lui ordonna-t-il.

Elle s'agenouilla à ses pieds. La rue était déserte, la nuit était à mi-chemin de sa brève course estivale. Les astres – innombrables petits yeux lumineux de toutes les couleurs – clignotaient comme s'ils pleuraient sur le malheur des hommes en versant les larmes des anges. Dieu refusait de dire son dernier mot.

L'abbé leva la tête et fixa sur le ciel un regard extatique. Puis il posa les yeux sur la femme qui était agenouillée devant lui et suffoquait d'angoisse. La souffrance des hommes lui étreignit le cœur. Son coeur ne faisait plus qu'un avec le cœur de Jésus lorsque le sang coula de la profonde blessure ouverte par la lance du centurion. Il tendit ses mains au-dessus de la tête blonde et dit :

— Servante du Seigneur, au nom du Très-Haut et par le pouvoir qu'il m'a conféré, je t'accorde le pardon pour tous les péchés que tu as commis et pour tous ceux que tu commettras encore…

Il se pencha, la saisit par les aisselles, l'aida à se relever. Une douce quiétude avait recouvert le visage de Marina.

— Absolvo te, serva Domini, dit l'abbé en l'embrassant sur les deux joues.

Elle rentra tard à la maison, après minuit. La mère Réïzis ne dormait pas encore. Elle l'entendit monter l'escalier et sortit dans le couloir.

— Annézio m'a fait parvenir un message disant que tu passerais la nuit chez elle. Pourquoi es-tu rentrée ? Qu'est-ce qu'il se passe ?

Marina ne répondit pas. Elle restait debout, la tête basse, le souffle court.

— Qu'est-ce qu'il se passe ? redemanda la mère Réïzis.

— Rien. J'ai changé d'avis…

C'était la première fois qu'elles se reparlaient depuis le jour fatal. Le regard soupçonneux de la vieille femme l'examina de la tête aux pieds. Et soudain son œil devint sombre, noir. Elle ne dit rien d'autre. Elle lui tourna le dos et rentra dans sa chambre.

Cette nuit-là Marina, dormit d'un bon sommeil pour la première fois depuis quatre mois. Un sommeil paisible, serein, sans rêves. Elle se réveilla avant que le soleil se lève, s'habilla, sortit de sa chambre pour aller au cimetière, comme tous les matins. La mère Réïzis l'attendait dans le couloir.

— Où vas-tu ?

— Au cimetière…

— Tu n'iras nulle part !

— Pourquoi ?

La vieille femme pointa son doigt vers son ventre.

— Tu comptes révéler ton infamie à tout le monde ? Tu veux ridiculiser mon fils ? Tu ne sortiras pas d'ici ! Vous n'en sortirez qu'une bonne fois pour toutes, ton bâtard et toi ! La porte est ouverte. Si tu veux, tu peux partir. Mais ne t'avise pas de revenir. Tu la trouveras fermée à double tour…

« Partir ! Aller au bout du monde, dans un endroit désert. Donner naissance à mon enfant, mon enfant, mon enfant. » Telle fut sa première pensée, sa première réaction. Mais les paroles du prêtre résonnaient encore dans ses oreilles : « Vous gravirez votre Golgotha jusqu'au sommet. » Elle baissa la tête et rentra dans sa chambre.

Elle n'en ressortit pas. Elle passait le plus clair de son temps plongée dans un sommeil profond et sans rêves. Elle dormait, dormait. Quand Tassia venait lui apporter à manger, trois fois par jour, elle la trouvait assoupie.

— Réveillez-vous. Réveillez-vous pour manger…

Elle ouvrait les yeux, des yeux vitreux sortis de l'abîme d'un sommeil tenace. Elle regardait Tassia, sans bien comprendre ce qu'elle lui disait.

— Allez, levez-vous que je fasse votre lit.

Elle se levait s'asseyait devant la petite table où était posé le plateau du repas et vidait les assiettes avec une boulimie animale. Elle dévorait tout ce qu'on lui apportait. Pourtant, s'il arrivait que le repas soit léger – ou qu'on oublie de lui donner à manger, ce qui fut le cas une fois ou deux – elle ne se plaignait pas, ne réclamait pas. L'égarement et l'apathie avaient gagné jusqu'à la dernière cellule de son corps.

Tassia était le seul être humain qu'elle voyait mais, même avec elle, elle n'échangeait que deux ou trois mots convenus. La vieille servante de Kassos, cette femme honnête et dévote, dévouée corps et âme à ses maîtres, la méprisait : « Elle paie cher ses crimes dès cette vie, cette pécheresse. Dieu la prendra peut-être en pitié et lui pardonnera. Peut-être… » La nuit, avant de se coucher, elle s'agenouillait pour prier. Elle commençait par implorer Dieu pour le salut des siens: « Que leurs péchés leur soient pardonnés, que leur âme repose sur de vertes prairies, et que je les retrouve heureux quand je fermerai les yeux, pauvre femme frappée par le deuil. Moi aussi, Seigneur, tu m'accueilleras au Paradis, n'est-ce pas? Quel péché ai-je commis pour que Tu me châties? J'ai eu une vie de déboires et de tourments, sans jamais gémir, sans jamais me plaindre, sans jamais dire que Tu m'avais injustement accablée de Ta colère... Que Ton nom soit sanctifié! Ah, j'ai envié les Réïzis, mes bons maîtres, que tu avais comblés de tous les biens. Oui, j'ai péché, je le confesse. Je me suis dit que ce n'était pas juste, oui... Mais maintenant que Ta colère s'est abattue sur eux, maintenant que Charos et le malheur les frappent durement... Je T'en prie, Seigneur, aie pitié d'eux. Aie pitié de Madame Annézio, accorde-lui de fermer les yeux au plus vite, libère-la de l'amertume, de la honte et de la mort. Aie pitié de Yannis, ce brave homme qui ne connaît que la moitié de son malheur, le pauvre. Mon Dieu, comment va-t-il supporter d'apprendre la vérité, de boire l'amer calice qui l'attend? Pitié, Seigneur! Pitié! Pitié aussi pour celle qui paie si durement ses péchés. Ne vois-Tu pas qu'elle a fini par devenir une morte vivante? Ne vois-tu pas qu'elle a pris conscience de ses crimes? Qu'elle se repent? Ne la punis pas davantage! Trouve un moyen de la sauver, de l'apaiser. Amen. » Ainsi priait la vieille femme. Puis elle s'endormait du profond sommeil d'un être épuisé.

Les jours passaient, passaient... Lorsque Marina ne dormait pas, elle restait allongée sur son lit à regarder le plafond. Quelquefois – la nuit, d'ordinaire – elle se levait et allait sur le balcon d'où, accoudée à la balustrade, elle contemplait la ville qui vivait sa vie estivale. Elle regardait la mer sombre et tranquille, les masses imprécises des îles environnantes, le ciel nocturne éclairé par la lune. Puis elle rentrait dans sa chambre, s'asseyait devant le miroir et s'y regardait des heures entières, avec une curiosité insistante, comme si elle voyait quelque chose de méconnaissable et d'étrange. Puis elle se recouchait et se mettait à chantonner à voix basse des airs anciens de sa Normandie, des airs que sa mère lui chantait quand elle était petite pour la bercer, et qu'elle avait chantés au-dessus du lit d'Annoula.

Un mois s'écoula, le mois de juillet. Les jours calmes et humides furent suivis de forts meltems qui apportèrent en mer Égée la fraîcheur de la mer Noire et les fragrances de la généreuse végétation du Bosphore. La mer se remit à gémir, à écumer, à dresser des serpents sur ses vagues bleues. Des nuages d'un blanc bleuté, venus du détroit d'Andros, se déchiraient sur la montagne de Tinos, puis continuaient vers l'ouest, recouvrant Mykonos de taches d'ombre éparses. Le soleil chauffait sans brûler et les nuits étaient presque fraiches.

C'est pendant une de ces nuits, rafraîchies par un vent violent, que la porte de la chambre s'ouvrit sur la mère Réïzis. Marina fut surprise. Elle se leva du lit, se mit debout et attendit. Mais la vieille femme ne disait rien. Elle fixait son regard effaré sur celle qui se dressait devant elle. Sur cette silhouette flétrie, vieillie, aux cheveux défaits, au visage gris, aux rides profondes, aux lèvres sèches, aux yeux inexpressifs qui voguaient sur la mer de l'égarement. « Mon Dieu ! Dans quel état Tu l'as mise ! Quel châtiment Tu lui as infligé ! Je Te remercie de Ta justice ! Je Te remercie, parce que le mal doit être puni ! Mais mon vieux cœur aigri a-t-il perdu toute humanité pour ne plus avoir pitié d'une malheureuse que tourmente le remords ? » Son regard se radoucit. Et alors qu'elle était venue bien décidée à tenir des propos d'une impitoyable dureté, elle eut des paroles douces, humaines :

— Marina, Yannis arrive demain matin avec la « Chimère ».

Elle baissa la tête, dans un geste de résignation :

— Que la volonté de Dieu advienne...

La mère Réïzis paraissait troublée :

— Tu m'as fait beaucoup de mal, Marina. Je ne peux pas te pardonner. Que Dieu te pardonne. Mais je suis chrétienne. Je vois ton repentir, ta contrition et ton malheur. Je ne voudrais pas que tu croies que je n'ai rien là...

D'une main tremblante elle montra son cœur.

— Si tu le souhaites, poursuivit-elle, tu peux partir. Serre-toi bien avec une ceinture, enveloppe-toi dans un pardessus, pour que les gens n'y voient que du bleu... Je te donnerai de l'argent. Va-t-en loin, le monde est immense. Cache-toi quelque part pour donner le jour à ce malheureux enfant. C'est mon petit-enfant lui aussi. Comment pourrais-je ne pas avoir pitié de lui ? Ne t'inquiète pas pour savoir comment tu vivras, tu es riche. Je m'engage à te restituer dans l'année l'intégralité de ta dot...

— Et Yannis ? murmua-t-elle.

La vieille femme sourit amèrement :

— Ne t'inquiète pas pour lui non plus. J'en prends la responsabilité. Je sais ce que je lui dirai…

Le cœur de Marina fut submergé par une vague de soulagement. Ses jambes se dérobèrent sous elle. Elle tomba à genoux. Elle saisit en tremblant la main de sa belle-mère et la couvrit de baisers.

— Merci, mère. Merci. C'est de votre bouche, de votre cœur que j'attendais le verdict de ma destinée. Vous seule avez mon destin entre vos mains. Vous à qui j'ai fait tant de mal… S'il n'y avait pas eu ce malheureux petit être, je me serais supprimée. Vous le savez…

— Je le sais. Mais il est là, et il ne fallait ni te supprimer, ni le supprimer…

Marina se releva. Elle paraissait plus calme, plus solide, comme si la flamme de la raison avait été ranimée dans la braise presque éteinte de son cerveau.

— Ordonnez, dit-elle. Dites-moi ce que je dois faire.

— S'il y avait un bateau ce soir, il faudrait que tu partes tout de suite. Mais il n'y en a un que demain soir et Yannis arrive ce matin…

— Alors comment faire ?

— C'est ma faute. Depuis longtemps je n'arrivais pas à chasser le Démon de mon cœur, à prendre une décision. Dieu m'a éclairée bien tard – que Son nom soit loué ! Tu as été sauvée, et je l'ai été aussi…

— Et Yannis ? Yannis ?

— Ne te soucie pas de lui. Tu peux partir tranquille. Et puis, qui sait ? Un jour peut-être tu retrouveras ton mari. Il suffit que Dieu m'accorde un peu de vie…

Elle regardait sa belle-mère avec stupéfaction, ne pouvait comprendre. Mais, soudain, elle comprit.

— Pourquoi cette humanité ?

— Je suis une mère. Une mère comme toi. Qui a perdu un enfant et qui veut le bonheur de celui qu'il lui reste…

Elles s'assirent et discutèrent. Plus rien ne les séparait. C'étaient deux mères qui luttaient pour le bonheur de leur enfant. Elles se mirent d'accord pour que Marina quitte la maison avant le lever du jour. Elle irait se cacher chez Annézio, jusqu'au moment où le bateau appareillerait pour le Pirée. Ce que la mère Réïzis dirait à Yannis et aux gens, c'était son affaire. Elle avait échafaudé un plan complexe, diabolique. Elle tromperait tout le monde. Personne ne se douterait de rien.

— Ne te fais pas de souci. Je m'en tirerai sans difficulté…

Elle parlait avec la confiance de quelqu'un de fort. Elle avait retrouvé la maîtrise de soi et s'apprêtait à livrer une grande bataille, en suivant les commandements de Dieu. Elles se séparèrent à minuit et allèrent dormir.

Avant les premières lueurs du jour, la mère Réïzis la réveilla.

— Tu peux y aller, ma fille. Avec l'aide de Dieu !

Elle l'aida à s'habiller, à faire sa valise. Elle lui donnait ses instructions :

— Tu vas descendre à pied. Si nous appelons un taxi, ça fera jaser. À cette heure, personne ne te verra. Reste cachée chez Annézio jusqu'à ce soir. Maintenant, tu vas me dire : mais comment vais-je partir ce soir sans me faire remarquer ? C'est impossible. Voilà ce que tu feras.

Le bateau appareille à dix heures. Tu quitteras la maison d'Annézio à neuf heures et demie. Tu descendras au port par les ruelles, en évitant de passer sur la place. Le port sera plein de monde, on te verra. Mais avant qu'on t'ait bien reconnue et que la rumeur se répande, tu seras déjà montée sur le bateau. Le but de l'opération, c'est que Yannis n'apprenne pas que tu es à Syra. S'il l'apprend une fois que tu seras partie, ça n'a pas d'importance. Je lui parlerai, je lui expliquerai. Le but, c'est que Yannis ne te voie pas. C'est compris ?

— C'est compris…

— Quand tu arriveras au Pirée, arrange-toi pour prendre le premier bateau pour l'étranger. Tu as un passeport. J'ai mis dans ton sac une enveloppe avec dix mille livres. De là où tu seras allée, écris-moi à l'adresse d'Annézio. Je t'enverrai encore de l'argent. Tu ne manqueras de rien. Tu es prête ?

— Je suis prête.

— On y va.

Elles descendirent l'escalier, sortirent dans le jardin. Le jour se levait. Un bandeau de pâle lumière apparut à l'est, Lucifer se dressait seul et fier.

— Mère, demanda Marina, pourquoi Yannis ne m'a-t-il pas écrit pendant tous ces mois ?

— Il t'a écrit. Mais j'ai gardé ses lettres.

— Et vous, que lui avez-vous écrit ?

— Que tu avais été malade des nerfs et que les médecins t'avaient interdit d'écrire.

— Alors, pourquoi n'est-il pas venu me voir aussitôt ? Est-ce que par hasard…

— Non, n'aie pas peur. Il ne sait rien. Mais c'est moi

qui lui ai écrit de ne pas venir tout de suite, parce que tu serais troublée de le revoir et que, selon les médecins, ça ne serait pas bien.

— Et pourquoi revient-il maintenant ?

— Il fallait bien qu'il revienne un jour...

Parvenues à la porte d'entrée, elles s'arrêtèrent. Et la mère Réïzis dit :

— Va, ma fille. Et que Dieu t'accompagne.

Marina parut hésiter.

— Mère, serait-il déplacé que je passe un instant par le cimetière ? Maintenant que vous m'avez pardonnée, je peux peut-être donner un baiser à la croix sans la souiller ?

La vieille femme ne répondit pas. Elle semblait réfléchir, hésiter.

— Mère, reprit Marina, je ne reverrai peut-être jamais la tombe de ma fille...

La vieille femme baissa la tête et soupira :

— Oui, vas-y. Et, puisque tu y vas, recueille-toi aussi devant la tombe de ce malheureux Minas...

Elles n'en dirent pas plus. Elles ouvrirent les bras, s'embrassèrent, se donnèrent un baiser sur les joues de leurs lèvres tremblantes, mouillées par les larmes. Puis Marina prit le sentier qui descendait vers le rivage, vers le cimetière.

C'était un doux matin de juillet, plein de couleurs et de bourdonnements. Pas un nuage dans le ciel, pas un souffle sur la mer, seulement de la lumière. De la lumière, partout de la lumière, avant même que le soleil se lève. Au large, du côté du Détroit, de légers frémissements assombrissaient les eaux bleu pâle. Délos et Rinia dressaient leurs versants aux lignes austères, encore plongés dans l'ombre, dont le soleil levant couronnait le sommet de magnifiques reflets roses.

Elle suivit les sentiers qui conduisaient au cimetière marin. Elle marchait avec difficulté, trébuchait, titubait. Le poids de son ventre la gênait, son long isolement lui avait fait perdre l'habitude de la marche. Elle s'arrêtait sans cesse, s'appuyait contre un muret, contre un arbre, pour se reposer, puis reprenait son parcours de femme ivre.

De loin, elle vit que par bonheur le portail du cimetière était ouvert. Le gardien venait l'ouvrir, puis rentrait chez lui prendre son petit déjeuner. Elle ne risquait donc pas de le rencontrer. Elle s'avança sur ses jambes chancelantes : « Est-ce que je dois entrer ? Est-ce que je peux entrer ? Puisque ma belle-mère m'en a donné la permission… Puisqu'elle m'a pardonné… » Elle s'arma de courage, franchit le portail. Les tombes s'éveillaient et attendaient le soleil. Mais pourquoi les oiseaux tardaient-ils à entonner leur gazouillis matinal ? Pourquoi les fleurs n'avaient-elles plus leur senteur de naguère ? Elle s'appuya contre le tronc d'un cyprès et ferma les yeux : « Pour la dernière fois. Une dernière fois… » Elle rouvrit les yeux, avança, tourna dans l'allée étroite. Les trois croix apparurent dans la lumière diffuse. Elles lui tendaient les bras comme si elles l'invitaient, l'attendaient. « Viens ! Tu nous as oubliées ! Tu as oublié ceux que ton amour a tués ! Tu as oublié les âmes que ta beauté a empoisonnées ! » Elle s'avança, regarda. Le petit cyprès balançait doucement la lance verte de son sommet – la brise venue du Détroit se faisait déjà sentir, le meltem allait bientôt se lever. Le mimosa n'avait plus ses petites boules jaunes. Une rose blanche ornait le rosier.

Elle fit le tour, s'approcha par en haut et s'agenouilla près de la croix du milieu, en restant un peu à l'écart, en veillant à ne pas toucher de ses pieds la terre de la tombe. Elle posa ses lèvres, un instant seulement, sur la surface râpeuse du bois. Ce fut tout. Elle n'osa faire rien de plus, pas même parler à sa fille morte. Les petits ossements qui gisaient dans la terre la remplissaient d'effroi. Son cœur s'était glacé. « Quoi qu'il arrive, je ne reviendrai pas. Ce sera mon châtiment. » Elle se leva, cueillit la rose blanche, la huma avec une ardeur extatique : « Toute mon âme est enfermée là-dedans. » Puis elle se tourna et regarda la croix de Minas.

— Minas, notre mère nous a pardonné…

Le son de sa voix dans ce silence absolu l'effraya. Elle cacha la rose contre sa poitrine et partit en courant sans se retourner, sans jeter un regard en arrière.

Où allait-elle ? « Je vais chez Annézio me cacher jusqu'à ce soir, jusqu'au moment où le bateau partira. » Elle parcourut, toujours au pas de course, les allées du cimetière. Une fois sur la route, elle s'arrêta pour reprendre son souffle : « Où vais-je ? Ah oui, chez Annézio… »

Elle marchait lentement, la tête basse, plongée dans de douloureuses pensées : « Je veux le voir. Il faut que je le voie. Pas de près. De loin. Que je voie le bateau approcher, entrer dans le port. Si je vais sur le promontoire, le bateau passera tout près. Je le verrai debout à la barre.

Il faut que je le voie. Si je ne le vois pas aujourd'hui, qui sait si je le reverrai ? Je veux le voir. »

Elle se décida à prendre sur la droite le sentier qui menait au promontoire : « Mais comment vais-je aller ensuite chez Annézio, en passant par des rues pleines de monde ? Je ferai un grand détour, par le haut de la ville. Je me couvrirai le visage de mon foulard. On ne me reconnaîtra pas. Mais, après tout, que m'importe si on me reconnaît ? Il faut que je le voie. » L'idée fixe s'était enfoncée comme un coin dans son cerveau fatigué. Elle voyait clairement qu'à partir de ce jour-là sa vie s'engageait dans une voie nouvelle, radicalement différente, sombre et étouffante. Plus rien ne la liait au passé, hormis l'enfant à naître. Elle ne croyait pas à l'espoir qu'avait la mère Réïzis de la voir reprendre un jour la vie commune avec Yannis : « Comment Yannis pardonnera-t-il tout ça ? Et même s'il pardonne, comment pourrai-je le regarder en face ? Non, ce sont là des choses impensables. C'est pour cela que je dois le voir de loin, une dernière fois. La dernière, quoi qu'il arrive. » Comme elle marchait d'un pas rapide, son ventre la gênait. Elle le regardait avec aversion : « S'il n'y avait pas ça, je serais morte, je serais délivrée. Mais à présent il faut que je vive, pour le mettre au monde et l'élever. Que je vive une vie insupportable. Quelle consolation puis-je attendre de ce bâtard, en retour de ce service que je lui rends de vivre pour qu'il vive ? »

Elle traversait des champs arides en direction de la mer. Le soleil était déjà haut, et assez chaud. Mais le meltem ne cessait de forcir. Elle transpirait, s'essoufflait. Lorsqu'elle arriva sur le promontoire, elle s'affaissa lourdement sur une pierre, pantelante. Pas un arbre aux alentours. La terre jaune descendait en pente douce vers la mer. Mais avant d'y parvenir, elle s'interrompait brutalement, comme coupée par un coup de couteau, pour faire place à une falaise d'une dizaine de mètres de haut.

Quand elle se sentit moins fatiguée, elle se leva, vint s'asseoir à ras du précipice et promena son regard sur les flots jusqu'à l'horizon. La mer étendait ses eaux pures sous la lumière d'un matin d'été. Les reliefs gris jaune des îles séparaient le bleu du ciel de celui de la mer. Seule une petite barque se balançait à un mille de là, sans doute un pêcheur qui sortait ses palangres de l'eau. On ne voyait aucune autre embarcation. « Il va arriver du côté du Tsiknias, entre Tinos et Mykonos. » Elle fixa les yeux sur le Tsiknias. Elle regarda un long moment, mais finit par se fatiguer. Elle jeta un coup d'oeil en contrebas. Le long du rivage, le fond de la mer se dessinait avec netteté à travers le cristal bleu de l'eau, couvert de galets multicolores que le va-et-vient des vagues ne laissait pas se couvrir d'algues. Quantité de petits poissons nageaient lentement en longeant la côte – des mulets, une perche de mer, des gobies. Plus loin, sur un rocher, un crabe pesant se tenait immobile, tel un philosophe statique, ses pinces délicatement posées sur la pierre chaude. Tous ces poissons menaient leur vie : ils nageaient lentement, flânaient, cherchaient leur pitance, s'amusaient des jeux du soleil dans les vagues. Ils semblaient tranquilles, heureux dans leur monde, dans cette infime partie de la mer immense.

Elle observa un long moment la vie de ces eaux peu

profondes. Elle ne pensait à rien, ne ressentait rien. Elle était lasse des efforts imposés par une vie qu'elle ne désirait pas. Soudain, elle se souvint que c'était par-là que la mer avait rejeté le cadavre de Minas. « Oui, d'après ce que j'ai entendu dire, c'est par ici, par ici... » Elle crut le voir couché sur le dos, les bras en croix, les yeux ouverts, tantôt poussé vers la terre ferme par la vague, tantôt chassé vers la mer par le ressac : « Ni la terre, ni la mer ne voulaient de ce malheureux pécheur. » Une larme lui vint au bord de la paupière, mais elle l'essuya : « Non, il ne m'a pas aimée, je ne l'ai pas aimé non plus. Les démons se sont nichés dans ses flancs et se sont ingéniés à y introduire une fatale volupté. Nos corps se sont perdus dans le désir, nos âmes ont brûlé d'égoïsme, nos chairs ont palpité de bonheur. En semant partout la mort... Non, je ne l'ai pas aimé. J'ai seulement désiré le subjuguer corps et âme. Je n'ai aimé aucun autre homme que Yannis. Je n'aime aucun autre homme que mon mari. » Elle leva les yeux et vit au loin, entre Tinos et Mykonos, le vent traîner comme un nuage de fumée. Elle pâlit. Ses mains crispées s'agrippèrent aux cailloux qui jonchaient le sol. Son regard extatique se fixa sur cette fumée et sur la tache noire qu'elle charriait sous elle, entre ciel et mer. Le meltem soulevait la fumée et l'entraînait vers Mykonos. Mais la tache noire se dirigeait vers elle, s'approchait, grossissait, prenait la forme d'un bateau.

— La « Chimère ». La « Chimère »...

Elle ferma les yeux et se plongea dans les souvenirs d'autrefois. Un soir d'été qui déposait de ternes reflets de pourpre et d'or sur le cours nonchalant du grand fleuve. Dans le lointain, vers le couchant, l'horizon s'embrasait sur l'océan. Un bateau remontait lentement le courant. Un bateau au nom étrange : « Chimère ».

— Chimère, murmura-t-elle en souriant amèrement.

Chimère d'un monde inconnu, onirique. Un navire mythique qui voguait vers le pays du bonheur, vers la joie de vivre. Et le bateau magique l'emporta, la conduisit dans les contrées envoûtantes. Elle se rappelle… Oui, elle se rappelle une journée ensoleillée, si ensoleillée qu'elle avait, par deux fois, fermé les yeux, remplie de crainte. Une île couverte d'or et une ville d'une blancheur éclatante, baignant dans une lumière souveraine. Et elle sur la « Chimère », à côté de son mari, submergée par l'attente du bonheur…

Elle rouvre les yeux. Voilà le bateau. Voilà la « Chimère », toujours pareille à elle-même. Telle qu'elle l'a vue pour la première fois sur la Seine, lourdement chargée, imposante. Sauf que maintenant elle paraît sombre, par contraste avec le ciel d'une fin d'après-midi. Le soleil de la mer Égée la baigne de ses ors lumineux. Et pourtant, et pourtant…

Elle se leva avec peine, se mit debout. Les violentes rafales du meltem la secouèrent, l'obligèrent à reculer. Son visage était empreint d'une profonde résignation. « Pourquoi me débattre en vain ? Qu'ai-je à espérer ? » Elle tira la rose blanche de son sein et la sentit avec émotion. « Elle a l'odeur de son corps quand je la serrais entre mes bras, quand je l'embrassais. Cette odeur, je ne la sentirai plus jamais, plus jamais. » Un coup dans son ventre la fit sursauter. C'était son autre enfant qui se retournait, qui grandissait, qui réclamait ses droits à la vie et au bonheur. « Non ! Toi, tu n'auras pas l'odeur de mon Annoula ! Tu n'es pas l'enfant de l'amour. Ce qui t'a enfanté, c'est la répugnante sensualité de deux corps lubriques. Tu as poussé sur le fumier de la mort. Quel droit as-tu à la vie ? »

Tout cela est vain, aussi bien les projets de la mère Réïzis que ses propres espoirs. Il n'y a plus que deux solutions : son époux et la mort. Il faut que Yannis la comprenne tout de suite pour la sauver. Ou bien que la mort vienne la délivrer tout de suite.

La mort. Elle fit un pas vers le précipice. Soudain, elle saisit son ventre à deux mains, comme si elle avait voulu le défendre contre un danger. L'amour maternel se réveilla en elle, primitif, instinctif. Elle se rejeta en arrière, avec effroi. L'enfant. Son enfant !

Ses bras retombèrent sans force le long de son corps ballotté par le vent. « Non, je n'ai pas le courage de le tuer. Il faut que je vive. Et seul Yannis peut m'aider à vivre. Yannis, Yannis… »

Elle fixa son regard sur le bateau qui avançait, qui arrivait. Elle le regardait avec angoisse, en essayant de deviner la nouvelle destinée qu'il lui apportait. La vie ou la mort ? « Yannis. Il faut que Yannis comprenne et me sauve. Mais va-t-il comprendre ? » Une sorte de hoquet commença à lui secouer la poitrine. Une sueur opaque dessina deux sillons le long de ses tempes. Ses lèvres exsangues tremblèrent comme pour dire quelque chose, sans y parvenir.

La « Chimère » approche, couronnée d'un panache de fumée noire, entourée de remous d'écume blanche. La même qu'alors, la même qu'autrefois. La même ? Non… Autrefois, au-dessus de la carène noire, s'élevait la blancheur éclatante des mâts et des ponts. Autrefois, les pavillons flottaient joyeusement au sommet des hampes. À présent, les ponts ont été peints en mauve et les pavillons sont en berne. Le vaisseau des Réïzis porte le deuil des Réïzis disparus. Il est triste et abattu, comme les Réïzis qui sont restés.

Dans la timonerie un homme se tient debout – l'ombre d'un homme. Penché au-dessus du bastingage, il regarde, immobile, une autre ombre, une femme vêtue de noir, aux yeux d'un noir ardent, qui attend elle aussi, debout sur la jetée du port, immobile et muette.

Elle a senti battre son cœur : « Le voilà ! C'est lui ! Il comprendra ! Il comprendra ! »

Elle lève les bras en direction du navire, en direction de son époux.

— Yannis ! Yannis ! Sauve-moi ! Délivre-moi !

C'est tout ce qu'elle put dire. Poussée par un espoir que seuls les désespérés peuvent puiser en eux, elle s'élança vers le bateau, vers son époux, vers le gouffre.

— Sauve-moi ! Sauve-moi !

Les mulets, effrayés, se dispersèrent. Les gobies se cachèrent dans leur trou. La perche de mer s'affola. Seul le crabe descendit de son rocher sans se presser, comme s'il ne s'était rien passé. Et, avec ses pinces grandes ouvertes, il se dirigea de sa démarche oblique vers sa nouvelle pitance.

Biographie de M. Karagatsis

1908 Naissance à Athènes de Dimitris Rodopoulos, fils de Georgios Rodopoulos, avocat, puis directeur de banque, et député. Dimitris a deux sœurs et deux frères dont l'un, Takis, sera ministre et président de l'Assemblée nationale grecque.

1915-24 Études primaires et secondaires à Larissa en Thessalie, d'où sa mère est originaire. Très attaché à cette région, l'écrivain en tirera son nom de plume, du mot grec désignant l'orme (*karagatsi*) qui en est l'arbre emblématique. L'initiale M qui représente le prénom de ce pseudonyme ne sera jamais explicité, mais pourrait renvoyer au personnage de Mitia dans *Les frères Karamazov* de Dostoïevski, lecture de prédilection du jeune Karagatsis.

1924-25 Commence des études de droit à Grenoble.

1925-30 Études à la Faculté de droit d'Athènes.

1927 Il fait à 19 ans une apparition remarquée dans les lettres grecques à l'occasion d'un concours organisé par la revue *Néa Estia* avec la nouvelle *Madame Nitsa.*

1931-39 Il travaille comme conseiller juridique dans une compagnie d'assurance dirigée par son frère Nikos au Pirée.

1933 Il publie son premier roman, *Le colonel Liapkine*, histoire d'un officier russe de l'armée tsariste émigré en Grèce après la Révolution bolchévique et la guerre civile. L'action se déroule en Thessalie et a pour cadre principal l'École d'agriculture de Larissa, que dirigeait l'époux de la sœur aînée de l'écrivain. Le roman, qui reçoit un accueil favorable de la critique et connaît le succès auprès du public, sera inclus plus tard dans la trilogie « Acclimatation sous Phébus » dont le sujet est l'adaptation vouée à l'échec de personnages étrangers installés en Grèce. Karagatsis corrigera et complètera ce roman à quatre reprises jusqu'à la version définitive de 1955.

1935 Il publie son premier recueil de nouvelles, *Le synaxaire des pécheurs*. Il épouse Niki Karystiani, qui est issue d'une famille originaire d'Andros installée à Athènes et qui fera une carrière de peintre sous son nom marital Niki Karagatsi.

1936 *La chimère*, deuxième roman de la trilogie, a pour protagoniste une Française, Marina Baret, mariée à un capitaine grec et installée dans l'île de Syros. Une seconde version étoffée du roman sera publiée en 1953 sous le titre *La grande chimère*. L'écrivain donne à sa fille née cette année-là le prénom de son héroïne.

1938 *Junkerman*, troisième roman de la trilogie, consacré à un Finlandais débarqué sans ressources au

Pirée qui fait fortune comme industriel et banquier, est publié sous forme de feuilleton dans la presse (et sous forme de livre en 1940). Une suite intitulée *Les dernières années de Junkerman* paraîtra en 1941.

1942 Publication de *L'île perdue*, roman dans lequel Karagatsis délaisse ses sujets réalistes pour un récit fantastique : un marin grec, seul survivant d'un naufrage, échoue sur une île de la mer Égée qui dérive comme un bateau ivre vers les mers du Sud.

1944 *Le notable de Kastropyrgos* est le premier volume d'un roman-fleuve à sujet historique. Il sera suivi de *Sang perdu et gagné* (1947), puis des *Dernières années de Michalos* (1949). Le récit couvre les années 1821-43, celles de la guerre d'Indépendance et des débuts de l'État grec et il est centré sur un personnage principal, Michalos Roussis, inspiré de l'histoire d'un aïeul de l'auteur.

1945 *Fièvre*, recueil de nouvelles.

1946 *Le grand sommeil*, roman. Karagatsis est chargé de la critique théâtrale du journal *Vradyni*, dont il s'occupera jusqu'à sa mort.

1949-50 Série de voyages en Angleterre, en France, en Turquie, en Égypte, aux États-Unis, souvent comme correspondant de presse, dont l'écrivain tirera des textes publiés en volume après sa mort (*Errance dans le monde*, *D'Orient en Occident*).

1950 *L'eau de pluie*, recueil de nouvelles.

1951 *Le grand synaxaire*, considéré comme son meilleur recueil de nouvelles, reprend certains textes écrits et publiés en revue pendant la guerre.

1952 Sa passion pour l'histoire l'amène à écrire une *Histoire des Grecs*, ouvrage de vulgarisation destiné à la jeunesse.

1952-60 Il dirige une société de publicité.

1953 Il publie la version enrichie de *La Chimère* sous le titre *La grande Chimère.*

1954 Après un voyage en Afrique noire, il écrit et publie *Amri a moungou (Dans la main de Dieu)*, roman dont les protagonistes sont des aventuriers grecs partis s'enrichir dans la jungle au pays des Masaï.

1955 *La grande litanie*, recueil de nouvelles.

1956 *Le dossier jaune*, son roman le plus ambitieux et le plus complexe, mêle une intrigue policière sur un assassinat, une réflexion sur le métier d'écrivain et une approche des personnages fondée sur la psychanalyse, une discipline dont il avait déjà retenu certaines notions vulgarisées dans ses œuvres des années 30.

1958 Il participe à l'œuvre expérimentale *Le roman des quatre*, dans laquelle Karagatsis et trois autres écrivains grecs de sa génération, Ilias Vénézis, Angélos Terzakis et Stratis Myrivilis, écrivent l'un après l'autre la suite d'une même histoire. Il est victime d'un premier accident cardiaque.

1959 Karagatsis persévère dans une veine expérimentale. Il publie *Sergios et Bacchos*, histoire de deux saints des débuts du christianisme qui revivent dans le monde moderne et veulent refaire de Constantinople (Istanbul) une ville grecque. Il commence la rédaction du roman *Le 10*, que sa mort laissera inachevé (il a été édité en 1964) : le récit évoque la vie colorée d'un immeuble populaire du port du Pirée, un milieu que l'écrivain connaissait et aimait bien.

1960 Karagatsis meurt d'une crise cardiaque à l'âge de 52 ans. Dans les décennies qui suivent, le succès de ses livres ne faiblit pas. Devenus des classiques, plusieurs de ses romans (*Junkerman, Le dossier jaune, Le 10*, entre autres) sont adaptés pour devenir des séries télévisées.

LES CLASSIQUES
DE LA LITTÉRATURE
GRECQUE MODERNE

Chez le même éditeur :

CONSTANTIN CAVAFIS
Choix de poèmes ÉDITION BILINGUE
Traduction : Michel Volkovitch

Le Cavafis des poèmes historiques, fasciné par la période hellénistique ou la Byzance médiévale, et le Cavafis des poèmes amoureux, obsédé par la beauté masculine et les plaisirs de sa jeunesse, ne sont qu'un seul et même poète : le passé, qu'il soit lointain ou proche, reste pour lui éternellement présent ; et la ville où il vécut, Alexandrie, ne cesse de hanter son œuvre.

CONSTANTIN CAVAFIS
Notes de poétique et de morale ÉDITION BILINGUE
Traduction : Samuel Baud-Bovy et Bertrand Bouvier

Ce petit volume contient, introduites par Georges Savidis, vingt-sept réflexions intimes du poète néo-alexandrin Constantin Cavafis sur son art et son orientation amoureuse. Traduites pour la première fois dans leur intégralité, ces *Notes de poétique et de morale* sont présentées en regard de l'original grec.

M. KARAGATSIS

Le colonel Liapkine

Traduction : René Bouchet

Le colonel Liapkine, qui, par son succès à la fois immédiat et durable, assura d'emblée en Grèce le renom de son auteur, semble refuser à dessein à son lecteur étranger les clichés d'un pays de mer et de soleil, d'une population festive et insouciante. Ou plutôt il paraît transférer cette vision mythique sur le personnage haut en couleur d'un émigré russe.

ALEXANDRE PAPADIAMANTIS

Une femme à la mer

Traduction : René Bouchet

Bien plus qu'un témoignage sur un milieu et une époque révolus, *Une femme à la mer* de Papadiamantis, unanimement reconnu comme le grand prosateur grec de son époque, est surtout une porte d'entrée incomparable pour pénétrer à la fois dans la culture populaire et dans le patrimoine littéraire de la Grèce moderne.

YANNIS RITSOS

Le chaudron calciné

et autres poèmes ÉDITION BILINGUE

Traduction : Anne Personnaz

Yannis Ritsos a écrit *Le chaudron calciné*, un long poème emblématique, dans le camps de prisonniers politiques sur l'île de Limnos durant la Guerre civile. Le poète parle de la prison et de l'exil, de la valeur des compagnons et des camarades de luttes. Le poème constitue un hymne aux hommes et femmes qui luttent pour la dignité de l'être humain.

GEORGES SÉFÉRIS

Quelques points de la tradition grecque moderne ÉDITION BILINGUE

Postface : Dimitris Daskalopoulos

Les deux discours prononcés à Stockholm à l'occasion de l'attribution du prix Nobel de littérature en 1963, remarquablement actuels, présentent un intérêt extraordinaire pour comprendre les idées du poète concernant la grécité, la tradition culturelle de son pays, et surtout sa langue.

CONSTANTIN THÉOTOKIS

Le peintre d'Aphrodite

Traduction : René Bouchet

S'inspirant du célèbre peintre grec Apelle, portraitiste d'Alexandre le Grand, Théotokis fait de ce personnage historique une figure allégorique du dilemme de l'artiste, partagé entre l'engagement dans la vie politique et la recherche solitaire de la perfection, entre l'appel de l'amour humain et la tyrannique exigence de l'œuvre à faire, entre l'acceptation du bonheur présent et un idéal de beauté éternelle.

GEORGES VIZYINOS

Le péché de ma mère suivi de **Le pommier de discorde**

Traduction : Auguste Queux de Saint-Hilaire & Gilles Decorvet

Le péché de ma mère offre tout ce qui fait le génie de l'auteur : la découverte d'une vérité nichée dans le secret d'une âme. L'œuvre de Vizyinos dénote un goût puissant pour l'introspection et une profondeur psychologique remarquable, alliés à une douce ironie. À ce texte nous ajoutons ici un autre, moins connu : *Le pommier de discorde.*